# そして、像は転移する

日下部 正哉

# 目次

Ⅰ
そして、像は転移する　9
「芸術言語論　その2」レポート　53
「芸術言語論」ノート
——語られなかった「五十音図」と『母型論』による照射　63
Ⅱ
了解と訣別——〈最後の鮎川信夫〉と八〇年代の吉本隆明　89
吉本隆明と対座する鶴見俊輔　163
喩としての『アメリカン・スクール』　177
Ⅲ
築山登美夫の死　213
築山登美夫、詩批評／批評詩の光芒　223
天才的に無防備だった人——福田博道さんを悼む　273

Ⅳ

ウィズ・コロナをめぐる九つの走り書き　285

震災をめぐる断章　305

死者にことばはあてがわれたか
——辺見庸の二冊の詩集『生首』、『眼の海』を通読する　319

『台風クラブ』論——十六年ののち、追悼として　331

さらば映画の友よ——米津景太氏の思い出に　357

Ⅴ

イチローという軌跡／奇跡　373

死者たちからの触発に応える——あとがきに代えて　434

# I

# そして、像は転移する

## 1

二十年以上前のサラリーマン時代、編集の仕事をしているとき、取材といえばいつもいっしょに飛び回っていた相棒同然のカメラマンがいた。広告写真の分野で赫々たる受賞歴があったのに、わたしの発注するギャラの安い撮影を快く引き受けてくれ、彼と組んでの仕事はわたしが転勤になるまで足掛け七年に及んだ。折しもバブル期。カメラマンとしてはいちばん脂が乗っていた頃だったのだろうが、彼は仕事の合間によくこぼしていた――大手広告代理店が勝手にカメラマンのランク付けをしていて、自分には大きな金額が動く仕事しか回ってこなくなった。ほんとうはモデルや商品を撮るだけでなく、幼稚園の卒園式の記念写真とか、祭りの日にそろいの法被を着てお神輿を担いでいるご近所さんとか、安くてもいいから市井の人を撮る仕事をもっともっとやりたいのだ、と。

わたしが彼を信頼しきっていたのも、その言葉どおり、取材相手であるごく普通の主婦や子どもの表情を活き活きと切り取ってみせるカメラアイと、それを支える人間観察のたしかさゆえだったが、彼もまた、そんな被写体に出会うたび、ファインダー越しに自分のまなざしが蘇生する瞬間を生きられていたのかもしれない。

今年、ひょんなことから、長らく思い出すこともなかったそのカメラマンのスタジオのホームページを覗く機会があった。

彼は東日本大震災の被災地でボランティア活動に取り組んでいた。一介のボランティアとして活動するだけではなく、いかに人手が足りないかを訴え、新たな参加者を募る呼びかけもしていた。それだけならわたしは驚かなかっただろう。彼の人となり、行動力を思い起こせば、むしろ得心がいくからだ。だがホームページは、そうした情報以前にある異様な佇まいで迫っていた。まるでホワイトボードに文字だけを律儀に書き連ねたような画面。そこには映像というものがいっさいなかった。彼はこう書き添えていた――「カメラは持って行ったのですが、一枚も撮っていません。撮れませんでした」。

この思いがけないファインダー越しの絶句ともいうべき消息に、わたしは、濃やかな心遣いと豪快な笑い声の対照によって印象づけられる彼の相好を思い出しつつ、さまざまなことを考えさせられた。

翌朝、もう一度彼のホームページを見ようとパソコンを立ち上げ、もたもたしているうちにニュースサイトのヘッドラインで吉本隆明の訃報に接した。吉本が息を引き取ったのが午前二時過ぎだったと知り、わたしは驚いた。ちょうどその時間、わたしは件のカメラマンが目の当たりにしながら、撮れなかった被災地の〈像〉に思いを馳せつつ、書棚から吉本の何冊かの著作を取り出しては読むともなくページを繰り、像をめぐって発出される吉本固有の思考の長い曳光に視線をさまよわせていたからである。

わたしがいま、机の上の緑色の灰皿を眼でみながら〈ハイザラ〉という言葉を発したとする。このとき灰皿の**像**をひきおこすことはない。じかに灰皿を眼にうつしているのだから。しかしいま眼をとじて〈ハイザラ〉といったとすれば、灰皿の**像**を喚びおこすことができる。ただ眼のまえで灰皿を眼でみた直後に眼をとじて〈ハイザラ〉という言葉を発したときには、その灰皿の視覚像に**像**は制約されるのを感じる。これはまったく眼をとじて、まったく突然に〈ハイザラ〉という言葉を発したときうかんでくる灰皿の**像**の自由さとはちがっている。それは視覚像と言葉のあいだに喚びおこされる**像**と言葉と意識のあいだに喚びおこされる**像**とのちがいだといっていい。

（『定本　言語にとって美とはなにかⅠ』／以下『言語美Ⅰ』「第Ⅱ章言語の属性　３文字・像」）

「眼をとじて」いるからこそ「言葉と意識のあいだに喚びおこされる**像**」――それを描写することで言語はみずからのなかに〈像〉をはらむ。では、言語ではなく、映像それ自体として被写体を表現する写真の場合、言葉や文字のはらむ〈像〉に匹敵するそれはどのように生まれるのだろうか。あるいは、そういう想定自体が無意味なのかもしれないが、「カメラは持って行ったのですが、一枚も撮っていません。撮れませんでした」というカメラマンの言葉を読んで、わたしが想起したことのひとつがそんな埒もない問いだった。

彼はたんに被災地での支援活動に忙殺されて、カメラを構えるいとまがなかっただけかもしれない。それも彼の人性上おおいにありうると思えるから。しかし、そうした留保を置き去りにして、すでにわたしの問いは自走しはじめていた。

視覚機械としてのカメラのファインダーを通してとらえられながら、シャッターを切られることのなかった被写体＝被災地の光景。おそらくそれは彼の眼の網膜に映っただけで、いかなる表現の「自由さ」ももたらさず、それでいて「眼をとじる」ことを許さない光景だったのだろう。映像化のルーチンとしてのフレーミングがどうしようもなく拒まれているのを感じたとき、彼は被災地の〈像〉を目の当たりにしていたのではないか。言語（文字）が「眼をとじる」ことでみずからのうちに〈像〉をはらむのに対して、映像における〈像〉は見開かれた眼が凝視する視野のうちに凍結される……。

## 2

言語が意味や音のほかに**像**をもつというかんがえを、言語学者はみとめないかもしれない。しかし〈言語〉というコトバを本質的な意味でつかうとき、わたしたちは言語学をふり切ってもこの考えにつくほうがよい。言語学と言語の芸術論とが別れなければならないのは、おそらくこの点からであり、言語における**像**という概念に根拠をあたえさえすれば、この別れはできるのだ。
この宣明に始まって、吉本隆明が『言語美』のなかでいかに「言語における**像**という概念に根拠をあたえ」ていったか、こころみにその雄渾な足跡をたどってみよう。

**像**とはなにかが、本質的にわからないとしても、それが対象となった概念とも対象となった知覚ともちがっているという理解さえあれば、言語の指示表出と自己表出の交錯した縫目にうみだされることは、了解できるはずだ。あたかも、意識の指示表出というレンズと自己表出というレンズが、ちょうどよくかさなったところに**像**がうまれるというように。

言語の表現が、この対象的な像意識と合致するためには、ある領域が限られなければならない。それだけがここではもんだいだ。そしてある領域内では表出された言語は、あたかもそれ自体が〈実在〉であるかのように像意識の対象でありうるのだ。それは、もともと言語にとってべつに得手な領域でないため、指示表出の強弱と自己表出の強弱とが、縫目で羃乗《べきじょう》されるときにだけありうるといってておくべきだとおもう。（略）じぶんに対象的になったじぶんの意識が、〈観念〉の現実にたいして、なお対象的になっているといった特質のなかで、言語として表出されるときに、はじめて像的な領域をもつといえる。

言語の**像**は、もちろん言語の指示表出が自己表出力によって対象の構造までもさす強さを手にいれ、そのかわりに自己表出によって知覚の次元からははるかに、離脱してしまった状態で、はじめてあらわれる。（略）言語の**像**がどうして可能になるか、を共同体的な要因へまで潜在的にくぐってゆけば、意識に自己表出をうながした社会的幻想の関係と、指示表出をうながした共同の関係とが矛盾をきたした、楽園喪失のさいしょまでかいくぐることができる。

（以上『言語美Ⅰ』「第Ⅱ章言語の属性　3文字・像」）

たとえば、ある情景が像として鮮明にあり、その情景にまつわるじっさいの体験があって、これにもとづいて一篇の詩をかこうとする。このばあい、情景の像がこころの状態として鮮明であればあるほど、言語で表現されたものは像をよびおこす可能性がおおいという保証がないことに気づく。そしてこころにはっきりと像の状態があれば、表現のうえで像をよびおこせるものかどうかは、表現する過程で、言語に収斂《しゅうれん》されるこころの像が、とても持続して言語に定着される時間まで存在できたかどうかに、あるかかわりをもつようにかんがえられる。こころの像は、表現されるとすぐこころの状態に還元されて消失する。と同時に言語は像としての構造をもつようになる。

だからなぜ、あるばあいに言語はつよい像をよびおこし、あるばあいによりよわい像がよびおこされるか、といいなおすべきかもしれない。

なぜ、ある言語表現は像をよぶが、ある表現は概念の外指性としての意味しかもたないか?わたしたちの創造の体験を反すうしてみても、こんどは巧くかきえたとか、どうも巧くいかないとかいう結果的な反省しかよみがえってこない。よほど意識的な創造家にとってもこの事情はあまりかわらないはずだ。ただ、うまくいったとおもえる言語表現には像がつきまとい、この像は、けっして現実の体験の強弱によるものではなく、創造の過程でどれだけ表現の世界に没入できたか、という感じとパラレルな関係があるのではないか、ということだ。

わたしの理論的な想定では、この問題はつぎのようになる。

表出された言語の自己表出力の対象指示性との交点が、言語の現在の帯域のそとにあるとき、その表現は像をよび、そのうちにあるときは概念の外指性しかもたないというように。(略)

こういう想定は、古典時代の文学作品でさえも、わたしたちに像をよぶではないか? それはあきらかに言語の現在の水準より以前にあるはずではないか? という疑問をよびおこす。たしかにちょっとみると不都合にかんがえられる。しかし不都合なわけではない。たとえば、わたしたちが『万葉集』の歌から像をよびおこされるとき、わたしたちは観念のうえでその時代にうつっていると同時に、わたしたちの現在からそれをみているという二重性をふまえているのだ。この二重性によって言語は仮像をよびおこすことができる。そして古典主義者は、図の仮像帯域Aのなかで古典作品の仮像をみており、モダニストは仮像帯域Bのなかで古典作品の仮像をみている。わたしどもは、ぞこのふたつの帯域の二重性のところで古典作品の言語表現の仮像をみている。

この問題は、思想としてなにを意味するだろうか？

わたしたちは、幻想の共同性がつみかさねられてきた現在と、社会のじっさいのすがたが発展してきた現在とが乖離《かいり》しているという意識を、じぶんの意識がそとにあらわれたものとして、言語の表出のばあいにねじあわせようとしているといえる。このねじあわせがじぶんの意識のなかで可能だとおもえたとき、そこでの捩《ねじ》れの緊迫性が、言語に現在的な像をよびおこすとみられる。

（以上『言語美Ⅱ』「第Ⅶ章立場　第Ⅰ部言語的展開（Ⅰ）2自己表出の構造」）

言語の〈像〉は、対象の「概念」とも「知覚」ともちがうところまで「じぶんに対象的になったじぶんの意識が、〈観念〉の現実にたいして、なお対象的になっているといった特質のなかで、言語として表出されるとき」、「指示表出の強弱と自己表出の強弱とが、縫目で冪乗《べきじょう》されるときに」はじめて生まれる。その起源は、「共同体的な要因へまで潜在的にくぐってゆけば、意識に自己表出をうながした社会的幻想の関係と、指示表出をうながした共同の関係とが矛盾をきたした、楽園喪失のさいしょまでかいくぐることができる」。

そして、そのことを先端的な表現の問題として「現在」に投射すれば、「表出された言語の自己表出力の対象指示性との交点が、言語の現在の帯域のそとにあるとき、その表現は像をよび、そのうちにあるときは概念の外指性しかもたないという」かたちで現れる。もしある表現が「言語に現在的な

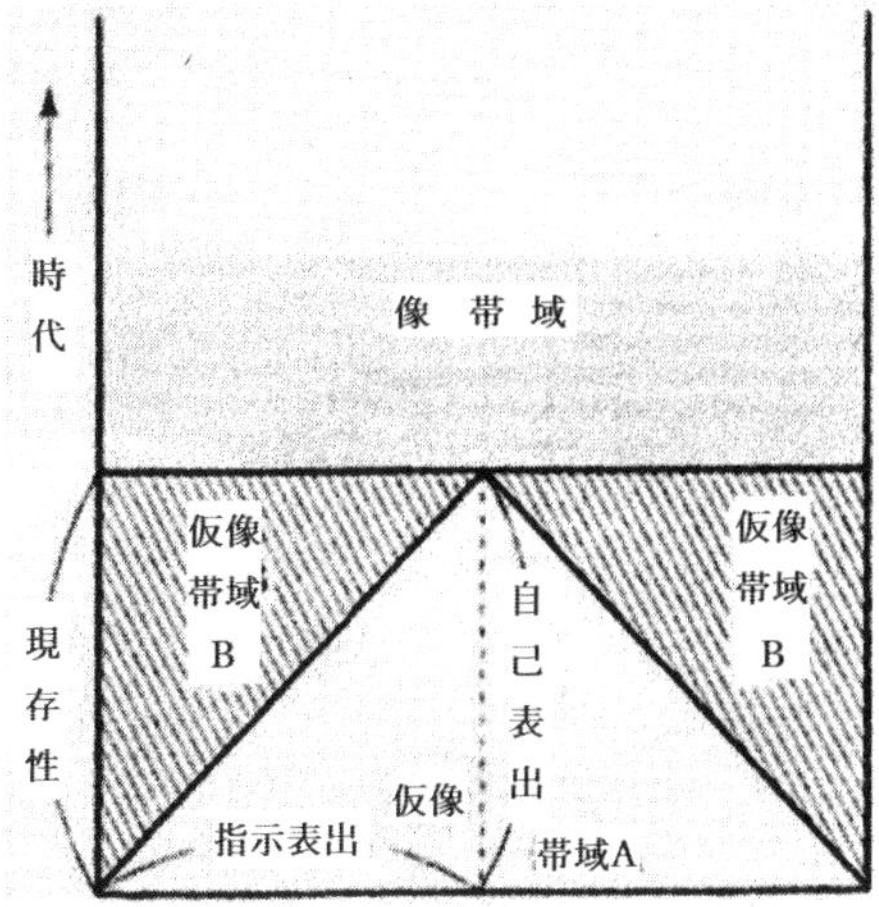


関連図（＊）

像をよびおこす」とすれば、それは、その表現者が「幻想の共同性がつみかさねられてきた現在と、社会のじっさいのすがたが発展してきた現在とが乖離《かいり》しているという意識を、じぶんの意識がそとにあらわれたものとして、言語の表出のばあいにねじあわせようとしている」からにほかならない。

一連の引用箇所を飛び石のように一気に結ぶならば、およそ以上のようになるだろう。

よく知られた自己表出と指示表出の交点に像が生まれるということ以上に、あらためて注目されるのは、吉本がその「交点が、言語の現在の帯域のそとにあるとき、その表現は像を」呼ぶのだと規定していることだ。引用した一節からは割愛したコードウェルの『廿世紀作家の没落』における論理学の法則をふまえて、吉本が提示した自己表出／指示表出と〈像〉との関連図（＊）を見れば、よりわかりやすいが、吉本は言語の現在的な水位の彼方に〈像〉の生まれる「帯域」をイメージしているのである。そして、そのように「現在の帯域」を超え出る〈像〉を追求していく表現の思想的根拠を、『言語美』最終章では、「わたしたちが**立場**というとき、それは世界をかえようという意志からはじまって世界についてさまざまな概念をかえようとするまでの総体をふくんでいる」(「第Ⅶ章立場 第Ⅱ部言語的展開(Ⅱ) 2理論の空間」)、あるいは「サルトルのように像意識が、人間の自由にかかわるというならば、像は人間の**自立**の構造にかかわるのだ」(「第Ⅶ章立場 第Ⅱ部言語的展開(Ⅱ) 3記号と像」)と言明するにいたる。

## 3

——と、ここまで書いて、わたしははじめて吉本隆明の著作に触れ、そして『言語美』を読んでいった七〇年代中葉から八〇年代にかけての時代を振り返らざるをえない。自分が吉本の思想と出会ってしまった時代の、ある種アイロニカルな性格というものを——。

ご多分にもれずわたしも、吉本の本を回し読みしていた友人たちと覚えたての自己表出、指示表出という言葉を振り回し、同時代の小説を読んでは、これは文学体で、あれは話体で、とあげつらったりしたものだが、しかし心のどこかで、そうした議論がどのように「人間の**自立**の構造」に関与していくのか、その理路をはっきり見通せないことにもどかしさも感じていた。「世界をかえようという意志からはじまって世界についてさまざまな概念をかえようとするまでの総体をふくんでいる」という『言語美』の「立場」が、切れ味を試すにはあまりに身の丈を超えた大太刀であることを当時のわたし(たち)はまだ知らずにいたのである。

だがこちらの身の丈の問題以前に、足元で止めどなくわたし（たち）のもどかしさを醸成するように流動していたのは「世界」のほうだった。分厚く爛熟していく市民社会を基層として言語の「現在の帯域」が急速に膨張するなか、個々の表現――自己表出と指示表出の交点はその「帯域」に呑み込まれ、〈像〉を投射しようにも、その「そと」がフェイドインするように塗りつぶされていく時代が始まっていたのだ。言いかえれば、「意識に自己表出をうながした社会的幻想の関係と、指示表出をうながした共同の関係とが矛盾」したまま、それを解消しようとするポテンシャルよりも、まるごと併呑してバランスさせてしまう力学のほうが優勢な「世界」が出現しつつあったのである。

こうした時代の転変のただなかでわたし（たち）が『言語美』という大太刀を扱いかねているとき、すでに吉本は「世界」の変貌にいちはやく批評の言葉を差し向けていた。それは、『言語美』で登りつめ、望み見た〈像〉の尖端から、言葉と画像の沃野となって増殖している「現在の帯域」へと一気に下降するこころみであった。

『空虚としての主題』（八二年）は、そうした時期のもっとも過渡的な性格を帯びた批評だったといえるだろう。個々には作品論として書かれながら、それは、作家たちが固有の主題にむかって作品を成熟させることの困難に直面し、等しく「空虚」という主題に頭を打ちつけているさまを「現在という条件」として照射してみせた。本書以降、吉本の批評は言語表現の主体としての作家が産み出す作品よりも、作家たちの創造的な無意識を産み出すところの巨大な社会的無意識にフォーカスしていくようになる。

それがもっとも過激にこころみられたのが『マス・イメージ論』（八四年）にほかならない。

少しだけ個人的な印象を差しはさむと、じつはわたしにとって、数ある吉本の著作のなかでも、この『マス・イメージ論』ほど読みとおすのに骨が折れた本はなかった。そのあとの『ハイ・イメージ論』ではおなじみとなるのだが、唐突にタイトルとともに突き出される抽象語が概念規定もさだかでないまま結ばれて論脈を作っていく文体。対象の貪欲なまでの渉猟と、自在きわまる引用と提示の切り口の斬新さ。そこには自身のあらゆる既成性としてある文体から脱自しようとする姿さえ看て取れたと言ってもよい。わたしは、長いあいだ『言語美』に発して本書へと通奏されている論理の低音部を聴きとれないでいたのだが、それはとりもなおさず、この両者の文体の懸隔のよって来たるところを探知できないせいでもあったのだろう。

一方で『言語美』を読み返してみて気づいたことがある。はじめて読んだ二十代の頃は、自己表出、指示表出、文学体、話体といった吉本固有のタームにばかり目を奪われていたのだが、先の一連の引用箇所にも垣間見えるように、じつは「構造」という言葉が隠れたキーワードになっていることがわかる。逆に言えば、わたしが先のように引用を連ねられたのも、上記タームが緊密に関係づけられた同書を貫くこの「構造」ゆえなのだ。だから引用者であるわたしの意図を超えても、引用箇所にはこの「構造」の一端が覗くことになる。

対して『マス・イメージ論』では、一貫してこうした「構造」は欠けているようにみえる。しかし、それは本書の弱点ではない。むしろ従来の「構造」化そのものを対象化しようとするまなざしが前述のわたしがとまどったような文体をとおして模索した跡なのである。本書のモチーフについては、吉本自身が「あとがき」で「カルチャーまたはサブカルチャーの制作品を、全体的な概念としてかんがえ、そのために個々の制作者とは矛盾するものとして、取扱おうと試みた」と述べているが、漫画から小説にわたるジャンルの異なる多様な作品群を「全体的な概念として」とらえ、各個に同じ光源から光を当てていくというスタンスがそれを不可避としたといえるだろう。

カフカ、大江健三郎、小島信夫、安岡章太郎といった作家から、高橋源一郎、村上春樹、椎名誠、糸井重里といったよりポップな作家、また大友克洋、岡田史子、萩尾望都といったストーリーテリングに優れた漫画家まで次々と俎上に載せながら、吉本の批評が浮かび上がらせるのは、個々の作家が継起的に連続させる自己表出の稜線ではなく、彼らが個々ばらばらにはたしている自己表出を外部から共時的に規定している「現在」というひとつの巨大な機制である。「個々の制作者とは矛盾するものとして、取扱おうと試みた」という言葉に吉本の重心の移動がうかがえるが、たとえば『言語美』では、「表現転移論」の文脈で、かつて個々の作品言語に内在して自己表出としての価値を認めていた大江健三郎や安岡章太郎の近作に、『マス・イメージ論』では、「世界」の「現在」を息づかせている流動性にタガを嵌めることで無意識のうちに「構造」化しつつある文学（言語表現）の遺制を透視している。反核運動が徹底的に批判されるのも同断で、それは大衆の現存する「現在の帯域」から退行することで「構造」化された左翼イデオロギーの産出する「制作品」に堕してしまっているからなのである。

ところで、言語としての「表現転移」という以上に、いま〈像〉の転移という文脈であらためてこの『マス・イメージ論』という本の出現の意味を考えてみると、吉本はやはり水際立った反転をやってのけたのだといわざるをえない。一見、同時代の個々の作品群の自己表出と指示表出の交点に結ばれる〈像〉を並列に対象化しながら、じつはそれらすべてを囲繞する「帯域」のほうを逆に新たな〈像〉の磁場としてあぶり出しているからだ。これをマス・イメージと名指し、確定することでいったん無力化させられるのは個々の作家主体である。しかしながら、彼らはこのマス・イメージの複数の表現主体としてひとりでに転生させられる。つまりマス・イメージとは、個々の〈像〉を吸引し、それらを無力化しながら糾合し、転生させる集合的な〈像〉の力の磁場なのだ。

こうした磁場に降り立つべく隘路を掘り進むように成った作品批評が、カフカの『変身』に新たな読解の光を当てることで始まる冒頭の「変成論」だろう。そこでは『変身』＝「変成」という読みは、たんに作品批評のレベルにとどまらず、言語表現がはらむ〈像〉が像＝イメージそのものの意味となって言語から自立していく、そんな作品の嚆矢として同作を読み換えようとするこころみにもみえた。以下、筒井康隆、村上春樹、高橋源一郎らの作品が召喚されるのを読みながら、わたしは、この論考がひょっとしたら『言語美Ⅱ』「第Ⅴ章構成論」の続篇として試みられているのではないかと思ったものだ。そのときの思いつきを口にするなら、彼らが「劇的言語帯」のさらにその先に来る「像的言語帯」ともいうべき言葉の質を体現する作家たちに思えてきたからである。あるいはまた、それは『言語美Ⅰ』「第Ⅳ章表現転移論」棹尾の「戦後表出史論」に次ぐべき「現在表出史論」としての性格をそなえた論考であるとも考えられた。前者については、あながち的はずれではないかもしれない。だが冷静に考えれば、後者についてはあらかじめ成立しないことがわかっている。なぜなら村上春樹も高橋源一郎も「戦後表出史」における自己表出の稜線からの決定的な解離、あるいは失語体験をくぐることでみずからの表現を始めているからである。いみじくも吉本は「表現転移論」のなかで「文学史における〈模倣〉の学校の歴史は、根源の現実の意識が根のところで必然的にうつってゆくもんだいに還元される」と述べているが、村上春樹も高橋源一郎も（そしておそらくはカフカもまた）「〈模倣〉の学校」からドロップアウトすることで、つまり「文学史」から降りることではじめて「根源の現実の意識」の「変成」を〈像〉として表現しえたのだといえよう。

もうひとつ吉本が『マス・イメージ論』に像＝イメージの力を呼び込んでいるキーポイントがある。それは漫画やテレビCMなど画像や映像を基体とする表現をマス・イメージの中核にすえている点だ。「縮合論」「画像論」「語相論」で展開された批評は、種々の画像・映像作品から採集した言語のかたちづくる構成や骨格だけによって、画像や映像のになう記号性や物語性までまるごと読み切ろうとする奇妙にも画期的な切り口でわたしを驚かせた。だがそれは、逆説的にこれら画像表現における言語の従属性を際立たせているようにもみえる。たとえば「語相論」では、漫画作品のコマ割りの内部に台詞やナレーションの言葉が記された引用がなされる。これは一見、漫画家がネームと呼ばれる作品のプロットを作る際の下書きに似ている。しかし、彼はどれほど空白を残しながらも、そこには必ず自分の頭のなかの画像を思い描いている。その画像なしには吹き出しのネームを一言一句も紡ぎ出せないはずだ。その意味で、吉本の「語相」という引用の方法は、画像そのものを空白化することによって逆にその表現上の比重をあきらかにしたわけである。

先に触れた「変成論」では、村上春樹・糸井重里合作の小説にふれて、「この作者たちの言葉の交換価値は映像と等価なのだ」との評言が読めるが、等価か、過半か、というのは吉本が価値論的な判断においてしばしば用いる指標である。〈選択消費が全消費の過半を超えること、それが消費社会のメルクマールだ〉というように。その言い方にならえば、ここで取り上げられた漫画やテレビCMなどの作品は、映像の交換価値が言葉のそれを上回っているもの、あるいは作品全体の交換価値の過半を映像が占めているものといえるだろう。そして、それは量の概念であるだけではなく、映像が生成するプロセスから言葉が産出されるという主従の関係性として理解されるべきなのだろう。

かくて吉本は、本書を執筆していた八〇年代前半当時のマス・イメージにおける〈像〉表現の尖端をジャンルとしての漫画やテレビCMに認める。とりわけテレビCMにおける映像表現の高度化は、そのまま高度資本主義下の消費社会の進展に連動して、大衆の行動様式を如実に反映するものととらえられた。

テレビ・カメラはその微細化と緻密化の機能が技術的に発達するにつれて、ますますじっさいの〈眼〉の機能に近づきつつあり、しかも居ながらにしてその人工の〈眼〉を行使できるようになっている。そしてそれだけだと思いこんでいるうちに、テレビ・カメラの微細化と緻密化の機能が、肉眼のもつ微細さと緻密さを、あるばあい超えることが、しばしば起こるようになってきた。すると現実のそのものと画像とが転倒するばあいが、ごくふつうに起こるようになってきた。つまりは画像のほうが、ほんとよりも、もっとほんとであり、ほんとの方が虚像みたいに比重が転倒される。はじめに購買者の購買力を獲得しようというモチーフから、商品にイメージをつけ加えて美しい画像が産みだされた。だが購買者の購買力を誘うというはじめのモチーフはだんだんそっちのけになって、美しい画像を生みだすこと自体にモチーフは移ってゆく。それればかりではない。やがて美しい画像か醜い画像かということすらそっちのけになって、ただ画像と商品の実体とが転倒された世界を実現するのが、最後のモチーフとしてのこされるようになる。（略）そしてそれは同時にCMの終焉、つまりCMと呼ぼうが、いやCMではない実体そのものだと呼ぼうが、おなじだという場所を意味している。ここまでCMの画像がやってきたとき、たぶんCMは企画者である資本やシステムの象徴を尖鋭化することで、逆にその管理を離脱する契機をつかまえるのだ。このいい方が楽天的にすぎるとすれば、資本やシステムのありうべき未来の風姿を、ほかのどんな画像の世界よりも鮮やかに描きだしてみせるというべきかもしれない。

（以上『マス・イメージ論』「画像論」）

ほぼ三十年を閲した現在の「資本やシステム」の惨状を見届けてしまった目には、このとき吉本が思い描いていた「ありうべき未来の風姿」はたしかに「楽天的にすぎる」かもしれない。だが、ここで重要なのはそのことではない。テレビCMの画像表現がしだいに商品の宣伝、消費者の購買欲への訴求という本来の目的から自立する方向で「尖鋭化」していき、ついには「画像と商品の実体とが転倒された世界を実現する」にいたるのを認めつつ、吉本が大衆像の決定的な転換を告げようとしていることが重要なのだ。

吉本が言うテレビCMの「最後のモチーフ」、「CMと呼ぼうが、いやCMではない実体そのものだと呼ぼうが、おなじだという場所」でそれらの画像表現が「企画者である資本やシステムの象徴を尖鋭化することで、逆にその管理を離脱する契機をつかまえる」とき、それはおそらく消費者大衆がそれらを享受することと、表現することとが等価であるという地点を象徴しているのだ。そこで大衆とは不断に表現し、不断に享受する者の謂いである。いまや表現＝享受することなしに大衆は存在することができない。そう、『マス・イメージ論』が最後の最後に決定的な〈像〉概念の転換を突きつけるのは、あの「大衆の原像」に対してなのである。

もちろん「大衆の原像」という概念を捨てるべきなのではない。それは不断に表現＝享受しつづける大衆という存在に二重化され、新たに像化されたのだ。言いかえれば、大衆の表現＝享受そのものとして生成しつつある「現在の帯域」こそがマス・イメージとなり、「大衆の原像」と化したのである。そして、そのように更新された表現＝享受の地平が社会を埋め尽くしたとき、今度はいかにそこから離脱していくかが〈像〉表現の次なる課題となる。それは、もはや個々の作者や作品に還元される〈像〉であるばかりでなく、社会そのものへと拡張された表現主体としてのわたしたちがいかなる〈像〉を描きうるか、あるいは社会そのものがいかなる〈像〉たりうるかという課題にほかならない。

『ハイ・イメージ論Ⅰ・Ⅱ・Ⅲ』（八九年・九〇年・九四年）によって吉本が取り組もうとしたのはまさにその課題だった。

## 4

あらかじめ言っておけば、このおよそ人間のなしうる営為とその「制作品」を全方位的に視野におさめ、それらが現出する場の構造もろとも徹底的に考究しようとした三巻の書物の全貌をとらえることは、もとよりわたしの手に余る。取りついていけたのは稜線の一角にすぎないし、そこですら、ときに数式がたちはだかる自然科学的な思考に導かれた理路が、急峻な抽象度で続く岨道であったので、わたしはしばしば薄くなる空気に行き悩んだ。ただ、「繰り返しひとつの未知に近づこうとしては途中で、まだだめだとおもいながらひき返し、またすこし体制をととのえなおしては近づいてゆく」とか「主題のこなれの悪さにあえいだり、苛立ったりしながら、あぶら汗をにじませている」（『ハイ・イメージ論Ⅱ』「あとがき」）といった吉本自身の言葉の表情に触発され、呼応する〈何か〉がわたしのなかに沈殿していったことはたしかだ。以下は、その〈何か〉に言葉を与えるために、「まだだめだとおもいながらひき返し、またすこし体制をととのえなおしては」、非力の及ぶかぎりで「あぶら汗をにじませ」ながらこころみた登攀のささやかな記録である。

『ハイ・イメージ論』のモチーフは、『マス・イメージ論』で「現在の帯域」として浮き彫りにされた〈像〉としての社会が、それ自体として表現し、志向しつつある未踏の世界像をハイ・イメージとして提起することであったと、ひとまずいえるだろう。そこからたえまなく現在に射し込んでくる〈像〉としてのまなざしが世界視線と呼ばれるわけだが、『ハイ・イメージ論Ｉ』冒頭、「映像の終りから」のなかで、吉本は臨死体験についての記述を引くことからこの世界視線の発端を語り出している。それは、臨死、または仮死のときにもたらされる「自己客体視」、しかも自分と、自分と同じ空間にいる他者とを身体から離脱したもうひとりの自分が同時に見下しているという、いわば四次元を構成する視線である。そしてそうした視線の起源を、吉本は、心身の衰弱が引き起こす昏睡状態が起動させる「映像機械」としての人間の身体に求めている。

そのうえで「映像都市論」では、世界視線は、コンピュータ・グラフィックによる尖端的な映像表現を手がかりに、時々刻々、変貌する現代都市の姿を「究極映像」としてまなざしうるものとしてその力能を拡張される。

いうまでもなくはっきりしているが、世界視線から俯瞰された都市像は、その都市のビル、住宅、高架と高速路、街路、緑地と空地、河川などの表面の皮膜で、その都市のビルや住居や街路でうごめいている人々の生活行動を遮覆していることになる。ここでは都市の外装の俯瞰図が「実在」の像であり、そこで生活行動をしている人々の姿は、想像力によってしか像《イメージ》をつくれない虚像なのだ。

ましてや都市のなかで生活行動している人々が、心のなかでどんな思いをもち、どんな絶望や希望をいだいて行動し、労働し、恋愛し、遊び、嘆き、喜んでいるかというようなことは、虚像のまた虚像で、じつはかんがえてみることもできない。（略）そこで**世界視線からみられた都市像は、その都市が瞬間ごとに、自身の死を代償として自身の瞬間ごとの死につつある姿を上方から俯瞰している像**に相当していることがわかる。

（『ハイ・イメージ論Ⅰ』「映像都市論　3」）

吉本はこのように垂直に地上を俯瞰する世界視線をスケッチしたあと、「都市のビルや住居や街路でうごめいている人々」が地上で水平に交わしあう視線を普遍視線、地上から上空を仰視する視線を逆世界視線と規定し、わたしたちの視線の四次元構造を示してみせるのだが、何と言っても目を瞠らされるのは、人間の個体が瀕死状態で経験する「自己客体視」の像が、一転して「**都市が瞬間ごとに、自身の死を代償として自身の瞬間ごとの死につつある姿を上方から俯瞰している像**」にまで拡張される点だろう。死に瀕した人間の脳に映ずる「自己客体視」が、なぜ都市の、つまりは社会の不断に変貌しつつある姿を極限から俯瞰しうる視線にリンクされうるのか。

ここに『ハイ・イメージ論』において吉本が企てた反転の起点がある。「映像機械」、あるいは世界視線というとき、吉本は、主体にとっての〈むこう側〉＝死に膚接する場所、そして見るよりもむしろ見られるというモメントに主体の根拠を置くのである。

死につつある存在は本質的に世界を見ることはできない。世界に見られるしかない存在である。しかもそのとき、彼（ら）に直接視線をよこす客体としての世界が存在するわけではない。その視線は、彼（ら）が世界のほうから見られているという、一方的に浴びるほかない視線として、彼（ら）にとって受動的にのみ存在するからである。にもかかわらず、その視線が彼（ら）に帰属するとすれば、その視線に見られることをとおしてのみ、彼（ら）は意識的にみずからの死に漸近しうるからである。

吉本が世界視線と名づけたこの「死あるいは終末からの視線」（「地図論」）は、その視線によって彼（ら）が見られていることそのものを彼（ら）が見る、ということをも可能にする。そのとき重要なのは、彼（ら）が見ているのは〈像〉としての世界であり、同時に彼（ら）自身も〈像〉としてしか存在しえないということだ。「都市のなかで生活行動している人々が、心のなかでどんな思いをもち、どんな絶望や希望をいだいて行動し、労働し、恋愛し、遊び、嘆き、喜んでいるかというようなことは、虚像のまた虚像で、じつはかんがえてみることもできない」というのは、まさにそのことの裏腹な表現にほかならない。

こうして「死あるいは終末からの視線」たる世界視線がいまのいま地上で生を営みつつある人間の身体を「虚像」へと反転させると言明した『ハイ・イメージ論』は、さらに派生する反転の系を記述していく。

差異化はすなわち差異の消去であり、同一性が両極から規定されている。

（『ハイ・イメージ論Ⅰ』「映像の終りから　3」）

現在に視座をすえるかぎり、おおよそ人々の常識になっている価値観は、根こそぎ転倒されてしかるべきなのだ。

（『ハイ・イメージ論Ⅰ』「ファッション論　5」）

**ビルや住宅の建物もまたランドサット映像では自然なのだ。**（略）ランドサット映像からみられたビルや住宅の建物、そのかたまりからなる都市は、**都市という地質層の新種**であり、そのなかのコンクリートのビルディングと木造の住宅とは、おなじ地質土壌の成分のなかの亜種のちがいにしかならないといいえよう。

（『ハイ・イメージ論Ⅰ』「地図論　1」）

**自然的な自然**が永久不変だという認識はまったく必要でない。大都市は**自然よりももっと自然な人工的自然**をつくりだせるし、地面よりももっと豊饒な人工的土地である〈土壌（等価物）〉がかんがえられて、人工都市を包みこむこともできる。

（『ハイ・イメージ論Ⅰ』「人工都市論　2」）

こうした記述を読みながら、一方でわたしの念頭を去らなかったのが、「虚像のまた虚像」と化した「都市のなかで生活行動している人々」――「絶望や希望をいだいて行動し、労働し、恋愛し、遊び、嘆き、喜んでいる」わたしたちの地上での／からの視線である普遍視線と逆世界視線の役割、あるいは命運如何という問いだった。言いかえれば、世界視線が映し出す「究極映像」と、その反作用として地上で溢れかえるいわば「至近映像」とにどのように折り合いをつければいいのか、という問いだった。

「地図論」のなかで吉本はそれにひとつの示唆を与えてはいる。

そこで吉本は都市映像が世界視線の群と普遍視線の群との「直和か直積の群として表示できる」として定式化し、「現在のランドサット映像による近畿地方の自然地質表面分布や、ビルや住宅地をも地質層の一部として解体してしまう映像地図があれば、他方に近畿地方の地層についてのデータで普遍視線を代置させることで、千年以前、二千年以前、三千年以前……という任意の時期の近畿地方の地形や地勢や海の浸入の状態などの映像がえられることになる」と考古学的かつ地質学的な都市映像の可能性について述べる。そして、「過去の特定の時期の地図の映像は世界視線の地層滲透性と普遍視線の想像力の両方から像《イメージ》をつくりあげられる」と、「地層」に垂直に浸透する世界視線と「過去の特定の時期の」地表を水平に見やっていただろうわたしちに連なる「人々」の普遍視線を掛けあわせることで、千年単位で輪切りにしたような「地図」像が得られる根拠とする。

そうした「地図」に、現在のランドサット映像に象徴される世界視線は天皇制国家の成り立ちや性質までも刷り込まれた地勢を数千年にわたって射抜くことができる。より端的にいえば、天皇制国家の起源にとってそれを無化する視線として注がれうる、もっといえばその死を透視しうる。だが、それはわたしたちの普遍視線／逆世界視線の「想像力」にかかっている——そう吉本は考えたのではないだろうか。

そのように見てくると、この世界視線の「地層浸透」力をわたしはいままったく別の、しかし喫緊の問題にも応用したくなる。じつは、吉本が上記の「地図論」を書いて二十数年後のいま、天皇制国家の地層よりもさらに深部にまでコンピュータによる画像処理を経た世界視線は及び、都市の地底に走る活断層や断層構造の分布をかなり正確にプロットできるようになっているからである。問題は、しかし、そこに透視された破壊の確率に追いつめられた活断層群が交錯する地底の画像には、天皇制国家の地層のようには普遍視線を「代置」することはできないということだ。そして普遍視線が「代置」できない度合だけ、いまわたしたちの都市は、世界視線から「死あるいは終末」にいたるかもしれない未来の受難を予示されているのではないか。こうして世界視線は、その「地層浸透」力によって天皇制国家の起源とわたしたちの未来とにともに「死あるいは終末」を透視しているようにも思える。

吉本は、わたしたちの普遍視線（と逆世界視線）が都市像において世界視線と同等の意味を持ち、その交点で社会の像を描き出すと述べているのだが、普遍視線が「代置」しえない世界視線による「究極映像」には、その「同等」性が非対称性に反転する局面もまた出現せざるをえないのではないか。デジタルテクノロジーの進展がわたしたちに普遍視線→逆世界視線→世界視線という転移を不可避にするとしても、地上での／からの自分たちの視線をめぐらせることから出発するほかわたしたちにはすべがない。その視線は所与である。所与であるとは視線として自覚する以前に地上で生きるために行使しているということである。だとすれば、わたしたちがその視線を普遍視線／逆世界視線として名づけうるのは、じつは世界視線を発見したのち遡及的にみずからの所与の視線を内省することによってのみであろう。そのことのうちにある非対称性からわたしたちは逃れられるのだろうか。

## 5

むろん世界視線という概念を導入することによって、わたしたちは世界視線と普遍視線の交点に結ばれる社会像を価値として手に入れる。「地図論」で、それを可能にするのはランドサットによる衛星画像だが、見てきたようにそれは視覚のいちじるしい空間的（高度的）拡張としてもたらされる。その視覚の空間的拡張は、地上の普遍視線を介することで考古学的かつ地質学的なまでの過去への視線に拡張される。世界視線における空間軸が時間軸へと想像的に変換されるわけである。現在時に立つかぎり、このような〈世界視線×普遍視線〉として得られる社会の像価値は累積しつづける。しかし、そうした現在時とは、同時にたえまなく既成化していく〈世界視線×普遍視線〉に追い打たれながら、未来の時間軸から射し込まれる世界視線の未知にむかって踏み出す普遍視線（と逆世界視線）の歩みのことでもあるはずだ。そしてこのとき、わたしたちが直面するのは、おそらく絶対値としての普遍視線に対応する未知ではない。既成化した像価値＝〈世界視線×普遍視線〉を掛けあわせた普遍視線×〈世界視線×普遍視線〉の全体にかかってくる未知として相乗化された世界視線を受け止めつづけねばならないのではないだろうか。

わたしたちの普遍視線（と逆世界視線）の行く手には、いささか不透明に悲観的な「究極映像」が待ち受けているかもしれない。地球観測衛星から注がれる世界視線、その稠密な走査線に身を潜める場所がないほどくまなく解像されつくした地上でいかなる普遍視線の射程を拓きうるのか。だが、ほんとうに不透明に悲観的なのは、たぶん「究極映像」そのものではない。むしろ世界視線は「究極映像」をますます鮮明にしていくのに、普遍視線は足元で混沌と溢れかえる「至近映像」に眩暈しつづけなければならない。その乖離の不可側性にこそ、おそらくわたしたちの不透明に悲観的な像の根因があるのだ。

ここで想起されるのは『共同幻想論』のなかの一節だ——「人間の自己幻想（または対幻想）が極限のかたちで共同幻想に〈侵蝕〉された状態を〈死〉と呼ぶ」（「他界論」）。この一節をわたしは次のように変奏してみたくなる誘惑を禁じえない——「人間の普遍視線（と逆世界視線）が極限のかたちで世界視線に〈侵蝕〉された状態を〈死〉と呼ぶ」。こう読み換えてみると、両者のあいだにある差異も見えてくるだろう。『共同幻想論』では、周知のように自己幻想（または対幻想）が共同幻想と**逆立**するというテーゼが「極限のかたちで」現れるケースを〈死〉に認めて、件《くだん》の一節が書かれている。それに対して『ハイ・イメージ論』においては、普遍視線（と逆世界視線）は世界視線と直交するか、あるいは俯瞰されたり、透過されたり、直線的に交わるばかりで、相互に関係づけられ、動態化されることはない。だが、わたしたちの普遍視線（と逆世界視線）は、降り注いでくる世界視線がたとえ地上の生の営みを「虚像」としてしか映し出さないとしても、それを意識的、無意識に求めたり、その抑圧を感じたり、あるいはそれと葛藤したり、断絶したりしながら生き死にしているのではないだろうか。ここにわたしは**逆立**の契機があることを想定しないではいられない。そして、その世界視線からの**逆立**の契機が「極限のかたちで」普遍視線（とそれと一対になった逆世界視線）に負荷されるとき、わたしたちはある種盲目的なしぐさで地上をまさぐり、天を仰いで耳を澄まし、**歴史**という名の時空の糸を紡いでいることになるのかもしれない。

『ハイ・イメージ論Ⅱ』へと先を急ぐと、先に挙げた「**自然的な自然**が永久不変だという認識はまったく必要でない。大都市は**自然よりももっと自然な人工的自然**をつくりだせるし、地面よりももっと豊饒な人工的土地である〈土壌（等価物）〉がかんがえられて、人工都市を包みこむこともできる」（「人工都市論」）という一節と反対側から照応する言葉が「自然論」のなかに読める。それは、ライプニッツやスピノザ、ヘーゲルなどの思索の跡に神、理性、真理といった概念とともに自然概念を根底から問いただし、再定義したのち、吉本自身その思想形成に多くを汲みとってきた「F‐M（フォイエルバッハ‐マルクス）系の自然概念と、その認識論的なエッセンス」を乗り越えようとする次のような文脈である。

F‐M系の自然では、物質は手ごたえのある凸存在として「そこ」に実在しており、人間の対象的な行為の末端にふれたときに、「組みこみ」の作用がおこるとかんがえられていて、その分だけ静態的になってしまっている。自然は生成と消滅の過程そのものであり、その生成は物質が素粒子からの生成であることと対応している。この過程は物質の素粒子への解体がじっさいに追認できるようになったこととかかわっている。そしてこの生成を追認することは同時に物質が消滅できることを確認することにほかならない。（略）わたしたちが有機的な自然としての人間と、その外部に知覚によってみている全自然は、生成と消滅の過程として把握している自然とまったく自己同等でありながらしかもちがっている。

マルクスのいうように、素材や物体やあるばあい天然の四元の形態をかえることが、自然を価値領域化するとすれば、たんに自然は物質の具体的なさまざまな形態の集合体にすぎなくなる。この集合体を有用にする加工がマルクスのいう価値化なのだ。だが自然は一方で過程として時間―空間の変様体であって、この時―空の変様が価値化の根柢になくてはならない。（略）この過程としての自然の変様は、次元がちがったたくさんの時間―空間の変様体の層から自然が成り立っていることをしめしている。そして現在でもこの層はいわば考古学的につけくわえられている。

過程としての自然の変更、いいかえれば時間―空間の変更がその基底にあることはマルクスでは問われていない。経済学的な自然は、全自然を対象的な行為の瞬間でしか表示しない。また経済学と普遍経済学とはまったくちがう。自然は有用なものとしてわたしたちをとりまいているのかどうか、決定する根拠はほんとうはどこにもない。

（以上『ハイ・イメージ論Ⅱ』「自然論　三　1」）

マルクス的な自然の「組みこみ」による物質の諸形態の変化は、一方で時々刻々「生成と消滅」を繰り返している過程としての自然の変化と同時的に生起している。「まったく自己同等でありながらしかもちがっている」とはそういう意味である。ここから、マルクスにおける主体としての人間が客体としての自然に働きかけるという図式の前提である空間一元論的な自然把握に代わって、「過程としての自然の変様は、次元がちがったたくさんの時間―空間の変様体の層から自然が成り立っていることをしめしている」という自然把握が生まれる。そして、これをさらに価値概念に昇華させるべく、吉本は「価値は有用な行為からだけでなく、対象的な行為による時間―空間の過程としての自然の変更からうみだされる」と述べ、前者を経済学、後者を普遍経済学と呼んで差異化し、後者による前者の乗り越えに想到するのである。

そして、その構想は一気に「極限概念」から語られる。

わたしたちがここで漠然としてではあるがいいたいことのひとつは、現在の社会水準でかんがえられる有用性による価値の概念と、その普遍的な交換価値の概念を、全自然が価値化される極限概念から逆にみられた**残余**としてあらわしたいということだ。（『ハイ・イメージ論Ⅱ』「自然論　三　2」）

「漠然としてではあるが」と留保しつつも、吉本は「F・M（フォイエルバッハ・マルクス）系の自然概念と、その認識論的なエッセンス」を**残余**という一語に凍結しようとしているのである。「全自然が価値化される極限概念」が**死**に対応していることは、すぐあとに「価値化の領域が拡大することは、同時に価値がきえてゆく過程であり、また価値領域が拡大された極限は、価値化の不可能を意味する極限である」という一節があることからもあきらかだ。ここで言われる「極限概念から逆に」発せられた視線が世界視線であることはいうまでもない。先に引いた「映像都市論」の「**世界視線からみられた都市像は、その都市が瞬間ごとに、自身の死を代償として自身の瞬間ごとの死につつある姿を上方から俯瞰している像**」という言葉になぞらえれば、**残余**とは「有用性による価値の概念と、その普遍的な交換価値の概念」が世界視線によって「**瞬間ごとに、自身の死を代償として自身の瞬間ごとの死につつある姿を上方から俯瞰**」された〈像〉であるといえるだろう。

ただ、吉本は「瞬間ごとの死につつある姿」よりもさらに踏み込んで、ここでは**残余**を「極限への時間径路からの残余」として表示している。それによれば、「時間径路」として表示された「極限価値化領域」としての「全自然」から「未来の価値領域」としての「時間径路」を減じた「時間径路」が「現在の価値領域」＝**残余**なのである。ここまで概括しながら、吉本が周到に手順を踏んできた概念化を十分に咀嚼できているかどうかおぼつかなさを覚えつつ言うのだが、この吉本が提示した「時間径路」、そして何よりも**残余**という言葉にわたしはつまずいてしまう。なぜ「現在の価値領域」が**残余**なのか。むしろ「極限価値化領域」としての「全自然」から「現在の価値領域」を減じた「未来の価値領域」を**残余**ではなく**未踏**としての「時間径路」と表示すべきなのではないか。

わたしたちがここであらわしたい価値の概念は、時間―空間の径路ρ（t,s）で表示できる。いいかえればその価値は時間によって表示されるのではなくて、時―空によって、時間―空間の関数としてあらわされる。そしてS（空間性）を定数として固定すれば、近似的に時間の径路によって線型に表示されるとみなされる。

（『ハイ・イメージ論Ⅱ』「自然論　三　2」）

わたしの疑問はこの一節にある数理的な定式化の意味を正確に理解しえないがゆえに生じているにすぎないのかもしれないが、しかし、先に世界視線／普遍視線、あるいは「究極映像」と「至近映像」とのあいだに探ろうとした**逆立**の契機がこの「時間径路」にもありうるのではないだろうか。その問いにはまた、「現在の社会水準でかんがえられる有用性による価値の概念と、その普遍的な交換価値の概念」に駆動されたすえの像としての〈原発〉、〈原発事故〉が重なってくる。本稿を書きはじめた最大の契機は、いうまでもなく吉本隆明の死という事実だが、その死に向きあうなかで、この〈原発〉、あるいは〈原発事故〉という像もまた「現在の社会水準でかんがえられる有用性による価値の概念と、その普遍的な交換価値の概念」が「**自身の瞬間ごとの死につつある姿**」を露出させたように思えてならなかったのである。

「自然論」における吉本の論脈は、もっとも本質的な位相で〈原発〉を肯定しているものとみなすことができる。それは、「次元がちがったたくさんの時間—空間の変様体の層」としての自然に対する科学的な知見に基づく「対象的な行為による時間—空間の過程」の産出として〈原発〉の原理的な可能性を含意しているからだ。そのかぎりで、吉本にとって〈反原発〉が反動的であるほかないことは了解できる。しかし一方で、先に引いた吉本の提起する「時間径路」を〈原発〉に当てはめれば、それは「全自然が価値化される極限概念から逆にみられた**残余**」に不可避的に漸近していくのではないだろうか。つまり、「極限価値化領域」としての「全自然」に照らせば、いずれ遠からず〈原発〉から〈自然再生エネルギー〉に転移していく原理的な可能性が志向されることは自明なのではないだろうか。

だが、〈原発事故〉はそれよりもずっと手前の問題、わたしたちが「現在の社会水準でかんがえられる有用性による概念」を行使するうえでのあからさまな技術管理の失敗として生起した。しかも、それは純粋な〈原発事故〉ではなく東日本大震災による津波をトリガーとした複合災害として生起したため、より対処を困難にしたのだった。いまその点にまで触れる余力はないが、〈原発事故〉、あるいは放射能汚染や核廃棄物処理などの問題系を派生させる〈原発〉の実態は、吉本の言う「全自然が価値化される極限概念」からの**残余**にいたる線型に表示された「時間径路」においても**逆立**しているのではないか。

「**自然よりももっと自然な人工的自然**」という言い方になぞらえれば、それは本来〈太陽よりももっと自然な人工的太陽〉による核エネルギーを生み出すことで吉本の言う普遍経済学的な発電システムを実現するはずだった。が、実際には普遍経済学とは似ても似つかない、あからさまに破綻した有用性による経済学の末路を示した。しかもこの場合、有用性は、電力に対する欠乏と浪費が一対になった強迫観念に駆動されていた。国と電力会社が結託した原子力行政が「安全神話」を振りまきつつ奔走してきたのは、この電力の欠乏〜浪費という構図から〈原発〉が欠乏だけを排除できるとするプロパガンダだった。結局、現在の社会水準で考えられる有用性による価値の概念における〈原発〉とは、この欠乏〜浪費の経済学（価値概念）と普遍経済学との**逆立**が**歴史**として現れる問題なのではないか。吉本が言うように、後者が前者を包括、統合する方向でその「時間径路」が想定されるとしても、現実の局面では両者は**逆立**の契機に促迫され、せめぎあいながら力動する。むしろ欠乏〜浪費の経済学の利益誘導的な反動性のゆえに前者が後者を出し抜いてしまうという事態は、わたしたちの普遍視線にとってありふれた光景ですらある。現実空間に遍在するこうした**逆立**の契機を組み込まないかぎり、「全自然が価値化される極限概念」からの**残余**として〈原発〉を追いつめうるとする「時間径路」を逆に「虚像」に近づけてしまうのではないだろうか。

問題はむしろ、**歴史**のなかに何度でも執拗に回帰してくる欠乏〜浪費の経済学をいかに乗り越えるか、だろう。それはたとえば、吉本自身がキルケゴールの『反復』を導入しつつ、**歴史**における「飢餓と飽食」の「反復」という論点として触れている問題にも通底しているはずだ。

飢餓と飽食がひとつ次元をとびこして、世界を反復（循環）している。そこでは民衆にたいする「善」を標榜している社会主義権力が、民衆を飢餓に追いやる「悪」を実現している。こういった反復（循環）

が飢餓を決めている。これが事態の実相で、反復（循環）の機構を解き明かしたものだけが、ほんとに救済のプランを作れるのだ。

（『ハイ・イメージ論Ⅰ』「ファッション論　1」）

## 6

『ハイ・イメージ論』を読んでいくことをさながら高峰にいたる岨道を息を切らしながらたどっているようだと書いたが、じつはそうした高さの比喩だけでは不十分かもしれない。それこそ世界視線であるゆえんだと言えるわけだが、言葉の抽象度の高さがそのまま未来からの像を放射する言葉になっていると思える文脈もある。それは、言いかえれば、初読の際には文意を噛み砕いてわかるところまで行けなかったのだが、それでも、読んでいるうちに「これはこれからわかるようになる」と思えてくる、そんな感覚をもよおさせるのである。そんな文章のひとつが次の一節だ。

現実の方が主観がつくる自由の規定性よりもっと過剰な自由をゆるしているようにみえることは、さしあたり現実を映像化してしまう。また心身の行為そのものに、制約や疎外が貼りついて離れないとおもえることは、わたしたちの映像が現実とおなじ属性をもった状態だということを意味している。こういう現実と映像との同じだとおもえる状態の核心にあるものは、ふたつだ。ひとつは、規定できる現実（これはまちがいなく現実だと呼べる条件）よりもあり余り、つみ重なった現実は、かならず映像化される（映像とおもわれて現実を離脱する）ということだ。もうひとつは、構築された物の体系からできあがった現実が、天然（物の起源）を内包するところでは、差異が映像を生むということだ。このふたつの特異点によって、現実と映像とが同一になった、そしてそのふたつの要素が交換可能になった状態に、あたらしい自由の舞台をみていることになる。何をなすべきかという問いが消滅して、そのおなじ場所にどう存在すべきかという問いが発生するのはそのためなのだ。

（『ハイ・イメージ論Ⅲ』「エコノミー論　一　1」）

この具体的な意味との通路を禁欲するかのように抽象の水準が持続される文体は、批評の散文というより、ほとんど『言葉からの触手』の一節かと見まごうばかりの言葉の質を湛えていて、わたしにはまさにさまざまな映像を喚起する触手のようにはたらく。

当初、わたしはこのくだり、とりわけ「現実の方が主観がつくる自由の規定性よりもっと過剰な自由をゆるしているようにみえることは、さしあたり現実を映像化してしまう」という一文に、たとえば高度な情報ネットワークによって世界市場で瞬時のうちに巨額の取引をやってのけられるような金融の「自由」、貨幣をはるかに超えた交換価値のスピードといった「過剰な自由」をイメージしていた。だが、「構築された物の体系からできあがった現実が、天然（物の起源）を内包するところでは、差異が映像を生むということだ」という一文は科学技術そのものの趨勢にそのまま通底するような文脈として読める。おそらくここには像としての〈原発〉を含ませることも可能だろう。

吉本がここでこころみているのは、特定の像よりも、むしろ複数の像を集光レンズのように重層的に抽象することで、普遍経済学（エコノミー）の究極の像に迫ろうとする文体なのだと思える。それが文意をたどりにくくしているのだが、それらの像を収斂させている焦点がある。「現実と映像とが同一になった、そしてそのふたつの要素が交換可能になった」というくだりだ。

先に引いた『マス・イメージ論』では、言葉と映像の交換価値が等価だとする地点が発見されたわけだが、ここでは現実と映像とが同一だとまで言われる。等価だと言うためには、言葉と映像はたがいに異質であるという前提が不可欠である。異質であるがゆえに両者は交換されるだろうからだ。それに対して、同一だとされてしまった現実と映像に、ではどのような交換がありうるのだろうか。さらに、そうした交換がすでに縦横に行われているだろう「あたらしい自由の舞台」は、どのような像としてわたしたちの普遍視線に見えているのだろうか。

吉本がこの文章を書いてからすでに二十年以上になるのだから、「これからわかるようになる」と受け止めた感覚に言葉を与えるには十分な時間が経過したことになる。

この「エコノミー論」という長い論考で吉本が取り組んだのは、当時の「エコノミー」としての「現在の帯域」に立脚したうえで、あたうかぎり大衆の経済生活の理想像を描いてみることだったといえるだろう。それは、乱暴に言えば、マルクス以後、マルクスと正反対の方向、資本主義的生産が社会に蓄積する富を全肯定する方向でもっとも大胆にめざされた大衆が経済的に解放された姿の「究極映像」だった。

その前提として吉本が論及するのが大衆における消費の生産からの自立化である。マルクスの「生産は消費である」という規定が、両者のへだたりを実現する市場の拡張に大衆自身が消費行動によって参画すること通じて、ついに「消費は生産である」という逆規定へと顚倒されるにいたる。ここに吉本は高度資本主義下の大衆消費社会の指標を見るわけだが、あえてわたし自身が古臭い理念の残滓として持ち合せている語彙を使うなら、大衆にとって消費行動こそが経済社会の存亡を左右しうる自己権力の潜在的な根拠となった現実が見出されていることになる。

続いて「エコノミー論」が踏み込んでいくのは、労働者と資本家の差異が貨幣所有によって解消されうるとする論点である。一般市場における大衆の消費行動のアドバンテージを、そのまま貨幣市場での労働者の売買行動へとシフトさせる仮説だといえるだろう。とはいえ、実際に「万人が（ということは一般大衆が）貨幣を資本として運用し、居ながらにして利子をうる（貨幣資本家）になることを、経済的な理想像においたとき、……」といった言葉を読んだとき、吉本はいったい何を言いはじめたのかと一驚を喫したものだが、考えてみれば、現在も約八〇〇兆円超の預貯金を有するわが国では、一般大衆の多くが銀行預金を通じてひとりでに貨幣市場に関与させられているわけだ。

むろん吉本は、この論考を書いた――日本経済がバブル経済に沸き立っていた当時でさえ、そうした「経済的な理想像」までの道のりを周到な距離感で遠望している。だが、「大衆的な富裕の本質と、それが可能で、永続的に維持できる方法」を描きうることを疑っていない。先に引いた一節がそうした道のり、「方法」を念頭に描きつつ書かれたことはあきらかだ。わたしが「これからわかるようになる」と受け止めた、たとえば「現実の方が」提供している「主観がつくる自由の規定性よりもっと過剰な自由」、そしてその「あたらしい自由の舞台」は、では、いまどのような「至近映像」としてわたしたちの眼前にあるのだろうか。わたしは、「わかるようになった」と言いきれないまま、何か根本的に掛けちがった視野に吉本の「経済的な理想像」の倒像を目の当たりにしている気がする。

「あたらしい自由の舞台」は、「過剰な自由」を方法化してしまった金融テクノロジーを介して、まるで災害のような貌で巨額の貨幣の損失が往来する舞台へと暗転してしまったのではないか。だれがしくじって、だれがうまくやったのかを追跡することがもはや無意味な世界の到来。そこでは利益も損失も数値であるか折れ線グラフであるかの表象にすぎず、表象であるままさらなる交換へと走り去ってゆく。それは現実なのか、映像なのか。まさに「現実と映像とが同一になった」というほかない世界が出現しているのだ。

「何をなすべきかという問いが消滅して、そのおなじ場所にどう存在すべきかという問いが発生する」という吉本の言葉は依然としてわたしたちの前にありつづけている。だが同時に、その言葉の裂け目から、〈いま、ここ〉を生成しようとして、真新しい「何をなすべきかという問い」がたえまなく噴出してくるのを感じる。

## 7

テレビ・カメラの〈眼〉はときに欲しないものものうつしだすが、わたしたちの〈眼〉はみようと欲するものだけをうつしだす。テレビ・カメラの〈眼〉は、いくら高度でも肯定機械の〈眼〉だが、人間の〈眼〉は否定的契機によってみている。

（『マス・イメージ論』「画像論」）

わたしのかつての相棒だったカメラマンがついにレンズキャップをはずせなかったのと対照的に、だれがそれを撮っているのかさだかでないテレビの定点カメラ――どこか世界そのものに向けられた鈍重な監視カメラのような、その不眠の、遠見の視線はずっと福島第一原発の原子炉建屋に注がれていた。そしてあの日、決まりきったフレームのなかで、陽炎のようにかすかに揺らめく空気を除いてすべてが死んだように静止している風景を切り裂くように原子炉建屋が水素爆発の爆風で四散するさまを、それは唐突に映し出した。テレビ画像をテレビ画像たらしめているフレームそのものを切り裂くような瞬間だった。裂けゆく画像、あるいは裂罅としての画像――。

それを映し出したテレビカメラの視線を何と呼べばいいのか。普遍視線と世界視線がたがいに不全なまま捩れて癒着したような正体不明の視線。無人称の、したがって主体のない視線。それは、だからけっして「眼をとじる」ことはできない。だが、「とじる」ことができない眼だからこそ、画像が裂ける決定的な瞬間をとらえることができた。

わたしたちの眼はその画像とどのように拮抗しうるのだろうか。

まずは、わたしのかつての相棒だったカメラマンのように、まなこを見開いて強くその画像をまなざしてみること。そしてさらに固く「眼をとじて」みること。それによって喚起される〈像〉をまなざしつづけること――そこからしかあの画像に拮抗する〈像〉を描くすべはないのではないか。

二〇〇八年盛夏、わたしは、本誌同人の高橋秀明・築山登美夫両氏に誘われ、世田谷区三軒茶屋にある昭和女子大学人見記念講堂に吉本さんの講演を聴きに出かけた。じつは「芸術言語論」というタイトルが当初はピンと来なかった。しかし、司会の糸井重里さんに車椅子を押されて登場した吉本さんが語りはじめると、すぐに胸にすとんと落ちるものを感じた。「言語はコミュニケーションの道具であるという考え方をぼくは否定しました」と吉本さんが口火を切ったからだ。そこから、アダム・スミス以来の価値論へと延々と迂回しながら言語の価値にいたるという吉本さんの語り口は、若い世代が目立つ聴衆のなかで少なくともわたしのような古くからの読者には「ああ、これは読んだ覚えがある」と安堵させるものだった。あとで、あえて吉本さんのほうから糸井さんに持ちかけてこの講演が実現したことを知り、吉本さんは最後の機会と思い決めてこの講演に臨んだんだなと思い、言語表現は沈黙から発するのだという『言語美』以来のモチーフをあらためて語ろうとしていたのだということが痛いほど伝わってきた。

しかし、実際の講演では吉本さんの言葉はひたすら迂遠なループを描いているようで、事前に配布されたパンフレットに窺える議論の帰結へ進入するいとぐちを探しあぐねている様子があらわだった。講演が進むほどに車椅子の吉本さんの視線は上向きになっていき、ほとんど虚空にむかって語りかけているようだったが、両手をかざしたまま、しばらく言葉が出てこない時間も訪れる。まるで自分が抱えている沈黙の塊の大きさを測りかねているようなしぐさだ。

予定の時間を過ぎてもいっこうに講演が終わる気配がない吉本さんを心配した糸井さんが出てきてのやりとりを聞いたとき、わたしはある重要な疑念に思い当った。吉本さんはこの日のために手書きのレジュメを用意してきたと聞いていたが、たぶん壇上の照明の加減で、それが読めなかったのではないだろうか。どんな不具合があろうと、それをまるごと引き受けて、存在として語ってしまうのが吉本さんの吉本さんたるゆえんであり、そのときも糸井さんはじめ会場スタッフはもとより、聴衆であるわたしたちもいささかも後味の悪さを感じることなく終始したと思う。しかしそのこととは別に、この出来事は胸に残った。

吉本さんが亡くなってから、わたしは、少なくとも最後の十年ほどは病気のために目が利かなくなり、ほとんどまったく読み書きができなかったにもかかわらず、言葉を発することを止めなかった吉本さんの思想表現の最晩年について、その言葉の逆境について、あらためて考えるようになった。わたしたちは、もっぱら吉本さんのくだけた話体に耳を傾けながら、あまりにそのことに無関心だったのではないだろうか。

**文字**にかかれることで言語の表出は、対象になった自己像が、じぶんの内ばかりでなく外にじぶんと対話をはじめる二重のことができるようになる。

（『言語美Ⅰ』「第Ⅱ章言語の属性　3文字・像」）

この間、吉本さんは「文字所有者」（瀬尾育生）ではありえなかった。それは当然「言葉からの触手」を失っていく過程でもあっただろう。表現者にとって、書くことによる——書きつけた**文字**がはらむところの——〈像〉への視力を奪われることがどれほどきついことか。吉本さん自身、それを正面から語ることはなかったように思う（あったのかもしれないが、わたしは目にする機会に恵まれなかった）。

〈原発事故〉が起こったあとも、折に触れてなされる吉本さんの発言を読んだり、読まなかったりだったのだが、その内容以前にわたしには深刻な疑念があった。吉本さんは、あの〈原発事故〉の映像を目撃できなかったのではないか？　むろん、そんなことに左右されるまでもなく、吉本さんの思想が科学技術の原理的な可能性として〈原発〉を肯定していること、それがちょっとやそっとで揺るがないことは知っている。しかし、〈原発事故〉の映像は、わたしにはそんな原理的な可能性の〈むこう側〉から不意に射し込まれた**死**の歪像のように見えた。それは、わたしたちの「至近映像」としての**残余**が暴発する姿ではなかったか。それを目撃することなしに、吉本さんは〈原発事故〉についてどんな〈像〉を描きえたのだろうか。

いまから十五年ほど前、まだ健筆を振っていた頃、吉本さんは危うく死に引きさらわれそうになる水難事故に遭う。回復後、わたしたち読者の大方の関心には肩すかしにも感じられる言葉——臨死体験などを経ることなく、あっけなく生還したとの応答を吉本さんは返した。しかし、末期《まつご》の床で固く

「眼をとじた」吉本さんの視野に「自己客体視」の像ははたして現れなかっただろうか。吉本さんにおける最後の世界像、という想念はわたしの脳裡を去らない。それを見きわめるためにも、吉本さんの遺した膨大な言葉との対話がほんとうに始まるのはこれからなのかもしれない。

（「LEIDEN——雷電」2号／二〇一二年七月）

# 「芸術言語論　その2」レポート

夏の昭和女子大学人見記念講堂での講演「芸術言語論」の続篇となる吉本隆明の講演「芸術言語論その2」が、十月二十七日、紀伊國屋ホールで行われた。といっても、講演者である吉本自身は自宅でしゃべり、その生中継の映像・音声を紀伊國屋ホールの聴衆がスクリーンを通して視聴するという形式の講演である。そもそも収容人数がちがうので単純には比較できないが、夏の人見記念講堂と同様、この日の紀伊國屋ホールも満杯で、会場が狭苦しく感じられるほどの盛況だった。

続篇ということで、てっきり前回語り残された「日本語五十音図について」（講演パンフレット「芸術言語論――沈黙から芸術まで――」参照）から話が始まるのかと思いきや、今回は「一、日本語圏における詩の起源」「二、日本語近代詩の課題」「三、長老詩」という新たなテーマでの講演となった。一言で言うと、日本の詩を『古事記』におけるその始まりから短歌（和歌）～俳諧、さらに近代詩から現代詩への一貫した「芸術言語」の流れとしてたどるというもので、たいへん刺激的で、興味深い内容だった。

さっそく内容を概観してみよう。

日本の詩はいったいどこから始まったか？　吉本が「日本語圏における詩の起源」として見出すのは、たとえば『古事記』のなかの神倭磐余彦（カムヤマトイワレヒコ）と、その従者大久米命（オオクメノミコト）との問答からなる次の歌謡である（註）。

「倭の　高佐士野を／七行く　媛女ども　誰をし娶かむ／かつがつも　弥前立てる　兄をし娶かむ」（「芸術言語論　その2」講演メモ）

その理由として、吉本は歌謡が成立するにあたってはじめて人間性が関与している点を挙げる。「原始的未明」としての神話時代の次にやってきた「人間性の関与する段階」における神話と歌謡の結合があるというわけである。

ちなみに、この歌謡については『言語にとって美とはなにか』の「構成論」でも触れられているので、そこでの吉本の読みも引いておこう。

〈大和の高佐士野を、七人でゆく娘たちよ、そのうちの誰と寝ようかな〉にたいし、〈そうだな、いちばん前をゆく娘がいいぞ〉という問答のかたちの土謡歌にちかい叙事詩だといえる。これが土謡詩からの上昇とみられるのは、まず、自然物にふれてからあとに、ほんとうのモチーフにちかづくという土謡の形式がとられず、じかにモチーフが云いだされ、詩としての**構成**は、これにたいする応答の形で、ふたたびじかにモチーフが接続されるという形式がとられているからだ。

「じかにモチーフが云いだされ」るというあたりに、「人間性の関与する」詩の始まりを見てとる吉本の根拠もうかがえる。

そして、この歌謡の「詩の起源」たるもうひとつの要素として吉本が指摘するのは、〈誰と寝ようかな〉に対して〈いちばん前をゆく娘がいいぞ〉と答える「問答歌」の形式（『言語美』では「問答対」と記されている）である。大久米命（オオクメノミコト）がさっそく〈いちばん前をゆく娘〉にその旨を伝えに行くと、彼女は次のように問いかける。

「あめつつ　千鳥ましとと／など黥ける利目」〈あなたの目が千鳥のように裂けているのはなぜ？〉

それに対して大久米命（オオクメノミコト）は「嬢子に　直に　逢はむと／我が裂ける利目」〈あなただけを見て、まっすぐやって来たので、裂けてしまったのだ〉と答える。

吉本は、最初の問答に続くこの問答を相聞歌のいちばん初めの姿だとみなす。そして「記紀」の歌謡が、時代が下って「万葉」の和歌へと圧縮されていくとき、この「問答歌」形式は上句（五・七・五）と下句（七・七）という形で受け継がれていったとする。こうした形式の転移は、そのまま『言語にとって美とはなにか』「構成論」で提示された土謡詩→叙事詩・叙景詩→抒情詩という詩の転移に重なると考えてよさそうだ。

「万葉」の初期においては、しかし吉本はこの問答歌を受けた上句と下句の構成はまだ未完成であるとする。ちなみに、一首がいまだ問いと答えの名残をさらして、主観と客観を上句と下句として統合しえていない例として挙げられるのは、「防人の歌」として知られる丈部人麻呂《はせつかべのひとまろ》作の次の歌である。

大君の命恐《みことかしこ》み磯に触《ふ》り海原渡る父母を置きて（『万葉集』巻二十）

吉本が指摘するのは、作者が「磯に触り」「海原渡る」と、上句と下句で同じ旅立ちというニュアンスの行為を二重に叙している点である。上句と下句は並列されているのみであり、「万葉」にはこうした歌が散見されるという。

これがさらに時代が下って「古今」、「新古今」の段階になると、その構成は洗練され、一首の完成度は高まっていく。上句と下句は、ひとりの作者における主観と客観との対置、そのうえでの統合というふうに進化していく。

この間、象徴的な役割をはたした歌人としてふたつの名前が挙げられる。西行と定家である。定家は、たとえば日本の名勝を歌うときにその場に実際に行かなくても歌えるのだということを主張した理論家として、西行は、同じ時代に多くのすぐれた作品を残した歌人として屈指の存在であるとされる。『言語にとって美とはなにか』の語彙で言い換えれば、まさに短歌表現における自己表出性を飛躍的に高度化させた代表的な歌人がこのふたりなのだということだろう。

ところが、上句と下句との構成美をつきつめる短歌表現が、そのはてに上句・下句の対の構成を崩して、一見五・七調を間延びさせるふうに展開していくようになる。西行のそんな作風の有名な一首。

風になびく富士の煙《けぶり》の空に消えて行方も知らぬ我が思ひかな（「山家集」）

吉本はこれを和歌の形式が研ぎすまされたすぐれた一首として取り上げ、短歌を「一行の詩」として成立させせた作品と評価している。もっと時代が下るとこうした趨勢はより加速され、たとえば室町前期に活躍した正徹の『草根集』では上句と下句の句切れはなくなってしまうという。

こうした「一行の詩」への大きな流れの一方で吉本が重視するのは、短歌における上句・下句に保持されていた主・客の構成美をいっそう短くシンプルな定型詩に追求する流れである。いうまでもなく芭蕉を中心とした江戸期に隆盛を迎える俳諧への流れである。そこで芭蕉は表現を五・七・五にまで切りつめつつ、あくまでも主・客を対比する秩序を貫こうとした。たとえば「夏草や兵どもが夢の跡」という句の場合、「夏草」が生い茂っているという客観に、「兵どもが夢の跡」という主観が対置されて一句が成り立っているのである。

さらに吉本が挙げるのは次の一句である。

暑き日を海にいれたり最上川（「奥の細道」）

この句について、吉本は、凡庸な発想ではたとえば「暑き日が海に入りたり」とか「暑き日が海に沈めり」となりそうなところを「暑き日を海にいれたり」と鋭く主観化し、「最上川」という客観との緊張を高めたと評価している。このようにして芭蕉は、もっとも始原的な言語価値としての日本の詩型＝「問答歌」をもちこたえ、それを主観と客観の対比として表現することで俳諧という定型詩のジャンルを確立した。

たとえば蕪村も芭蕉に並び称される江戸期の巨匠だが、芭蕉とは逆にその作風は「一行の詩」派として評価される。そして、じつはいささか驚かされたのだが、両者を比べたとき、吉本は、芭蕉の作品が俳諧の始祖としての格を持つのに対して、絵師として一家をなした蕪村のそれは余技のように見えるとまでいうのである。

いずれにせよ両者の対照に、「問答歌」以来の主・客の構成をさらに研ぎすますか、それとも「一行の詩」にむけて脱皮していくかという詩のダイナミズム＝「表現転移」が俳諧において突きつめられた姿を見るべきなのだろう。

この問題はさらに明治以降の俳句にも見いだされる。

鶏頭の十四五本もありぬべし（「俳句稿」）

この子規の句を、吉本はぎりぎり「問答歌」以来の主・客の形を保存したものと見る。「鶏頭」が咲いているという客観を「ありぬべし」という主観でたくみに受け止めているというのである。

子規との対比では、漱石が大塚楠緒子の死を悼んで詠んだ「有る程の菊抛げ入れよ棺の中」が挙げられた。吉本はすぐれた作品として評価しつつも、子規に比べれば小説家の余技としての句にすぎないとする。実際、子規はこの句を読んで、手を入れてやると言いだして、漱石を怒らせたこともあったらしい。

そして一方で「一行の詩」としての現代俳句を成立させた中村草田男を評価しつつ、吉本は、主客対比をさらに批判的に推し進めた例として角川春樹の「かなかなや蜩涙父の貌に似る」や「妹よ羽子板市に来て泣くや」を挙げた。

こうして「問答歌」の形を批判的に受け継ぎながら、それをどこで破るかという問題がいよいよ日本近代詩の舞台へと持ち越されることになる。

ここで代表的な象徴詩人として登場するのが三木露風である。詩人の安部宙之介が『三木露風研究』という本のなかで紹介するところによれば、露風は私信のなかで「俳句を作った」として、「赤とんぼとまっているよ竿の先」のフレーズを書きのこしたという。これは、むろん伝統的にも「一行の詩」としても俳句にはなっていない。しかしながら吉本は、露風がのちにこの五・七・五の俳句もどきを核に、あのだれもが知っている童謡詩「赤とんぼ」へと詩句を展開、結実させていく力業のなかに日本の詩がたどるべき道が開かれたと評価する。

その道行きの困難をさらに追いつめ、乗り越えようとしたのが萩原朔太郎である。『月に吠える』はその実践であるとされる。吉本がそこに見さだめるのは、日本の伝統的な情緒のなかでしか通用しない露風的な象徴詩と戦い、その限界を踏み破ろうとする朔太郎の詩的格闘である。露風の喩がだれにでもわかるのは、詩句と象徴されているものとの対応がすぐにわかるからだ。朔太郎はそうした露風的な喩を否定して、新たな詩句の選択、転換、そして喩のあり方を徹底的に追究した。

ちなみに両者のちがいを吉本はある身体的な比喩を用いて述べていた。たとえば露風の喩が「腰が痛いのは、内臓の具合が悪いからだ」というレベルだとすれば、朔太郎の喩は同じことを血管を流れている血液にまで象徴させようとしたというのである。運動をする人間の筋肉が収縮して血管が浮き上がる、あるいは歳をとってしだいに皮膚から血管が浮き上がるように、朔太郎は『月に吠える』で喩を駆使した。血管を流れる血のレベルにまで「腰が痛い」ということを象徴させることができたなら、それは現代の象徴詩となりうる。そして血管、あるいは血とは、朔太郎の場合、性的表象にほかならないとされる。

詩句の意味としては分明ではないが性的な表象であることはわかる。そんな朔太郎の喩を通して、問題が一挙に現代詩のフェイズに突入したことが示唆されているようだ。そのことによって、吉本は、日本の詩はひとりでに「グローバルに通用する」ための現代詩としての課題に向かいはじめたと評価する。そして、現在の詩の前線でこの課題にコミットしている代表的な存在が吉岡実であり、吉増剛造である。

議論の帰結は、やや言葉足らずながら糸井重里との質疑に触発されるかたちで出てきた発言に込められていたように思う。

世界のだれもが人類共通の課題に到達するためにみずからの種族語、民族語で書いていくしかない。吉本は、このアポリアを回避しようとして、かつてエスペラント語の試みがあったことに触れつつ、糸井にむかって「言葉というのは人工的に造れない、安易に記号化しようとすると必ず失敗する」と力説した。だから、表現者はどんなに狭い道でも母国語の「固有性を開いていくしかない」のだと。そして、それが同時に言葉を通じて「グローバルに通用する」、つまり人類に共通の課題に到達する道なのだ、と。吉増剛造の句読点まで文字としてあつかう詩法は、日本の伝統的な（たとえば露風の作品のような）抒情詩の愛好者からは、単に日本的な情緒を破壊しているようにみえるかもしれない。しかし、そうではなく、その試みは日本抒情詩の伝統から身をもぎはなそうとしつつ、やはりまぎれもなく日本語としての空間を世界にむけて押し広げているのだ、と。

「講演メモ」では最後になっている「長老詩」についてもふれておこう。

取り上げられたのは歌人の岡井隆が書いた「限られた時のための四十四の機会詩」と辻井喬の「自伝詩のためのエスキース」である。吉本は、岡井詩を歌人の余技とは思えない詩作品として、辻井詩を高村光太郎の「暗愚小伝」に通じる作品として、それぞれ高い評価を与えていた。

注目すべきは後者に対する読解だろう。吉本は辻井の「自伝詩」を半分は自己史、あとの半分は理想の自分によって作られた詩の試みとみなし、その構造が、辻井喬がたとえば堤清二として造り出した「つかしん」という理想都市のイメージと密接に呼応しているととらえるのである。自己史の歩みのなかで彼はある未来の理想社会のイメージを自分なりに抱懐するようになった。「つかしん」は、そんな辻井喬＝堤清二の、産業によってねじれていない理想都市というイメージを人工的に具現化したものであり、それを吉本は実際に自分の目で見たことによって確信するにいたったと述べた。そのあり方において「自伝詩」と「つかしん」とが通底しているとすれば、吉本は「長老詩」を生涯の最終段階に開かれる都市、社会といった環界への自己回帰の通路として設定しているのだろうか。

講演がはねて飲みに行った席で、だれに聞いたのだったか、吉本さんは（自力で打てる）ワープロを構想～制作しつつあると耳にした。「長老詩」ならぬ「超老詩」を書く吉本隆明を待望することは空想的にすぎるだろうか。

［二〇〇八年十一月一日記］

（註）講演のなかで言及されている「古事記」の歌謡は「講演メモ」記載の表記にならったが、短歌、俳句はできるだけ原典に基づく表記を心がけた。また、講演内容を再確認するため、及川俊哉氏の手になる「『吉本隆明　芸術言語論（その後）自宅から生中継』レポート」（ブログマガジン「カ☆ピバラ」）を参照した。

（『吉本隆明〈未収録〉講演集〈12〉芸術言語論』巻末収録／二〇一五年一一月筑摩書房刊）

# 「芸術言語論」ノート——語られなかった「五十音図」と『母型論』による照射

＊

二〇〇八年の夏、ひさびさに吉本隆明の講演があると知ったとき、まだ東京に住んでいたわたしは何を措いても駆けつけるつもりで、前売り券を求めてチケットぴあに行ったのだが、すでに売り切れだった。そのとき助け舟を出してくれたのが詩人の高橋秀明で、小樽から講演を聴きに上京することになっていた彼は一枚余分にあるというチケットを提供してくれたのだった。こうして梅雨明けを告げる夏の陽射しが照りつける七月十九日の朝、わたしたちは、かねて誘いあわせていた詩人の築山登美夫ともども、三軒茶屋の昭和女子大学人見記念講堂に会した。

その肉声を聴く最後の機会となった「芸術言語論」という講演は、それまでに聴いた吉本のどの講演とも様相がちがっていた。そもそもチケットぴあで前売り券が売られているのが異例なら、人見記念講堂の一、二階席を埋め尽くした聴衆の多くが若い世代で占められていたことも異例だった。何と言っても驚いたのは、吉本隆明その人が司会の糸井重里に押された車椅子に乗って登場したことだったが、「僕はこの芸術言語論で、社会的・国家的な他人とコミュニケーションを交わすために言語は存在するという考え方を否定しました」という言葉が発せられたあたりから、言語表現は沈黙から生まれるのだという、吉本言語論の年来のモチーフがあらためて新しい切り口で語り直されようとしているのだとわかった。

ただ、その日のわたしは、吉本の、車椅子の上でしだいに視線を上向きにしつつ虚空にむかって語りかけるような姿勢、繰り返し言葉を旋回させながら着地点にむかって少しずつ降下していくような語り口、ふいに言葉が途切れたと思うとしばしのあいだ両手をかざして沈黙の塊の大きさを測っているようなしぐさ——そんな佇まいに目を奪われて、肝心の講演の中味はその詳細まで頭に入らなかった。特に最後は、帰結が見えないまま時間切れでフェイドアウトするように講演が終了したので、余計に、いわば存在の肉声として語ってやまない吉本隆明の姿というものが目に焼き付いてしまったのかもしれない。

それから三か月後、今度はその続篇にあたる講演「芸術言語論　その2」が紀伊國屋ホールであると聞き、その報をもたらしてくれた築山登美夫とともに駆けつけることになった。高橋秀明は所用で出て来られないとのことだったが、そのため、高橋からぜひこの講演のレポートを書き送ってほしいとの依頼を受けることになった。夏の「芸術言語論」のチケットに対するささやかな返礼の意味とともに、わたし自身その講演の中味がきちんと把握できなかったことへの挽回の意味もあって、わたしは引き受けた。
とはいえ、この「その2」も、吉本自身は自宅で語り、実況中継されるその模様をわたしたちはホールのスクリーンとスピーカーで視聴するという異例の講演会だった。当日、ほとんどスクリーンを見ることなく、吉本の発する一言一句に耳をそばだて、入場者に配布されたA4三枚の「芸術言語論　その2　講演メモ」の余白、さらには裏の白紙をメモで埋めていったことを思い出す。そうした経緯から書いた「芸術言語論　その2」のレポートは高橋秀明、築山登美夫両氏ほか、ごくかぎられた知人だけに送った。

そして、それから七年目の夏、さすがにレポートを書いたことを忘れてはいなかったが、その内容についてはもう怪しくなっていた頃、レポートを書き送った一人である編集者の宮下和夫氏から電話があった。筑摩書房から出ている『吉本隆明〈未収録〉講演集』の最終巻に「芸術言語論」を収録するのだが、「その2」については諸般の事情で講演を文字に起こすことができないので、わたしのレポートを参考資料として載せたいという申し出だった。わたしは一も二もなく承諾したが、吉本の「その2」の講演の梗概をほぼ忠実にまとめただけの、実際に掲載されたレポートは、じつは右から左という具合にすんなりと宮下氏の手に渡せたわけではなかった。七年前に書いたレポートを、七年間、おのずと積み重なった思考を装填して膨らませたあげく、しかし、最終的にやはり吉本隆明の肉声を言葉に変えるという役割に徹するべきだという考えに落ち着くまで、紆余曲折があった。その間、膨らませる方向で高橋、築山両氏から、役割に徹する方向で宮下氏から貴重な助言をもらった。そしていま、それらすべてのプロセスがこの七年という歳月の意味を照らし出していることを感じている。

いささか述懐めくが、この七年間を振り返ると、とにかくさまざまな出来事が次々と生起しては、過ぎていったことに嘆息しそうになる。

とりあえず、ここで大事なトピックだけを記すと――まず七年前の盛夏、人見記念講堂に高橋、築山両氏とわたしが会したときから、本誌「LEIDEN――雷電」創刊への助走は始まったと言えること。それから三年後、創刊準備号に向けて原稿を書きつつあるとき、あの東日本大震災が起こったこと。仕事で上京していた高橋秀明が北海道に帰るタイミングをとらえて、三人で羽田の空港ビル内の飲食店で詰めの打ち合わせをしていたとき、長い余震がわたしたちを揺さぶったものだ。さらに、その一年後には、吉本隆明その人の訃報がわたしたちの耳朶を打った。わたしたちの雑誌は、そうした出来事に試されるように、それらを時代の風として孕むことにより出帆しなければならなかった。

七年前に話を戻すと、「その2」の講演を聴いてすぐにレポートを書いたとき、さきに少し触れたように、わたしは夏の「芸術言語論」の講演の中味を十分に把握できていなかった。いま講演集最終巻に収録された「芸術言語論」を読むと、そのことがよくわかる。単に内容が、というだけではなく、そこで吉本が語りえなかったこと、その構想の未完の大きさが、である。

それは宮下氏の手になる解題を読むと、いっそうあきらかになる。それによれば、吉本は、「生涯の最後のほうで、柳田國男がやはり生涯の最後のほうで行なった講演『海上の道』のような講演をしたい。その講演から枝葉が分かれていろんなテーマが含まれていて、いろんな人がそこから考えるヒントが得られるような講演をしたい」と考えて、この講演に臨んでいたからである。

こうした吉本の構想が込められていたのが、講演の資料として掲載された「構成表」の最後にある「日本語五十音図について」であろう。講演集収録の「芸術言語論」では、「第三列音を中心とした日本語の音」という見出しを立てた最後の部分がその構想——吉本なりの「海上の道」の一端を指し示していることになる。

「芸術言語論」を読み返してみると、この「第三列音を中心とした日本語の音」は、それまでの文脈を唐突に転換させた印象を与える。ただ、吉本隆明の一貫した読者であれば、「日本語五十音図について」を見たとき、同様のものが『母型論』のなかの「起源論」の俎上に上っていたことに思い当たったはずである。何よりもその「序」には、宮下氏の解題の裏付けとなり、その意図を敷衍してもいる次のような言葉が見出される。

柳田国男はどこかで、日本列島の全土をせめて一メートルくらいの深さでもいいから掘りかえしたうえで、考古学的な結論をやってほしいと言う意味のことを述べている。これが日本列島のいたるところに足跡をのこし、いたるところの住民と結びつけてみせた柳田国男の自負だったといえる。「海上の道」は、そういう経験知が積み重ねられ、ある厚味の閾値を超えたとき、超えた部分から経験知の集積がイメージに転化した文章だ。「海上の道」には、そんなふうにしてしか得られぬイメージが、いたるところにあり、この論文を一個の作品にしている。もっといえば普遍文学にしている。

わたしもじぶんの自閉的な資質にふさわしいやり方で、いつかおなじような主題にとりついてみたいと空想してきた。

吉本が「芸術言語論」でめざしていた「海上の道」とは、この『母型論』という広大な海原に伸びている一本の道だったのである。

おおまかに言うと、「芸術言語論」のこの最後の見出し以前の部分は、『言語にとって美とはなにか』で展開された表現論——言語表現は自己表出と指示表出の二重性として成立し、文学の価値は自己表出性にあるという主張に対応し、わたしがレポートを書いた「その２」は、それを踏まえて、わが国の詩の歴史を『古事記』から現代詩までを貫く自己表出の転移と深化の歴史として語り切ろうとしたものであり、本で対応させれば、同じ年、二つの講演に先立って刊行された『日本語のゆくえ』、あるいは最近刊行された『吉本隆明　最後の贈り物』などに豊富な引例とともにくわしく展開されている。「海上の道」を遡るための海原であるはずの『母型論』だけがたどり残されてしまったわけだが、吉本が「芸術言語論」で「日本語五十音図について」語ろうとした根拠は、わたしにもおぼろげに感知できた。これは、じつは七年前のレポートを膨らませる方向で加筆しようとして果たせなかった論点であり、再度試みてみたい。

＊＊

言語というのは、幹に近いところから発せられる言語と枝のほうに出てくるコミュニケーション言語とに分けるべきです。前者は沈黙に近いもので、云ってみれば自分の内緒の言葉です。自分が自分にたいして問いかけたり発したりする言葉で、コミュニケーションには使わない。そして後者は他人との交通・会話、さらには社会的に有効な労力のために使われるコミュニケーション専用の言葉です。（略）幹に近いところにある言語はあくまでも内緒話のためのもので、自分で自分にいろんなかたちで語りかけることができればいい。これを僕は、「自己表出」と云っております。そして枝のほうにある言葉はもっぱらコミュニケーション用で、春は花を咲かせ、夏は風に葉をそよがせ、秋になれば実を実らせる。これを僕は、「指示表出」と云っております。

（「芸術言語論　言語と沈黙」）

言語表現における自己表出と指示表出の二重性の構造を、吉本はこのように樹木の比喩で語っている。

では、それに加えて「日本語五十音図」を提示することによって吉本は何を語ろうとしたのだろうか。樹木の比喩を承けていえば、その樹木が根を張って養分を吸い取っているところの土壌にまで掘り進んで、言語の源を探ろうとしたのである。この場合、一本一本の樹木がたとえば日本語や英語に当たるとすれば、土壌とは、それら個別言語の差異を超えて、人類史を文字が生れるはるか以前にまで遡ったところに見出される言語としてのもっとも原初的な共通性の要素によって形づくられていなければならない。吉本はそうした要素を「五十音図」のなかの語音として見出していくのである。『母型論』では、この土壌は、柳田国男の「海上の道」に触発された何よりも未踏の海のイメージで描き出される。ただし、そこで溯られていく「海上の道」がめざましいまでに固有なのは、吉本がその始まりを母の胎内に見出している点だろう。

「母の形式は子どもの運命を決めてしまう。この概念は存在するときは不在というもの、たぶん死にとても似たものだ」という喚起力に富んだ言葉で書き出された表題作の「母型論」は、すぐ次のように続く。

母親の形式は種族、民族、文明の形式にまでひろげることができる。また子どもの運命は、生と死、生活の様式、地位、性格にまでひろげられ、また形式的な偶然、運命的な偶然の連関とも不関とみなせる。この決めにくい主題が成り立つ場所があるとすれば、ただひとつ、出生に前後する時期の母親と胎乳児とのかかわる場だとみなされる。もっとこまかくいえば、それは受胎八か月から出生後一年くらいのあいだといえよう。

この「受胎八か月から」誕生までの母子の一体的なかかわりを「内コミュニケーション」、「出生後一年くらいのあいだ」のそれを「外コミュニケーション」と措定することで、吉本はそれぞれにおける「前言語」の生成を探ろうとする。

その考察を大きく前進させるのが、次の「連環論」において言及される解剖学者三木成夫の知見である。

動物が水中から上陸して空気呼吸するようになると、口（腔）から鼻（腔）にかけて内部構造が複雑化し、鼻（腔）は呼吸と嗅覚、ふたつの機能をになうようになる。吉本は三木の説に依拠しつつ、この過程が脊椎動物～ヒトという進化のうちに「植物的な宇宙界のリズムのひとつだった自然な呼吸運動」と「個体の体壁系の感覚運動」との「融着」をもたらし、さらにヒトに特有な過程として「自然な植物性の内臓呼吸を意志的に、あるいは意識的に切断したり追いつめたりすることで得られるヒトの個体の心身の行動」を「内臓呼吸を体壁の意識的な筋肉と神経につなげ、この意識的な呼吸の統御が優位になっていく過程」をとらえている。


この呼吸のリズムが植物性から動物性の感覚神経にゆだねられ、ある呼吸リズムの規範に近づいたとき、いいかえれば脳へいたる感覚神経系に共通した刺戟通路をつくることができるようになった長い世代の音声リズムに共通性を見出したとき、この呼吸リズムの強弱や断続や間のとり方の独自さと偶然とは、前言語的な共通の規範とでもいうべきものを手にいれたとかんがえることができる。ここまでくれば、呼吸作用は限りなく内コミュニケーションを呼吸または声として成り立たせていることがわかる。

胎児が母親から浴びる「内コミュニケーション」こそが個体としてのヒトの「前言語」を発生させる。吉本はそう仮説を立てているのだが、しかし「連環論」の射程はそこにとどまらない。この論考の胆は、その個体としてのヒトにおける「前言語」の発生が同時に、種族語、民族語に分化する以前の類としてのヒトに共通する「前言語」の発生でもあるという仮説をまさに「連環」させている点なのである。続く「大洋論」では、誕生後、乳児の授乳する母親との五官のすべてを通した全身的な関わりとしての「外コミュニケーション」における言語の生成が探究され、「連環」的モチーフである種族語や民族語の差異を超えたヒトに共通な要素としての母音が見出される。吉本は、この母音こそが羊水という「海」にたゆたっていた胎児が産み落とされたのちも浴することになる「大洋」にほかならないと言うのである。解剖学者ではなく、あえて「発生学者」と呼んでその仕事を参照してきた三木成夫の発想を踏まえた、たとえばこんな一節が目を惹く。

母音が喉頭（腔）（のどぼとけ）から口（腔）や鼻（腔）までの微妙に変化する洞腔のあいだでつくられ、発音されたにもかかわらず、大洋の波のような拡がりのイメージを浮べられる理由は、この母音が内臓管（腸管）の前端に跳びだした心の表象というだけでなく、喉頭（腔）から口（腔）や鼻（腔）の筋肉や形態を微妙に変化させる体壁系の感覚によってつくりだされるものだからだ。いいかえれば母音の大洋の波がしらの拡がりは、内臓管の表情が跳びだした心の動きを縦糸に、また喉頭（腔）（のどぼとけ）や口（腔）や鼻（腔）の形を変化させる体壁系の筋肉の感覚の変化を横糸にして織物のように拡がるため、大洋の波のイメージになぞらえることができるのだ。

このようにしてたどりついた母音の「大洋」のなかに「ある言語がいくつの母音から成るか」という具体的な「語母」を採照したのが「語母論」である。

類としてのヒトに共通する母音の「大洋」から、ひるがえって言語の陸地が形づくられていくさまが想像的に手探りされるのである。ここで吉本は、かつての〈構造的時空置換〉の方法を思わせる大胆さで「すべての言語は時間（時期）と空間（地域差）の組み合わせの仕方によって三母音から八母音までのさまざまな姿として理解することができる」と推論したうえで、日本語の祖語がマラヨ・ポリネシア語族の一系統として派生していった時間的な射程を二〜三万年と想定する。そして、『古事記』のなかの「国生み神話」の一節を引いて、そこに、あたかも岩や樹木や草の葉が言葉を発しているかのように自然の景物や天然現象の音声を聴き、それらの形象を擬人（神）化する世界認識を読み取っている。

わたしたちはここまできて大洋の世界のうえに三つの母音ア（a）・イ（i）・ウ（u）と「ん」[N]音や[h]・[ʼ]音を言語の陰画として覆い重ね、景物や天然音を聴覚映像に仕立てた語母的な世界を想定することができる。

「起源論」では、この「語母的な世界」から、乳幼児が「あわわ言葉」という「母音とも子音とも区別のつかぬ状態」で、最大の開口による広母音aから口腔全体を閉じる唇音までさまざまな程度の開口による発音を繰り返しながら、やがて母音と子音の系列を分離できるようになるまでが想定されている。言い換えればそれは、世界のどの地域の言語にも共通する音声から母語としての音声が屹立していく過程でもある。そして日本列島（ヤポネシア）では、三母音の種族語と八母音の種族語とが融合しつつ、原日本語としての琉球語、東北語が生成され、その過程で五十音と「ん」という語音が析出されていくことが望み見られるのである。

ここまで来て、わたしたちはようやく「芸術言語論」の最後で吉本がかろうじて語った「第三列音を中心とした日本語の音」にたどりついたことになる。さらに『万葉集』、『おもろそうし』に言及した「脱音現象論」、「原了解論」まで来れば、それはもう『初期歌謡論』のモチーフに通じる日本の詩の初源に触れていて、「芸術言語論　その2」と地続きだといえるだろう。

つまり、「芸術言語論」という講演で吉本が柳田国男の「海上の道」を目して語ろうとしながら語りえなかったのは、『母型論』所収の論考で対応させれば、少なくとも「母型論」「連環論」「大洋論」「語母論」「起源論」の五篇に相当する内実なのである。

＊＊＊

ここであらためて『母型論』全体を光源として「芸術言語論」と「その2」の内容を照射してみたとき、何が見えてくるだろうか。

活字になった「芸術言語論」を読み直してみて、まず気づかされたのは、おなじみの自己表出という言葉についての自分の不明だった。かつて『言語にとって美とはなにか』を読み込んで、エッジのとがった自己表現の概念としてのみ握りしめていたその言葉がにわかに痩せほそってみえた。後期の吉本が『ハイ・イメージ論』『アフリカ的段階について』等で新たな思想展開のキーワードのように多用してきた「拡張」が、この自己表出という概念にも及んでいることを遅まきながら知らされたのである。

芸術言語論というのは自由と平等、そして無価値を信条としています。つまり、いわゆる世間的なコミュニケーション価値から云えば無価値に近いものをたくさん持っているわけです。でもこれは無価値の価値であって、無価値そのものではありません。つまり、何もないというわけではないんです。今云ったような自然と人間との相互作用こそが表現・表出であるということを、僕はここで特に強調しておきます。これはあらゆることに当てはまります。沈黙は無為であると考えないかぎり、

「俺は表現なんて何もしていない」ということはあり得ません。人間はいつだって、必ず何かをやっています。沈黙にいちばん近いところから発せられる言葉でさえ、自分が自分に呼びかける言葉（自己表現）であるという云うことができます。この表現というものを抜きにしては、人間の行為を考えることができません。

（「芸術言語論　表現とは何か」）

芸術言語はあらゆる分野の芸術、すなわち普遍芸術と云われるものにまで拡張できます。民俗学・遺伝子考古学・精神病理学などの見解、各分野間における相違点、場合によっては政治・社会の問題まで包含し、ほぼすべての芸術に適用できる開かれた普遍性が可能であるならば、そこにこそ最も重要な問題が凝縮されているに違いないのです。僕らが芸術言語論の中で目指してきたのは、そういう普遍芸術なんです。

（「芸術言語論　開かれた普遍性へ」）

自己表出は「開かれた普遍性」へと拡張され、そこで新たに肉づけされつつ「普遍芸術」という地平を形成していったのだ。『母型論』の吉本をして三木成夫の『生命形態の自然誌』や角田忠信の『脳の発見』と出会わしめたのも、その地平にほかならなかったといえるだろう。

とはいえ、地平と言いながらも、この「普遍性」を発見していく道筋はやはり自己表出の一本の細い糸をたどっていかねばならない。そのことの困難と、うらはらな解放とを、標的を射抜くように語ってみせたのが、太宰治の「善蔵を思ふ」に触れたくだりだ。

吉本の紹介するこの作品の要諦を記すと――ある日、作家の家に近郊の農家のおばさんが薔薇の株を売りに来る。家が建つことになり、育てていた薔薇を捨てなくてはならなくなったので、お宅の庭に植えさせてくれ、というのである。彼は押し売りだと思うのだが、断りきれずに薔薇の株を受け取り、金を払ってしまう。後味の悪い思いをかこちながらも、しかし、彼は庭に植えた薔薇の世話に夢中になる。そんななか、作家は故郷の新聞社主催の催しに招待され、郷土の作家としてスピーチすることになる。言うべきことを温め、臨席した彼だったが、スピーチの順番が来るまでに居心地の悪さから酒を呑みすぎ、いざしゃべる段になると言葉に詰まり、失態をさらしてしまう。すっかり自己嫌悪に陥って帰宅した作家を翌日、友人が訪ねてきて、慰めてくれる――。そして、ここからがミソなのだが、何気なく庭の薔薇を見た友人は、とてもいい薔薇だとほめてくれる。自分で何十本も薔薇を育てている友人は目利きなのである。そのとき、はじめて作家はあの薔薇を売りに来たおばさんにだまされたわけではなかったことを悟る。そして、庭に植えられた八本ばかりの薔薇に幸福感を覚えるという話である。

このように「善蔵を思ふ」の要諦を紹介したあとで、吉本は語っている。

葛西善蔵というのは破天荒な人生を送って一般社会の人から毛嫌いされ、それまでなかったような無茶苦茶な私小説を書いた人です。でもそれは、心ある体験をした人が読めば感心せざるを得ないような私小説です。そのことを云いたいがために、「善蔵を思ふ」を書いたことは、標題を見ればすぐに見当がつきます。本来、作品というのはそこまで読み込まなければいけないわけですが、文学にはそこまで読む人を強制する力はない。（略）読者が偶然ある本を読み、自分と同じようなことを考えている人がいるんだということに気づく。あるいは、自分はここまでしか考えられなかったのに、この人はもっと奥を考えているということに気づく。文学芸術にたいする感銘というのは、作家の自己表出と読者のそれとが偶然に出遭った時にしか起こり得ない。文学芸術には、それ以外の力はないわけです。

（「芸術言語論　太宰治と『善蔵を思ふ』」）

端的に言えば、太宰は、作品の結末で薔薇を売りに来たおばさんの自己表出――庭に植えられ、根を張った八本の薔薇というたくまざる自己表出――に「偶然に」出遭うことになる自分を描いたのである。そして、これから花を咲かせるだろう薔薇の「価値」を見抜けなかったという事実から反転して、しかしそんな自分でも、世に容れられず地を這いつくばるように生き、かろうじて文名を残した同じ郷土出身の葛西善蔵という作家の特異な自己表出にはたしかに出遭ったといいうる――そのことを太宰はタイトルによって暗示しようとしたのではないだろうか。そして、そのような太宰の薔薇／善蔵との出遭いを発見することで、吉本もまたこの作品における太宰の自己表出と出遭っているのである。

「芸術言語論　その2」では、吉本自身の普遍芸術としての自己表出との出遭いが語られているところがある。それは、いちばん最後、「長老詩」について語ったなかで辻井喬＝堤清二の仕事に触れたくだりである。ここで吉本は、辻井の「自伝詩のためのエスキース」を半分は自己史、あとの半分は理想の自分によって作られた詩の試みとして評価したうえで、それが、同じ彼が堤清二として作り上げた「つかしん」という産業によってねじれていない理想都市のイメージと密接に呼応しているとみなす。それは、辻井詩の達成した自己表出が普遍芸術としての「つかしん」にも形を変えて流れ込み、体現されているさまを吉本自身が実際に看て取った経験が言わしめた言葉なのである。

『古事記』以来の日本の詩の歴史を一貫した「芸術言語」の流れとして語ろうとした「その2」の講演のなかで、吉本がもっとも力を込めて語った論点は何か。それはたぶんまちがいなく、その「芸術言語」の流れの最先端にある現代詩の挑戦——一民族語としての日本語の詩の技術を「詩句の選択、転換、喩」にとどまらず句読点まで文字として駆使する詩法に上昇させた吉増剛造の試みに対する評価であるだろう。日本語が日本語であるまま自己表出を突きつめ、「グローバルに通用する」ためになされる、それは詩のふるまいである。これと正反対に、吉本は、「グローバル」言語そのものを人工的に作り出そうとするかつてのエスペラント語のような試みを否定する。それはコミュニケーション機能に特化した記号言語でしかなく、「芸術言語」の流れも、いわんや「海上の道」も生まれようがないからである。

だが、吉増の詩作が試みているような日本語としての自己表出性の徹底的な追求が、それ自体で「グローバルに通用する」とはどういうことだろうか。

『母型論』という光源がものを言うのはそこにおいてである。

先述したように吉本は、母の胎内での「内コミュニケーション」、誕生後の「外コミュニケーション」

を通じて個体としてのヒトがやがてみずからの民族語にいたる「あわわ言葉」を獲得していく過程をダイナミックに描き出した。重要なのは、その過程が吉本独自の「海上の道」を遡及することで見出された世界共通の母音の「大洋」から、類としてのヒトがさまざまな種族語、民族語を分化させていく、いわば世界大に進行する共時的な過程に重ねられるということである。

「その2」の講演を聴いたとき、じつは吉本が最後に「長老詩」という概念を提示する文脈がよく見えなかったのだが、この『母型論』の文脈に照らすとその意図が浮かび上がるような気がする。つまり「長老詩」とは、個体としてのヒトが母音の「大洋」のなかから「あわわ言葉」を通して日本語という民族語を獲得し、芸術言語としての詩を書くようになった、その生涯の最後の段階を象徴しているのではないだろうか。芸術言語としての詩の個体史が望見されている、と言えばいいだろうか。

それに対して、類としてのヒトの言語の歴史、言い換えれば芸術言語の人類史的な最尖端に吉本が注視したのが吉増剛造の詩であるといえるだろう。

両者が生い立ってきたのは世界共通の母音の「大洋」である。そこから個体としてのヒトも類としてのヒトも、ともに種族語、民族語としての言語を獲得していった。芸術言語としての詩もその固有の連続性のなかで生まれることになるのだが、吉本が吉増の詩に見ようとしたのは、その母国語の固有性を開いていくパフォーマンスがひとりでに「グローバルに通用する」ための芸術言語の課題に触れているという事態だったように思える。人類共通の母音の「大洋」から始まった言語活動は、民族語の狭い通路を馳せのぼることによってのみ芸術言語を生み出すことができる。しかし、類としてのヒトの言語活動の尖端には、ふたたび出自たる人類共通の磁場に到達するための課題が立ち現れるはずだ。吉本はそう考えたのではないだろうか。

講演と同じ年にこの課題について「等価性」という言葉を使って、吉本は別のところで語ってもいる。高橋秀明がその存在を教えてくれたネットで公開されている山本哲士との対談（「吉本隆明と語るＴａｌｋ‐２『心的現象論・本論』とタイトルが決まる」二〇〇八年十二月）のなかでの発言である。山本が『心的現象論・本論』の刊行にあたり、出版業界の市場メカニズムに対抗する自説の販売戦略を提案すると、吉本はそれには直接応答せず、およそ次のように述べていた。

関係があるような、ないような例ですけど、詩人を例にとってみましょうか。グローバルというなかで、言葉っていうのはみんな地方語なんです。本質として地方語なんです。日本の鋭敏な詩人がグローバルに書こうとしているわけです。ぼくらでいうなら、吉岡実。若い人では吉増剛造という詩人がいますけど、この人は鋭敏で、グローバルなことをいつでも考えている。今はやっている英語とか米語とかで書けば簡単だとは考えていない。日本語でグローバルに書く、書きつつある、試みている詩人が、必要としている技術というか技法が等価性なんです。等価性とはなんなのか。英語でいう等価性、フランス語でいう等価性とはちがうんです。

吉増剛造氏の詩をみればすぐにわかりますが、日本語の可能性を真正面から精一杯使って、緊張して極めていかないと、等価性、グローバルが成り立たないんです。もちろん英語だって成り立たないんですよ。そこには何かがあるのです。それは文学外の要素かもしれないし、経済、金融的要素かもしれない。それがあることが助けになっているから、それがある連中がグローバルっていえば、世界共通性、ほぼそれに等しいという錯覚になっていきます。もっと極端にいえば、核兵器を一〇〇ぐらい持っていることが存外グローバルの要素になっているかもしれない。それを持ってる国が言うグローバルっていうのが、世界中にそうだと思わせているかもしれない。たとえば日本語の詩でそれをする試みをすると、二十年前までは直喩と比喩、暗喩があれば、技術はいらないよっていえたんだけど、そうじゃなくなってきた。〈。〉とか〈、〉まで使うようになってきた。それは要するに文脈をそこで止めるとか、ほかにつなげる記号です。でも、単なる記号ではなく、意味なんだ。吉増さんは、単なる記号論理だけではなく、意味なんだ、という使い方をしているんです。それ以上の技術は使えないんです。

論旨がより明確になるよう補足と省略を行いつつ引いてみたが、ここには「芸術言語論」「芸術言語論　その2」を貫いてその先へ突き抜けようとする吉本のモチーフが凝縮されている。吉増剛造の詩の試みがにじりよる世界との「等価性」には、先に引いた講演の言葉でいえば、芸術言語～普遍芸術～開かれた普遍性のすべてが想定されているように思える。そこで吉本は「民俗学・遺伝子考古学・精神病理学などの見解、各分野間における相違点、場合によっては政治・社会の問題まで包含し、ほぼすべての芸術に適用できる」(「開かれた普遍性へ」) と語っているのだが、こうしたモチーフもすでに『母型論』の大きな論理構成のなかに含まれていたといえるだろう。

たとえば「母型論」「連環論」という文脈では、個体としてのヒトにおける「前言語」の発生が同時に、種族語、民族語に分化する以前の類としてのヒトに共通する「前言語」の発生でもあることが論究されるわけだが、さらに加えて吉本は、その始まりの現場である母の胎内での「内コミュニケーション」が子どものやがて〈心〉や〈精神〉と呼ばれる領域にもたらす影響の甚大さも忘れていない。「異常論」「病気論Ⅰ」「病気論Ⅱ」で追跡されるその論題は、「精神病理学」のものであり、自身の『心的現象論』のモチーフにつながるものでもあることはいうまでもない。

ほかにも、たとえば「贈与論」は、母系優位の社会で夫(父)によって繰り返された贈与が「遅延された形而上的な交換」として夫(父)に母系と同祖の〈霊威〉を与えるようになり、婚姻関係を超えるまで拡張されたとき、制度化された贈与としての貢納制に逆転したこと、そしてやがて集積された〈霊威〉によって夫(父)はアジア的な〈専制〉を獲得していったことを述べている。かつての『共同幻想論』のモチーフに接続するようにみえて、それは国家=幻想に対する贈与という交換ならざる交換という新たな視角となっているのではないだろうか。

「定義論Ⅰ」「定義論Ⅱ」は、その贈与という視角を現在の資本主義社会をまなざすために一挙に拡張させた論考であり、『ハイ・イメージ論』の姉妹篇として読めるだろう。

こんなふうに『母型論』は、芸術言語~普遍芸術~開かれた普遍性を三位一体的に「連環」させることで、かつて個別に論究された『心的現象論』や『共同幻想論』や『ハイ・イメージ論』などのモチーフ群がいっせいに溯りつつ合流していくような、それこそ「大洋」的な源となっているように見えてくる。だが、何よりも見落としてならないのは、それらはすべて未完のまま息づいているということではないだろうか。

『母型論』でいちばん最後に書かれたであろう「序」を読めば、吉本がそのことを知り尽くしていたことがよくわかる。わたしたちに手渡しするような直截さで、その未完のモチーフを命題ふうに言い切った言葉がある。

おまえは何をしようとして、どこで行きどまっているかと問われたら、ひとつだけ言葉にできるほど了解していることがある。わたしがじぶんの認識の段階を、現在よりももっと開いていこうとしている文化と文明のさまざまな姿は、段階からの上方への離脱が同時に下方への離脱と同一になっている方法でなくてはならないということだ。

「芸術言語論　その2」で語られた「長老詩」や吉増剛造の詩に対する評価を「上方への離脱」、『母型論』における、母音の「大洋」に発し、乳幼児の「あわわ言葉」を介して「五十音図」定着にいたる考察を「下方への離脱」として、それらを「同一」の「方法」たらしめようとしてきた吉本の試みこそが、普遍芸術論と呼ばれるべきなのだ。あるいは『ハイ・イメージ論』と『アフリカ的段階について』とは、前者を「上方への離脱」、後者を「下方への離脱」とする、いわば一対で普遍文化・文明論となる「同一」の「方法」だとみなすべきなのだ。

それらは、おそらく普遍政治学、普遍地政学、普遍憲法論、普遍平和論、普遍戦争論……といった問題系が地下茎のように連なる未完の沃野として、わたしたちの眼前に開かれてあるはずである。

（「LEIDEN――雷電」9号／二〇一六年三月）

# Ⅱ

# 了解と訣別――〈最後の鮎川信夫〉と八〇年代の吉本隆明

## 〈最後の鮎川信夫〉

長らく読み返したことのなかった鮎川信夫のことをひさしぶりに思い出したのは、いまから十年ほど前のことだ。あの三浦和義がサイパン島だかに滞在中に現地警察に逮捕され、その後アメリカに身柄を移され、さらに共謀罪とかで起訴されて拘留中に刑務所内で自殺したというニュースに接したときだった。三浦の名が鮎川信夫の名を呼び起こしたのは、いうまでもなく吉本隆明との最後の対談となった「全否定の原理と倫理」のなかで、当時（八四～五年）、米滞在中暴漢に襲われたふうをよそおい、じつは保険金目当てに何者かを使って妻を謀殺したのではないかという疑惑の渦中にありながら、さかんにテレビや週刊誌に顔出ししては――偽善的か露悪的か偽悪的か、そのいずれとも決めかねる、あるいはそのすべてをアマルガムにしたような――無類の饒舌に淫してみせる三浦の評価をめぐって、鮎川が吉本と対立し、おそらく最初で最後だったのではないかと思えるほどの決裂を呈したまま両者が対談を終えるということがあったからにほかならない。

わたしは、三浦獄中で自殺とのニュースに接したとき、とっさに「鮎川さんが生きていたら何て言うだろう?」と思ったのだった。そして、すぐ件の対談「全否定の原理と倫理」を読み返してみた。さらに続けて、それを標題とする対談集に収められた他の三つの対談も読み返した。

それからこの十年ほどのあいだ、思い出しては、という間合いでだが、吉本との対談集『思想と幻想』、没後に刊行された『すこぶる愉快な絶望』、『鮎川信夫拾遺　私の同時代』、『最後のコラム』、生前刊行の『時代を読む』、『疑似現実の神話はがし』、『私のなかのアメリカ』等を時間をさかのぼるように読んできた。うち半分がたは刊行時に読んでいて再読であり、あと半分ははじめて読むことになったが、八〇年代、急逝するまでの数年間鮎川が時評と言われるジャンルの比較的短い批評を精力的に書き継いでいるさまを一読し、これが〈最後の鮎川信夫〉の姿なのだなと思わざるをえなかった。それは同時に、この〈最後の鮎川信夫〉のひそかなはじまりの姿をわたしは目撃していたのではないか、という思いでもあった。

思い出していたのは、吉本との対談「詩のラディカリズムの〈現在〉」(『全否定の原理と倫理』所収)で鮎川自身が触れている〈十年は詩を書くつもりはない〉と発言することになった八〇年に行われた北村太郎との公開対談だった。場所は、いまはもう閉店してしまった大阪の西武デパート八尾店。じつはその場にわたしは聴衆のひとりとして居合わせていたのである。晩年のあのヘアスタイル、意外にも巨躯であったそのたたずまいとともに鮎川信夫の謦咳に接した一度きりの機会だった。

ちなみに対談のなかでは、鮎川はその発言を振り返って吉本にこう語っている。

そこで日高てるさんから、「自分の詩を現在の状況と、どういう関わり合いで書いているのか」、といった質問をされて、ほとんど発作的に、ぼくは今二年ぐらい書いていない、あまり書く気も起こらない、どうせならあと八年ぐらい書かない、十年っていうのはキリがいいから、と発作的に言っちゃったのね。

ここだけを読むと、いかにもその場のノリで口を滑らせてしまったかのようだが、たしかに北村太郎との対談が終わったあとの質疑の際に発せられた問いに、ぶっきらぼうにも思える口吻でそのように答えた鮎川の姿をわたしも覚えている。もちろんわたしは驚いた。現実との関わりをどう意識して詩を書いていくのか、という問いに対して、〈もう詩は書かない〉というに等しい言葉がこともなげに鮎川の口から洩れ出たのだ。虚を突かれた思いだった。

しかし、対談のすぐあとのくだりを読むと、この場での発言は「発作的」であったとしても、その趣旨はけっして「発作的」ではなかったことがわかる。

鮎川は続けて、自作「橋上の人」の翻訳を試みているスイス人女性から初出稿～途中稿～決定稿に及ぶ種々の疑問点を詳細にわたって問いただされた経験から、この代表作といえる作品を完成させるまでに十年を要したことを振り返り、こう語るのである。

つまり、キザな言い方をすれば、一篇の詩に十年をかけることもあれば、詩なんか書かずに十年過ごすことがあったっていいいんじゃないか、という考えもあった。しかし、十年やめたっていうことは、もうやめたっていうのと同じですよね。この後十年生きるかどうか、生きない確率の方が遥かに高いと思ってるからさ。

十代の頃に始めて半世紀に垂んとする詩作の果てに、鮎川はここで詩を書きつづけることと詩を書くことをやめること――詩に内在してあることと詩から立ち去ることとが等価だと言いうる地点に到達しているのである。それは、「十年やめたっていうこと」が「もうやめたっていうのと同じ」ことになる詩の最晩年でもあった。そしていまとなっては、「この後十年生きるかどうか、生きない確率の方が遥かに高いと思ってる」と語った鮎川その人が、この対談から一年と四か月後に急逝してしまったことをだれもが知っている。そのことを押さえたうえで、あらためて詩を書かなくなった〈最後の鮎川信夫〉の八〇年代の短い足跡を、その不可欠な一対の共鳴板であり反射板たる吉本隆明の足跡と対照させつつ、両者の相互了解と訣別にいたる道程をたどりなおしてみたい。

## なぜ「全否定」なのか？

右の鮎川の発言に対しても吉本は「ぼく自身についてもそうだと思います」とあっさり同意しているのだが、この『全否定の原理と倫理』という二人にとっての最後の対談集を読み返してみると、全体がすぐれて情況論的で、緊張をはらんだ内容となっていることがわかる。冒頭で、この標題となった対談の最後に三浦何某をめぐって決裂することになったと書いたのだが、この対談ばかりでなく、ほかの三篇の対談も含めて全体をよく読むと、最後の決裂にいたるまでに両者はきわめて重要な論点を提起し、議論を尽くし、ほぼ意見を同じくすることが見て取れるのである。

それにしても「全否定の原理と倫理」とは、また何とラディカルで有無を言わせぬタイトルであることか。八一年から八五年までに行われた四つの対談を収める本書において、この「全否定」の対象となっているのは、まず「反核」運動であり、そして埴谷雄高である。ただ、あらためてこのタイトルに向きあうと、これが——とりわけ「全否定」という一語が吉本の語彙ではあっても、どうしても鮎川のそれとしてはなじまないという気がするのである。鮎川信夫とは、「全否定」、およびその反転としての「全肯定」といった概念につねに自覚的な懐疑を差し向けつづける存在として、語の真正の意味でのモダニストなのではなかったか。

というわけで、いったん対談集を離れることになるが、吉本の側から、なぜ「全否定」なのかを敷衍するために、その背景をなす一連の経緯を視野に収めつつ、八〇年代に入って以降の吉本の歩みをたどりなおしておきたい。

鮎川と対談を重ねたこの同じ時期、吉本は「試行」巻頭の「情況への発言」や文芸誌「海燕」誌上で力を込めて「反核」運動批判や、埴谷雄高との論争を敢行してきた。この間の吉本の思想的な力点を一望するには、それらが収められた二冊――『「反核」異論』と『重層的な非決定へ』を読めばほぼ満たされる（埴谷の立場の背景を知るには、大岡昇平との対談本『二つの同時代史』を参照のこと）。

ここで押さえねばならないのは、「情況への発言」や「海燕」誌上においてあくまでも「反核」運動や埴谷の批判に対する〈各個撃破〉として読まれうる吉本の駁論が、じつはそれらが意識的、無意識的を問わず雷同しつつ縮退していく、いかなる意味でも既成の、ある共通した左翼的な枠組みにこそ向けられていたということだろう。「反核」運動や埴谷雄高を批判することを通じて、このとき吉本は「収斂すればレーニン-スターリン主義に煮つまってゆき、拡散すればヒューマニズムの倫理と善意にいたる、『現在』の世界の半分を占めた巨大な壁」（「政治なんてものはない」『重層的な非決定へ』所収）となるその左翼的な枠組みそのものを「全否定」しようとしていたのである。

## 「全否定の原理と倫理」の深層

ただ、吉本が「全否定の原理と倫理」として握りしめている思想的な根拠にはさらなる深層、あるいは前史があった。

一貫して同時代の思想者や自身への批判者の言説に即応して仮借ない駁論が繰り出されてきた「試行」巻頭の「情況への発言」に、吉本が「アジア的ということ」を連載しはじめたのは、八〇年代に入って最初の号からであったが、それを読んだ当時、正直なところわたしはとまどいを覚えたものだ。そのとまどいを声にすれば、「情況への発言」になっていないではないか、〈各個撃破〉がないではないか、というものだったろう。読者としてのわたしがそれだけ浅薄であったということだが、しかし、この「アジア的ということ」、とりわけ連載初回（五四号・八〇年五月）から四回目（五七号・八一年十月）までのレーニン批判――レーニンによって主導されたロシア革命以後の国家統治、経済や農業等の根本施策に対する根柢的な批判こそが、じつは「全否定の原理と倫理」の深層を形成していたのである（「アジア的ということ」のモチーフの総体は、二〇一六年に「試行」連載分を柱に関連の論考や講演を含めて一本にまとめられた『アジア的ということ』に明らかなように「南島論」、『母型論』、そして『アフリカ的段階について』にまで地下茎のようにつながっていく深度と規模をはらんでいるのだが）。それは、ポスト・ロシア・マルクス主義を画するスターリン批判以降、たとえば〈反帝・反スタ〉という標語とともに世界的に展開された〈新左翼〉的な運動の文脈からは孤絶した、吉本固有の思想文脈から発する批判であった。

「アジア的ということ」初回（1）から四回目（4）における吉本のレーニンに対する批判の要諦を回ごとに列挙すれば、（1）マルクスが看取したイギリスによるインドの植民地支配が「アジア的共同体」（その安定と美質もろとも）の徹底的な破壊であると同時にその無時間的な停滞を打破する「近代化」であったという両義性にたいする無視、それゆえのほかならぬロシアに強固に残存する「アジア的共同体」性にたいする等閑視、（2）「プロレタリア独裁」を「プロレタリアの前衛による独裁」に短絡し、結果「生産の社会化」をボルシェビキ国家権力による「生産手段の強制収容」に矮小化してしまったこと、（3）マルクスとエンゲルスが一九世紀のイギリスの資本主義社会で苛酷な搾取にあえぐ労働者の実態にこそ逆に望見しえた「プロレタリア階級」の「世界統一性」が、二〇世紀初頭には、ヨーロッパの個々の民族国家において発展し、すでに世界市場を形成していた資本主義の無意識の「世界統一性」の理念に被覆されつつあったにもかかわらず、広大な農村を擁する遅れた半資本主義国家たるロシアを見つめていたレーニンからはそれが視えなかったのではないかという疑念、（4）単線的な「史的唯物論」由来の「下部構造」に偏した視野から施された性急なコルホーズ化等に見られる農業経済政策の欠陥、となるだろう。

これらはたがいに緊密に結合して、ロシア・マルクス主義特有のいわば構造化した誤謬系を形成しているから、個別に解決しえない、言葉の真の意味での至難の世界的課題としてわたしたちの近・現代史を呪縛しつづけてきたといえる。

ではなぜ吉本は、こうしたレーニンへの批判点を八〇年になってあえて「情況への発言」としてあげつらわねばならなかったのか。

わたしたちはいったい何にこだわっているのか？　もう半世紀以上もまえに起ったロシア革命という歴史的出来ごとを、歴史的な結果として分析的に論じようとしているのではない。それは専門的な歴史研究者のやることだ。そこでの理念の存続形態には、いまもおおいなる錯誤もまた存続している。それはわたしたちをどう捉え、どう脅やかし、どう影響させているかをみようとしているのだ。

　こういうことを書き留めながら小賢しい後からの挙げ足とりをやっているような後味の悪さがつきまとってくるが、もちろんレーニンの「プロレタリアートの独裁」の概念が正鵠を得《ママ》ているかどうかを検討することがさして意味あることだとはかんがえられない。また、レーニンの理念の錯誤が摘出され、また正されたとしても、そんなことにさしたる意味があろうともおもわれない。（略）そこにほんとうの意味で現在の課題があるともおもえない。せいぜいできることは、「プロレタリアート」という概念にふくまれたさまざまの陰湿で古くさい誤解と誤謬に充ちた影をふき掃うことと、「独裁」という概念にまつわる流血の錯誤のイメージをわたしたちの頭脳から束の間一掃できることくらいである。これがスターリン体制と毛沢東主義と、ナチス・ドイツをはじめとする世界ファシズムの惨禍を歴史的に体験し、いまもなお体験しつつあることの後に立っているわたしたちの内在的課題のひとつでありうるだけだ。（略）

　わたしたちは、いまここで現在の情況に直ちに適応できるような変り身の早い言説を披瀝しようとしているのではない。わたしたちが理念の神話や伝説によって曇らされてきたところの根源にたいして、どれだけ深く検討（それは自己検討でもある）の針を降ろせるかという課題に触れようとしているだけだ。

（以上「情況への発言―アジア的ということ（2）―」「試行」五五号）

わたしたちはなお、主要な原則の柱をめぐって、レーニンとその党派の理解のうちに宿ったマルクス、その理念的な画像をたどるという課題を引受けなくてはならない。とくに現在、すでに先進的な高度資本主義の国家がレーニンがかつておおざっぱに規定した帝国主義的な段階を離脱してしまったかぎりにおいてなおさらのことである。資本主義イコール帝国主義という固定観念をもとに、そこに倫理的な悪の画像を塗りつけて、言葉の遊戯にふけっている怠惰な連中を尻眼に、ヨーロッパとアメリカの高度な資本主義はつぎつぎと植民地を手ばなして内攻していっている。とって代ってアジア的な停滞性を一様にひきずった〈社会主義〉の諸国家は、現在ある意味でかつて帝国主義的な膨張競争にあけくれた資本主義とおなじ段階の課題を、部分的に不可避的に踏襲しつつあるといえる。どこが〈戦争〉しつつあり、どこが軍備武装力の拡大競争に明け暮れているかという現在の課題をまえに、そこから偶発的なものを排除したあとに残る本質的な情況をかんがえる限り、事態はきわめて明晰に視きわめられるべきなのだ。

〈アジア的〉という概念の世界史的な設定と、その本質構造のなかに、歴史の〈進歩〉、〈展開〉という概念が、〈革命的〉という概念とも〈社会主義〉の理念とも決してパラレルな関係にはないという課題にたいするマルクスの解答のひとつの鍵が匿されていた。レーニン（ら）は、このマルクスの歴史理念のもっとも本質的な個処を単純化して、歴史の〈進歩〉や〈発展〉に沿う理念でなされる〈戦争〉は、たとえどんな惨禍や残虐や災厄や苦悩や殺戮がともなっても、「人類の発展に利害をもたら」すがゆえに是認されるというように歪曲した。レーニン（ら）が〈戦争〉と〈平和〉をロシア社会民主主義の党派的立場に狭窄してしまったとき、じつはマルクスの歴史理解のもっとも重要な部分が紛失されたのである。レーニン（ら）のロシア革命は、マルクスのいわゆる〈アジア的〉という概念の謎を紛失して、現実を〈進歩〉や〈発展〉の理念の反映のように単純化してしまった。そしてまさしくその単純化の度合いに見あうだけロシアのアジア的共同体の残存から現実的に復讐されたといってよい。そして〈アジア的〉という世界史的な概念の解明とその深化という課題のなかに、一切のといわぬまでも重要な、現在の〈社会主義〉が陥っている停滞や、錯誤や、その正当化の退廃、から脱出する鍵がひとつかくされている。

（以上「情況への発言―アジア的ということ（3）―」「試行」五六号）

これらの論述のなかに吉本の明瞭な動機が示されているというべきだろう。

さらに関連して不可避的に照応する以下のような発言を、いましがた引いた「情況への発言」に一年ほど先立つ号で吉本は書きつけている。いささかくどく引用を重ねることになるが、どうしても踏まえねばならない論点なので引いておく。

中越戦争も現在起り、また起りつつあり、また停戦に達した現実の出来ごとである。ベトナムのカンボジヤ侵攻も現在起り、また起りつつあり、所与の小康状態にある現実の出来ごとである。この事態を正確に判断し、批判を下し、否定するために可能なかぎりの情報を集め、検討することが大きければ大きいほど正確な判断と批判に接近しうる可能性もまた大であることはいうまでもない。けれどあくまでも可能性にしかすぎない。情報の欠如と先入見のある情報が、論者の先入見と相まって判断と批判を大なり小なり錯誤に導くことがあることは云うまでもない。そして無限に正確な判断と批判に近づくためには、無限に詳細な情報を基にしなければならないし、このような意味では情報の必要性にこれが限度であるという境界はない。では判断の基礎となる情報の集収がないところでは、現実の出来ごとにたいする批判は不可能であるか？　また詳細な情報を集収しこれを基にして出来ごとを判断し批判するものは、つねにより良い判断と批判を提供するか？

そんなことはありえない。現実に起こった出来ごとはあくまでも現実に起こった出来ごとそのものである。その背後に国家権力の〈意志〉と指導方針と秘されたどんな事情と必要があったかを追求することは、生起した現実の出来ごととその動因を可能なかぎり追究し明示する仕事である。けれどそれは少しも〈歴史〉でもなければ〈歴史〉の検討でもない。ただ常に〈起った出来ごと〉をその〈後〉から追究する〈事〉にすぎない。いいかえればこの場合、事柄は常に〈起らねばならない〉し、追究は常に〈その後〉でなければならない。それが無意味だとはいえないことは云うまでもないが〈歴史〉ではなく〈過去史〉であるにすぎない。わたしたちが〈歴史〉という概念を提起するためには、いつも〈歴史〉とは〈歴史〉の自己表出であるという概念がなければならない。この概念の内部では、現実に起こりつつあり、また起った出来ごとがどんなに切実な兵士たちの流血とひとびとの惨苦を伴った深刻な事柄であろうとも、また国家権力と理念がどんなに正義を誇示しようと、またそれがどんな〈進歩〉や〈革命〉や〈社会主義〉や〈自由〉の名目を掲げようと、〈歴史〉にとって〈歴史〉を〈世界史を〉構成しえない〈虚構〉の〈負〉の出来ごとであるということはありうるのだ。

（「情況への発言」「試行」五二号）

吉本のレーニンおよびロシア革命に対する批判点がいかなる了解の層を蔵しているかが、あますところなく看取しうるだろう。〈起った出来ごと〉をその〈後〉から「追究」・批判することは無限になしうる。それは凡百の歴史研究者が、たとえ優れた専門家的な能力と誠実な学問的意志を以てしてであれ無意識のうちに手を染めてしまっていることだ。だが、そのようにして成し遂げられた「追究」・批判によって浮かび上がるのは〈歴史〉でなく、ほかならぬそれを成し遂げた主体が内在しない〈過去史〉でしかない。吉本は、「〈歴史〉の自己表出」という概念をレーニンおよびロシア革命を批判する視点に込めることで、レーニンに主導されたロシア革命に刻印されたロシア・マルクス主義の誤謬が「〈虚構〉の〈負〉の出来ごと」としていまだわたしたちの現在に影を落としているさまを「情況への発言」として照射しようとしたのだといえるだろう。

それ自体は、したがって否定的な論調で染め上げられねばならなかったが、しかし一方、その否定のロジックがそのまま反転して肯定しうる希少な現実をも吉本は同時代に見出していた。ソ連がうしろで糸を引いているヤルゼルスキー政権に対して立ち上がった、ワレサ率いるポーランドの労働者が参集した自主管理労組「連帯」の運動である。その意義と限界を克明に論じた一文「ポーランドへの寄与」（『「反核」異論』所収）を吉本は「レーニン以後はじめての社会主義構想」と副題し、レーニンがロシア革命初期にめざしながらすぐさま放棄してしまったコミューン型の「開かれた国家」＝反「国家」への無意識の胎動を「〈歴史〉の自己表出」としてそこに目撃したと明言したのである。

この運動を扼殺しようとする独裁政権の後ろ盾であるソ連のヨーロッパにむけた核配備を不問に付したまま、それに対して軍事的均衡を図ろうとアメリカがヨーロッパに核配備したことのみに反発して起った西ドイツ発の「反核」運動と、それに過剰反応した中野孝次らが発起人となった日本の文学者、出版ジャーナリズム、マスコミ一丸となった大々的な「反核」キャンペーンに吉本が「全否定」を突きつけるのは、けだし論理的な必然というべきであった。

彼らは自分たちが掲げた「反核」に異論を立てられると、なぜ「反核」に反対なのかといきり立つ。しかし、吉本が問うていたのは「反核」か否か、なのではない。「ただ反核が理窟ぬきに大切なのではなく〈なぜ、いかなる理由で、どう〉反核なのかだけが大切なのだ。それが現在の世界史の段階から出てくる必然的な要請なのだ」（「情況への発言――「反核」問題をめぐって」『「反核」異論』所収）。「〈なぜ、いかなる理由で、どう〉反核なのか」とは、まさに「現在の世界史の段階から出てくる」「〈歴史〉

の自己表出」として「反核」を問うことにほかならない。たんに「反核」という看板さえ挙げれば人を集められると思うのは、「反核」を〈歴史〉から切り離して、いわば「指示表出」として物神化しているにすぎないのである。

## 〈停滞〉する大衆

見てきたように吉本の『「反核」異論』は、たんに同時代の「反核」運動に対する〈各個撃破〉としての批判なのではない。その「全否定」が及ぼうとするのは、レーニンに主導されたロシア革命以来の「レーニン-スターリン主義」の誤謬が「〈歴史〉の自己表出」としてひそかに流れ下り、執拗に遺存している「反核」運動の「原理と倫理」の枠組み全体なのであり、しかもそれに対する「全否定の原理と倫理」は、そのまま「レーニン-スターリン主義」の誤謬を独力で押し返そうとするポーランドの労働者による自主管理労組「連帯」の運動を「全肯定」していたのである。

こうした動態的な二重性を吉本は日本の「反核」一色に染まったような運動の参加者にも見ていた。「ほんとうに分析するには、発起人たちの理念的な性格と動機と、署名や集会に加わった五百人以上の文学者や三十五万人の市民の動機と、千数百万人の署名者の動機とにわけて考察されるべきだ」（前掲文）。そして「市民、大衆の世界心情のなかに戦争、とくに核戦争にまき込まれるのは二度とごめんだという根深い拒絶感が存在することである。二千万人の署名者は、おおくこの世界心情に帰せられる。

（略）一介の思想者としてのわたしの思いをいえば、この二千万人で象徴される世界心情は、さまざまな意味で乗り超えるのにいちばん困難な存在、乗り超えるべき最後の存在のようにおもえる」（「「反核」運動の思想批判」）と留保しながらも、吉本がそこに看取していたのは一言でいえば情況としての〈停滞〉であった。

「反核」運動のうねりのような盛り上がりが「わが国の高度化してゆく資本主義社会の社会様式、文化教育環境、経済的膨化と、その質的な急速な変換についてゆけなくなった、政治的および非政治的文学者の倫理的な破局（カタストロフィ）現象からはじまっている」（「情況への発言──「反核」問題をめぐって」）にしても、なぜ「千数百万人」もの大衆が彼らに賛同して署名したのか。その大衆を促迫した「世界心情」の問題をより深く抉ったのが、もともと『マス・イメージ論』の一章を担いながら、同じく『「反核」異論』巻頭に収められた「停滞論」であろう。そこで吉本は、中野孝次らの起草した「署名についてのお願い」の文面に「誰からも非難されることもない場所で『地球そのものの破滅』などを憂慮してみせること」の「倫理的な言語の仮面をかぶった退廃、かぎりない停滞」を読み取り、煎じ詰めれば彼らが「高度に技術化された社会に加速されたところで」「『人間性』や『人間』の概念」が「『型』そのものに近づいてゆく」趨勢に抗おうとするあまり、あくまでも「不変の概念」としての「人間性」や「人間」に固執し、「過去の『人間』や『人間性』の風景への郷愁」や「田園的な理念の共同性を現在に対置させようと」したところにその「退廃」と「停滞」が淵源していると指摘した。

そして返す刀で、この「停滞」はまた大衆の「世界心情」にも滲み出していることを黒柳徹子の童話的な自伝小説『窓ぎわのトットちゃん』をめぐって抉りだしてみせたのである。

天衣無縫の主人公トットちゃんがその言動をけっして抑圧されることなく、誤りがあればおのずと気づいて生育していくことを可能ならしめた両親。あまりにも無邪気で自由な言動ゆえに公立小学校の教師たちが持てあましたトットちゃんを両親が託したトモエ学園という私立校の独自の教育理念。トットちゃんを受け入れ、無類の包容力でさまざまな学びを体験させることにより成長に導いた校長先生、等々。戦前にあって例外的ともいえる自由で寛容な精神の持ち主であった大人たちとの出会いに恵まれて、その個性を伸び伸びと発揮することができたトットちゃん＝作者による奇跡の成長物語に、膨大な数の読者が吸い寄せられたのだった。この戦後最大のベストセラーに殺到した数百万の読者は何を求めていたのか。

吉本は、作者が「幼児に退化して、理想的な自由の雰囲気をもった親たちと師のあいだに、マユのように籠ってみせている」その「イメージの場所」が「じっさいには流動的で不安な現在の市民層には、まったく不可能な雰囲気にしかすぎない」にもかかわらず、「現在の〈停滞〉が膨大な読者に振り返らせる理念の郷愁として、この作品は存在する」のだと指摘したうえでこう付け加えている。

もちろん『窓ぎわのトットちゃん』は、いまは過ぎ去って二度と戻ってはこないような、まったきリベラリズムの教育や、躾けの理念を懐かしむ追憶によって現在のイメージの停滞に拮抗しようとしているのだ。これが魔法のように膨大な読者を惹きつけるとしたら、膨大な読者もまた、じぶんの自由にならない場所から吹きつけてくる抑圧の噴流に悩まされ不安になり、どこかに安息の場所を求めていることに、当然なるのだが。（「停滞論」）

千数百万の署名、あるいは数百万の読者という一義的にも見える膨大な数の現前の裏で〈停滞〉している大衆の像。これが、吉本が「反核」運動と『窓ぎわのトットちゃん』に通底する「世界心情」の二重性として抉りだしたものだった。

じつは家族や近隣や学校や職域や当たり前に帰属していた既存の共同性から浮遊し――場合によっては閉じこもったり逃亡したりしながら――ばらばらになって社会のなかへ漂流しつつある大衆は「じぶんの自由にならない場所から吹きつけてくる抑圧の噴流に悩まされ不安になり、どこかに安息の場所を求めている」。そんな大衆のさまよいの劇を描いた屈指の作品として、吉本は最後に大原富枝の『アブラハムの幕舎』に言及する。〈イエスの方舟〉事件に材を取ったこの小説に吉本は作者の「現在というものの停滞の本質を適確につかんでいる洞察力」を看取し、〈イエスの方舟〉=〈アブラハムの幕舎〉が「現在の病んで崩壊しかかって難破した普遍的な家族の、吸収装置」になっているという作品思想を受け取る。そこから「作者の卓越した理解に依拠すれば、『窓ぎわのトットちゃん』に惹かれた膨大な読者たちは、いますぐにでも『アブラハムの幕舎』に駆け込みたいような、崩壊した病める家族のメンバーを抱え込んでいるはずだということになる」とまで結論するのだが、この大原富枝の小説が

『窓ぎわのトットちゃん』の対極に、まさにその〈停滞〉を照射するように召喚されているのはあきらかだろう。

## 吉本隆明という「鉱脈」を発掘する鮎川信夫

鮎川信夫との対談の内容を検討する前提として、八〇年代の吉本隆明の思想文脈の深層を掘り起こすつもりが長すぎる迂路をたどってしまったようだ。

両者ほど対談を重ねた詩人‐思想者をほかに知らないが、読者であるわたしは、そこで交わされた言葉の内実ばかりでなく、そこに成立する相互了解のありようが発する独特の磁力につねに惹きつけられてきた。たとえば鮎川の発言に吉本が、逆に吉本の発言に鮎川がそれぞれ同意を表す場合も、それはたんに見解を同じくするということなのではない。むしろそこに看取されるのは、あらかじめ相手とは〈隔絶〉した自己の地点から両者がたがいに触手を伸ばし、歩を進め、その〈隔絶〉そのものを了解するように言葉を通わせる、そんな光景だった。この〈隔絶〉の相互了解如何が両者が同意しうる地歩なのである。

両者におけるその〈隔絶〉の由来は、いうまでもなく戦争体験と、その前提となる戦前における思想的、文学的な自我形成にあった。そして、まったく対照的な戦争の潜り方を経て、両者は戦後を生きはじめ、相まみえたのだった。鮎川よりも四歳年少の吉本は、『高村光太郎』で自己解剖してみせたように、戦中、一貫して皇国青年であり、アジアの植民地を解放するために徹底的に戦争を継続すべきだと考えていた。「死は、すでに勘定に入れてある。年少のまま、自分の生涯が戦火のなかに消えてしまうという考えは、当時、未熟ななりに思考、判断、感情のすべてをあげて内省し分析しつくしたと信じていた」(「敗戦期」)。そうまで思いつめ、戦地に赴く学友を見送っていた吉本は、しかしついにみずからは兵士として召集されることのないまま敗戦を迎えることになる。対して鮎川は早くから英文学、とりわけモダニズム詩に親しみ、早熟な詩人としての文学的自我を形成していた。ファナティックな軍国主義に篭絡されるにはすでに犀利すぎる知性の持主であった。開戦の報を知らされたときも鮎川は日本が戦争に負けることを確信していたが、ほどなくして応召。南方の前線に送られ、そこでマラリアに罹り、戦争半ばに病院船で内地に送還される。吉本の『高村光太郎』における自己解剖に匹敵する鮎川の自己省察は、その「戦中手記」に透徹した言葉で記されているだろう。戦後、吉本は「文学だけではまちがう」、「おれは戦争中、世界認識の方法をまったく学んだことがなかった」と吐露しつつ、みずからの戦争体験を抉りだすように思想の歩みを始めねばならなかった。ここからやがて「戦争責任論」〜『高村光太郎』の文脈が隆起していくのは周知のとおりである。戦争を肯定し、死を覚悟していたにもかかわらず戦わずして敗戦を迎え、戦後に生きながらえてしまった吉本とは反対に、軍国主義を嫌悪し、冷徹に敗戦を予感しつつも従軍し、傷病兵として帰国し、戦後を生きはじめた鮎川はどうであったか。吉本の吐露に見るような強度はないのだが、敗戦の翌年、鮎川は戦後第一声ともいうべきこんな認識を語っている。

我々が最も懸念しなければならぬことは、戦争に対して傍観的であった知識人は、平和に対しても傍観的なのではないか、ということである。　　（「犠牲になった世代」）

鮎川は「戦争に対して傍観的」ではなかったかとの自省を込めて、すでに戦後の知識人に懐疑を投げかけているのである。これは、吉本が埴谷雄高など第一次戦後派の文学者を「傍観者」と呼んだこととある部分照応するのかもしれない。かりに鮎川が「傍観的」であったとすれば、やはり日本が戦争に負けると予感しつつ出征した丸山眞男も、同様の予感を腹蔵しつつ徴兵猶予された医学生であった加藤周一も「傍観的」であったはずである。「戦争に対して傍観的であった」ことは知識人にとって何ら責められるべきではない。そのようにしてしか生き延びることはできなかったのだから。問題は、そうした知識人の多くが鮎川のような自省抜きに――それこそ吉本の「停滞論」の語彙を用いれば「世界心情」として――戦後、謳歌されはじめた平和と民主主義に掉さし、戦前・戦中押し隠してきたみずからの思想をあたかも無傷であるかのように高唱しえたことにあった。「その貧弱な『内心の隠れ家』を開いてみせたところで、一体何の役に立つだろうか」（前掲文）？　厭戦的ではあっても、戦争に抗するにいかなる意味でも無力、つまり「傍観的」であるほかなかったのだから、そのような主体がそのままではたして反戦平和の思想を担いうるのか？　鮎川の「平和に対しても傍観的なのではないか」という懐疑はそこに発している。鮎川には『歴史におけるイロニー』というすぐれてアクチュアルな評論集があるが、鮎川にとって戦後とは、戦前・戦中の来し方をほっかむりし、ナイーブに平和と民主主義を語りうる一群の知識人を尻目に、そうした懐疑を繰り込んだ「イロニー」としてしかみずからの思想を語りえない時代として始まったのだった。そして、鮎川は吉本の詩に出会う。『固有時との対話』と『転位のための十篇』の諸篇に鮎川は、そんな戦後という時代の風潮から「どうしようもなく孤立している人間」（「吉本隆明私論」『歴史におけるイロニー』所収）を感じ取る。それは、鮎川の懐疑を突き抜けたそのむこう側から絶望的ともいえる非議を突きつけてくる詩の言葉であった。その強度に鮎川はしたたか痛撃されたのだった。

「吉本の詩に出会う」と何気なく書いたのだが、鮎川自身が語るその経緯を読むと、むしろ鮎川が無類に独創的な吉本の詩の未知の「鉱脈」を発掘し、みずからの拠る「荒地」という詩的地平に呼び入れようとした、というほうがふさわしいと思えてくる。

一九五三年の秋、『転位のための十篇』という吉本の戦後二冊目の詩集に魅せられた私は、著者に会ってみたいという強い誘惑にかられた。その旨を連絡すると、折り返し著者からあらかじめ知らせてもらえば在宅しますという返信があり、自宅と勤め先の研究室のかんたんな地図が付してあった。私はさっそく、その自宅の地図を懐中にして、別に予告もせずに、吉本が勤め先から戻りそうな時刻を勝手に推察して訪問してみることにした。（略）
暗くなって、彼の家にたどりついたが、あいにく吉本は不在であった。玄関で来意を告げると「タカアキは、今晩はおそくなると申しておりましたが……」と応待に出られたのは、たぶん彼のお母さんであったろう。

こんなかたちで未知の人を訪ねたという経験はあとにもさきにもなかったから、おそらく私は少しく興奮していたのであろう。彼の不在も大して気にならず、遠足にでも出かけたような気分であったとおもう。

帰途、郊外電車に揺られながら、車窓から眺めた、夜空に火を噴きあげるような工場の風景は忘れられない。もちろん、見馴れている者には何でもない鋳物工場が、おそくまで労働をして、作業の火を天井に噴きあげているだけのことであったが、それがひどく孤独でヒロイックなものにみえた。その印象が、訪ねて会えなかった人と重ね合わされて心にやきつけられたのは、その詩をとおして想像した吉本の中に、真っ黒な石炭の鉱脈のようなエネルギーが埋蔵されているとかんがえていたためかもしれない。

（「困窮の人――吉本隆明のこと――」前掲書所収）

こんな経緯のすえに出会った吉本に、鮎川は初対面のとき「あなたはコミュニストですか？」と尋ねたという（「吉本隆明私論」）。『転位のための十篇』の詩篇には、現存する支配秩序から大衆を解放しようとする見まがいようのない思想のパトスがみなぎっていたからである。だが、それは、戦後党勢を急拡大した共産党に身を投じたり、その周辺に組織されたりした既成の左翼陣営に属する詩人たちの詩とは言葉のありようからしてまったく異形な詩集だった。鮎川は、このとき「ひどく孤独でヒロイック」なひとりの思想詩人を見出していたのだが、同時にその詩の左翼性、異形性がみずからの立つ詩的地平からも〈隔絶〉していることを看取したはずである。

その後鮎川は、吉本が「高村光太郎ノート——戦争期について」等によって本格的に「戦争責任論」の論陣を張った頃、平仄を合わせるようにアメリカのビキニ環礁での水爆実験で被曝した第五福竜丸事件を機にそれを糾弾するモチーフのもとに編まれた『死の灰詩集』批判の口火を切る。詳細は割愛するが、要するに鮎川がそこで強調したのは、「『死の灰詩集』にあらわれたような詩人の社会的意識を分析してみると、それは、戦時中における愛国詩、戦争賛美詩をあつめた『辻詩集』『現代愛国詩選』などを貫通している詩意識と、根本的にはほとんど変らないということ」(「『死の灰詩集』の本質」)であった。鮎川は『死の灰詩集』の批判において、端的に「ただ、戦争詩人を裏返したにすぎない平和詩人を排撃」(「『死の灰詩集』論争の背景」)した。鮎川にとって、自分が批判した対象を含む「戦争詩人を裏返したにすぎない平和詩人」の「戦争責任」を「私のとはまったくちがった戦時体験がかくされている」(「戦争責任論の去就」)地点から、機を同じくして根柢的に抉りだしていたのが吉本その人なのであった。

## 指南力とブレ

たがいに〈隔絶〉した地点から戦争を潜り抜け、戦後、出会うにいたるまでの鮎川信夫と吉本隆明の思想の動線を跡づけようとして、思わぬ言葉を費やすことになってしまった。

ここから両者の「交渉史」が本格的に始まるわけだが、吉本が「荒地」に詩を書き、鮎川が戦後詩の代表的な詩人、詩論家として健筆をふるいながらも、両者が「交渉」するときは、議論は詩の内部の問題にとどまらなかった。鮎川のなかにつねに文明批評的な視座があり、それ以上に吉本が詩人、批評家にとどまらない政治思想の領域でも発言するまさに思想家というほかない無類の存在であったからだが、そのために両者の対談は詩や文学をテーマとしてもそれらをとおして世界の全方位に開かれている感があった。そのすべては『文学の戦後』、『詩の註解』、『思想と幻想』、『全否定の原理と倫理』の四冊に収められているが、目次を通観するとその多岐にわたるテーマに驚かされる。しかし、あらためて通読してみて感じたことはそれだけではない。

たとえば吉本が一思想者として六〇年安保闘争に積極的に参加したとき、鮎川は政治参加はしないというみずからの思想の場所を持した。そして、吉本に対して安保闘争に参加すること自体に賛成できないと告げた。一方吉本は、六〇年安保闘争のあと「擬制の終焉」を書き、既成の文壇・論壇から自立した土俵で後退戦を闘うべく谷川雁や村上一郎と「試行」を創刊、同時代への情況論、思想論を展開する主戦場とした。ほどなく単独編集になったのちも、九七年に終刊するまで文学というよりは思想に重心を置いて精力的に執筆しつつ、誌面を市井の思想者たる投稿者に開放した。しかし、吉本はそこで詩人としてふるまうことだけはしなかった。のみならず、誌面を詩人に開放することはほぼなかった。そこに吉本自身の禁欲がはたらいていたのか、詩人たちが「試行」の誌面を敬遠していたのか、あるいはそのいずれでもあったのか、仔細はわからない。いずれにせよ、「試行」は吉本自身の語彙でいえば〈非詩的〉な言論にその主たる誌面を費やしたのである。

むろん吉本は並行してさまざまな商業誌の求めに応じて旺盛に批評を書き、また詩人としても作品を書いたり同時代の詩を論じたりしたわけだが、こうした吉本の噴きこぼれんばかりのポテンシャル、それゆえの表現の重層性、そして、そのようにみずからを駆り立てずにはいられない思想の生理を対談者鮎川はよく了解していたと思われる。

きみの場合はね、自分の言葉がすごく重荷になると思う、だんだんに。アラブの諺があるんだけど、言葉っていうのは、黙っているうちは自分が言葉の主人だ、だけどいったん口に出しちゃうと言葉のほうが自分の主人になるっていうのがある。きみの場合は出す言葉がかなりものすごいからね(笑)。だから、きみがいかに強靭な神経をもっていても、相当の重荷になってくるっていう気がする。で、忘れないもの。ほかの人の場合は忘れてもらえるよ、かなり。また、まずい場合は忘れてもらえるようにしか書いてないよな。だけど、きみはね、もう、まずかろうがなんだろうが、人は憶えてるからね。

外からみれば、詩壇があって論壇があって、というふうになってるけどもさ、きみの場合はどこの壇にもいないわけよね(笑)

（以上「意志と自然」『思想と幻想』所収）

対する吉本も、戦中・戦後の激動を思想の曲折を経ながら生き抜き、「文学だけではまちがう」ことを根柢的に止揚するための原理的な思考に就いた戦後のみずからの歩みを跡づけつつ、その対極に「思想としてのブレが最も少なかった」鮎川の個としての生き方があったことを認め、最大限に評価している。両者のすべての対談を通底する、たがいの〈隔絶〉と、その〈隔絶〉ゆえの了解のありようを示唆しているので、当該発言を長くなるが引いておく。

ぼくの考え方について鮎川さんが言われた「システマティク」には、いろんな意味、利点とか弱点があると思うんですけど、ぼく自身に心理的、あるいは感覚的モチーフがあるとすれば、戦争中から戦後いく度かにわたって考えてきたんですが、自分の思考のブレということです。自分をあんまり信じてないところがあるんですね。できるだけこのブレっていうのを少なくするためにはどうしたらいいのかっていうと、ほんとはよくないことかも知れないのに自分では思い込みがあって、システマティクに詰めてゆけば、思考のブレっていうか思想のブレっていうか、そのブレが少なくなるんじゃないか、つまり自分が救済されるんじゃないかっていう意識があってそうしているのは間違いないと思うんです。そういうところからみると鮎川さんの思考っていうのは、詩人の中でもとび抜けて論理的だと思います。論理的だけれども、システマティクじゃないと思いますね。鮎川さんは戦争中からここ四、五十年、つまり半世紀という時間の経過をとってきても、思想としてのブレが最も少なかった人じゃないかとぼくは思うんですよ。磁石がいつでも北は北だという鮎川さんの指針力というか指南力はとび抜けている、というのがぼくの理解の仕方、評価の仕方なんです。この人の指針力、指南力は衰えないな、どこで磨いているのかなといつでも思うんですけれども、そのブレの少なさ、指南力の的確さは日本の思想の中では群を抜いているんじゃないか。ぼくはそういう意味では、相当酷くブレてるんであって、ただ辛うじてブレている部分を自己弁護できるとすれば、ブレ方を正直に言いながらブレてるような気がすることです。ぼくの書いたものをみれば、こいつここでこうブレたなとか、ここでこう躓いてそれでこう考えたなって、その都度、わりに隠さずちゃんとしてきたように思っています。

（「まとめ」『思想と幻想』所収）

## 「アジア的ということ」と「私のなかのアメリカ」

最後の対談集『全否定の原理と倫理』に収められた「崩壊の検証」、「全否定の原理と倫理」というふたつの対談を通じて、吉本隆明と鮎川信夫は「反核」運動や関連する埴谷雄高の一連の言動を「全否定」することにおいて一致する。しかし、一致したという事実よりも、その「原理と倫理」が吉本においては「システマティク」な思想原理の側から、対して鮎川においては「ブレ」のない「指南力」の側からそれぞれ発動されたということ、そのことのほうがじつは重要だったはずである。〈最後の鮎川信夫〉と八〇年代の吉本隆明とはおそらく、ある問題をめぐって見解が一致するという以上に、たがいに〈隔絶〉した思想の出発点が吉本のいう〈現在〉に晒されてなお、いかに有意義に「交渉」しうるかを問われていたのである。

先に長々と引用したように、この時代、吉本は「システマティク」を突きつめて「アジア的ということ」という深層に思想の垂鉛を降ろしていた。詩を書かなくなった〈最後の鮎川信夫〉はどこへ赴こうとしていたのか。あえて一冊の著書のタイトルで象徴させれば、鮎川は〈私のなかのアメリカ〉を選びなおしていたのではないだろうか。それは両者にとって思想的必然だったともいえようが、たがいの〈隔絶〉を了解するフェイズからあらたに相異させるフェイズへと転移させることになったのである。

たとえば「崩壊の検証」のなかで鮎川はこう述べている。

簡単に言うとぼくは英米人の考え方は他のものに較べてすぐれてると思ってるんです。それをみんな誤解してると思うんだな。たとえば植民地主義にしても、戦後は戦勝国であるにもかかわらずアメリカもイギリスも解放して独立すべきものは独立させているでしょ。ソ連なんか一回取っちゃったらもう手放せない。(略)一つ失うことが全部失うことみたいに思えちゃう。英米ってのは、そんな自信のない国じゃないですよ。その点やっぱり日本人の考え方は小さいんじゃないかな。それはぼくが戦時中に占領後のシンガポールに駐留した時に感じたね。現地人がとても大らかでのびやかで、乏しい中でも生活を楽しんでるように見えたのに対して、こちらのストイシズムがとてもうらさびれて見えたんです。こんな人たちを弾圧する名分は全然ないなって思ったよ。だから、植民地解放なんて言う時に解放勢力のほうがずっと残酷でもあり得るって十分わかってたから、ベトナム解放戦線なんてものは全然信じられなかったね。

戦前から英米文学を通じて個としての自覚と開明的な知性を磨いてきた鮎川は、従軍を通じて英米の植民地経営が現地人に与えた暮らしの一端に触れ、逆に自分たち日本軍の占領思想〈大東亜共栄圏〉の貧しさを直感する。その直感は戦後の冷戦下にも研ぎ澄まされ、英米の植民地を手放していくリアリスティックな政治と、ソ連・中国・ベトナムが表向きは〈植民地解放〉を唱えながら近隣諸国との紛争に明け暮れる矛盾を見据えていく。

こうした一貫した視点が結果として吉本との一致点を見出していったのだが、八〇年代、〈最後の鮎川信夫〉がもっとも注視することになったのは英米文学ではなく、アメリカの新聞・雑誌等によるジャーナリズムだった。英語を読みこなせる鮎川が時評家として健筆をふるいはじめたからこそ、だったかもしれないが、鮎川にとっては、時々刻々と動くリアルタイムのアメリカ政治を産地直送で伝える情報が決定的に重要だった。しかも保守系であれ革新系であれおよそステロタイプのアメリカ像を伝える日本のジャーナリズムとちがって、アメリカのそれは、報道の中立性と別に共和党寄り民主党寄りそれぞれの旗幟を明らかに論評する点ではるかに有益な判断材料たりえたのである。

折しも米ソ冷戦は、対ソ強硬派のレーガン大統領の登場により、アフガン侵攻、ポーランド介入を収拾しえず硬直化するブレジネフ体制とのあいだであらたな緊張を醸しつつあった。そして、NATOとワルシャワ条約機構が境界を接するヨーロッパはその不穏な空気に染められていった。その最前線であった東ドイツにソ連が配備した核兵器に対抗して、西ドイツにアメリカが核兵器を配備しようとして、現地から「反核」運動が起こり、西側社会を席巻していったことはすでに触れたとおりである。鮎川はこうした〈情況〉の推移をにらみながら、結論としてレーガンの核戦力の均衡を図ろうとするパワーポリティクスを肯定していたように思える。むろん核兵器そのものを肯定したのではなく、ほとんど無策だったカーター政権時代にソ連が対米核戦力において拮抗、あるいは凌駕しようと軍拡してきた現状に照らして、パワーバランスを回復させるという点で肯定していたのではあるが。

こうした鮎川の現実政治に密着した視点からは、「地球上のすべての核兵器の廃絶」を求める「反核」運動の「原理と倫理」はナンセンス以外の何ものでもなかった。「反核とは、まず政治である。ごく簡単な意味での政治である」(「反核運動の真贋を問う」『疑似現実の神話はがし』所収)と鮎川は言う。核兵器そのものを否定し、かりにいまある核兵器を廃絶したとしても、核兵器の作り方がすでに人類の知るところとなっているかぎり、「世界戦争が起こったら、今度はいかに早く廃絶した核兵器を作るかという競争になるだけです。問題は世界戦争を起こさないことです」(「世界をどう見るか」『私のなかのアメリカ』所収)。これは、吉本が「反核」か否かが問題なのではなく〈なぜ、いかなる理由で、どう〉反核なのかが問題なのだと言ったことに吉本とは異なる視角から、それを解決するのが現実政治にほかならないと答えたことになるのではないだろうか。

吉本自身は〈最後の鮎川信夫〉のこうした吹っ切れた見解を受け止めつつ、対談の場では異を唱えることはしていない。ただ、みずからの原則的な立場を次のように述べている。

ぼくは自分のいる場所はどうせ空想なんだから、空想するなら全部空想するほうがいいという感じです。だいたいが軍事力とか戦争とかいう概念が、国と国との戦争とか、ある国家連合と国家連合との戦争という意味の他に、とにかく戦争の遂行には、政府が政府の下にある、あるいは国家が国家の下にある人間を弾圧する、抑圧するという面が必ずつきまとうんだから、軍備を持ってどうするということは、初めからナンセンスなんだ。基本的に言えば、アメリカに対してもソ連に対しても、とにかく批判の自由を保有するんだということでいきたいわけです。

（「詩人の戦争責任と意識」『全否定の原理と倫理』所収）

この対談集を読んでいると、両者のたがいに相異する思想の断層がぎりぎりと軋みを立てて動いている臨場感があるのだが、わたしがいまあらためて想起するのは、先に引いた吉本の「情況への発言」のなかの「〈歴史〉とは〈歴史〉の自己表出である」という言葉である。

たとえば鮎川の『私のなかのアメリカ』のなかの前半半分弱を占める「世界をどう見るか」という長いインタビューには、鮎川の旺盛な情報収集を通じて得られたであろう現実政治への鋭利な判断が縷々語られている。そこには、詩人というよりは、はるかにアメリカ政治に通暁している国際政治学者やシンクタンクの研究者やジャーナリストなどいわゆる専門家と呼ばれる識者にも伍しうる知見のひらめきが感じられる。〈最後の鮎川信夫〉が賭ける言葉の場所がまさにそこにあるということなのだろうが、いま読み返してみると、わたしは、当時は考えもしなかった問いを差し向けたくなるのである。この方向を突きつめていくなら、鮎川はいずれインテリジェンスと呼ばれるきわめて機微なアクセスなしには得られない情報収集へと足を踏み入れざるをえないのではないか？　そうしなければ、判断は、それを支える言葉はあっという間に陳腐化してしまうように思えるからだ。いや、それこそ自分の望むところだ、と〈最後の鮎川信夫〉は言うだろうか。

いずれにせよ、まさにここで、吉本の「〈歴史〉の自己表出」としての「世界認識の方法」との決定的な相異があらわになっていたのではないだろうか。この対談集、とりわけ「全否定の原理と倫理」は、両者がそれぞれの思想の資質というほかない視座に——吉本は「アジア的ということ」へ、鮎川は『私のなかのアメリカ』へ——ふたたび〈隔絶〉したことを相互確認する場だったのかもしれない。

同じ対談集のなかで、鮎川は旧世代の詩人の文化政策的な発言に触れ、辟易しつつ「これが戦後三十六年かと思っちゃいますよ」（「詩人の戦争責任と意識」）と洩らしたりしているのだが、読み返してみてわたしは、文脈とは別にその言葉に立ち止まらざるをえなかった。いまそれを読んでいる自分が、鮎川がその言葉を発してからさらに「三十六年」以上の歴史的時間が経過したのに、その質量をまったく受け止めきれていない事実を思いがけず教えられた気がしたのである。

戦後七十五年。明治維新によって立ち上がった〈大日本帝国〉が日清・日露の戦争に勝利し、さらに西欧列強に伍して中国大陸から東南アジア〜南太平洋まで戦線を広げたあげく、そのことごとくで敗滅、潰走し、連合国側から突きつけられた無条件降伏を受諾して瓦解するまで——。あるいは、〈ロシア革命〉によって樹立されたソ連が前世紀を通じて世界の半分を影響下に置きながら、ベルリンの壁崩壊を契機に東欧共産圏が雪崩れていったモメンタムに逆流されてなしくずしに解体するまで——。七十五年というわが国の戦後という時間が、いまやそれらのスケールに相当する歴史的質量たることをあらためて知らされたのである。

没後二〇一二年に刊行された『第二の敗戦期』のなかで、吉本はそんなスケールになってしまった戦後的時間の屈曲点の指標として、〈敗戦期〉という言葉を再帰させている。それは、「ぼくにとっての敗戦期の実感は、万人に通じると思っています」というみずからの思想の原点的な確信に立ち返っての「知識人に通じるかどうかは別ですが、日本の民衆というか国民でもいいですけれども、だいたい七割、八割がたの人間が、重く感じるか軽く感じるかどうかは別にして、だいたいそういう気持ちに襲われただろうと」いう判断から戦後六十三年の時点、二〇〇八年（奇しくもサイパンで拘束された三浦和義が米国移送後の収監中に自殺した年）に再提起された言葉であった。その〈第二の敗戦期〉に日本を直面させることになった世界大の変化が〈グローバリゼーション〉とそれを支える〈情報化〉の進展であったことはいうまでもないだろう。吉本自身はそんな語彙を使っていないのだが、その問題の一端を言い当てた次のような言葉を残している。

つまりこれは伝達・交通の手段というものが、想像をはるかに越えてしまったということです。極端なことをいえば、少なくとも精神と文化・文明の交通とコミュニケーション、そういうことに関する限り、地球を一回りする範囲内でならだいたい全部、すこしでもなにか事情や様子が変わってしまえばすぐわかってしまうということなんです。

少なくとも軍事的なことと産業的なことは、だいたいなにをやったってみんなわかってしまうというようになっていますから、そういうことを、このまま許容していいという問題というのがほんとうは相当重要なことになるのではないでしょうか。全部のことに関してそうなってしまったら終わりというか、なにかが終わってしまうという気がします。

（「第3章　第二の敗戦期とはなにか」）

大衆が普通に接しうる新聞やテレビ報道などの情報から「世界認識」は組み立てうるし、組み立てねばならない。吉本は、かつてどこかでそう語っていたと思うが、いま〈グローバリゼーション〉と〈情報化〉に——つまりは情報伝達の高速化・遠距離化による意識の増大と、それゆえの地球環境の狭小化の同時進行に——挟撃されて、そうした「世界認識の方法」はまちがいなく追いつめられているだろう。大衆自身が好んでその〈情報化〉の渦に飛び込み、発信者となって殺到し、日々情報と映像を過飽和させている世界において、「世界認識」が対峙し、拮抗すべき「世界心情」そのものさえ千々に分裂しつつあるのではないだろうか。

〈情報化〉とは、上書きに次ぐ上書き、さらには自己廃棄も含んだ自己更新を永続させ、あたかもひたすら〈現在〉でありつづけることでみずからが過去になることを否認する衝動そのものであるかのようだ。一方で、戦後七十五年という時間は戦争体験はもちろん、戦後のさまざまな体験をも次々と風化させるようにわたしたちに作用せずにはいない。歴史的時間は一方向に流れ去り、わたしたちが刻々と営む生活的時間から遠ざかるしかないからだ。〈情報化〉が強いるひたすら過去になるまいと〈現在〉を更新する衝動と、過ぎ去り、忘却され、やがて跡形もなかったように消え入ろうとする歴史的時間のはざまで極限まで引き裂かれている。これがわたしたちの時間感覚＝現在地点ではないだろうか。

大衆自身が、それも一人ひとりが自由に発信者としてふるまえることを可能にした〈情報化〉インフラの全社会的な浸透、いわゆるＳＮＳがメディア情況を一変させてしまったことは、もはや過去のことがらに属するだろう。テレビや新聞等の既存の主流メディアはいまやそうした視聴者としてのＳＮＳに包囲され、その意を迎えるようなコンテンツ作りに走りつつあるとさえ思える。

だが、いまあらためてさかのぼるべきその問題の起源は、ＳＮＳ登場以前、既存の主流メディアにおいて〈情報〉の基体が言葉よりも〈映像〉に取って代わられるようになった時代にあるように思われる。それは鮎川没後の八〇年代の終わりに吉本が着手し、書き継いだ『ハイ・イメージ論』のなかで辿りついた次のような認識によって探り当てられようとしていた。

現実の方が主観がつくる自由の規定性よりもっと過剰な自由をゆるしているようにみえることは、

さしあたり現実を映像化してしまう。また心身の行為そのものに、制約や疎外が貼りついて離れないとおもえることは、わたしたちの映像が現実とおなじ属性をもった状態だということを意味している。こういう現実と映像との同じだとおもえる状態の核心にあるものは、ふたつだ。ひとつは、規定できる現実（これはまちがいなく現実だと呼べる条件）よりもあり余り、つみ重なった現実は、かならず映像化される（映像とおもわれて現実を離脱する）ということだ。もうひとつは、構築された物の体系からできあがった現実が、天然（物の起源）を内包するところでは、差異が映像を生むということだ。このふたつの特異点によって、現実と映像とが同一になった、そしてそのふたつの要素が交換可能になった状態に、あたらしい自由の舞台をみていることになる。何をなすべきかという問いが消滅して、そのおなじ場所にどう存在すべきかという問いが発生するのはそのためなのだ。

（「エコノミー論　一　1」）

「規定できる現実（これはまちがいなく現実だと呼べる条件）よりもあり余り、つみ重なった現実」とは、まさに〈情報化〉が亢進し、現実について累積した〈情報〉の自由度が「映像化」されることでそのものに取って代わってしまったところの現実、そのような「映像が現実とおなじ属性をもった状態だと」わたしたちが見なしうるようになった現実を意味しているといえるだろう。そこにおいて現実は必然的にみずからを表象＝代行しうる力能を言葉よりも映像に与えるようになる。言葉は映像に従属するようになり、言葉から成る〈情報〉も映像の有無にかかわらず映像に紐づけられずにはいない。つまり〈情報〉とは、正しく表記すれば〈映像‐情報〉にほかならないのである。

こうしてメディアの表舞台に公的な事実として流通するのは、おびただしい数の〈映像‐情報〉であるほかない。そして、ときにその真偽をめぐってメディアは紛糾し、屋上屋を重ねるようにさらなる〈映像‐情報〉を累加していく。そして現在、加うるに、SNSにはそれらに二重螺旋のようにまとわりついて増殖する無数の〈映像‐情報〉が爆発的に解き放たれる。しかも、これら〈映像‐情報〉の膨張宇宙にはメディア、SNSを問わず、あたかもダークエネルギーのようにフェイクニュースが充満することになる（何しろアメリカの現大統領がメディアの報道や政敵の言論のことごとくにフェイクニュースだというレッテルを貼りながら、素知らぬ顔で、ほかならぬ自分自身がSNSで率先してピエロ同然のフェイクニューサーとしてふるまうことが許される時代なのだ）。

そんななかで情報戦が、戦争の比喩、あるいはその前哨という言葉の意味を突き抜けて、サイバー戦争という〈映像‐情報〉がわたしたちのはるか頭上を秘密裏に超高速で飛び交う国家間の死活的な戦場として戦われている。だが、サイバースペース、ネット空間などという言葉を信じてはならない。そこには空間などないのだ。むしろ〈映像‐情報〉が地上の空間を抹消、無力化しうるという権能をそれらの言葉はひとりでに志向しているのだ。空間がないところに時間が生まれ、歴史が生きられるはずはない。にもかかわらず、〈映像‐情報〉が歴史を僭称しうることをその発信者たち、そしてその受信者にして数珠つなぎに産み出されるリツイーターたちは無意識のうちに信憑しているのである。

そんなことは知らぬ気に営々と〈過去史〉研究を積み重ねてきたようにみえる歴史研究者も、戦後七十五年という時間が歴史の水底から掻き立てる泥や、水面に浮かび上がってくる泡や波紋を目にしつつある。

アメリカの国立公文書館では、太平洋戦争、GHQによる占領政策、沖縄統治、〝非核三原則〟等をめぐるかつてのインテリジェンスが最大三十年という機密指定を解かれて徐々に閲覧可能になってきている。日本では、長らく遺族が極秘に保管していた初代宮内庁長官の昭和天皇との面談を手帳やノートに詳細に記録した「拝謁記」があきらかになり、知られざる天皇の肉声が読めるようになった。シベリアの日本人抑留者の埋葬地と目された荒地から掘り起こされ、持ち帰られた多くの遺骨は、専門家によるDNA鑑定により日本人のそれではないことがあきらかになった。フィリピン沖約一キロの海底では、アメリカ人大富豪のトレジャーハンター的冒険心から、レイテ沖海戦に向う途中あえなく撃沈された戦艦武蔵の残骸が発見され、CGを活用した映像分析がなされた。

吉本が「常に〈起った出来ごと〉をその〈後〉から追究する〈事〉にすぎない」と留保した〈過去史〉研究が、七十五年という時間と、それにより可能となった〈情報化〉の手も借りて、歴史の未知の断面に遭遇しつつある。その「〈後〉から追究する」からこそその歴史研究者のアドバンテージには、日本の戦後史を世界史へと書き換えるべき責務が――公文書を改竄したり廃棄したりして歴史を修正しようとする権力意志を暴く責務とともに――含まれていると思える。

土中でも海底でもなく、この地べたで剝き出しに生きるほかないわたしたちの「〈歴史〉の自己表出」としての歴史は、はたしてどのように命脈をつないでいけるのだろうか。「空想するなら全部空想するほうがいい」と言い切った吉本以後、わたしたちはその命脈によく言葉を与えうるだろうか。

## 「間違いってものをやりたくなった」

鮎川信夫と吉本隆明の対談から話がすっかり先走ってしまった。引き返そう。

繰り返すことになるが、前節で見たような鮎川のリアルポリティックスの論理に『全否定の原理と倫理』という対談集のなかで吉本はあからさまに異を唱えることはしていない。吉本がはっきりと疑義を呈したのは、冒頭で触れた三浦和義への鮎川の裁断に対してであった。

鮎川が三浦和義に触れたのは、順に挙げれば「ロス事件とジャーナリズム」、「ロス事件の論評について」(以上『時代を読む』所収)、「批評と刃」(『疑似現実の神話はがし』所収)、「反省なき社会」、「倒錯ジャーナリスト」、「ロス疑惑とマスコミ」(以上『最後のコラム』所収)、「『三浦和義』擁護論を一蹴する」(『すこぶる愉快な絶望』所収)、「裁判を読む」(『鮎川信夫拾遺　私の同時代』所収)の八本の文章においてである。平尾隆弘のインタビューに答えた「『三浦和義』擁護論を一蹴する」以外は比較的短いコラムだが、鮎川のこの問題への並々ならぬ関心をうかがわせる頻度である。

鮎川の批判は、〝疑惑の人〟三浦の——わたしが冒頭で使った言葉で言えば——「無類の饒舌」をおもしろおかしくもてはやすマスコミの「三浦現象」に、そして同じ比重で、もてはやされる三浦に筆誅を加えんと犯人扱いするマスコミ報道から三浦の人権を「擁護」するジャーナリズムの知識層の論調にも向けられる。三浦和義という人物がアメリカでの日本人女性二人の殺人に関わっていかに疑わしい言動をなしてきたか。そのことをマスコミが調査報道するのは絶対に正しい。現にそうした週刊誌報道の嚆矢がなければ、三浦はまったく世間から注目されることのない、つまり警察から捜査対象となることのない存在だったではないか、というのが鮎川の論点である。これに対して吉本の疑義は、鮎川の批判が、ある人物が犯罪を犯したという〝疑惑〟がどれほど強まっても「確証」つまり証拠がないうちは犯罪人として裁断してはならない、という原則を踏みはずしているのではないか、というものだった。

吉本自身の「三浦現象」に対する判断は、『重層的な非決定へ』に収められた「リンチ機械としてのテレビ」と「三浦和義現象の性格」というコラムに述べられている。対談でも鮎川に同意しているとおり、吉本は三浦が病的なまでの虚言癖のある人物であるとは感じていた。しかし、それ以上に三浦につきまといフラッシュを浴びせるテレビや週刊誌の報道のほうが「正気のさたではない」と確信されていたのである。

鮎川は、自身の時評と三浦へのマスコミ報道を併せて批判するたとえば上野昂志の論に対して、「『リンチ』という言葉がよくつかわれるが、あれが『リンチ』だろうか。テレビのレポーターに例をとればむしろ驚くべき卑屈さではないのか。三浦の一言のコメントをもらいたいために丁寧な言葉を使い、ごきげんとりまでしている」(「批評と刃」)と返しているが、だがこれは反論としてはいかにも弱い。「テレビのレポーター」の言動が表面的に三浦に対していかに「卑屈」で「丁寧」で「ごきげんとり」に見えても、それが彼をさらしものにする〈映像・情報〉を構成することに変わりはないのである。

吉本は、これらテレビや週刊誌のふるまいに対して「法的な被疑者でもない一私人に、完全犯罪者の汚名をかぶせ、事業を解体させるまで追い込んで、糧道をたつ行為をやったら、たとえ事実だったとしても、それだけで重大な犯罪を構成する」(「三浦和義現象の性格」)と端的に批判している。テレビにかぎってもこうしたワイドショーへの半強制的な露出を「リンチ機械」と呼び、三浦に先立って同様に餌食とされた芸能人や政治家の名を挙げたうえで、番組制作者や出演者が「正義と倫理を手ににぎった〈神〉みたいに振舞って」、「ほんのすこしでも国法に触れた者、または国法に触れたと疑われてる者を、人でなしの、人間の風上にもおけぬものみたいに取り扱って、ちっとも恥じない」(「リンチ機械としてのテレビ」)と「全否定」している(こう書きながら隔世の感に堪えないのは、いまでは万人の万人による万人のための「リンチ機械」ともなりうるSNSがすっかりテレビのワイドショーに取って代わってしまったという現実があるからだろう。そこには無数の、いってみれば〈リトル・ピープル〉が「リンチ」したりされたりする〈映像・情報〉が暗黒星雲のように広がっている。テレビのワイドショーはむしろそれらに眉を顰め、たしなめる良識の〈映像・情報〉として延命しているようだ)。

しかし、「三浦和義現象」に関しては、同じ「リンチ」という言葉を使いながら、上野昂志などが過熱したマスコミ報道を一義的に糾弾したのとは異なる様相を見て取っている。それこそ三浦という人物の特異性――マスコミ取材に対して、被害者づらを装いつつ、のらりくらりと取材者を煙に巻きつつ、「無類の饒舌に淫してみせる」そのうさん臭さ、まさに鮎川が本質的な疑わしさを直感した――〈映像

・情報〉としての存在感に発していた。ここに吉本は、仕掛けるのはマスコミの側だとはいえ、マスコミ・三浦双方が一対で「『フィクションと現実の中間』に滑りこんでゆく兆候」、つまりある種の相互依存を見ている。マスコミによって流布される三浦の〈映像・情報〉には、「世間から疑惑の眼でみられるのも」、「信用をおびやかされて事業を畳むのも」、「家や車を売って逃げ隠れの生活に追い込まれるのも」、「そしてもしかすると完全犯罪を計画して、やっちまった自分も半ばフィクションだ」、そんな感受が避けがたい。この「現象」には「むきになったらアホらしいと感じさせる要素が、どこかにつきまとう」(「三浦和義現象の性格」)のである。しかるに鮎川は「むきに」なって、三浦の疑わしさをマスコミの「調査報道」によって追及しつづけるべきだと弁じたのである。

吉本が感じ取った〈情報化〉社会に瀰漫する「フィクションと現実の中間」態のような帯域を〈最後の鮎川信夫〉は「疑似現実」と見、いくつもの時評を通じてその「神話はがし」を試みていたことになるのだろう。たとえば吉本が「リンチ機械としてのテレビ」のなかで三浦同様その餌食になっているると名を挙げた人物の一人、戸塚宏についても鮎川は三度にわたって言及しているが(「戸塚スクールと民主主義」、「戸塚宏の本『私が直す!』」、「戸塚宏の『獄中記』」)、三浦の場合とは反対にマスコミによる反戸塚キャンペーンを批判し、戸塚がヨットスクールで行った指導、訓練に一定の意義を認め、彼を擁護している。吉本との対談でも「戸塚と三浦のことを分ける基準は、単純に言ってしまえば人間のモーティブだったと思う。戸塚は誤っているかもしれないけど、彼がやろうとしたことはぼくに言わせればいいことなんだ。(略)ただ三浦の場合はどこを捜してもモーティブの良さというのは見出せない」（「全否定の原理と倫理」）と自説を述べている。戸塚の行いには行き過ぎや過失はあったものの、現実に対する正しいモチベーションが発動されていた。しかし、三浦にはそもそもそれがないどころか、その足跡に残したのは二人の女性の変死体と、保険金の受取りという現実だった。それでいて、吉本の言う「フィクションと現実の中間」＝「疑似現実」に露出し、「無類の饒舌に淫して」世間の耳目を迷わせ、時間稼ぎをしている。だからこそジャーナリズムは、あくまでも現実に残された二人の死者と保険金受取りという事実に即して三浦を追及しつづけねばならない。これが鮎川の主張だった。

鮎川にとって見逃せなかったのは、それがアメリカで起こった殺人事件であったということだったろう。この距離、日米の国法的な障壁がむしろ三浦を庇護していたとも考えられるからである。おそらく鮎川には、三浦がそういう条件を計算づくですべてを仕組んだのではないかという疑念があった。あるいは〈私のなかのアメリカ〉への、それは侵犯行為のように感じられていたかもしれない。

ともあれ鮎川は対談のなかで、吉本の、状況証拠からどれほど疑惑が深まっても「確証」がないかぎり犯人と決めつけてはならない、という疑念に、あっけないまでの直截さでこう反論するのである。

確証よりは、ぼくは人ってものを見なけりゃいけないと思うの。ぼくの体験を言うと、どういうわけか以前、犯罪スレスレ人間をよく知っていたことがあったわけ。つまりわかるんだよ。例えば、人間にはどうにも隠せないものがあるでしょう。だから、こいつは人を殺した奴だなってことが確証がなくたってわかる場合があるの。事実、懇意になって告白されたこともあるわけ。

続けて鮎川は、アメリカで愛人の遺体が発見されると三浦は大統領や知事に抗議の手紙を書いたくせに、行方不明になっているときはそれを隠そうとし、しかも彼女のキャッシュ・カードで大金を引き出していたこと等を状況証拠として挙げるのだが、対して吉本は「だけど鮎川さん、それは確証主義と裏返しの一種の心証主義、心証はどうしても黒になるというものと違いますか」と返している。〈最後の鮎川信夫〉の個としての「指南力」があきらかにある一線を越えたときだったかもしれない。三浦について最初に言及した「ロス事件とジャーナリズム」の末尾に、鮎川はすでに「これがとびぬけて戦後的な甘やかし社会の諸悪と、人間の醜さの結合した事件の特徴を具えている」云々とも書いていた。鮎川さんもついに戦中・戦後を通じて培ってきた「イロニー」を放棄して、一掬の正義の本音を吐露してしまったのか。このとき鮎川さんは自分と日本の戦後にとどめを刺したのだな。これが対談のこの発言を読んだとき、わたしが嘆息まじりにもよおした感慨だった。

しかし、話はそれだけでは済まなかったのである。

吉本は、鮎川の一連の時評に、〈映像・情報〉に被覆された世界——鮎川自身の言葉では「疑似現実」、吉本の言葉では「フィクションと現実の中間」——に対して、あくまでもみずからのリアルな手触りのある世界を守ろうとするモチーフを見ていた。三浦についての言及から探せば、「事実を越えてどんな論議もなりたちはしない。このことがなぜわからないのだろうか」(「批評と刃」)、「僕が三浦事件の事実というのは、疑惑の主が、疑惑どおりのことをやったか、やらないかってことです。どっちかにしか事実はない。上野昂志は『事件が事実のレベルを超えた』といって、三浦現象を過大評価してるけど、事件が事実を超えることができないからこそ、三浦現象が生じている。疑惑人がノラクラとはぐらかして、ちっとも事実に到達しないことが問題なんだよ」(「『三浦和義』擁護論を一蹴する」)といった言葉に尽くされるだろう。吉本は、そこからさらに「鮎川さんが表現するということに対しての心構えが一皮むけて、もう少し内側に入っていった」と感じたと言い、次のように言葉を継いでいる。

もしかすると鮎川さんは主観的にはぎりぎりいっぱいここまで身を先鋭的に立て直して、するともう何でも言ってしまえというところに鮎川さんの表現の位置が入っていったんではないかなと思ったんです。

これに対して鮎川は、吉本の言をなかばうべなうようにこう答えるのである。

あのねえ、最近一つだけ自分で変わったなと思うことに、間違いってものをやりたくなったたってことはありますね。おかしな言い方だけど、とにかくぼく、間違いってことはやってないんですよ。戦争中からずっと続いて一ぺんもやったことがない。もし間違いがあったらどっからでもかかってこいと言えるくらいやってないわけ。だけどそれには一つの秘密があって、ぼく自身が一種の受動態なんですよ。だから間違うかもしれないってとこには足を出さない。だけどそんなのちっとも感心したことじゃないということに近頃気が付いたんだよ。だってみんなすごくいい加減なことを平然とやって、その割にはしゃあしゃあとしてるよね（笑）。だからおれも少しああいうふうにやってもいいんじゃないかと。間違いを犯してみないと間違った時の気持ちはわからないしね。だからもう思ったら早速手を出しちゃうってとこもある。

今までの自分は絶対に間違わないというのは疑問に思ったんだな。本当に一人になろうと思ってるしね。

（以上「全否定の原理と倫理」）

鮎川が「受動態」と言うのは、さかのぼれば戦争に対して、また戦後、平和に対しても「傍観的」であるほかなかった「歴史におけるイロニー」の矩を鮎川が保持してきた、その「戦後三十六年」の一貫した現実への距離感を指しているだろう。傍観者にこそ可能なる明察があり、傍観者だからこそ、その明察力をいかんなく発揮しなければならない。それは通俗的な比喩を弄すれば、居合抜きの達人のそれを思い起こさせる構えである。自分からは仕掛けないのだが、仕掛けられれば必ず目にもとまらぬ速さで一太刀斬り返す。しかも過たず一太刀浴びせるものの、けっして深傷を負わせることはしない。吉本が徹底的に切りむすび、致命傷を負わせるまで刀を収めないのとは対照的であるかもしれない。

ともあれ、鮎川のこの発言はわたしをとまどわせずにはいなかった。それでは鮎川は「事実を越えてどんな論議もなりたちはしない」、「事件が事実を超えることができないからこそ、三浦現象が生じている。疑惑人がノラクラとはぐらかして、ちっとも事実に到達しないことが問題なんだよ」という発言もまた「間違い」として言い放ったのだろうか。そんなはずはない。そこには、鮎川をして「受動態」から一歩踏み出さしめ「批評と刃」を抜き放たせた思想的確信が閃いていたはずだ。

## ポスト・モダンとマス・イメージの遅滞をはらんだ同時性

この鮎川の「間違いってものをやりたくなった」という発言と、それに対する「生命曲線の踏み方が違うんじゃないか」という吉本の応酬を読んだばかりに、わたしは三十五年も前のこの対談をめぐっていま――対談のなかで鮎川が「ぼくは今年六十五歳ですよ」と語っていた、その同じ歳に自分自身も達してしまったいま――こんな長ったらしい原稿を書いているのだと言ってもいいのだが、あらためて対談を読み返しつつ、気づかされたことがあった。

三浦の評価をめぐって右のような言葉が交わされたためにそこにあると思い込んでいた両者の訣別の地点が、じつはそこは氷山の一角で、いわばその水面下で亀裂を走らせつつ深々と沈んでいる巨大な氷塊にこそあるのではないかと思い当たったのである。それは、吉本が八〇年代、「アジア的ということ」を「情況への発言」として書き継ぐ一方、ほぼ同時に「マス・イメージ論」～「ハイ・イメージ論」という後期吉本がもっとも力を傾けて掘り下げ、展開してきた仕事に対する鮎川の無関心というかたちで伏在していたのではないか。いや、無関心という以上に、ひょっとしたら否認に近い懐疑を鮎川は抱いていたかもしれない。鮎川が「事実を越えてどんな論議もなりたちはしない」というその事実そのものが圧倒的に〈映像‐情報〉に被覆されているという現実、その時代的な必然を「世界認識」として論じたのが吉本の一連のイメージ論であったからだ。

いみじくも鮎川は「疑似現実の神話はがし」ではボードリヤールの『シミュラークルとシミュレーション』に触れ、その有効性に〈ノン〉を突きつけている。ボードリヤールのこの本が吉本のイメージ論と通底、もしくは交叉する対象領域を含んでいることはあきらかだが、とはいえ、やはり八〇年代になってニューアカデミズムがもてはやされ、主にその担い手たちが輸入、紹介したポスト・モダニズムの主流、フランス現代思想の一翼であったボードリヤールの同書の翻訳と、吉本が独自に直面したこのイメージ論とは、時を同じくしていても文脈を異にするものだった。戦後、ヘーゲル～マルクスという体系的な思想から多くを汲み取ってみずからの「世界認識」を練り上げてきた吉本が、その思想の枠組みには収まりきれない未知の現実の出来をとらえるべく先述した一連のイメージ論に着手しようとしたとき、同じアポリアを西欧的な文脈において本格的に追究している思想者と認めたのは、たとえば『言葉と物』を著し、『世界認識の方法』であいまみえて肉声を交わしたフーコーであり、たとえば〈脱構築〉を提起したデリダであった。こうしたフランス現代思想の潮流にあって、ポスト・モダニズムの指標をその歴史的な起源からコンパクトに説いたのはリオタールの『ポスト・モダンの条件』

であったが、興味深いことに、そこでリオタールが挙げている指標は、吉本のイメージ論、特に『ハイ・イメージ論』における論点との、強いて言えば照応関係が見て取れるのである。
その点についての詳述は避けるが、つまりはそのように吉本の思想がポスト・モダニズムと時代的にシンクロしていくこと自体を鮎川の「事実を越えてどんな論議もなりたちはしない」という断定は懐疑していたのではないか。「全否定の原理と倫理」という対談で「三浦和義現象」をめぐって鮎川と吉本とのあいだに起こった決裂は、この鮎川の懐疑と深く一体化していたのではないか。両者をめぐって、そのこと――「三浦和義現象」という「氷山の一角」の水面下にじつはポスト・モダン現象という「巨大な氷塊」が沈んでいることをいちはやく指摘していた一文がある。鮎川急逝のわずか二か月後に刊行された『さよなら鮎川信夫』に掲載された野沢啓の「〈モダン〉の思想的極限　最後の鮎川信夫」である。野沢は対談での「三浦和義現象」をめぐる両者の対立をたどったのち、端的すぎるほどの筆致でこう記している。

ここで鮎川信夫がとっている観点は、徹底して〈モダン〉であろうとする意識が〈ポスト・モダン〉的なるものにたいしたときのとまどいであり、これまでの明晰な論理をもってしても了解することのできない現象にたいする言いしれぬ苛立ちではないか、と思える。そこに〈モダン〉と〈ポスト・モダン〉の境界があり、鮎川信夫のモダニティはこの境界を越えることを納得しなかったのだ。（略）
その意味で言えば、吉本隆明のほうがこの境界を越えたところに位置していることは明らかで、少なくとも〈三浦現象〉にたいしても性急な判断をせず論理化を保留しているところがあって、なるほど〈重層的な非決定〉という方法はここでも貫かれている。（略）

そしてこの方法こそ、吉本がどう考えようと、〈ポスト・モダン〉の思考と同じ性質のものであるように思われるのだ。

モダン／ポスト・モダンの境界、あるいはそれを越境していくとはどういうことか、といった問題に深入りするには、あきらかにわたしは力不足である。ただ、この〈鮎川＝モダン〉対〈吉本＝ポスト・モダン〉という野沢の図式にうなずきながらも、ひとつどうしても留保しておきたい論点がある。それは、ここでいう〈モダン〉がフランス現代思想（あるいはリオタールによれば「アメリカ大陸の社会学者や批評家たち」）によって語られはじめた〈ポスト・モダン〉のほうから逆に規定される〈モダン〉であるかぎり、鮎川が血肉化してきたモダニズムとは等号で結びえない誤差があるはずであり、吉本の場合には、先に述べたようにそもそもフランス発のポスト・モダニズムとはことなる吉本固有の文脈から『マス・イメージ論』〜『ハイ・イメージ論』という理路を開削してきたという点である。さらに言えば、『ハイ・イメージ論』における論点と『ポスト・モダンの条件』でリオタールが挙げるポスト・モダニズムの指標には照応関係があるのではないかと、わたしは書いたのだが、それは小さくない時間差――遅滞をはらんだ照応関係だということである。この時間差――遅滞に重要な問題が潜んでいると思うのである。

たとえば吉本の『マス・イメージ論』とリオタールの『ポスト・モダンの条件』の翻訳が刊行されたのは八六年だが、後者の原著がフランスで刊行されたのは七九年であり、しかもリオタールは直接組上に載せているわけではないものの、六〇年代後半の大学闘争が同書を書くうえで大きな契機であったという点に、その時間差――遅滞は刻印されているのではないだろうか。

リオタールは書いている。

科学と物語とは、元来、絶えざる葛藤にある。科学の側の判断基準に照らせば、物語の大部分は単なる寓話に過ぎないことになる。ところが、科学が単に有用な規則性を言表することにとどまらず、真なるものを探求するものでもある限りは、科学はみずからのゲーム規則を正当化しなければならない。すなわち、科学はみずからのステータスを正当化する言説を必要とし、その言説は哲学という名で呼ばれてきた。このメタ言語がはっきりとした仕方でなんらかの大きな物語――《精神》の弁証法、意味の解釈学、理性的人間あるいは労働者としての主体の解放、富の発展――に依拠しているとすれば、みずからの正当化のためにそうした物語に準拠する科学を、われわれは《モダン》と呼ぶことにする。　（「序」）

まず第一に、科学的知が知のすべてではない。それはいつでも余分な知だったのであり、われわれが単純化して物語的知と呼び、のちに詳しく性格規定することになるもう一種類の別の知と、絶えず競い合い、対立し合ってきたのである。それは、この別種の知が科学的知にまさっているということではない。が、しかしそのモデルは内的均衡と共生可能性という理念にしっかりと結び付けられており、そうした理念と比較した場合、今日の科学的知は——とりわけそれが、今まで以上に強力な《知る者》の外在化、またその使用者に対する疎外を引き受けなければならないとすれば——、生気を失った蒼ざめたものとしてしか現われない。それに引き続く、研究者、教師の士気低下はもはや看過ごすことのできない段階に達しており、周知のようにそれは、六〇年代のすべての先進国社会において、研究者、教師を目指す人々、すなわち学生たちのもとで爆発したのである。この爆発は、その間、その伝染的な爆発力に対して防御することのできなかった大学、研究所の機能を著しく低下させることになった。それを望むのであれ、また——こちらの方が事実である場合が多かったのだが——、それを恐れるのであれ、問題はそこに何らかの革命を展望することなどではなかったし、いまだにそうではない。

（「第二章　問題／正当化」）

翻訳を手がけた小林康夫は「訳者あとがき」で、ポスト・モダン化は〈知〉の領域を中心に起こり、「六〇年代後半から七〇年代にかけての文化変質の境界線が、世界の多くの国々で、学生運動の爆発、すなわち大学という場処における闘争によって刻印されていた」ため、従来のモダンの啓蒙的な価値観によって支えられていた〈人間の解放〉や〈革命〉といった「大きな物語」を失墜させたのだと、リオタールの主張点をパラフレーズしている。

その結果、〈自由〉と〈真理〉という理念的価値に支えられていた〈知〉は、それらに代わる〈現実〉、つまり〈資本〉、〈技術〉、〈システム〉としての社会に直面しなければならなくなる。リオタールは「テクノロジーの発展は、行動の目的から行動の手段へとアクセントを移動させてしまったのだ」(「第十章　脱正当化」)と書き、小林は「《現実》を超えるべき《理念》がむしろ《現実》によって追い抜かれ、凌駕される逆転の事態である」と書いているが、これは先に引いた『ハイ・イメージ論』の「エコノミー論」における「何をなすべきかという問いが消滅して、そのおなじ場所にどう存在すべきかという問いが発生する」という吉本の言葉に照応していて、まさに〈グローバリゼーション〉と〈情報化〉が加速するこんにちまで不可逆的に追い求められてきた事態だといえるだろう。ある目的を達成するための手段があまりにも高度化してしまったため、知らず知らずのうちにその手段を行使すること自体が自己目的のように上書きされ、それが本来の目的として錯視される。しかも、そのことがあくまでも目的のために正しい手段を行使していると信憑されている事態、といえばいいだろうか。それがありとあらゆる〈知〉の領域であまねく進行しているのである。

しかし話を戻せば、日本では、情況は「六〇年代後半から七〇年代にかけての」「学生運動の爆発」、「大学という場処における闘争」ののち、リオタールの下した「問題はそこに何らかの革命を展望することなどではなかったし、いまだにそうではない」という断定とは正反対のベクトルを突出させた。

フランスの五月革命を起爆したのはパリのソルボンヌを中心に始まった学生叛乱であり、それはやがて各地の大学へと繰り広げられていったが、それが特定の党派や前衛主義者に先導されたのではなく、いわば自然発生的に起こったことは、この運動の伝播力を決め、日本の六〇年代末の大学闘争＝全共闘運動とも通底する世界同時性を秘めていたといえる。大学を解放区とすべく築かれたバリケードから学生のデモは街頭にあふれ出、機動隊の暴力や既成左翼の妨害を跳ね除けて展開していった。そして驚くべきは、そうした「自然発生」性は生産点である各種工場にも飛び火し、労組等による組織的な指導なしに次々と自主的にストを打つ労働者の連帯を生み出していったということだろう。個別の賃上げ闘争でも、巨大労組の指令によるゼネ・ストでもなく、唯一学生叛乱を支持し連帯するために個々の生産点で労働者が自主的にストに入り、事実上ゼネ・スト状態を作り出してしまったのだ。これら叛乱の社会化をも垣間見せた一連の運動は、一か月余りで権力によって制圧されるのだが、まさに五月革命が「革命」的であった所以をあますところなく語っている。

　これらの過程で、リオタールの言う「失墜」を体現したものこそ既成の左翼であり、前衛主義者であり、労組であった。「革命を展望することなどではなかった」という断定も、彼らにこそ向けられていたのではなかったか。

　ところが、日本における大学闘争＝全共闘運動の過程では、五月革命で「失墜」した者たちの同類が、五月革命にも取り込まれた第三世界論や毛沢東思想によりアジア的に感染しつつ、生き延びたのである。全共闘運動の「自然発生」性を担ったいわゆるノンセクト・ラディカルは五月革命同様大学にバリケードを築き、デモ隊として街頭にも繰り出していった。周知のように、その運動自体は全国の大学に波及していったのだが、フランスにおけるように社会化へのモメンタムを引き起こすことはなかった。そして運動の終息期にいたって、打倒すべき国家権力の標的を暴力装置としてのその実体に見立て、未遂の指揮権を振り回したいという欲求に駆られた前衛主義者たちが「大学という場処」から〈革命〉という「大きな物語」を社会に引っ張り出し、世界大に誇張することに賭けたのだった。彼らは、その「物語」を〈武装〉とか〈軍事〉とか〈爆弾〉といったさらなる「物語」で着ぶくれさせ、児戯に等しい孤立化をたどったあげく、〈山岳ベース〉とか〈北朝鮮〉とか〈アラブ〉とかへ〈革命〉を潜伏ないし高飛びさせていった。しかも、それによって〈革命〉は、三里塚という例外を除いて本質的な意味で現場を見失ったのである。かくして現場たるべき大学や街頭には〈反革命〉との怒号を投げつけあう〈内ゲバ〉による血だまりが点々と印されていく。連続企業爆破事件は、現場を飢渇しながらそのじつ観念的に内攻するばかりの〈革命〉の「物語」が市民を巻き込んで自爆した顚末をあらわにしていた。

わたし自身すでに呼吸していた同時代の空気の記憶をよみがえらせるなら、そのようにして〈革命〉という「物語」が壊滅した七〇年代の終わりから八〇年代に入ると、時代を覆う空気が一挙に変わってしまったという印象が強い。リオタールの言う〈資本〉〈技術〉〈システム〉としての社会に〈知〉が従属しなければならなくなった時代、消費資本主義が大衆社会に全面化していく時代の到来であったといえるだろう。それは同時にモダンの価値基準の担い手であったメインカルチャーを古びさせ、その地盤沈下を来たし、代わってカウンターカルチャー〜サブカルチャーの抬頭をうながさずにはいなかった。ここに吉本が『マス・イメージ論』の口火を切る現実的な契機もあったわけだが、広告や漫画やアニメなど、吉本が多種多様なマス・イメージの氾濫を見据えていたのはメディア、ジャーナリズムの磁場であり、鮎川が批判したあの「三浦和義現象」が生まれ、増殖したのもそこだった。そしてわたし自身がフランス現代思想から輸入されたニューアカ〜ポスト・モダン的言説にはじめて触れたのも、「朝日ジャーナル」のようなメディアにおいてであった。つまりわたしの印象では、これらはすべて横一線で時代の地平に現れたのである。それは、もはや「学生運動の爆発」、「大学という場処における闘争」も跡形もなく消え去り、その夢魔のごとき〈革命〉という「物語」も過去の語り草となる以外だれにも——それらを担っていた者たち自身によっても——顧みられなくなってしまった時代が訪れていたことの証なのかもしれなかった。あるいは、この横一線で始まった時代の経験の総体を日本におけるポスト・モダン現象と呼ぶべきなのか。この頃「差異の戯れ」という活字をしばしば目にしたが、なるほど言いえて妙ではある。

鮎川信夫は、こうした六〇年代末の大学闘争＝全共闘運動とまったく切れたかたちで——というよりむしろ記憶喪失させるべく——消費資本主義の天空から舞い降りるようにやってきた輸入ポスト・モダニズムと同期しつつ乱舞した日本におけるポスト・モダン現象そのものを「疑似現実の神話」として強く懐疑していたのだ。その一端に過ぎない「三浦和義現象」をとおして、この鮎川の懐疑がみずからの『マス・イメージ論』に対しても無関心ないしは否認のように輻射されるのを、おそらく吉本は対談中に感じ取っていたことだろう。

しかし、いま逆に鮎川に向けたくなる懐疑がある。鮎川は、ほぼ同時期に吉本が「試行」の「情況への発言」で書き継いでいた「アジア的ということ」を読んでいなかったのではないか。対談「全否定の原理と倫理」で「反核」運動や埴谷雄高への批判点では同意しつつも、鮎川はその吉本の「全否定」の深層にある思想的根拠にまで触手を届かせることができなかったのではないか。もし鮎川が、先に長々と引用したこの論考の要諦を読み取っていたなら、それが『マス・イメージ論』と同時期に書かれていたことの意味を踏まえつつ同書を読むことになったのではないだろうか。とりわけすでに触れた「停滞論」と、たとえば「世界論」、「差異論」、「解体論」を読めば、吉本が同時代の文学作品のさまざまな断面に——「アジア的ということ」においてあぶり出した「〈歴史〉の自己表出」として遺存しつづけるロシア・マルクス主義的な世界観、つまり〈革命〉の「物語」と同様——近代を駆動してきた〈自由〉や〈真理〉、あるいは〈変革〉や〈倫理〉を志向する「大きな物語」が世界の〈システム〉化に遭遇して挫折し、新たなマス・イメージとして変成されることで〈現在〉という地層となるさまを見出していることが読み取れるはずである。西欧社会において旧来の近代的な価値観や秩序を動揺させるポスト・モダニズム的な価値形成として現れた〈知〉や文化の変化の運動が、先進資本主義国にして大衆消費社会となった日本に輸入思想として舞い降りてくるのと同時的に、かつそれとはまったく独立した文脈で、吉本は日本の社会の全面に無意識の「ポスト・モダニズム的な価値形成として現れた」マス・イメージを追跡していたのである。

## 「生命曲線」と静かなる別れ

ところで対談のなかでは、吉本は鮎川の『マス・イメージ論』への批評に対して当たっていないところがあると言い、「その中で吉本は変わったなと鮎川さんが言ってる部分があるんですけど、それはまあこれから変わろうとは思っているわけですね（笑）。ある時期からぼくは生命の曲線みたいなものを勘違いしてはいけないと思い始めてるんです」と述べている。

吉本が「これから変わろうとは思っている」というのは、世界がいままさに変わりつつある、あるいはすでに変わってしまったからであり、そのことに対峙しつづけるために思想の文体もまた変貌しなければならないということにほかならない。その変貌を決めるのが「生命の曲線」なのである。それはおそらく、世界の変貌を見つめる視線と、老いと死のほうからみずからの思想と世界との対峙を見つめるもうひとつの視線とが直交する焦点において、はじめて見えてくるのだが、「生命曲線の踏み方が違うんじゃないか」という吉本の疑義に対して、鮎川は「きみは最近、『老い』とか『死』についていろいろ言っているけど、どうもぼくは自分の死まで考える余裕がないんだな。まあいずれは自分も直面する問題だけど、今はあんまり考えたくないんだなあ」とかわしている。「本当に一人になろうと思ってるしね」と洩らしたにしては、イノセントに過ぎると感じたものだが、その少しあとに「ぼくは今年六十五歳ですよ」云々という発言が来るのである。この最後の対談から一年と四か月後に鮎川を見舞う急逝という事実は、後付けながら鮎川自身の「死」に対する無防備から招来されたような気がしてならない。いや、あるいは「無防備」という覚悟と言うべきかもしれないが……。

わたしはこの文章のタイトルに「訣別」という言葉を使ったが、ここで両者は「訣別」にいたるその手前で気配を察知して、静かに別れを告げたというべきだろうか。

ただ、冒頭で触れた三浦和義について補足するなら、鮎川はその疑惑について「でも答えというのはいずれ出るからね。五年かかるか十年かかるか知らないけれども、答えは必ず出るからね」と吉本に語り、対談集巻末の「確認のための解註」末尾にも「あるいは私が間違っているかもしれない。が、いずれはっきりする」と記している。二〇〇八年に身柄を移送されたアメリカの獄中で三浦が自死したという「事実」がはたして「答え」と言えるかどうか、それはわからない。しかし、わたしがその報に接したとき、とっさに頭に浮かんだ「鮎川さんが生きていたら何て言うだろう?」という問いに、鮎川はたぶんこう答えたのではないだろうか。

――三浦はね、アメリカを甘く見ていたんだよ。もう大丈夫だって、嵩をくくっていたんだね。ところがアメリカは三浦を忘れていなかった。二十何年経って、三浦はアメリカに復讐されたんだよ。

しかし、こんなことを勝手に思い浮かべて書いてしまってから、いささか悔恨めいた思いに苛まれる。一九八九年、ベルリンの壁崩壊。一九九一年、湾岸戦争、ユーゴ紛争、ソ連崩壊。二〇〇一年、九・一一アメリカ同時多発テロ～アフガニスタン空爆。二〇〇三年、イラク戦争。一九八六年の鮎川の急逝から三浦和義の獄中での自死という二〇〇八年にいたるまでの約二十年という時間において、それこそ「鮎川さんが生きていたら何て言うだろう?」と問うべき歴史を画するような出来事はいくつもあったのに、わたしはその名を、〈私のなかのアメリカ〉を思い起こすことはなかった。われながら不明というほかない。

「たれがなんと言おうと、思想と思想のあいだには、訣別の地点というものはいつもあるのだ」

最後に、本稿のタイトルにどうしても「訣別」という一語を刻まなければならなかったその理由、わたしなりの背景について書いておきたい。わたしにとって最初で最後になった鮎川信夫の肉声を聴きに行ったときの思い出から書き起こした冒頭の一節と起結を整えるようだが、その一語は、じつははじめて読んだ吉本隆明の本、『情況』がわたしに刻みつけた言葉なのである。

『情況』を読んだのは一九七四年の初め頃だったと思う。なぜこの本を手に取ったか、についてもじつはいきさつがあるのだが、それはこの際割愛する。六九年から七〇年にかけて文芸誌に連載された、当時の〈情況〉の全方位を苛烈な批評の光線で照射したこの論集と、次に読んだ対談集『どこに思想の根拠をおくか』、さらにその次に読んだ『吉本隆明全著作集13政治思想評論集』の三冊によって、わたしは、こんにちにいたるまで吉本の読者たることを決定づけられたといってもよい。

当時のわたしが『情況』という本のなかでもっとも目を凝らして読むことになったのは、「収拾の論理」、「基準の論理」、「非芸術の論理」、「畸型の論理」、「倒錯の論理」といった〈情況〉としての大学闘争および周辺の社会思想をリアルタイムで批判した論考であった。並行してわたしは、大学闘争＝

全共闘運動を担った側からの発言、資料を収めた『砦の上にわれらの世界を』、『京大闘争』、山本義隆の『知性の叛乱』、折原浩の『東京大学―近代知性の病像』といった本を読んでいたこともあり、それら当事者をも含む大学闘争に対して投げかける吉本の仮借ない批判は、その独自の視座、そこから繰り出される根柢的な論理、そしてある種パセティックなトーンに貫かれた語り口でわたしを圧倒した。

その「根柢的な論理」から発する批判は、たとえば「収拾の論理」や「畸型の論理」において、大学教授や彼らからなる教授会などの大学当局の「論理」と、彼らを大衆団交などの場で吊し上げている全共闘派の学生たちの「論理」の双方に対して「独自の視座」から等距離に放たれているところに端的に表れている。吉本がそこで暴いたのは、まず戦後民主主義とか大学の自治とかいう理念によって学生たちを導いてきたはずの知識人としての大学教授たちが学生たちのラディカルな要求に対して、そのみずからが拠ってきた理念や思想にのっとって彼らに対峙しえず、教官としての大学管理者的な保身からする機動隊導入によって事態を「収拾」しようとしたこと、それは彼らをして教壇に立たしめてきた理念、思想における、いわば〈擬制の終焉〉にほかならなかった、ということであった。さらに、「自己否定」を叫んで彼らを糾弾する全共闘派の学生たちと、それを支持して「自己否定」せんとするいわゆる「造反教官」とがある種の〈抱擁家族〉として、毛沢東的な「造反有理」の「論理」の空転に終始しているさまであった。

「畸型の論理」で吉本がやり玉に挙げているのは、そんな「造反教官」の一人、マックス・ウェーバー研究者である東大助教授折原浩と、彼を「討論集会」の場で吊し上げた「毛沢東かぶれの東大全共闘の連中」だった。「造反」したとはいえ、あくまでも「言語表現」に固執するのは大学教官としての「特権意識」を「自己否定」しえていないからだ、と叫ぶ彼らに屈する折原を吉本は次のように批判する。

折原はむしろ、たれがなんと言おうと、思想と思想のあいだには、訣別の地点というものはいつもあるのだということを知った方がいい。この問題を理論と実践の問題にすりかえるのは学生どものペテンにしかすぎない。マルクスをまつまでもなく、著作家もまたじぶんの著作によって戦死することもあれば、兵糧攻めにされて餓えることもあるのだ。

わたしに「訣別」という言葉を刻みつけたのは、じつにこのくだりであった。

しかし、なぜそれほどまでにこの言葉を刻みつけられたのかというと、理由はここでの吉本の批判の文脈、そこに貫かれている思想の論理にだけあったわけではない。この一節を読んだ当時、七四年という時代にほぼ連日のように起こっていた〈内ゲバ〉事件が、いってみれば吉本のこの『情況』のページと一対で巧まずして挟み撃ちにするごとく「訣別」という言葉をわたしに刻印していったのである。そこにはじつは埴谷雄高の名前も揺曳していた。というのは、殺人にまでいたる熾烈なゲバルトの応酬に明け暮れていた革マル派と中核派の〈内ゲバ〉が続くなか、翌七五年には、黒田寛一率いる前者からのはたらきかけに応じるかたちで、埴谷は両派に対して〈内ゲバ〉の即時停止を訴える「革共同両派への提言」に名を連ねたからである。

この七〇年代中葉の学生だった自分の読書体験を振り返ると、われながらある種名状しがたい不思議な時代感覚がよみがえってくる。六〇年代末の大学闘争＝全共闘運動を担った者たちの表現と吉本の『情況』をほぼ同時に読み、続けて吉本の膨大な著作を渉猟するように読むなかでわたしは「試行」も購読するようになり、同じ頃「群像」に四半世紀近い中断を経て掲載された埴谷の伝説的な小説『死霊』の「第五章　夢魔の世界」をおののくような気持ちで読んでいった。しかも吉本の六〇年代の本を読むことは、「すぐれた対立者はいないか」という問いかけから始まる「埴谷雄高論」、「埴谷雄高氏への公開状」などを経て、埴谷自身の『幻視のなかの政治』にまとめられた先駆的なスターリニズム批判を繙くことをうながさずにはいなかった。だが埴谷の卓抜な批判にもかかわらず、わたしがそのときとらわれたのは、吉本の「公開状」にあるこんな言葉だった。

あなたが黒田寛一参議院立候補後援会長に就任したのを知り、バブーフさながら未来からの透視によって現在の階級社会を視るあなたと、小日共さながら過去の新人会の亡魂によって現在の政治過程をみる黒田寛一とが結びつく対照性の絶妙さに苦笑をさそわれました。〈あれもよし、これもよし〉の論理でしょうか。あるいは〈あれもだめ、これもだめ〉の論理でしょうか？　あなたの選択は。

あなたの『幻視のなかの政治』という優れた政治論文は、レーニンの衣裳をまとって、この世界を逆さまに眺めようとする試みでした。（略）その方法には、あなたの自己放棄がかけられているはずです。もんだいは、あなたがレーニンの衣裳を着たまま、自己放棄を思想化した点にあるように思われます。そこからすべてが派生してきているとおもいます。レーニンは一揃いのレーニン全集のなかにしか存在しないという名言を吐いたあなたが、ときとして世界の根源的な否定という裸身を通過する思想のみを選択せずに、レーニンの衣裳をまとう過程にはいってくるすべての思想を看過するように視えるときがあるのをどう理解すべきでありましょうか？

そう、いまにして思えば、埴谷がレーニンの『国家と革命』にある前衛主義を顛倒しようとして「革命と国家」なる反論を試み、挫折してレーニンの軍門に下ったとみずから語ったその経緯（「永久革命者の悲哀」）も、レーニンという思想の「裸身」への同化ではなく、その「衣裳」をまとってみせたにすぎなかったのではないだろうか。そして吉本が指摘した六〇年当時「反議会主義」という一点において賛同すると黒田寛一の立候補後援のために名前を貸したことだけでなく、これら一連の吉本、埴谷のやりとりをわたしが読んでいた七〇年代中葉にやはり黒田寛一率いる革マル派の呼びかけに応じて「革共同両派への提言」に名を連ねたのも、さらには八〇年代初めに「核戦争の危機を訴える文学者の声明」に署名したのもすべて「レーニンの衣裳をまとう過程にはいってくるすべての思想を看過する」埴谷のふるまいだったのではないだろうか。

七〇年代中葉に吉本とともに埴谷雄高を読んでいたとき、わたしが何度も反芻することになったのは〈敵を殺せ〉という言葉だった。正確に文脈を記せば、「政治の裸かにされた原理は、敵を殺せ、の一語につきるが、その権力を支持しないものはすべて敵なのであるから、そこでは、敵を識別する緊張が政治の歴史をつらぬく緊張のすべてになつているのであつて、もし私達がまじろぎもせず私達の政治の歴史を眺めるならば、それがあまりにも熱烈に、抜目なく、緊張して死のみを愛しつづけてきたことに絶望するほどである」(「序詞――権力について」)となるが、いうまでもなくそれは、頻発していた〈内ゲバ〉がわたしに反芻させた言葉であり、しかも埴谷自身が〈敵と味方〉という布置そのものを「看過」した位相でこそ、この言葉を吐きえているように思えるところがどこか宙吊りにされるような感覚を醸していた。選挙運動への名前貸しや〈内ゲバ〉即時停止を訴える提言への署名もまた、現実へのいかなる有効な訴求力をも「看過」したところでなされていたのではないか。わたしは、埴谷の特異な政治思想の言表に躓いていたといってよい。

一方で、埴谷の「夢魔の世界」の雑誌発表を機に吉本はこれを高く評価し、『死霊』という作品の埴谷におけるこれまた特異な転向体験の思想的な問い直しとしての意義をあらためて強調する一連の発言を矢継ぎ早に行っていた。わたしは、遅ればせながら『死霊』を第一章から読みつつ、吉本と埴谷との対談「意識・革命・宇宙」を読み、さらに秋山駿を聞き手とする鼎談「思索的渇望の世界」も読んでいった。だが、この時期、吉本が埴谷の『死霊』のために発言したのは活字媒体のみではなかった。全国のいくつかの大学に飛び、作品の意義を説く講演も積極的にこなしていったのだが、そこで吉本はその内容とは何の関係もない、しかし自身の思想の伝播力に起因するともいえるある〈内ゲバ〉に巻き込まれる。ブント叛旗派の末期症状的な内紛劇がそれだが、暴力的に壇上を占めた叛旗派のメンバーに屈せず吉本は何とか講演をまっとうする。わたしは、その一部始終を「試行」四六号の「情況への発言」で読んだときの複雑な感慨をよく覚えている。自分たちにとって喫緊の〈内ゲバ〉の問題提起を行おうと壇上に乱入した者たちや、その〈内ゲバ〉の〈敵〉であった者たちのなかには、少なからず〈吉本主義者〉が含まれていたはずである。「たれがなんと言おうと、思想と思想のあいだには、訣別の地点というものはいつもあるのだ」という言葉と、〈敵を殺せ〉という言葉とが混濁しながら、自分のなかで渦巻いているというのが「複雑な感慨」の内実であった。

しかし、〈内ゲバ〉という現象が実体として市民社会の前景から消え失せた頃、それは時代の推移がもたらした結果かもしれないが、わたしは二つの言葉の混濁に一つの弁別を与えるようになっていた。それは次のように換言しうる。すなわち「思想と思想のあいだに」つねにありうる「訣別の地点」に無自覚なまま、たとえば「連帯を求めて孤立を恐れず」政治運動の世界に足を踏み入れてしまった者ほど、その無自覚の度合いに応じて、〈敵を殺せ〉という埴谷によれば「政治の裸かにされた原理」に憑依されてしまうのだ、と。前者の言葉をわたしに刻みつけた吉本の『情況』に戻れば、六九年三月から翌七〇年三月までの雑誌連載稿をまとめて同年十一月に上梓した同書において、吉本もまた〈敵と味方〉という遠近法のなかで言葉の射程を決めていたことがわかる。

本稿で、わたしが思想的な敵対物とかんがえたものをとりだせば、ひとつは、〈敵〉に担われていようと〈味方〉に担われていようと、あらゆる〈機能的な思考〉そのものであり、もうひとつは、〈社会〉とその上層の〈共同観念〉との相関をわきまえないで混同するあらゆる思想的な構築であった。

（「あとがき」）

〈敵と味方〉が実体から離れて〈思考〉や「思想的な構築」に転移していることが、吉本がすでに〈敵を殺せ〉という言葉を思想的に葬り去っていることを物語っている。たとえば六〇年安保当時の、名高いといってもいい花田清輝との論争もじつは吉本にとってあまり得るものはなかったのではないかとわたしは思っているのだが、それは花田が党を背光とした前衛主義者として吉本の行く手に立ちはだかっており、徹底的に叩き潰すべき実体としての思想的敵対者であったからだ。吉本の内部で、もっとも強力に〈敵と味方〉の潜在域を探照し、弁別する思想の光源がはたらいていた時期だといえるだろう。

それにしても、はじめて読んだ吉本の著作だったとはいえ、わたしが『情況』という本にかくも長きにわたって掴まれてきたのはなぜなのか。このあまりにも長くなってしまった原稿を書きながら、少しずつわかってきたことがある。

六〇年代末の大学闘争＝全共闘運動に対して、わたしはいうまでもなく〈遅れてきた青年〉であるほかなかった。いや、実際には〈遅れて来る〉ことすらできず、〈遅れたままの青年〉でしかなかったというべきか。しかし〈遅れたまま〉、七〇年代中葉の〈内ゲバ〉の時代の空気のなかで『情況』を読んでいったことは、六〇年代末に生起して、それを読んでいるいまにつながる、ある濃密な激動を通過しつつある思想の言葉に遭遇する経験であった。それはわたしに、さかのぼって吉本の六〇年前後のポレミーク、とりわけ埴谷、花田とのあいだで応酬された〈三幅対〉的な論争を読ませたし、さらに敗戦以降の吉本の思想の立ち上がりと戦争責任論につながる骨太の文脈をたどることをうながした。こうして吉本を読んでいった七〇年代中葉から八〇年にいたる数年間の濃密な読書は、わたしにとって〈遅れたまま〉、戦争責任論～六〇年安保～大学闘争～連合赤軍事件～〈内ゲバ〉にいたる激動し重層する戦後という時代の経験を一挙に圧縮して読むことでもあったのである。『情況』はその扉の役割を果たすことになったわけだが、わたしは、以後いまにいたるまでこれほど濃密な読書経験をできたためしがない。

「たれがなんと言おうと、思想と思想のあいだには、訣別の地点というものはいつもあるのだ」。『情況』が刻みつけたこの言葉は、わたしのなかでは、吉本思想の核心としてよく語られる〈大衆の原像〉に匹敵する言葉である。「〈大衆の原像〉を繰り込む」ことと同等の比重で「訣別の地点を繰り込む」こと。厳密にいえば、後者の場合は「繰り込む」とは正反対の絶えざる言語化というベクトルをはらんだ動詞を用いるべきところ、ふさわしい言葉が思いつかないので同じ「繰り込む」という言葉を使うことにするが、いずれにせよ、この二つを「繰り込む」ことは、吉本の言う思想的な〈自立〉を追求していくうえで、つねにその裏面に張り付いている課題なのだと思えるのである。

例えば今までぼくの書くものをよく読んでくれていた読者がこの論争をみて、何となくぼくに疑問を持ったという人もいるんです。すると逆に今度はぼくの方が疑問を持ってしまって、そうだったのかと思うわけです。その人たちは本当はスターリン主義というものに入っているんじゃないかとぼくは思うんです。そして向こうは、吉本はもう左翼性からはみ出してとんでもないところにいってしまったと思っている、ということがあるんですよね。

鮎川との対談「全否定の原理と倫理」のなかで、吉本は埴谷との論争の余波として起こったらしい読者の離反についてこう述べている。吉本には彼らの行く手が見えていた。吉本との論争を通じて、埴谷が『死霊』や『幻視のなかの政治』で体現しえていた特異な思想表現の固有のエッジを消失して溶融していった「収斂すればレーニン - スターリン主義に煮つまってゆき、拡散すればヒューマニズムの倫理と善意にいたる、『現在』の世界の半分を占めた巨大な壁」(前掲「政治なんてものはない」)に、彼らもまた吸引されていったことを。想像するに、おそらく彼らのなかには、自分は〈吉本主義者〉だ、と自分自身よりも吉本その人を恃んで朗らかに宣言していた人士も含まれていたはずだ。しかし、吉本が「反核」か否かではなく「〈なぜ、いかなる理由で、どう〉反核なのか」が問題なのだと言ったのにならえば、彼らはそのときこそ〈吉本主義者〉か否かではなく、〈なぜ、いかなる理由で、どう〉〈吉本主義者〉たりうるのかを徹底的に自問すべきだったのだ。そうすれば、少なくとも「何となく疑問を持つ」程度ではなく、吉本の思想を誤読していたか、そうでなければ、みずからと吉本との「訣別の地点」の一端なりとも触知することができたはずだ。それは、彼らの一人ひとりがその先どこへ行こうとも〈——主義者〉にすぎない自分から脱する貴重な思想的契機たりえたことだろう。「たれがなんと言おうと、思想と思想のあいだには、訣別の地点というものはいつもあるのだ」

わたしがこの言葉をまざまざと思い出したのは、じつに吉本と埴谷の論争に際会したときだった。しかし、ここまで述べてきたことにあきらかなようにそれは早計だったようだ。〈彼は昔の彼ならず〉。埴谷はすでに思想者の固有の面貌を失い、凡庸な左翼という共同性の壁に同化してしまっていたからだ。あえていえば〈吉本主義者〉間の〈内ゲバ〉にも見えなくもない叛旗派内紛劇の飛沫を振り払いながら、『死霊』の執筆再開の思想的意義を講演で説いていた吉本と、ほかならぬ埴谷がこんなにも不毛な対立に墜ち込んでしまったという思いがその言葉を呼び寄せたのかもしれない。しかし、それが早計であったと気づくことによって、わたしはむしろ、その言葉が吉本と鮎川とのあいだの静かな別れにこそ差し向けられるべきだと確信できたのである。

たしかに鮎川は、いかなる〈——主義者〉にもならないばかりか、いかなる〈——主義者〉をも作り出さない、徹底して一人の詩人であり、思想者であった。そのポジショニングを維持するための原型的な視座を鮎川におけるモダニズムと呼んでいいと思うのだが、ここにじつは吉本との「訣別の地点」が潜んでいたのである。そのことを期せずして吉本が語っていると思える一節がある。

過剰な倫理を、芸術が芸術いがいの領域に拡大して背負いこむことは、客観的には独断であり、自己満足の変態である。しかし、それが意識され、自覚された決断によっていることがはっきりしているとき、自己思想の問題である。思想というものは、外部からは区別できない同質のものとして映るばあいに、その内部構造ではまったく異質であることを弁明しないという態度によって保証されるものの謂である。あんな奴らと一緒にしてもらいたくないというのは自己思想の内部でのあらゆる思想のねがいである。しかし、ここからは複数者を包括する思想はうまれない。思想の伝導性は、遠くでみればあいつらはみんな同類ではないかという外部からの視線にたいして、決して〈否〉と弁明しないという決断によって保証される。

（「高村光太郎私誌」）

ここで吉本は、戦争期の高村光太郎の言動に「この詩人は、戦争と心中するつもりだな」と思いつつ、「過剰な倫理を背負いこみながら、その倫理を意識的な決断によってじぶんに課している者」の姿を見ていた若年の自身をとおして、吉本自身の戦争へののめり込みを、いわば最高の鞍部で乗り越え、包括してみせている。しかし、戦後、「自己否定」の底から這いつくばるように思想の歩みを始めたときも、「複数者を包括する思想」、その「伝導性」を担保することを生命線とした。つまり「あいつらはみんな同類ではないかという外部からの視線にたいして、決して〈否〉と弁明しないという決断」を保持したのである。ここに〈吉本主義者〉が生まれてくる本質的な理由があり、吉本の情況の根源を志向する思想表現がおのずと〈敵と味方〉という布置を浮かび上がらせる本質的な理由があった。また同時に「思想と思想のあいだ」につねに「訣別の地点」を探知せずにはいない本質的な理由もあった。

対して、いかなる意味でも〈――主義者〉から無縁であった鮎川は、あくまでも個として「無名にして共同のもの」（「戦中手記」）に向き合いつづけたが、一度たりとも〈敵と味方〉という布置に身を置いたことはなかった。おそらく帝国陸軍の兵士であったときさえ、そうであったのではないだろうか。

こうした「訣別の地点」を潜在させつつ、両者は戦後の三十数年間をたがいに行き来し、対話を重ねてきた。そこには本稿の前半で見てきたように長く深い相互了解の縦走路が開かれ、わたしたちもその跡をたどることができたわけだが、最後の対談「全否定の原理と倫理」にいたって、一見卑小で浮薄な、しかしメディアを席巻した「三浦和義現象」を引き金として両者は突然相互了解に亀裂を走らせた。鮎川は「間違いってものをやりたくなった」と言い、「本当に一人になろうと思ってるしね」とつぶやいて吉本のもとから立ち去った。それは、じつは両者の足下に潜んでいた本源的な「訣別の地点」そのものから立ち去ることだったのではないだろうか。

こうして八五年六月、二人の長い「交渉史」は終わりを迎えたのだった。

（「放題」1号／二〇一〇年三月）

# 吉本隆明と対座する鶴見俊輔

わたしは鶴見俊輔の熱心な読者ではなかった。あまたの著作のなかで読みえたのは『北米体験再考』、『鶴見俊輔集9　方法としてのアナキズム』、『埴谷雄高』、久野収との共著『現代日本の思想』、久野収・藤田省三との共著『戦後日本の思想』など、僅々たるものにすぎない。ただ吉本隆明を読んできたなりゆきで、吉本が鶴見のある発言に対峙したうえで「井の中の蛙は、井の外に虚像をもつかぎりは、井の中にあるが、井の外に虚像をもたなければ、井の中にあること自体が、井の外とつながっている」という、あの有名な、と言ってもよい断案を下すことになる「日本のナショナリズム」という論文、そして鶴見が吉本と行った「どこに思想の根拠をおくか」と「思想の流儀と原則」という二つの対談において、同時代の吉本と交叉する鶴見独自の思想的な軌跡に触れ、吉本隆明と対座する鶴見俊輔という存在はひとつの問題領域として成立したのだった。昨夏、その鶴見の訃に接し、かつて吉本との接触面で起こった思想のスパークについて、もう一度考えてみる機会があった。

個人的事情というべきか、世代的事情というべきか知らないが、七〇年代中葉にはじめて吉本隆明の著作を手にした大学生のわたしにとって、『どこに思想の根拠をおくか』という対談集ほど吉本思想の精髄を活き活きと伝えてくる入門書はなかった。当時わたしは、標題となった一九六七年に行われた「どこに思想の根拠をおくか」という鶴見との対談と、「日本のナショナリズム」をほぼ同時期に読み、ほどなくして鶴見との二回目の対談「思想の流儀と原則」を雑誌「展望」誌上で読んだ記憶がある。

二つの対談に先立って『現代日本思想体系4　ナショナリズム』の解説として書かれた「日本のナショナリズム」のなかで、吉本が対峙する鶴見の発言とは「日本知識人のアメリカ像」という一文である。長篇の解説の終わりに近いその引用箇所にいたるまでに、吉本は、みずからの戦前・戦中の「ウルトラ＝ナショナリズム」に吸引された体験を「内観する」ことを通して、大衆における「ナショナリズム」の現前を把握していく独自の視点を次のように提示している。

大衆の現実上の体験思想から、ふたたび生活体験へとくりかえされて、消えてゆく無意識的な「ナショナリズム」は、もっともよくその鏡を支配者の思想と支配の様式のなかに見出される。歴史のどのような時代でも、支配者が支配する方法と様式は、大衆の即自体験と体験思想を逆さにもって、大衆を抑圧する強力とすることである。（「1　前提」）

日本の左翼官僚主義組織のすべての支配が、現在まで、世間知らずの良家の優等生子弟の手に牛耳られており、大衆・労働者がこれに遺恨を抱きながらも、自己上昇してそれらに知的に接近することを択ぶか、逆にいわれのない劣勢意識に身をこがして対峙するというケースから逃れられないのは、かれらがナショナル＝ロマンチシズムの裏面に、インターナショナル＝リアリズムを発見するにとどまり、このインターナショナル＝リアリズムの裏面に、普遍ロマンチシズムの虚偽が付着していることに気づかないためである。わたしは、知的大衆としての知識人と大衆そのものが、この普遍ロマンチシズムの虚偽に気づく過程を、かりに「自立」とよぶのである。

（「2　大衆ナショナリズムの原像」）

国家の権力が、権力としての実体構造をもって、実存するゆえんは、コミンターン三二テーゼのような二分割をも、日本のウルトラ＝ナショナリストによる復古共同体への還元をもゆるさないし、また資本階級と労働階級との生産社会的対立への単純化をもゆるさないものである。古代アジア的といい、封建的といい、独占資本的といい、それを国家権力の実体としてかんがえるかぎりは、たんにどの要素が主要であるかを示すだけであって、その実体のなかには、原始共同体いらいの、すべての要素を包括するものとして存在している。

したがって政治革命の標的として考えられる国家権力は、これらのすべての包括的要素と、現存する主要な要素（資本制）との交点に錯合する利害の共同性として想定すべきであって、この地点から、知識人のコミンターン＝インターナショナリズムとウルトラ＝ナショナリズムによって現在まで提起されてきた「革命」論争は、根柢から批判されねばならない運命にあるといえる。

六〇年安保闘争以後「戦後の古典マルクス主義とその周辺の進歩主義」と訣別した吉本は、およそこのように大衆の「ナショナリズム」から「ウルトラ＝ナショナリズム」、あるいは知識人の「インターナショナリズム」への動態把握を試みたうえで「日本の大衆と知識人にたいして無限責任を負う」べく、「日本にも、米国にも、ソ連や中国にも虚像をもたない」みずからの「自立」思想の歩を進めようとしていた。

その吉本は、先に挙げた鶴見俊輔の一文のいったいどんな論点に立ち止まり、対峙したのか。

この条件下で、（この文の前に徳田・志賀の『獄中十八年』からの引用があり、そこにはアメリカ空軍の空襲のさいの拘禁所内の混乱ぶりが語られている。――引用者註）天皇ならびに役人たちは日本人であるという理由だけで友であるか？　日本を攻撃するアメリカの飛行機は、敵であるか？私は、そうは思わない。この条件下で、獄中で日本の軍国主義とたたかっていた日本人は、日本の権力者にたいするよりも、アメリカ人と結びついていた。このような結びつきは当時可能であったごとく、今後も、条件の変更によっては、日本人とアメリカ人のあいだに起りうることなのだ。このことの認識をぬきにして、虚像を建設することだけは、はっきりと排除したい。

わたしは、いまにいたるもこの鶴見の「日本知識人のアメリカ像」全文を参照していないので、吉本が引いているかぎりの右の一節からその論点を読みとることになるが、「日本のナショナリズム」を読んだとき、じつは吉本がこの論点に立ち止まる理由がよくわからなかった。吉本はこの一節を承けて「この見解は、当然、ソ連や中共やアメリカが友であり、日本の大衆は敵であるということが、条件次第では可能であるという認識をふくむものである」と述べているのだが、そこで主語として含意されている鶴見の言う「日本知識人」＝「獄中で日本の軍国主義とたたかっていた日本人」とは、いわゆる獄中非転向組の日本共産党員のことであり、やがて日本が無条件降伏して進駐してきたマッカーサーによって釈放されると、進駐軍を解放軍と呼んだりした「日本人」のことなのである。

すでに「転向論」において、小林多喜二・宮本顕治らの「『非転向』的転回を、日本的モデルニスムスの指標として、いわば、日本の封建的劣性との対決を回避したもの」と喝破していた吉本の立場からすれば、獄中非転向組の日本共産党員を「日本の軍国主義とたたかっていた」と評価する鶴見の論点自体が無効なのではないか。わたしにはそう思えたのである。

それだけではない。「日本知識人のアメリカ像」の先の一節は、戦略爆撃と称して無差別に「空襲」を行う「アメリカ」の側にとって、そもそも成り立ちようがなかったはずである。「アメリカの飛行機」の照準器を通した上空の視点から、「敵」でない「日本人」を見分けることなど現実に不可能であったという事実に、それは帰着することがらであろう。そしてそのことは、ただちに地上で「アメリカ空軍の空襲」にさらされていた「日本知識人」や大衆が現実に「日本の軍国主義」から自己分離することの不可能を指し示しているのである。

今回読み直してみても、その印象はさほど変わらなかった。いずれにせよ、これだけのことなら、吉本の断案とうらはらに鶴見の「日本知識人のアメリカ像」の一節はわたしのなかで忘れ去られていただろう。そうならなかったのは、「このような結びつきは当時可能であったごとく、今後も、条件の変更によっては、日本人とアメリカ人のあいだに起りうることなのだ」という言葉をのちに鶴見自身が別様に実践してみせたという事実があったからだ。いうまでもなくべ平連における活動がそれである。鶴見は、たんなる評論家ではなく、その言葉を実践に開こうとする姿勢において一貫していたのである。

圧倒的な兵力でベトナムに攻め込んだアメリカ人と彼らをジャングルでのゲリラ戦に引きずり込み、粘り強く戦うベトナム人とが、個々の人間同士として殺し合いをしなければならない理由がほんとうにあるのか。そんなものはない、というのが鶴見の立場だったはずだ。そこから鶴見は、ベトナム戦争に反対するアメリカ人と連帯しうる可能性を実践的に探ってみせた。言い換えれば、鶴見はベトナム戦争に従軍する米兵にむかって「大統領や将軍たちはアメリカ人であるという理由だけで友であるか?」と問いかけたのである。それがもっとも尖鋭なかたちを取ったのが、ベトナム戦争の兵站として機能していた在日米軍基地からの脱走米兵をかくまい、国外へ逃れられるまで手引きするという活動だった。彼らをたとえば北海道から密航させソ連国内を通ってスウェーデンへと逃がしたりすることもあったその活動は、たしかに彼らがベトナム戦争で斃れることや、ベトナム人を殺傷することを防いだだろう。しかし政治的な意味作用としては、ベトナム戦争を遂行する米軍の後方攪乱、結果、北ベトナムとそれを支援するソ連への援軍的な活動となることをまぬかれなかった。

べ平連に拠ったこうした鶴見の活動の帰趨は、対談「どこに思想の根拠をおくか」で、吉本によって「社会主義国家群に対する同伴運動」として批判される。べ平連的活動をどれだけ広範かつ過激に展開しても、「社会主義国家群」＝「知識人のコミンターン＝インターナショナリズム」の網にかかってしまうではないか、と吉本は鶴見に迫ったわけである。八年後の対談「思想の流儀と原則」では、吉本の鉾先はべ平連内部の組織体質に向けられ、市民運動としての「原則」から逸脱するような過激派グループにまで大同団結的に軒下を貸している思想的優柔不断を衝いている。

戦争からどんな思想の教訓を血肉化して戦後を生きてきたか。両者にとってそれが問われた最初の試金石であった六〇年安保闘争の総括から始まった「どこに思想の根拠をおくか」という最初の対談。そして六〇年代末に沸騰したラジカリズムが七〇年安保を過ぎて迷走し、しだいに市民社会のなかに拡散していく七〇年代中葉において、「思想の流儀と原則」を問うた二回目の対談。二つの対談において通奏されるのは、国家の止揚を思想の究極的な標的とする吉本の「原則」の提示に対して、情況に密着しつつ、あらゆる戦争に反対し、平和の地歩を固める運動を生み出す漸進的な思想の歩みに自分は賭けると応じる鶴見の「流儀」である。鶴見は終始受け太刀なのだが、吉本的「原則」から規定される国家の網の目をどこかでくぐり抜けるべく、したたかに「動物的なカン」（「思想の流儀と原則」）を研いでいるといった風情である。

戦後、大衆運動に寄り添い、市民運動を牽引しつつ、「思想の科学」に論陣を張り、戦後民主主義の代表的な論客になっていった鶴見俊輔。一方、民主主義や反戦平和を標榜する進歩的陣営から遠く隔たり、その名は隠れもなかったが、日本の思想風土のなかでも孤高かつ固有の思想体系を築いていった吉本隆明。これが、七〇年代中葉にわたしが二人のダイアローグにまみえたときのそれぞれの人物像だったが、いまあらためて気づくのは、二人の出自からそうした思想の立ち位置までの軌跡が際立ったコントラストを描いていることである。すなわち吉本が無名の大衆のただなかに生い立ち、大衆の「ナショナリズム」を食い破るように思想者として出現しているのに対して、鶴見は大衆にとってまれびととなることから思想を立ち上げ、大衆のほうに還ってきた存在だといえるからである。

このときわたしは、「日本のナショナリズム」のなかの、吉本が「井の中の蛙は……」という、その後長きにわたって吉本の思想的エッセンスを凝縮するものとして親炙されてきた一節を絞り出すように述べたあと、続けて「これは誤りであるかもしれぬ、おれは世界の現実を鶴見ほど知らぬのかも知れぬ、という疑念が萌さないではないが」と洩らしているくだりに立ち止まらざるをえなかった。「井の中の蛙は……」という言葉を吉本に吐かしめたのは鶴見俊輔であったという事実に、わたしはあらためて突き当たったのである。

吉本が鶴見の言葉に触発されて吐露したあの断案の意味がここで再帰する。

「井の中の蛙は、井の外に虚像をもつかぎりは、井の中にあるが、井の外に虚像をもたなければ、井の中にあること自体が、井の外とつながっている」

「井」とは何か。大衆であり、日本という国家であり、日本人という共同性のいっさいである。吉本が大衆の「ナショナリズム」をひとつの全面性として引き受けることを通して、はじめてそれを顚倒する視座を獲得したのは、まさに「井の中」を底まで掘り抜くことで、その対蹠点に「外」への風穴を開けようとする力業だったと言える。それに対して鶴見は、余儀なく「井の外」＝アメリカに在るとき、思想としてみずからの存在を自覚しはじめねばならなかった。鶴見の言葉に正対しつつ吉本が断言したこの「井」の中と外をめぐる弁証法は、はからずもアメリカという「井の外」が、鶴見にとっては「虚像」どころか思想が否応なく分娩される場所であったことをも示唆しているように読めるのである。

　十代後半でのハーバード大学留学。時あたかも日米が開戦し、ただでさえ敵性国民であった鶴見はアナキズムに関心を寄せていたことを怪しまれ、ＦＢＩの監視下に置かれる。遠くあとにしてきた「井」としてのみ日本を眺めていた鶴見は、自分が立っている「井の外」たるアメリカでむしろ日本人と名指され、そのなかでもう一度隔離される。しかも日本という共同性から切り離されたひとりの日本人として。だが、敵国と化したアメリカは鶴見に日本へ還る選択肢を与える。鶴見は迷うことなく日米交換船に乗り、帰国の途につく。

　こうして鶴見の軌跡を追っていくと、そもそもの発端となった母親との関係、エリート政治家の家系などを考えあわせるにつけ、「井の中の蛙は……」という断案のみならず、吉本がその後も折口信夫から受け継いだ「貴種流離」とか、「母の形式は子どもの運命を決めてしまう」（『母型論』）とか、はからずも鶴見の軌跡を言い当てたような言葉を発しているのが因縁めいてくる。まったく対照的な思想の命運を生きた両者は出会うべくして出会ったのだ、というほかない。
鶴見の特異な軌跡は、「井の中」に帰りつくにあたって、鶴見に異邦人のように軍国日本に生きる大衆を発見せしめずにはいなかった。いや、むしろこう言うべきだろう。鶴見は日本の大衆＝マスを正視できなかった。だからこそ、そのなかに個々の人間を探し出そうとしたのだ、と。
最初の吉本との対談「どこに思想の根拠をおくか」では、このあたりの事情が率直に語られている。

戦争中に、万年二等兵でいる三十歳ぐらいの兵隊がいて、そういうのは先に立って人をなぐったりしないいんですよ。一等水兵ぐらいがなぐる。あとで、あんな子供ももったことのない連中が、人をなぐってたまるかなんて、かげでぼそぼそ言うわけです。私は反戦論者だったから、一人で孤立していて、こわくてたまらない。そういうとき、こういう人たちのあいまいな感情が安らぎの場だったわけだ。こういうあいまいな人間の感情というものはいいものだなと感じて、その中へ自分が住みつくというか、寄生するような仕方で戦争を耐えてきたものだから、国家批判という姿勢も、こういう人間のごく普通の、あいまいな感情の中へ部分として住みつくことができる、それはある種の可能性をもったものだ、こういう部分に呼びかけていきたいという気持ちがずっとあって、「声なき声」にも参加したわけです。

鶴見が発見し、よりどころとした「万年二等兵でいる三十歳ぐらいの兵隊」とは、大衆と個々に接していくなかでしか出会えない存在である。ここでも吉本の語彙を使えば、それは大衆のなかに内包されている存在としての自己表出性とも呼びうるだろうが、鶴見は、こうした自己が向き合い、交感しうる個々の表情を持った大衆との連帯の可能性を探ることから、戦後の日本における思想の歩みを始めたのである。

鶴見がアメリカで何を学び、何を会得したのかについて、わたしは多くを知らない。ただ、『北米体験再考』、『鶴見俊輔集9　方法としてのアナキズム』、『現代日本の思想』を読むだけでも、思想＝思考の萌芽としてのプラグマティズムとアナキズムという「方法」を手にしたことは想像できる。重要なのは、日本という「井の中」に帰ってきたからこそ、鶴見がそれらを鍛え上げ、自分のものとなしえたということではないだろうか。「井の外」から持ち帰った思想＝思考の「方法」を日本の現実に当てはめたのではない。その手の前例なら、「井の中の蛙」を嫌って「井の外」に飛び出したつもりで、じつは欧米という外なる「井の中」に思想や表現の根拠を移行しただけの帰国知識人や帰国文化人がいやというほど繰り返してきた。わたしが言いたいのは、それとまったく反対に鶴見が日本の現実に向き合ううちにアメリカ流のプラグマティズムから機能主義を、アナキズムから一義的なリゴリズムを削ぎ落として──吉本のたとえば「ナショナル＝ロマンチシズム」といった言い方に倣うと──プラグマ＝アナキズムとでもいうべき実践的な思想にアレンジしていったように思えることだ。それは、「権力による強制なしに人間がたがいに助けあって生きてゆくことを理想とする思想」（「方法としてのアナキズム」）として、大衆のうちの「ごく普通の、あいまいな感情」を持つ人の存在を「安らぎ」と感じ、彼らに「呼びかけ」、それを「国家批判という姿勢」の原基に据えるための「方法」として練り上げられたのではなかったか。

おそらく六〇年安保闘争、ベ平連にいたる鶴見の情況対応的な活動には一貫してこの「方法」がはたらいていたことだろう。ただ盲点があるとすれば、大衆＝マスとは本来集合概念であり、個々の存在の自己表出性をいくらすくい上げたとしても、その総和はけっして大衆＝マスの本質には到達しえないということであった。「井の外」＝アメリカから帰って来た鶴見による「井の中」＝日本の大衆のなかの個別存在の発見の意味は了解しながらも、吉本が鶴見の大衆認識に疑念を突きつけたのはその点であった。吉本にとって、大衆＝マスとは、鶴見が個々に出会うような存在が、一転しておのれを共同性の位相に埋没させつつ現前してくる群れとしての他者性を本質とするものだったのである。

二回目の対談「思想の流儀と原則」にも持ち越された、際立って対照的な戦争のくぐり方に由来する、この大衆の存在をどうとらえるかという一点をめぐる認識の相違は、当然、ベトナム戦争への向き合い方、国家権力との闘い方、その際の共同性の組み方など、両者のあらゆる相違点を派生させていく。それは、思想の理路の相違にとどまらない、まさに両者が大衆のただなかで、大衆の一人としていかに生き、かつ生きえなかったかに由来する相違にほかならず、それゆえにこそ両者の思想形成にとってアルファでありオメガであったといえるだろう。

だが、こうした重要な問題点をめぐって両者が議論を戦わせていた時代情況は、八〇年代から九〇年代にかけて大きく地殻変動する。ベルリンの壁の崩壊に始まるソ連を中心とする「社会主義国家群」

の消滅、東西冷戦構造の終結、民族紛争の噴出、湾岸戦争、九・一一同時多発テロ……。いまにして思うのだが、この間わたしは、いまこそ両者の対談する声を聞きたいと思いつつ、過ぎていった時を何度も見送ったような気がする。それは取り返しのつかない時の空費だった、とさえ思えるほどである。

吉本は、亡くなる四年前、あるインタビューでわたしたち日本人が「第二の敗戦期」を生きていると語った。そう言い残して吉本が亡くなったあともさらに世界情勢は流動し、グローバル化とIT化の波濤にまぎれて、紛争とテロもまた世界中に散乱しつつある。その浸透圧はひたひたと日本という「井の中」をも浸しているはずで、「第二の敗戦期」はいまや新たな未知の〈戦前〉へと生成しつつあるのかもしれない。

最後にもう一度吉本隆明と対座する鶴見俊輔の横顔を見たかったと悔やむのは、おそらくわたしだけではないだろう。

（付記）鶴見俊輔と吉本隆明は、わたしが未読の三回目の対談を行っていた。既刊の両者の対談集には見当たらないが、「吉本隆明資料集147」（二〇一五年七月猫々堂発行）に収録されている。発行元サイトによると、一九九九年一月に北日本新聞紙上に四日間にわたって「未来への手がかり」「不透明な時代から」との見出しで掲載されたらしい。

（「LEIDEN――雷電」10号／二〇一六年一一月）

# 喩としての『アメリカン・スクール』

## 終戦／敗戦

吉本隆明の敗戦期における思想形成について小稿（「吉本隆明、敗戦期の思想」本誌6号）を草しているあいだ、いったい敗戦期という時代区分はどのような尺度で成立しうるだろうかと考えてみる機会があった。いや、その前に、吉本がたとえば『高村光太郎』のなかで「敗戦期」という一章をもうけ、「丸山真男論」のなかで「『終戦』を『敗戦』にまで転化する」云々と書いている――そのように敗戦、あるいは敗戦期という言葉が立ち上がるさまに目を凝らし、考え込まざるをえなかった、と言うべきかもしれない。

敗戦、あるいは敗戦期という言葉をだれも吉本のようには使ってこなかった。それはなぜなのか？この一見逆説的な問いを考えてみることは、敗戦、あるいは敗戦期とは何だったのかを考えることとおそらく同じことなのではないだろうか。

そもそも言葉としての敗戦、あるいは敗戦期は、その始まりにおいてあらかじめ隠蔽されていたと言えるだろう。一九四五年八月十五日を「終戦記念日」と呼びならわしてきたことに象徴されるように、わが国では、いわば国民の集合的無意識によって敗戦の二文字は徹底して抑圧されてきた感があるからである。そしていうまでもなく、そうした隠蔽、抑圧の起源となったのは昭和天皇による「終戦の詔勅」、いわゆる玉音放送であった。

当時の国民にとってさえ、古色蒼然たる儒教的な漢文脈によって形づくられたそれをいま平易に要約するなら、およそ次のようになるだろう。

「帝国臣民ノ康寧ヲ図リ万邦共栄ノ楽ヲ偕ニスル」という「皇祖皇宗ノ遺範」にのっとり「帝国ノ自存ト東亜ノ安定トヲ」実現すべく米英に宣戦し、四年にわたり陸海の将兵、一億の「帝国臣民」が最善を尽くして戦ってきたが、日を追って戦局は悪化し、さらには「敵ハ新ニ残虐ナル爆弾ヲ使用シテ頻ニ無辜ヲ殺傷シ惨害ノ及フ所」は計り知れないほどになってきた。このまま戦いを続ければ、「我カ民族ノ滅亡ヲ招来スルノミナラス延テ人類ノ文明ヲモ破却」することになってしまうだろう。そんな事態に陥ってしまっては、どのような手段を以てしても「億兆ノ赤子ヲ保」つことはできないし「皇祖皇宗ノ神霊ニ」申し訳が立たない。これが、このたび「帝国政府」が連合国により提示されたポツダム宣言を受諾する理由である。戦地に斃れた者、内地で戦災死した者、その遺族のことを考えると身が引き裂かれる思いである。また、戦争で傷つき、戦災で家業を失った者の人間らしい生活をふたたびどのように取り戻すか、深く心を悩ませている。思うに、今後帝国が直面する苦難は尋常なものではないだろう。汝ら臣民の苦衷もよくわかる。しかし、「時運ノ趨ク所堪ヘ難キヲ堪ヘ忍ヒ難キヲ忍ぶことにより、ここに未来のために和平への道を開こうと思う。

終戦の意思表示がなされるところまで要約してみたが、たしかにここには敗戦の二文字はない。戦局が悪化し、敵が原爆という「残虐ナル爆弾」をたてつづけに投下することでおびただしい数の「無辜」の民を「殺傷」するに及んで、このままでは日本民族そのものが滅んでしまうと観念するにいたった。かくて和平のためにポツダム宣言を受諾することにした、というものである。原爆によってこうむった致命的な惨禍がその引き金になったことは述べられているものの、注目すべきは、かつて戦端を開いたのも、いま和平の道を開こうとするのも、いずれの根拠も等しく「皇祖皇宗」の「遺範」や「神霊」に求めるという不変の自同律である。「聖断」によって始まった戦争は、「聖断」によって終わらせる。たとえ敵の軍門に下るとしても、以て「国体」は「護持」されるのだという、それは「帝国」にとってぎりぎり墨守されねばならない文脈であっただろう。

この、いわゆる玉音放送がなぜ八月十五日という日に放送されることになったのか。そして、「終戦記念日」と呼びならわされるようになったその日付がいかにして敗戦国日本と戦勝国アメリカ（を中心とする連合国側）とのあいだの戦争評価の齟齬を象徴することになったのか。佐藤卓己の『増補八月十五日の神話』は、そうしたプロセスを当時の支配的なメディアであったラジオ放送、新聞報道を中心に精査しつつ、日米の公文書類にも目配りし、克明に跡づけている（先に要約した昭和天皇による「終戦の詔勅」も同書に引かれた全文を参照した）。

佐藤はそこで、通常連合国側で太平洋戦争が終結した日として認知されているのは、東京湾に投錨した戦艦ミズーリの艦上で日本政府が降伏文書に調印した日、九月二日であること、アメリカではその日はＶＪデー（対日戦勝記念日）として祝賀されることを端的に指摘している。この事実から佐藤が看て取るのは、天皇が国民に戦いの終わりを告げた日を「終戦記念日」とするわが国の内向き《ドメスティック》な時の刻み方と、交戦国同士の合意を以て戦争終結とする連合国＝国際法的なオーソライズとのあいだに横たわる大きな認識の隔たりである。それは認識以前に、総力戦になしくずしに突入してしまった「帝国政府」のパトスと、受けて立つ連合国側の戦後処理をも睨んだロゴスとのすれちがいとして現前したのかもしれないが、かくて「終戦」したかった者と「敗戦」させたかった者との本質的な齟齬が戦後に持ち越される所以が照明される。

たしかに佐藤の言うように、わが国の戦後にあっては「敗戦国」として降伏文書調印のために「戦勝国」と同じテーブルについた九月二日ではなく、八月十五日という日付ばかりが「神話」的に肥大している。佐藤の克明な分析は、その特権的な日付があたかも分水嶺のように戦前・戦中を「戦争」の時代、戦後を「平和」の時代として画然と分かつというわたしたちの認識――というより実感が、世界大戦による国際政治の地殻変動から目を閉ざした、それ自体内向き《ドメスティック》なものにすぎないことを浮かび上がらせる。だが、勝者と敗者がまみえたこの九月二日という日付を視野の中心に置くならば、戦中・戦後の歴史のダイナミズム――大戦末期にアメリカを中心とする連合国が戦後の世界秩序のヘゲモニーを握るために仕掛けた戦略と、その一環としての戦後の日本占領政策との連続性が見えてくるはずなのである。

一九四三年のヤルタ会談、一九四四年のポツダム宣言、一九四五年の広島、長崎への連続原爆投下と、日本による無条件降伏を経ての極東国際軍事裁判（東京裁判）、一九四六年の日本国憲法発布、そしてこれらの帰結としての一九五二年のサンフランシスコ講和条約。ヤルタ会談に基づいてポツダム宣言の骨子が準備され、日本のポツダム宣言受諾に基づいて戦後のＧＨＱ（連合国最高司令部）の占領が始まるとともに、極東国際軍事裁判が強行され、一方で日本国憲法が産み落とされる。これらはどのひとつが欠けても全体が成り立たない、アメリカ主導の連合国による戦中・戦後を貫く政治プロセスにほかならない。

しかしながら、それらの政治プロセスは、必ずしも戦前・戦中の天皇制ファシズム下の軍国日本の負債と戦後の民主主義日本の返済とを九月二日を境にバランスシートのように相殺したわけではない。それはこれらの政治プロセスの一応の着地点とも言える一九五二年のサンフランシスコ講和条約にまさに象徴されている。バランスシートを成り立たせるためには、あの一九四五年九月二日に降伏した相手であるすべての連合国と講和しなければならないはずだが、周知のようにそれは成らなかったからである。その最大の要因は、戦後米ソ間に一挙に醸成された冷戦の緊張、さらには中華人民共和国の建国によりアジアにその前線が波及したことにつづき、大戦終結からわずか五年後にまさに米ソの代理戦争とも言うべき朝鮮戦争が勃発したことだった。こうして日本はアメリカを中心とするいわゆる西側、自由主義陣営の連合国とのみ講和条約を結ぶことになり、その陣営内、パックス・アメリカーナの一員として迎えられる。

ここまでは戦後史の年表からもうかがえるわけだが、講和条約発効と同時に――沖縄等の例外を残しながらも――日本におけるＧＨＱによる占領統治が終わったということがひとつのエポックとして画されたのだと言えるだろう。ここに冒頭で触れた吉本隆明が『高村光太郎』で立ち上げた敗戦期という時代区分が重なる。わたしは、吉本がみずから規定してはいない敗戦期をＧＨＱによる占領統治時代のことであるととりあえず規定しておくことにしよう。ただ、両者はともに一九四五年九月二日という同じ始まりの日付を持ちながら、被占領期に一九五二年四月二十八日という明確な終わりがあるのに、敗戦期にはそれが見当たらないと言わねばならない。そこには敗戦期≠被占領期に加えて戦後という伸縮自在の時代区分が関わってくる。この戦後という、いまも現在進行形の、ある意味でオールマイティの時代区分のなかにじつは敗戦期は構造としてビルト・インされつつ隠蔽されているのではないか。これが、これからある小説を喩として読むことを通して浮かび上がらせてみたいひとつの仮説である。

## 戦後／敗戦期

その小説のページを開く前に、しかし、いましばらく敗戦期のページを繰り直してみなければならない。

敗戦＝九月二日が終戦＝八月十五日によって隠蔽されたように、敗戦期もまた戦後という時代区分によってなしくずしのうちに隠蔽されてきたのだとしてみよう。その場合、大きな契機となったのは、先に触れたように講和条約を片肺にする引き金になった一九五〇年に勃発した朝鮮戦争だったと思える。ＧＨＱの占領政策、そして日本国憲法草案の提示と極東国際軍事裁判の開廷によって、連合国を主導するアメリカは、日本軍国主義のイデオロギー的、社会的基盤を無力化し、戦争を指導した軍幹部を断罪したうえで、ポツダム宣言に盛り込まれた民主主義国家建設のための地ならしを強行した。しかし一方で、アジアに共産主義陣営の脅威が広がり、ついに朝鮮戦争勃発に際して、占領政策の重心は軍事的な無力化と民主化よりも、日本を自由主義陣営の極東における防共の砦として再構築することに移っていく。この点に関するアメリカの方針転換は露骨なまでにご都合主義的だと言わねばならない。日本国憲法第九条に謳われた「陸海空軍その他の戦力は、これを保持しない」という条文を呑ませながら、在日米軍の朝鮮半島派兵により、手薄になった国内の治安を補強するという名目で警察予備隊を発足させた。

敗戦期におけるこうしたＧＨＱの意思決定から、それを受け止めた日本政府による実現化までの過程では、端的に言って二つの固有名が向かい合っている。連合国最高司令官マッカーサーと、時の首相吉田茂である。保阪正康の『昭和の戦争と独立』によれば、吉田は、強硬に再軍備を迫るマッカーサー、さらには来日した国務長官ダレスとわたりあい、とりあえず軽武装の警察予備隊という落としどころを得たという。二年後の講和条約締結とともに、それが保安隊と改称され、本格的に武装した部隊となり、さらに二年後の一九五四年には陸海空にわたって拡充された自衛隊となったことは周知のとおりである。

アメリカとのあいだに講和条約が成り立つことで、戦後世界のなかに日本は独立国として乗り出すことになった。それは、ただちに独立国としてアメリカとのあいだに日米安保条約を発効させることでもある。吉田は、独立国にふさわしい軍備をと求めるアメリカ側の要請をたくみにかわし、基本的に軽武装、経済復興に軸足を置く主権国家をめざした。保阪の紹介するところでは、自衛隊の母体となった警察予備隊を組織するにあたって、旧軍人を起用しなければならなくなったときも、吉田は佐官級以上の将校は対象からはずすこと、とりわけ陸軍参謀本部と海軍軍令部にいた者、並びにそれらの選良からなる大本営作戦課出身者だけは絶対に排除するように厳命したらしい。十五年戦争を通じて、天皇の統帥権に威を借りた帝国軍人たちの独断専行にさんざん鼻づらを引き回された経験に懲りた吉田なりの篩をかけていることがうかがえるが、だが、それはたくまずしてアメリカ政府の意を迎える選択だったかもしれない。一方で吉田はあくまでも軽武装路線に固執し、それを補完するために独立後もアメリカ政府に要請するかたちで在日米軍の駐留を維持するという政治的決断を下す。これが旧帝国軍人の復活以上に大きな問題——構造としての敗戦期＝被占領期のビルト・インという、長きにわたって戦後のわが国の政治風土に影を落とすことになる問題の根をはびこらせたことは疑いないだろう。

むろん朝鮮戦争は日本の再軍備をうながしただけではない。周知のようにそれは朝鮮特需を生み出すことで、戦後復興を急いでいた日本経済のエンジンを本格的に点火させるという副産物をもたらしたのである。

太平洋戦争末期、米軍は、日本軍が緒戦の進撃で太平洋上に築いたサイパンやグアムなどの前線基地を次々と陥落させ、そこから飛び立つＢ29の大編隊の日本本土への絨毯爆撃により日本軍国主義の兵器庫である重工業地帯を徹底的に破壊しつくした。朝鮮戦争は、期せずしてその焼け跡を、日本の工業技術のポテンシャルを活用することで再生させる機会となった。それは、朝鮮半島で共産軍と戦火を交えることになった米軍にとって、最前線の近傍に位置する格好の兵站として機能した。また付随して在日米軍基地は兵力の重要な補給線となった。戦中・戦後を貫くこのプロセスを米軍の軍事戦略上の視点で総括すれば、彼らは、一九四四年から六年余りでもっとも非妥協的で戦意旺盛な敵国であった日本の西太平洋から本土にわたる軍事的拠点をほぼ自国の意のままにできる兵站と化すまでスクラップ・アンド・ビルドをやってのけた、という結論が下せるのである。そして、その現実を朝鮮特需という果実とともに、わたしたち日本人は首肯して生きていくほかなかったのである。

本多秋五の『物語戦後文学史（全）』は、いわゆる文学史的な俯瞰の視点ではなく、リアルタイムで生き抜いてきた戦後の現実に密着しつつ、戦後文学の勃興と変遷を同時代の視線で見つめたユニークな文学史となっているが、たとえば朝鮮戦争が勃発する前年、一九四九年当時の日本社会の世情について次のように書きとめている。

四九年は、片山内閣と芦田内閣の「中道政治」が国民の期待を裏切った反動として、一月の衆議院選挙に共産党が一挙に三五の議席を獲得したことで記憶される年であり、それ以上に、ドッジ・ラインなる経済政策の強行採用によって記憶される年である。

ドッジ・ラインの強行と、その具体化のひとつのあらわれであるシャウヴ税制改革は、私などにはとてもその全貌を具体的に想像することもできないほど複雑で巨大な過程であったが、とにかく、インフレの悪性腫瘍に全身をむしばまれた日本経済の肉体に麻酔なしで大手術を加えるにひとしい業であったことには疑いがない。どんな政府であっても、日本人のつくった政府単独の力では、それはとうてい実行不可能な荒療治であったにちがいない。インフレの悪循環の根を断たぬかぎり、第一次大戦後のドイツの二の舞をふまねばならぬことがどんなに痛感されていたにしても、である。

ドッジ・ラインによる行政整理と企業整備の結果は、政府の見つもりによっても一八八万の犠牲者が出るとされた。下山事件、三鷹事件、松川事件など相ついで世の耳目を聳動させた血なまぐさい事件も、当時あちこちでささやかれた「七月革命説」や「九月革命説」にしても、麻酔なしで大手術を加えられる肉体が力のかぎりもがき、暴れ、絶叫する際にとび散った肉片であったといってよかろう。

（「一段落した戦後文学」）

前年の太宰治や田中英光の相次ぐ自死に触れたあとに続く一節である。字面としては「片山内閣と芦田内閣」、「ドッジ・ライン」、「シャウヴ税制改革」、「下山事件、三鷹事件、松川事件」といった名辞が連なっているが、本多がここで強調したかったのは、敗戦期＝被占領期の日本社会にどのように消長、収束するか先が見えない多方向のカオスが生々しく渦巻いていたということであり、その「肉体に麻酔なしに大手術を加える」「荒療治」で、とにもかくにもそれを抑え込んでしまったのがアメリカだったということだったように思える。

翌年の朝鮮戦争勃発による特需景気は、そんな血まみれの日本社会の「肉体」に、いわば大量輸血のように流れ込んだのである。そして現在からは見えにくいが、それは日本の社会から敗戦という現実を一気に過去に押しやる結節点となったのではないだろうか。少なくとも「日本経済の肉体」にとって、朝鮮戦争が休戦し、特需が終わったあとの一時的な不景気はあったものの、大規模な労働力を吸収しつつ、工業技術に支えられた付加価値の高い製品を大量生産していく重工業路線の骨格をそれは作ったのである。ここから六年後の『一九五五年度　経済白書』における「もはや戦後ではない」という宣言までは一本道であった。

むろん「多方向なカオス」はこの間消え失せたわけではない。ポテンシャルを秘めつつ、より鬱積していくリスクもあった。とりわけ東西冷戦の政治的力学から押し寄せる、しかもその力学そのもののはたらきを内側から掣肘してもいるふたつの見逃せないベクトルがあった。

ひとつは、日本共産党が占領軍を解放軍と規定し、米軍占領下での平和革命を掲げて党員拡大に狂奔したあげく、コミンテルンにその方針を批判されると、一転、支離滅裂な分派闘争にのめり込み、日本の革命運動に宿痾と化していく分裂を根づかせていったこと。二つ目は、朝鮮戦争で共産軍の攻勢に手を焼いたマッカーサーが原爆投下を画策したために、皮肉にもかつて広島、長崎への原爆の連続投下を命じた時の大統領トルーマンの逆鱗にふれ、ついに連合国最高司令官を解任されたことである。

原爆は交戦国のどちらか一方が所有しているときのみ戦争を終結させる最終兵器たりうる。トルーマンが日本に対して実際にその権能を行使することでそのことを証明してみせたように、マッカーサーもまた最終兵器としての原爆によって朝鮮戦争にケリをつけようとしたのだが、ときすでにソ連での原爆開発の成功が伝えられていた。戦後、世界を長きにわたって東西冷戦の締め木にかける要因ともなった抑止力としての核兵器開発競争は始まっていたのである。

革命と核兵器、これらの問題はこののちも戦後の時間のなかに持ち越され、日本の社会もそれらが発する引力と斥力のはざまで揺れ動くのだが、しかし、ともかくも朝鮮戦争が休戦協定を見た一九五三年頃には一応の安定を獲得することになる。そして一九五五年、大蔵官僚をして先の「もはや戦後ではない」という言葉を発せしめる現実を獲得する。戦後十年にして国民総生産が戦前の水準を回復したのである。だが、それを以てはたして戦後は終わるのか？

ちなみに件の『一九五五年度　経済白書』の「もはや戦後ではない」という言葉のあとは、「われわれは異なった事態に直面しようとしている。回復を通じての成長は終わった。今後の成長は近代化によって支えられる」と続いている。この一節を書きつけた大蔵官僚が含意していたのは、総力戦に惨敗した結果こうむった極貧状態から経済指標的には原状復帰したという自負よりも、アメリカの「荒療治」による「回復を通じての成長」が終わり、これからは自力で立ち上がり「近代化」の歩を進めることで「成長」を遂げなければならないという使命感のようなものだったかもしれない。実際、日本経済は、その言葉を書きつけた大蔵官僚の使命感を大幅に上回るほどの「成長」を遂げる。それ以降、十五年ものあいだ日本は「アジアの奇跡」とも呼ばれる空前の経済成長を続け、周知のようにアメリカに次ぐ国民総生産世界第二位の経済大国にまで躍進したからである。

だが、その言葉——「もはや戦後ではない」という言葉が発せられたとき、一刻も早く戦後を終わらせたいという意思の現われでもあったろうが、ここまでの本稿の論脈から言えば、それはやはり一刻も早く敗戦期を終わらせたいという欲求に衝き動かされた言表だったと思える。経済的な出血状態から「回復」すると同時に、一挙に負け戦の精神的な負債も払拭してしまいたい。もっと言えば、もう戦争に負けたことなど忘れていいんだ。そんな精神の傾斜がこの言葉の底にはあるのではないだろうか。

わたしは、だからこの言葉は「もはや敗戦期ではない」と読み換えられるべきであり、にもかかわらず「もはや戦後ではない」という宣言として流布されることで敗戦期を隠蔽してきたばかりか、むしろその後の長い長い戦後の始まりを逆説的に告げる言葉だったのだと思う。それはどのような戦後か。敗戦期としての原初の〈戦後〉を脱ぎ捨て、朝鮮戦争の〈戦時〉と〈戦後〉を貪欲に取り込み、その後ももっぱらアメリカの〈戦時〉——たとえばベトナム戦争、湾岸戦争、イラク戦争——に不即不離につきあわされるかたちで歴史の外圧をやり過ごしつつ、輻輳するアメリカの〈戦後〉の余波を浴びて生成変化していく政治と経済と社会にわたる奇妙な柔構造の営みがわが国の戦後となったのである。

## 戦後文学／戦争小説／敗戦期小説

敗戦期小説という耳慣れない言葉を立ち上げてみたい。戦後文学と呼ばれてきた小説群と重なりつつ、それは、隠蔽され、そして忘却されつつある敗戦の刻印を深層に宿したひとつの文学空間として想定しうるはずだ。

ここでいう敗戦期に書かれた小説が必ずしも敗戦期のことを描いているわけではないことは、あらためて言うまでもないだろう。それはまず、戦前・戦中の言論統制から解放された作家たちが文芸復興的なモメンタムのもとでいっせいに書きはじめた結果、おびただしい作品群となって現出した。その主たる担い手は、大家と呼ばれる存在を含めた戦前すでに名をなしていた作家たちに加えて、徴兵をまぬかれ戦災を生き延びた者、やや遅れて戦地から復員してきた者たちのなかから次々と名乗りを挙げる新しい作家たちだった。

ちなみに本多秋五は、前出の『物語戦後文学史（全）』の武田泰淳の作品に触れた箇所で、戦後文学の「戦後性」とは何よりも「自由」を求めるところにあったと述べ、それがまず「天皇制」からの「自由」として始まり、「共産党コンプレックス」からの「自由」となり、さらには「性表現」についての

「自由」の追求となっていったという旨の発言をしている。敗戦期当時の本多の実感を率直に語ったものだろうが、しかし、この述懐めいた発言が、「天皇制」からの「自由」を勝ちとったのははたしてだれだったのかを問わないことで成り立っているぶん、本多自身の拠る戦後文学の立場を脆弱たらしめていると言わねばならないだろう。

一点だけ本多的な「自由」の感覚の根拠に肩入れしてみることもできる。それは、「敗戦」ではなく、あえて「終戦」という言葉のリアリティに想像力をはたらかせてみることでもある。国民を「一億玉砕」の呼号のもとに総力戦に駆り立てながら、あの「終戦の詔勅」において天皇が「我カ民族ノ滅亡」を回避するために戦争を終わらせると言わざるをえなかった事実ににじんでいるリアリティに、である。

それは生存のレベルでの肉声――これでもう雨あられの砲火や焼夷弾から逃げ惑わなくて済む、死ななくていいんだ、という肉体の声に押されて兵士や大衆が深く一息つき、焦土にかろうじて次の一歩を踏み出した瞬間のリアリティである。つまり、敗戦とはまず戦争が終わった＝終戦という体感として日本国民にあまねく浸透したこと、だれもがその体感を通過することで敗戦期に足を踏み入れていったこと、そのことを認めないわけにはいかないだろうということである。

本多秋五もまた、この零度としての「自由」を踏みしめることから戦後を生きはじめたのだが、その「自由」を行使しうる「戦後性」を「天皇制」からの「自由」として見出していったのである。それは、本多自身が感じた解放感に照らしていつわりではなかっただろうが、敗戦による「天皇制」の機能停止と鵺的な延命に付随した現象として与えられたにすぎなかった。しかも、それはとりもなおさず「終戦の詔勅」＝「聖断」によって戦争が終わったという「神話」を疑わない「戦後性」でもあった。だがしかし、天皇に「終戦の詔勅」＝「聖断」を強いたところの圧倒的な暴力の現前を見据え、かつその強力な担い手たる米軍の進駐、続く彼らによる占領統治に向き合うなら、それは「自由」の名で呼ぶにはまだ早い、いわく言いがたいモラトリアムであることがわかるだろう。

ここから本多が拠る戦後文学が生み出した小説群を、そのまま敗戦期小説として読む視角が開けてくる。

もう一度、敗戦期に書かれた小説、あるいは敗戦期のことを書いた小説という視角に戻ってみよう。敗戦期にただちに足下の現実を等身大のまなざしで接写するように描いた作品としては、たとえば志賀直哉『灰色の月』、石川淳『焼跡のイエス』（いずれも一九四六年）、田村泰次郎『肉体の門』、椎名麟三『深夜の酒宴』（いずれも一九四七年）などが挙げられる。最初の二作はいずれも戦災孤児の異様な存在感を通して、そして田村の作は〝ぱんぱん〟と呼ばれた街娼たちの生きざまを通して、それぞれ敗戦直後の東京、その焼け跡の猥雑で荒涼たる風景、そこに蠢くすさんだ人間模様を象徴的に浮かび上がらせている。椎名の作は、やはり焼け跡に立つバラックのぼろアパートに、先の本多的文脈で言えば零度としての「自由」から次の一歩を踏み出せずに、救いのない諍いを繰り返しつつ逼塞する人々の虚無的な生態を描く。これらの作が敗戦期のリアリティを色濃く伝えていることは疑いない。しかしながら、これらはここで言わんとする敗戦期小説としては半面の価値しか持たない。なぜならこれらの作は、戦災孤児が、〝ぱんぱん〟という街娼が、バラックのぼろアパートが戦後の経済復興にまぎれて掻き消えてしまえば、そのリアリティもまた減殺されるというふうに、いわば機会的に書かれている側面が大きいからだ。ただ、戦後の日本社会は無意識のうちに敗戦期の記憶を葬り去ろうとしてきたという本稿の仮説からは、それらが敗戦期を呼び起こす作品としての位置を失うことはない。

敗戦期に書かれた小説ということで言えば、戦争を生き延びて復員してきた兵士たちのなかから戦争体験を書きはじめた一群の作家たちが簇生していったことを忘れるわけにはいかないだろう。

梅崎春生『桜島』(一九四六年)・『日の果て』(一九四七年)・『ルネタの市民兵』(一九四九年)、竹山道雄『ビルマの竪琴』(一九四七年)、野間宏『顔の中の赤い月』(一九四七年)・『真空地帯』(一九五二年)、大岡昇平『俘虜記』(一九四八年)・『野火』(一九五一年)、島尾敏雄『島の果て』(一九四八年)・『出孤島記』(一九四九年)、中山義秀『テニヤンの末日』(一九四八年)、高杉一郎『極光のかげに』(一九五〇年)、長谷川四郎『シベリヤ物語』(昭和一九五一年)——本多秋五の『物語戦後文学史(全)』の巻末年表から書き出したこれらの作品群は戦争小説と総称されるが、その多くが軍隊、俘虜収容所という特異な環境でいかに死線を越えてきたか、過酷な抑留生活を耐えてきたか、そうした体験を描いた小説となっている。凄絶な負け戦からの生還という未曾有な体験を掘り下げるための文体的な探究が、これらの作品群を戦後文学の前線に押し出したと言えるだろう。

とはいえ、ここまで列挙してきた作品群は、敗戦期に書かれながら、じつはそのほとんどがみずからが生きはじめたその敗戦期という時代の本質に触れえているわけではない。つまり、いまだ敗戦という現実を突きつけ、日本という国のありようを自国の国益に沿わせるかたちに鋳造しなおそうとする戦勝国アメリカという巨大な他者に向き合えてはいないのである。その意味では敗戦というよりも、むしろ先述した本多秋五に「自由」の感覚を与えた終戦というモメントにうながされてそれらはいっせいに書き出されたように思える。

いましがた挙げた戦争小説群もほぼそのパースペクティブにおさまるはずである。戦火を命からがら生き延び、あるいは死地に飛び込みながら九死に一生を得て復員した作家たちがまず書かざるをえなかったのは、みずからにそのような経験を強いた帝国軍隊という暴力の瀰漫する閉ざされた集団の特異なありようだったのだろう。それを書かないことには、戦後を生きていくことはできないとさえ彼らには自覚されていたかもしれない。だが、これらの作品群は、戦後文学が擁する戦争小説の一部をなすにすぎない。サンフランシスコ講和条約締結により敗戦期＝被占領期が終了した一九五二年以降、さらには「もはや戦後ではない」と『一九五五年度　経済白書』が謳った一九五六年以降も依然として戦争小説は書かれたからである。

冒頭で触れた敗戦期の吉本隆明の思想形成をたどった小稿に、わたしは「敗戦期というのは、とりわけ言葉にとっては遡及的に見出される時間であるほかないのだろうか」と書きつけたが、戦争こそまさにそのように見出されていく時間の体験であるにちがいない。言い換えれば、戦争をさらに深く、広く描きうる言葉を発掘するために、作家たちは敗戦期以後の戦後の時間を必要としたのである。

先に挙げた作家たちのなかで、たとえば『俘虜記』と『野火』を書いた大岡昇平は、例外的に、帝国軍隊を完膚なきまでに打ち負かした米軍という他者をまなざすことになった。大岡は、米軍の大攻勢に敗走し、弾薬、食糧も尽き、しだいに指揮命令系統が崩壊していく帝国軍隊から見放され、ひとりフィリピンの山野をさまようちに米兵に接近遭遇、ついに投降して米軍の俘虜になったひとりの日本兵の物語を書いたからである。そして、敗戦から二十六年後、『レイテ戦記』という小説的虚構の枠をはみ出してしまうほどの巨大な戦争の物語を書き終える。この大作は一見戦史的な俯瞰の視点から記述されているが、「死んだ兵士たちに」という献辞にうかがえるように、それはあくまでも、生き残った兵士がみずからも彼らの屍《かばね》の列に加わっていたかもしれぬという想いを踏査しつつ戦後の時間のなかで獲得していった視点なのである。大岡の戦争小説の歩みが俘虜となったところから始まり(『俘虜記』)、山中での彷徨(『野火』)、出征からフィリピン行軍(『出征』、『敗走紀行』など)と時間を遡及するように踏み出されていったすえに、こうした視点が見出されていることは注目されてよい。

海上特攻の隊長として南島の基地で敗戦を迎えた島尾敏雄もまた、敗戦期に『島の果て』、『出孤島記』を書きながら、その戦争体験の極点とも言うべき敗戦にいたる特攻出撃待機中の一両日を描いた『出発は遂に訪れず』を書きえたのは敗戦から十七年後のことだった。島尾の場合、よく知られているように、復員したのちかつての赴任地だった南島の貴種の裔《すえ》たる娘を妻に迎え、日本の社会で夫婦の修羅場をくぐり抜ける体験を、のちに『死の棘』に結実するように独特の密着的な筆致で描くことが戦後の作家活動の主脈をなしていく。だが、その間南島に移住するなかでヤポネシアという独自の世界像を育みつつ、晩年にはかつて列島弧から南島にかけて点在した海上特攻の基地跡を訪ね歩くようになってもいた（島尾敏雄『震洋発進』、今福龍太『群島‐世界論』「4南の糸、あるいは歴史の飛翔力」参照）。

ところで、近代以降の総力戦、あるいは世界大戦といった諸国間の戦争の全過程を巨視的にとらえようとすると、たとえばマルクス／エンゲルスが『ドイツ・イデオロギー』のなかで走り書きしていた「世界交通」という概念が思い起こされる。

交通が世界交通になって、大産業を土台とし、すべての国民が競争戦にひきこまれるようになってからはじめて、獲得された生産力の永続は保証されるようになった。

「Iフォイエルバッハ〔Bイデオロギーの現実的土台〕〔1〕交通と生産力」

「交通」を戦争に、「競争戦」を総力戦に、「生産力」を軍事力に読み替えれば、戦争の世紀であった二〇世紀の世界の情況が言い当てられていることになるだろう。だが、生産が単なる生活手段の生産ではなく、人間の生活そのものの生産でもあるというマルクスの規定にならえば、ここで「世界交通」は軍事力による「交通」であるばかりでなく、言語をもとにした精神労働や文化体系による「交通」でもなければならないだろう。

敗戦国日本の復員兵たちのなかから簇生した戦争小説の多くが、こうした「交通」によって遭遇した敵＝他者の像を描くよりは、むしろ死にいたる「交通」をみずからに強いた軍隊という閉域の生態を内側から描いたことを日本文学固有の傾向とみなせるかどうか、それを言い切るだけの見識がわたしにはない。あるいは、そこに佐藤卓己が「八月十五日の神話」に見出したような特有の内向き《ドメスティック》なまなざしを見るべきなのかもしれない。

しかし、あえて帝国軍隊という閉域の内部を穿ち、そこでの顕在的な掟と隠微な黙契との織りなすヒエラルヒーのただなかで、強靭な知性と超人的な記憶力を武器に一個の主体として生き抜こうとする主人公を描くことによって、帝国軍隊における成員間の葛藤の底を踏み抜いて「帝国」そのものの病理の核心へと肉薄しようとした長編小説を、わたしたちの戦後文学は持っている。この小説、『神聖喜劇』を作者大西巨人は、まさに「もはや戦後ではない」という声を日本国家が挙げようとしていた一九五五年から書きはじめ、二十四年もの歳月を費やして完成した。

わたしは、吉本隆明が『高村光太郎』の原型にあたる「高村光太郎ノート」を書いて、戦争責任論の口火を切ったのがやはり「もはや戦後ではない」と目された一九五六年であったことを思い起さざるをえない。吉本が、時代が葬り去ろうとした敗戦期を抉り出し、戦争責任論の鉱脈を掘り起こそうとしたのとほぼ時を同じくして、少壮の作家たちによる個々の果敢な表出の試みによって戦争小説の時空は深度と広袤《こうぼう》を拡張しつつあったのである。

ここで敗戦期小説と呼んだ小説――敗戦期のことを描いた小説も、じつは「もはや戦後ではない」――もはや敗戦期ではない、と時代の集合的無意識がみなそうとして以降、むしろ戦後文学の一角に登場してきたのではないだろうか。

わたしは、文学史的な博覧強記をなしうる能力を持ち合わせないので、面でも線でもなく点として目に触れた作品を拾い上げていくほかないが、たとえば庄野潤三に『相客』という小品がある。『プールサイド小景』や『静物』といった夫や妻、あるいは父親や細君という主語を一人称の代名詞のように使って家族の内密な空気を截り取っていく佳品にまじって、この地味というほかない作品を読んだとき、じつを言うと、あまり印象に残らなかった。だが、そのあと代表作『夕べの雲』を読んでいて、風に吹きさらされる丘の上の家を守るために防風林よろしくせっせと木を植える一家の主人に、折に触れてどんな木を植えたらいいかを指南してくれる草木に造詣の深い兄が、どうやら『相客』に描かれていた兄のそののちの姿らしいと思い当たったとき、この小品が敗戦期小説として浮上してきたのである。

敗戦翌年のある日、突然この二番目の兄は刑事に連行されていく。兄は戦時中ジャワにある俘虜収容所で副官をつとめていたのだが、極東国際軍事裁判の成り行きで、まったく身に覚えがないのに、立場上BC級戦犯の嫌疑をかけられることになったのだ。


私は兄が俘虜収容所にいた間に何か残虐な行為をしたと云う風には考えることが出来なかった。

私たちの家族はみなそうであった。

しかし、留守中に兄が突然居なくなってしまった時から、兄は私達がどうすることも出来ない大きな力の働いている世界へ移されてしまった事を感じないわけには行かなかった。

「相客」とは、この「どうすることも出来ない大きな力の働いている世界へ」護送される兄に付き添って東京へ行く列車に乗った弟（作者）が、やはり兄と同様な嫌疑で刑事に連行されて乗り合わせる人物のことである。

スマトラの日本軍の飛行場に不時着して俘虜になり、ひそかに戦闘機を修理し、脱走を図ろうとした敵のパイロットを憲兵が処刑した。彼はその飛行場の大隊長だった。弟は、彼と話すうち、その事件がたまたま彼が飛行場を留守にしていた十日ほどのあいだに起こったこと、処刑の命令を出したのがだれかを突き止めるために彼が連行されていることを知る。落ち着き払って語る彼の物腰に、かえって弟は「この人は助からないかも知れない」と思ったりもするのだが、母が兄のために持たせた酒と丹精込めた弁当を勧める。

私はそのうちに、いくら私が勧めても、この酒は勧め甲斐《がい》のない酒だ。この母が力を入れてつくった料理も、勧め甲斐のない料理だと思い、泪《なみだ》が出そうになった。

この車中の場面にいたるまでに、作者は、父が兄のために知人の医師を通じて警察署長を動かそうとしてはたせず、マッカーサー宛に嘆願書を出すことで「どうすることも出来ない大きな力が働いている世界」にむかって蟷螂の斧のごとき「交通」を試みるさまを描いている。「母が力を入れてつくった料理」と、弟がそれを携えて兄に付き添うのも、同じくその「交通」への祈りのような行為だと言ってよい。それでいて、作者は、兄が家族のもとに帰ってくるまでの経緯にも、この「相客」の運命にも作品のなかでいっさい触れていない。にもかかわらず、作者が敗戦という現実に向き合っていることは疑いようがないというようにこの小品はできあがっている。ちなみに庄野潤三がこの『相客』を発表したのは一九五七年のことである。この時期——社会が敗戦期を忘却しつつあったこの時期に書かれたからこその、失われゆくリアリティを、それは静かにわたしたちに伝えてくる。

## 喩としての『アメリカン・スクール』

戦後という時間が累積するにつれ、敗戦は忘れ去られる。敗戦期小説はそれを掘り起こす。だが、その言葉のふるまいはひたすら過去へのベクトルにのみ貫かれているのだろうか。

ここまで来て、ようやくそれを反転し、戦後の時間のなかに敗戦期が構造としてビルト・インされていることを予見として、あるいは寓喩として物語ろうとした小説、すなわち小島信夫の「アメリカン・スクール」について論じる視角を得ることができる。

小島信夫がこの作品を発表したのは一九五四年である。作品の時は「終戦後三年」とあるから一九四八年、物語はとある県庁の前から始まる。新生日本の「三十人ばかりの」英語教師たちが地元のアメリカン・スクールでの「オーラル・メソッド（日本語を使わないでやる英語の授業）」を見学するために県庁前に集合している。これからアメリカン・スクールまで「往復十二キロの徒歩行軍」が始まるのだ。

そのなかで名前を与えられた登場人物たちは四人。引率する県庁学務部指導課の役人柴元。英語力に自信満々、アメリカン・スクールでの「モデル・ティーチング」に並々ならぬ意欲を持つ山田。逆に英語教師になったばかりに占領軍監督下の選挙の通訳に駆り出され、会話ができずに散々な目に遭ったことがトラウマになってしまった伊佐。紅一点、その日のためにハイ・ヒールを履いてきたが、行軍が始まるや運動靴に履き替える戦争未亡人のミチ子。

片道六キロの道のりを歩くというのは、当時にあってさほどの難行ではないかもしれないが、「徒歩行軍」とあるように作家は明らかにここに軍隊の行軍のイメージを重ねている。戯画めかして言えば、日本の英語部隊の精鋭が「オーラル・メソッド」の牙城、アメリカン・スクールに向かって進撃していくわけである。

実際、集合の合図をする柴元の横に「参謀のような格好で」立つ「一番服装もよく血色もよかった」山田は、旧軍隊では中隊長を任じていた人物である。彼を英語習得、あるいは英語教育に駆り立てているのは、「敗戦国民」としてアメリカ人に舐められたくないという虚勢、そしてあさましいまでの上昇志向である。彼は、もともと授業見学として企画されたアメリカン・スクール行きの機会をとらえて、自分がアメリカ人生徒相手に「オーラル・メソッド」で教えられる力があることを見せつけようと、柴元に「モデル・ティーチング」を先方に申し入れるよう提案する。じつは山田は、あわよくばチャンスをつかんでアメリカに留学したいとまで考えており、柴元と話すうち彼が米軍基地で柔道を教えていると知ると、そのチャンスが目前に転がっているようで、ますます打算に貫かれた思惑にとらわれていくのである。

――だが、驚くべきことに、柴元と並んで行軍の先頭を歩く山田は道々彼とこんな会話を交わす。


「僕もこう見えても剣道二段です」

「ほう、大分やられましたな」

「そうですとも」山田は剣をふる真似をした。「実はこんなこと言って何ですが、将校の時、だいぶん試し斬りもやりましたよ」

「首をきるのはなかなかむつかしいでしょう?」

「いや、それは腕ですし、何といっても真剣をもって斬って見なけりゃね」

「何人ぐらいやりましたか」

「ざっと」彼はあたりを見廻しながら言った。「二十人ぐらい。その半分は捕虜ですがね」

「アメさんはやりませんでしたか」

「もちろん」

「やったのですか」

「やりましたとも」

「どうです、支那人とアメリカ人では」

「それやあなた、殺される態度がちがいますね。やはり精神は東洋精神というところですな」

「それでよくひっかからなかったですね」

「軍の命令でやったことです」


山田はつまり、言ってみれば『相客』の俘虜を処刑したスマトラの飛行場の憲兵の、けっして少なくない、そして素知らぬ顔で戦後を生きはじめた同類の一人だったのである。「軍の命令でやった」多くの山田たちが、極東国際軍事裁判のむやみに一網打尽的な網の目を、あるいは吉田茂が執拗にかけた篩を砂粒のようにむなしくすり抜けていったのである。

飛躍かもしれないが、ここにはハンナ・アーレントが『イェルサレムのアイヒマン』であぶり出したところの「悪の凡庸さ」が帝国軍隊の文脈においてほの見える気がする。悪はなぜ凡庸なのか?悪を使嗾するのが大衆ではないにしても、それをなすのはつねに大衆であり、むしろ大衆がなすことによってそれは裁かれない国家の悪となるからだ。「山田」というありふれた姓がその「凡庸さ」と呼応しているように思うのは穿ちすぎだろうか。

伊佐はそんな山田の対極にいる人物である。彼はまず山田のように掌を返すような変わり身ができない。その日も身にまとっているのはいまだに国防服であり、さすがに兵隊靴を履くのはためらわれ、黒の皮靴に履き替えて行くのだが、慣れない皮靴に靴擦れし、しだいに行軍から遅れていく。何よりも英語に対する拒否反応において、山田との対照は顕著だ。とりわけ山田がアメリカン・スクールでの「モデル・ティーチング」の実演に自分を巻き込もうとしていると直感すると、そのかたくなさは頂点に達する。しゃべっていると英語を話すよううながされるので、もう一言も口を利かないと決意するのである。

そんなふうに遅れを取る伊佐を気遣って寄り添うのがミチ子である。一行が進駐軍の車が基地とのあいだをさかんに行き来する道にさしかかると、車はただ一人の女性である彼女のところで止まっては米兵が彼女にちょっかいをかけてくる。じつは彼女は、かなり正確に英会話ができる唯一の人物であり、車に乗れとさかんに誘う米兵にアメリカン・スクールまで「徒歩行軍」するのだと答える。伊佐は、一言もしゃべるまいとしているのに、ミチ子がいるために米兵が話しかけてくるので、気が気ではない。そのため伊佐はミチ子にもほとんど口を利こうとしないのだが、ミチ子はそんな伊佐のかたくなな姿に、見送りの自分を一度も振り返ることなく出征の行進をして入隊し、不帰の人となった夫の面影を見たりする。

ここで作家は、伊佐を敗戦で打ちひしがれた日本人のある種の典型として描いているのかもしれない。彼は自分が卑小な存在であることを知っている。その卑小さに閉じこもろうとすることにおいて依怙地だが、山田のような自己欺瞞はない。むしろみずからの劣等感に正直だと言える。そして伊佐の場合、かたくなに英語を話すまいと決意しているのだが、それは、英語の異言語としての未知の響きに感応する真率で繊細な耳を持っているからなのである。

伊佐は、結局行軍の途中、進駐軍のジープに放り込まれて、行軍に先んじて一人アメリカン・スクールに送り届けられる。そして到着するやいなや、隙を見て、まるで俘虜になるのを怖れるかのように校舎の影に身を隠す。そのとき、彼はある鮮烈な感覚に見舞われる。


彼は心の疲れでくらくらしそうになって眼をつむったのだが、だんだん涙が出てくるのをかんじた。なぜ眼をつぶっていると涙が出てきたのか彼には分らなかったが、それは何か悲しいまでの快さが彼の涙をさそったことは確かであった。彼はなおも眼を閉じたまま坐りこんでしまったが、その快さは、小川の囁きのような清潔な美しい言葉の流れであることがわかってきた。

それは彼がよくその意味を聞きとることが出来ないためでもあるが、何かこの世のものとも思われなかった。目をあけると、十二、三になる数人の女生徒が、十五、六米はなれたところで、立ち話をしているのだった。彼は自分たちはここへ来る資格のないあわれな民族のように思われた。

彼はこのような美しい声の流れである話というものを、なぜおそれ、忌みきらってきたのかと思った。しかしこう思うとたんに、彼の中でささやくものがあった。

(日本人が外人みたいに英語を話すなんて、バカな。外人みたいに話せば外人になってしまう。そんな恥ずかしいことが……)

彼は山田が会話をする時の身ぶりを思い出していたのだ。

（完全な外人の調子で話すのは恥だ。不完全な調子で話すのも恥だ）

自分が不完全な調子で話しをさせられる立場になったら……

彼はグッド・モーニング、エブリボディと生徒に向って思いきって二、三回は授業の初めに言ったことはあった。血がすーとのぼってその時ほんとに彼は谷底へおちて行くような気がしたのだ。

（おれが別のにんげんになってしまう。おれはそれだけはいやだ！）

大岡昇平の『俘虜記』における主人公の米兵との接近遭遇に匹敵する、異言語としての英語との出会いの瞬間が描かれている。自分が「別のにんげんになってしまう」かもしれないような異言語との出会い、それこそがマルクスが言う意味での「交通」なのだとすれば、明らかに伊佐は「あわれな民族」の一人としてその「交通」を怖れている。だが、同時に彼は、「小川の囁きのような清潔な美しい言葉の流れである」女生徒のおしゃべりに純粋な響きとして聴き入り、「悲しいまでの快さ」を感じてもいる。このアンビバレントな感覚において、伊佐はまさに全身で英語という異言語の存在に出会っているのである。

こうした出会い＝「交通」への契機こそは、「モデル・ティーチング」の実演によってアメリカン・スクールの教師を唸らせてやると意気がっている山田にはとうてい不可能である。教師一行がようやくアメリカン・スクールに着くと、山田は、応対する校長のウィリアム氏の言葉を逐一通訳して一行に伝える役を買って出る。彼は他のだれよりも自分が英会話に通暁していると信じて疑っていないのだが、校長の言葉が正確に訳されているかどうかは怪しい。その真意となればなおさらである。山田のこの思い上がりは、あるいは「真剣」で「試し斬り」をしたがる彼の「東洋精神」とやらの夜郎自大と同根なのかもしれない。

じつはそれに先立って、山田の英会話の胡散臭さはミチ子によって看破されている。道々、進駐軍の兵士に声をかけられては流暢に受け答えしているミチ子に山田はその力を試そうとさかんに英語で話しかけるのだが、逆にミチ子に「あなたのどの発音がアメリカ南部で、どの発音が東部で、日本で言えば、青森弁に九州弁がまざっているようなものですわ」と言い返されてしまうのである。

それでも、山田はウィリアム氏にかけあって当初の思惑どおり「モデル・ティーチング」をアメリカ人生徒相手に行うことを認めさせる。だがそれも、もうすぐ帰国することになっているウィリアム氏が、故国への土産話にひとつ思い上がった日本人のお粗末きわまりない英語の授業でも聞いてやろうかという気まぐれから認めたにすぎない。知らぬが仏の山田は、自分と伊佐が「モデル・ティーチング」のため教壇に立つことになったと勝ち誇ったように伊佐に告げていく。「別のにんげん」にならねばならない茶番の舞台をわざわざ山田がしつらえてしまったのだ。ミチ子が伊佐の苦衷を察して、自分が代わりに教壇に立つと申し出ると、伊佐は「いや、こうなったら、僕は山田をなぐるか、職を止めるか、やらせられても英語を一言も使わないかです」と答え、靴擦れで痛む足を引きずって山田のもとへ行こうとする。そんな矢先のことだ、事件が起きるのは――。

アメリカン・スクールに着いて、この日のために用意してきたハイ・ヒールに履き替えていたミチ子が伊佐を呼び止め、昼食にそなえて、彼が持参した箸をひそかに受け取ろうとして、慣れないヒールを廊下で滑らせて転倒してしまったのだ。その失態を目撃したとたんウィリアム氏は日本人の英語教師たちを一喝する。怒声を聞きつけて、教室から出てきた人々で騒然となるなか、ミチ子は衛生室に運び込まれる。すっかり校長の貌に戻ったウィリアム氏が、二人はいったい何をしていたのかと柴元を問いつめると、またしても通訳を買って出た山田は、柴元を差し置いてウイリアム氏に胸を張って答える。

「びっこをひいて追いかけた男は、この山田にモデル・ティーチングを代ってやらせてくれるように頼むつもりで駈けようとしたのです。そしてあの婦人もまた、自分でそれをのぞんで、彼を止めようとしたのです。すべて研究心と、英語に対する熱意のためです」

「そう、特攻精神ですか」

ウイリアム氏はそう皮肉に言ったが、山田はそれを讃辞と受けとって柴元に伝えた。山田は目をしばたたいた。

ウイリアム氏は山田たちが取りちがえているのを知ると眼鏡を直しキッとなって言った。

「これからは、二つのことを厳禁します。一つは、日本人教師がここで教壇に立とうとしたり、立ったり、教育方針に干渉したりすること。もう一つは、ハイ・ヒールをはいてくること。以上の二事項を守らないならば、今後は一切参観をお断りする」

ウイリアム氏のこの断固たる通告を聞いて、それまで頼まれなくても彼の言葉を逐一訳して伝えていた山田は、自分が散々「取りちがえ」を累積させていたことにようやく気づいて絶句するほかない。その彼の胸を柴元がつついて訳出を催促すると、山田はもはや一言も発することなく、尻に帆立てて一目散にその場から遁走してしまう。泡を食った柴元と他の教師たちもさながら〝ハーメルンの笛吹男〟についていくようにこぞって駆け出していき、最後に伊佐一人が取り残されて小説の幕は下りる。

ウィリアム氏の本音はおそらくこうだ。いくら君たちを迎え入れたとはいえ、誤解してはならない。君たち日本人はまだまだわたしたちを見学し、わたしたちから学ぶべき立場にある。まちがってもわたしたちにむかって何かを教えようとするなど言語道断だと知るべきである。君たちはこれからもずっとわたしたちの生徒でありつづけるのだから――。

ここで一人取り残された伊佐にとって事態は複雑である。というのも、「日本人が外人みたいに英語を話すなんて、バカな。外人みたいに話せば外人になってしまう。そんな恥ずかしいことが……」、「完全な外人の調子で話すのは恥だ。不完全な調子で話すのも恥だ」と感じていた、その恥辱の経験、そしてそれによって「おれが別のにんげんになってしまう。おれはそれだけはいやだ！」という怖れからともかくも逃れられたことをウィリアム氏の断固たる言葉は告げているのだが、しかし、小説の結末はあえて描き切っていないものの、おそらく最後に一人残された伊佐は、それよりもさらに深い恥辱のなかに突き落とされることになったはずだからである。「交通」を強いられる恥辱よりも、さらに深い恥辱――それはまさに「交通」を遮断される恥辱にほかならない。わたしたちの伊佐は、ここからどのように次の一歩を踏み出していったのだろうか。
一九四八年に時を設定したアメリカとのコミュニケーション／ディスコミュニケーションの反転劇を描いたこの小説が一九五四年に書かれたことは重要である。それは敗戦期が終わったのちも戦後の日本社会のなかに構造化された敗戦期を寓喩しているように思えてならない。

（「LEIDEN――雷電」8号／二〇一五年九月　※「敗戦期小説論ノートI」として執筆するも、続篇は断念）

# Ⅲ

# 築山登美夫の死

## I

本誌創刊同人であり、そもそも本誌創刊を思い立ち、高橋秀明とわたしを同人に誘ってくれた築山登美夫が、みずからが侵されている深刻な病を告げてきたのは昨年十月二十一日未明のメールにおいてであった。築山のメールは深夜から未明にかけて発信されるのが常で、わたしがそれを目にするのはたいてい数時間のち、その日の午前中だったが、そのメールを読んだのもやはり同日の午前中だった。

小生、このところ体調わるく、ほとんど食べられなくなってしまい、この二、三日病院に行って検査をしておりますが、どうも胃にたちのわるい腫瘍ができているようです。画像で見ますと、かなり大きく、幽門部なので、全摘にはいたらないかと思うのですが、少なくとも早期発見ではないとのことでした。来週から大きな病院を見つけて、しばらく待たされて、入院、手術ということになりそうな具合です。

飲酒、喫煙、夜更かしと、三拍子揃った不摂生を、永年続けてきた報いなのでしょうが、癌家系ではないので、予想していなかったことです。でも、まだ死ぬわけにはいかないと思っています。


このメールを読んだときの驚きをわたしは忘れることができない。

メールはまた、今号掲載の絶筆となった詩「巡礼歌　草稿2」と、『吉本隆明質疑応答集③人間・農業』の解説原稿を添付して高橋とわたし宛に送られたものだったが、築山はみずからの病状を冷静に告げたあと、同じ文面でさらに「LEIDEN――雷電」のために評論と編集作業に取り組む意志を示し、そのために締め切りを十一月末まで延ばし、年末か年初には発行にこぎつけたい旨をもしたためている。

振り返ると、このメールが築山のパソコンからの、まとまった内容を持った最後のメールとなってしまったのだった。

そのあと十月末日に築山から届いたショートメールで、わたしは、彼が一週間前に入院し、翌月六日に手術する予定だと知らされる。病院ではパソコンが使えないとのことだった。高橋とわたしは急きょ相談し、十一月になったらともに上京して築山を見舞うことに決めた。

携帯の受信履歴を見ると、次のショートメールが届いたのは十一月二日の夜遅くだった。先のパソコンから送ったメールに添付した『質疑応答集』解説原稿に記した赤字をショートメールで送ってほしい。病院のベッドでゲラのチェックをしていて、翌日編集者に戻すことになっており、転記したいのだという。急いで赤字を返信すると、折り返し受け取ったという再返信があり、手術が延期になり、抗癌剤治療を受けることになったと知らされたのだった。

高橋とわたしが、本誌の寄稿者である詩人の瀬尾育生さん、やはり寄稿者で表紙デザインもやってもらっている矢野静明さんとがん研有明病院に入院中の築山を見舞ったのは、翌日からいよいよ抗癌剤治療が始まるという十一月六日のことだった。ベッドに横たわった築山にどんな言葉をかければよいのか、と胸騒ぎのなかで面会に臨んだのだが、意外にも築山は、わたしたち四人が待つ面会室に自身の上背と見合うような背の高い点滴スタンドを従者のように伴い、歩いて現れた。鼻孔には管が入っていて、病者の佇まいは隠れもなかったが、いざ話を始めると築山はいつもと変わりなく語った。それは、わたしがとらわれていた見舞いの者が病者にかけるべき言葉といった定型を瞬時に解除させた。病気のことも語るには語ったが、わたしが印象づけられたのは築山の文学や思想の現況に対する変らぬ関心のほうだった。

そのうち場所を変えようということになり、点滴スタンドのキャスターを転がして歩く築山とともにわたしたちはエレベータに乗って病院一階まで降り、喫茶スペースに陣取った。そこでも築山は語りつづけ、彼ならではの舌鋒も健在だった。結局、二時間ほどわたしたちは築山と語り合ったのではなかったか。わたしに関して言えば、聞き役に終始したような気がするが、それは目の前の彼が語るほどに、胃の幽門部が癌で塞がれているために、彼が飲んだ紅茶が鼻孔につながれた管へと逆流してくるさまに目を奪われてしまったせいだったかもしれない。エレベータに乗って病室に戻る築山と別れて、病院を出る際、わたしは自分に言い聞かせるように、かたわらの瀬尾さんに、思った以上に元気そうでしたね、と語りかけた。瀬尾さんは、これからがたいへんなんですよ、と語った。抗癌剤治療が始まるこれからがたいへんなんです、と。

ともあれその日、抗癌剤治療のワンクールが終わったら退院し、そのあとは通院加療する予定になっていると築山自身の口から聞いていたので、東京から田舎の自宅に戻ったわたしは、そうなればパソコンが使えるようになった築山からその旨のメールが届くだろう、と思っていた。抗癌剤治療に挑みつつ、何とか持ち直してくれるのではないか、と望みをつないでいたのである。ところが、そのメールが来ないうちに十一月も下旬に入った頃、激務の合間を縫って築山とショートメールをやりとりしていた高橋から、当分退院はできそうにない、と築山から返信が来たと知らせてきた。詳しい容態がわからぬからこそだったかもしれぬが、わたしが、築山に死が差し迫っているのではないかと蒼ざめたのは、まさにこのときだった。そのあとわたしもショートメールを送った。しかし、返信のないまま日は過ぎ、やがて月は改まった。

そして師走五日の朝のことだった。本誌の寄稿者である宗近真一郎さんからの電話でわたしは築山の死を告げられたのである。にわかには信じがたいほどの衝撃だったが、一、二時間を隔てて編集者の宮下和夫さんからも同様の電話をもらい、築山の死は動かしがたいものになってしまった。ただ、築山と近しい在京の人たちのあいだでも、その急死を受け止め、訃を伝えるあいだに混乱を来したのだろう、築山が息を引き取った日付について異同があった。その日が十一月中であるとする報があるなかで、瀬尾、矢野両氏が十一月末日に築山を見舞った事実もあり、そもそも訃報自体が誤報なのではないか、との疑念も持ち上がったらしい。わたしが宮下さんからの電話で十二月三日という正確な日付を知ることとなり、そのことをメールすると、高橋は、その日の夜、そうした訃にまつわる紛糾を睨んでのことだろうが、「築山さんが、そんなに簡単にくたばってしまうとは、とても思えません」とまで書いたメールを返してきた。腑に落ちないという高橋の気持ちは、わたし自身のものでもあった。

そんななかで、わたしは数日、呆然自失していた。そして、もう葬儀も済んでしまっただろうかと思いつつ、パソコンの受信トレイを日付を遡るようにスクロールして、築山からのメールや高橋からのメールを読み直していたのだった。八日未明のことだった。突然、「Tomio Tsukiyama」からのメールを受信したのである。わたしは愚かにも錯乱して、一瞬「築山さん、生きてる！」と思ったのだった。それは、しかし、ご遺族からのメールだった。遺志により家族のみの密葬で六日荼毘に付した、とのことだった。築山登美夫の死は、こうしてわたしに厳然たる事実として突き付けられた。

## Ⅱ

付かず離れずの三十年以上のつきあいを振り返ると、築山登美夫という人間の自分にとっての不思議な、無二の存在感を思わざるをえない。

曲がりなりにも職業的に、あるいは同人誌などで、言葉を書き記すことを持続していると、身近に接するモノを書く人間の存在が普段の言動（話し言葉）と書いた言葉との二重性として現前してくるのは避けがたい。わたしの場合、彼らをその二重性において評価するのがいつしか習い性になってしまったが、それで行くと、言動に現われる人品骨柄を超えるだけの強度を書き言葉で表現しえている例は稀なものである。むろん、自分を棚に上げて言っているのだが……。もっとも幸福なのは、触れるほどに言動と書き言葉とが活き活きと拮抗しあいながら、緊密に結びついていく例だろう。古風な言い方をすれば、そのとき〈文は人なり〉が実現されていることになるのかもしれない。

ただ、築山登美夫という人間における言動と書き言葉の二重性のありようは、このわたしの習い性を引き裂いてしまうようなところがあった。

築山との三十年以上にわたるつきあいのなかで思い出されるのは、じつは酒席である。その酒席で絡まれた記憶である。酒席以外の場所を思い出すのが難しいほど、わたしたちは呑みながら語りあった。そして、そこで築山はときとして挑発としか思えない口ぶりで絡んできた。彼は酔っているわけではなかった。言葉は鋭く研ぎ澄まされ、わたしに突き刺さるのだが、わたしは、むしろそうした言葉を発してくるおそろしく毳《けば》立った内面に触れていた。〈おまえの言葉は熊の毛のように傷つける〉（吉本隆明）と言いたいところだった。わたしはそんな築山の内面のありようが了解できずに、彼の絡みに対して気色ばんだものだ。

こういう目に遭った人はおそらくわたしだけではない。わたし以上に築山とつきあいが長い共通の知人たちは、〈熊の毛〉のように毳立つことのある築山の内面をわたし以上によく知っていたにちがいない。じつはわたしは、築山に〈絶交〉を言い渡した人物も、逆に築山から〈絶交〉された人物も知っており、その両者といまも親交があるが、いずれの〈絶交〉もわたしには唐突で不可解だった。それは第一義的に、〈絶交〉が築山と彼らとの相互関係においてしか了解できない時間と質を孕んでいることに起因しているからだろうが、わたし自身が築山の〈熊の毛〉のような内面をやはり了解できない点にも帰せられることだっただろう。実際、わたしだって、売り言葉に買い言葉といった具合にエスカレートして決裂してもおかしくない場面もあったのだ。

そうならなかったのは、ひとえに築山の書き言葉がそうした酒席での彼の言動を忘れさせてしまうほどの、ある種昇華された強度に貫かれていたからだ。その意味で、築山にこそ〈文は人なり〉という命題はふさわしいのかもしれない。〈文〉にこそ彼の人品骨柄はあますところなく現前していたのだ。だが、そうであるならば余計に、かつての築山の酒席での言動を、その母胎たる〈熊の毛〉のような内面をわたしは思い起こすべきなのかもしれない。記憶のなかの、突っかかってくるような物言いのいくえものヴェールを剥ぎ取って、あえてそれらを通奏していたある純一なトーンを聴き取るなら、それはこう言っていたことに気づくのだ。

――おまえの考えは何て不自由なんだ。そんな考えを言葉にすることで不自由を伝染させるなよ。なぜもっともっと自由になろうとしないのか。

じつは、わたしは築山と高橋に今号を以て本誌同人から退く旨を伝えていた。

昨年の三月下旬、いまも高橋が事務局で精力的に関わっている北海道横超会主催の瀬尾育生さんの講演を聴講すべく、築山とわたしは札幌に会した。講演前日に札幌入りし、同人三人が顔をそろえるめったにない機会だからと、夜呑み会もかねて同人会をやろうということになった。そこには築山、瀬尾さんと懇意で、名古屋から来ていた、はじめてお会いする「VAV」同人の成田昭男さんも同席していたが、わたしはその場で築山、高橋の二人に上記の旨を伝えた。

その時点で本誌は一〇号まで出ていて、わたしは十回連載してきた長大な原稿を次の一一号でようやく完結させるメドが立っていた。さらに、その次の号（つまり今号）で母の最期について書くことにより、「LEIDEN――雷電」創刊時に胸に温めていた「試みの家族誌」というモチーフの終わりをまっとうしうるという確信も得ていた。ただ、それは同時に、自分を動かしてきたメインエンジンがいよいよ焼き切れてしまうという予感でもあった。

わたしが今号を以て本誌同人を辞めると築山と高橋に申し出たのは、そのメインエンジンが焼き切れてしまったあと、もう一度一から新しいエンジンを作り直すことに専念したいという強い思いがあったからだ。実際に、そのあと一一号で連載を完結し、今号にその補遺ともいえる「階段の上がり端」を書き終えてみて、予感は現実のものとなった。性も根も尽き果てたというのが正直なところである。

いまあらためて、その原稿を築山登美夫という校閲者の峻厳かつ無私な眼を通すことなく活字にしたことに怯えに近いものを感じる。そして、創刊にあたって「詩批評／批評詩」を標榜することを提案し、その方向で本誌の編集作業を主導してきた築山が、書くことのモチーフを必ずしも「詩批評／批評詩」に措いていないわたしを同人に誘ったことの意味を考えている。

札幌で同人から退く旨を伝えたあと、高橋からは真意を問いただし、再考を促す真摯なメールをもらったが、築山は何も言わなかった。わたしは、それを彼の了解だと受け止めた。はじめに紹介したパソコンからくれたメールの末尾で、築山はこんな言葉をわたしに残してくれている。

日下部さん、今度は、母の死をめぐる短編とお聞きしていますが、進んでいますか。
この次は、「虚の栖」を土台にして、思い切ったジャンプをした虚構作品を書かれたらどうでしょうか。「土台」があるとないとでは大違いで、これから、たくさん書いて行けるはずだと思っています。

この言葉を築山がわたしに課した生涯にわたる宿題として受け止めたい。
築山登美夫の霊よ、安らかれ。

［二〇一八年一月二五日記］

（「LEIDEN——雷電」12号／二〇一八年五月）

# 築山登美夫、詩批評／批評詩の光芒

## 前史的序奏

昔話から始めることになるが、わたしに築山登美夫（の詩）との出会いを決定づけた契機が二つあった。「あんかるわ」と立中潤である。

「あんかるわ」巻頭の「百回通信」に、北川透が立中潤という自死した詩人について「彼岸の鳥」と題して五回にわたり書いたのは七七年から七八年にかけてだった。初回（47号）を読んだ七七年三月、わたしは四年在籍した大学に退学届けを出したばかりだった。そして二回目（48号）を読んだ五月、父が急逝した（命日は立中のそれより一日あとだった）。在学中から続けていた新聞配達をする以外、アパートの一室にモグラのように逼塞する時間のなかでわたしは北川の連載を読み継いでいったが、その頃のわたしにとっては「あんかるわ」や「試行」の活字だけが世界との通路なのだった。実際、どこで飯を喰っていたか、どこで珈琲を飲んでいたか、どこで買い物をしていたか、生活する自分の姿はまったく浮かんで来ない。

そのあと立中潤が書いていた詩誌「漏刻」の発行所に申し込んで彼の詩集『「彼岸」以後』を買い求めた。同時に「漏刻」も購読するようになり、築山登美夫の詩に出会ったのである。「漏刻」は立中の遺稿や日記も連載していて、わたしは、彼の詩の膨大な自註のように、そして大学に入って渉猟するように読んできた奥浩平の『青春の墓標』、岸上大作の『意志表示』など時代とぶつかって斃れた無名の夭折者の系列の、その最後のランナーを見届けるようにそれら立中潤の言葉に読みふけった。今回この稿を書くため、ひさしぶりにまとめて「漏刻」を読み返してみたのだが、当時立中の死のオーラが放った波動のような伝播力をあらためて思い出させられることになった。というのは、立中の実家と「漏刻」メンバーとのあいだで精力的に連絡役を買って出ていた立中のいちばんの親友もまた、立中の遺稿、日記の連載が終わり、それらが『叛乱する夢』、『闇の産卵』という二著として上梓されたあと、突然みずから命を絶ったことが註記で報告されていたからである。

築山は書いている。


Tさんは死の直前まで『闇の産卵』の校正刷りを、依頼されて読んでいられた。氏は数少ない「漏刻」の、とりわけ本連載の熱心な読者であったと思うが、自死の直前の日記ははじめて目にされているはずである。立中潤の帰郷―就職から自死までの二箇月ほどの間、Tさんとはひんぱんな往き来があったはずであり、日記の記述のなかで、自死にいたろうとする立中の内面の暗部が、あたかかも関係的世界からの負債によって膨張するようにひびきわたるのを、氏が何の衝撃もなしに受けとめられたとは考えにくい。むしろ氏自身の内面がそれに応えるように、はげしくひびきかわしたのではないか？

その時までにTさんの内面がすでに自死に向って成熟していたとしても、立中潤の日記が、Tさんが死の権利を行使するに、結果的にそのスプリング・ボードの役目をはたしたかもしれない、と想像することは、私をさらに暗澹とさせる。

（「漏刻」12号「立中潤日記への編註6」／七九年一二月／原文の名字はイニシャルに変更——引用者註）

言葉を書きしるすこと、そしてそれを公開することは、それを読む者をかくも畏るべき波動で刺し貫くこともあるのだ、といまさらのように思わざるをえない。築山は、それ以降も「漏刻」別冊の追悼号（八〇年五月）や同誌終刊号（八七年二月）で死にむかう立中のラストランを透徹したまなざしで追尋しているが、のちに評論集『詩的クロノス』に収められたそれらはいま読んでも古びていない。

わたしが築山の詩を読んでいったのも、このように立中潤の死の余韻がいまだ濃密な「漏刻」の誌面においてであった。その詩は、しかし、自己の暗部をひたすらぶちまけるように書きつくそうとした立中の詩と対照的に、そうした彼の自己をも包括するように、同時代の群像としての自己が織りなす劇を輪郭の強い仮構線によって描き出そうとしていた。わたしはそれらの詩篇に刮目し、八二年に詩集『海の砦』としてまとめられ、立中の遺著二冊を世に出した同じ弓立社から刊行されるやすぐに買い求めた。築山自身「後記」で記している「70年代に二十代を送った者とかれをとりまいた環境との、ささやかな無言の劇とその意味」をそれはまさしく描き出し、問いかけた最初の詩集だと思えたのである。

同時代の詩の動向や詩評にうとかったわたしだが、それからしばらくは書店に並んでいるたぐいの詩誌のページに目を凝らしたことを覚えている。ところが、この築山の最初の詩集『海の砦』を論じた批評をついに目にすることはなかった。看過したものがなかったとは断言できないが、少なくとも本格的にこの詩集を論じた批評は出なかったはずである。肩透かしを食らって、タタラを踏んでいるような思いで詩集を読み返しながら、わたしの不審の念はつのるばかりだった。詩集の解説は北川透の手になるものだったが、わたしの不審は、なぜ築山や立中と同世代の「70年代に二十代を送った」詩人、批評家がこの詩集に対してモノを言わないのかという問いに尽きていた。

そして、詩集が出てから二年が経とうとする頃だったが、これはもう自分で書いてみるしかないと思い、原稿用紙に向かったのである。当時の勤め先だった小さな雑誌の編集部からほど近い天王寺のジャズ喫茶MUGEN（∞）が執筆の場所だった。学生時代から通いつめたなじみの店ではあったが、よくあのジャズの大音響を浴びながら、しこしこと原稿を書いたものだと思う。いまなら絶対できないだろうが、その店もしかし〈無限〉とは行かず、数年後には閉店してしまった。

「受動と仮構、その変成」と題したその原稿に取り組む一方、わたしは「漏刻」にはじめて詩を一篇投稿していた。その詩が掲載されたのは八四年八月に出た21号だったが、刊行がしだいに間遠になっていく時期で、築山はすでに編集から降りていたようだ。

ともあれこの原稿を半分方書いて一段落ついたとき、なぜかわたしは「漏刻」に送るのをためらった。ワンクッション置いて、別のところで発表できないかと思ったのだ。そして、迷ったあげくそれを当時関西在住の宗近真一郎のもとに送った。宗近は「漏刻」の常連寄稿者で、別に「素粒子」という個人誌も出していて、同誌に果敢な蓮実重彦批判やユニークな切り口の中上健次論を矢継ぎ早に発表していた。わたしが投稿を決めたのは、そうした誌面に共感するところがあったからだが、ひとつには宗近が自分と同世代で、まとまった原稿としてははじめて書いたに等しいわたしの四十枚ほどの『海の砦』論を彼がどう読んでくれるかに関心があったのだろう。ところが、折り返し届いた宗近からの葉書には、諸事情で「素粒子」は休刊することになっており希望に添えないので、ぜひ「漏刻」に仲介したい旨がしたためられていたのである。これはもうあとには引けないと思い、わたしは厚意に甘えることにした。ほどなくして「漏刻」メンバーから掲載したいとの連絡があり、わたしの『海の砦』論は、わたし自身の逡巡からはた迷惑にも宗近を巻き込み、遠回りして「漏刻」誌上に載ることに落ち着いたのである。時すでに八五年、立中潤が自裁してから十年が経とうとしていた。

とはいえこれだけなら、わたしと築山登美夫本人とはまだ出会うことがなかった。さらに奇遇ともいえる後日譚が続いたのである。

ちょうど「漏刻」に原稿が載ることが決まった前後だったと思うが、わたしは我慢に我慢を重ねてきた勤め先の薄給に音を上げ、はじめて給料を第一義に転職活動を始めていた。そして運よく希望に近い条件の企業に転職することができた。ただ、それまで上司・同僚ほぼ全員の顔と名前がわかり、大阪弁が飛び交う小規模な職場にしか身を置いたことがなかったわたしは、一転、全国に支社がある社員二千名規模の企業の一員になっていた。初出社の四月一日より命じられたのは、一か月間の研修を含む東京本社への三か月間の長期出張だった。こうして、まるで「漏刻」に転送された自分の原稿の後を追うようにわたしは東京の人となったのである。そんなわたしを「漏刻」のメンバーは大いに歓待してくれた。いまもあるのかどうか、新宿コマ劇場近くにあったメンバーのたまり場らしいスカラ座というバロック風古めかしさ漂う純喫茶に会し、はじめて築山登美夫とも言葉を交わした。そのあと一同で二、三軒居酒屋をハシゴし、最後はゴールデン街の一角の狭い階段を上がった酒場に腰を落ち着けた。その店トウトウべのマスターが「漏刻」の常連寄稿者でもある詩人の安田有だった。

その夜、わたしを迎えてくれた七、八名の人たちは、当然のことながら全員がはじめて会う人たちだった。その初対面の人たちとわたしは朝の四時まで飲み明かした。何を話したかはもう忘れてしまったが、築山や安田と話していて、詩人というのはこういう人たちなんだなと感じたのを覚えている。三十三年経ったいまもその夜のことは忘れられない。出張中の宿舎だった高円寺の旅館に酔っぱらって朝帰りし、宿の人を叩き起こしてしまったわたしを次の出社日に呼び出し、「君はまだ試用期間中なんだよ」とお灸をすえた人事部の課長の渋面とともに——。

## 「漏刻」〜「なだぐれあ」

わたしの「受動と仮構、その変成（上）——築山登美夫『海の砦』論」が掲載されたのは八五年九月発行の「漏刻」22号だったが、結局続稿を書いて完結させることはできなかった。わたし自身に書き切るだけの力がなかったことが第一の理由だが、じつは「漏刻」自体が終息に向かっていたのだった。その号が出たあと、一年半という最長のブランクに乗り上げたすえ、「漏刻」は八七年二月に終刊のみを目的とした23号を出して幕を下ろしてしまうのである。

時代はまさに変わりつつあった。いや、すでにその大きな転換点を越えてしまったあとだったかもしれない。その変容を詩と批評の情況に求めるなら、たとえば吉本隆明が『戦後詩史論』で現代詩の局面を「修辞的な現在」と規定し、『空虚としての主題』で「現在という作者」をあぶり出し、『マス・イメージ論』を全面展開したこと、あるいは北川透が「あんかるわ」を維持しつつ、一方で愛知在住の詩人たちとともに「菊屋」というお祭り騒ぎのような詩誌に参加したことが浮かび上がってくるだろう。

とりわけ六〇年代から詩と批評の最前線に出づっぱりだった北川の軌跡には、この間の時代の変容圧力との悪戦が連続的に刻み込まれているといえる。わたしのように詩の実作から遠かった者にも北川の提起した〈仮構詩論〉は批評原理として長く衝撃でありえた。この〈仮構詩論〉の場所から、それをたとえば『詩的火線』、『詩的弾道』等に転形させながら、前線のポテンシャルを求めて「菊屋」

的な場所まで途切れることなく詩と批評を持続しきったこと。『〈像〉の不安』から『侵犯する演戯』にいたるこの道程に少なくとも外形的な切断がないこと。これが北川透の真骨頂なのではないだろうか。

正直にいうと、わたしは「菊屋」という詩誌がやろうとしていたことがリアルタイムではよくわからなかった。少し経って「現代詩手帖」八四年一二月号誌上で吉本隆明と北川透の対談「〈現在〉としての詩」を読み、そこで吉本がその試みの意義に触れていて、はじめて気づかされたようなありさまだった。ちなみに吉本は北川にこんなエールを送っていた。

「あなたの詩の実験がうまくいっているかどうかということとは別なんだが、しかしあなたは明らかにルネッサンスを体験していて、自己の改革、解体といってもいいんだが、改革を実行していて、しかもいまっていうことにきちんと対応してそれを体験している」

吉本の「修辞的な現在」を援用するなら、つまり「菊屋」とは「修辞的な現在」を否認するのではなく、それを逆手にとって遊び尽くすことで詩的エネルギーに転化しようとする実験場なのではないか、と気づいたのである。

こうした詩的情況の変容に築山登美夫が鈍感であるはずはなかった。「漏刻」終刊号の座談のなかでも振り返っているが、築山は、立中潤の追悼号を出した八〇年をピークに誌面からしだいに詩的エネルギーが減衰していったことに、結果として「漏刻」がそうした変容に応接できなかったという側面を見ていた。それは、原稿がなかなか集まらなかったり、書かなくなるメンバーが出てきたり、最終的には雑誌が出ないブランクというかたちに現われていったのではないか。編集から降りて以降終刊号までの三年ほどのあいだ、築山が「漏刻」がなしえなかった時代の変容に対する詩的かつ批評的な応接をはたすべく次の一手を模索していたことは想像に難くない。一年半のブランクを経て八七年二月に「漏刻」が終刊したあと、八か月後には築山は新たに「なだぐれあ」を創刊するからである。「夢と批評」と銘打ったこの詩誌で、築山は自身のエディターシップを前面に押し出した誌面づくりをめざしていた。立中潤という死者をめぐって「漏刻」と「あんかるわ」が呼応していたとすれば、「なだぐれあ」は、その詩的試行において「菊屋」と呼応しようとしていたといえるかもしれない。

判型もA5判と小ぶりでページ数も少ない「なだぐれあ」はコンスタントに号を重ねていったが、4号が出たばかりの八九年二月、わたしは東京本社に転勤となり、築山ともひんぱんに会うようになった。たまたまだが引越し当日が昭和天皇の大葬の日で、わたしは平成の始まりとともに次なる転勤まで以後七年東京に住むことになる。

創刊以来、築山からは「なだぐれあ」への寄稿を強く勧められた。しかし、わたしはほとんど応えることができなかった。理由のひとつには、会社の広報誌の編集を任され、全国の支社を飛び回って取材し記事を書くことがルーチンとなり、その仕事に追われて、もはや自己表現として何かを書きうる膂力が当時のわたしには残っていなかったということがある。さらに、こちらが重要だが、築山のエディターシップが次々と繰り出してくる特集テーマでわたしが書きうる術を持ちあわせていなかったということが挙げられるだろう。築山が時代の変容に向き合おうとして設定する切り口が、なけなしの〈書きたいこと〉すら探しあぐねていたわたしには雲をつかむように感じられたのである。結局、わたしが「などぐれあ」に寄稿したのはただ一度、原一男の戦慄的なフィルム『ゆきゆきて、神軍』についての短いエッセイを書いただけだった。詩を読むより、映画を観ることに傾いていた当時のわたしの志向が、右に挙げた事情もあり、築山の熱心な慫慂とは掛けちがってしまったのだった。

ただ、「日常生活の冒険」、「ざわめく音―声」、「性の転換―男性による女流詩人特集」、「天皇と歌おう」、「鳥の話法／虫の話法」、「〈宮崎勤的状況〉」と特集テーマを掲げた「などぐれあ」の表紙を見返してみるにつけ、思い出されてくることはある。呑みながらではあったが、築山は「存在の複数性」という言葉をよく口にしていた。その言葉を、フリをしたり、身をやつしたり、存在が仮装してしまう不可避性といった意味で受け取ったわたしに、築山は、いや、そうじゃないんだ、そもそも一人の人間はみずからのなかに複数の存在を孕んでいるので、表現しはじめるやいなや、言葉はその複数性を切開しつつ生きなければならなくなるんだと正したのである。なかには空振りしたり、テーマ倒れに終わったものもあったろうが、築山は自身のなかの「存在の複数性」を開くべく果敢にチャレンジングな詩作を行うばかりでなく、寄稿者たちをもそのチャレンジの運動に巻き込もうとしていたのだ。

自分が参加できなかった「などぐれあ」のそんな誌面を読み返して、わたしが思うのは、〈書きたいことを書く〉のは大前提だとしても、〈書きたいこと〉の「唯一性」に拘泥しすぎたために〈現在〉が視えなくなっていた、そして、それはむしろ〈書けないこと〉によって縮かんだ自己像として固着してしまっていたのではないか、ということである。当時のわたしにはそのことがわからなかった。

# 劇としての詩

## I

築山登美夫は『海の砦』(八二年)、『解剖図譜』(八九年)、『異教徒の書』(九七年)、『晩秋のゼームス坂』(〇五年)、『悪い神』(〇九年)という五冊の詩集を遺している。読んでいくと、前半の三冊には発表誌のトーン、すなわち『海の砦』では「漏刻」、『解剖図譜』では「漏刻」〜「なだぐれあ」の過渡、『異教徒の書』では「なだぐれあ」での詩的実験がそれぞれ色濃いことがわかる。しかし、そうした推移と、それ以後の二冊の詩集における新たな展開にもかかわらず、五冊の詩集を貫いている築山の詩の本質がある。それをひとことで言えば、劇としての詩ということになると思う。

それは初発のモチーフとしては、すでに触れたように『海の砦』「後記」に記された「70年代に二十代を送った者とかれをとりまいた環境との無言の劇」を描き出そうとした詩という意味であることは、いうまでもない。

ああおまえはなにをしてきたというのだ
夜はおまえの広大な頭蓋だから
どこまで駆けてもわたしはおまえの頭のなかだ

星の錐が両眼を揉む
星の錐が全身に突き刺さる
星の錐がわたしの血管をずだずたにする
それはおまえのめくらめつぽうな機関銃の
おびただしい弾丸だ
ああ此の世のぶあつい瘡蓋をやぶり
厖大な真昼の傷口に溺れこみ
反転して夜そのものになつたおまえ
おまえの声がわたしの餓えた喉から突きあげる
　わたしは死んでアラブの星になる
　わたしは死んでアラブの星になる
　わたしは死んで……

あるとき
眼のなかに　打ちこまれる
突然の処刑場
あるとき　叫びはじめた

「わたしは死んでアラブの星になる」

不敵な原野
あるとき　きみは
自身との異差を
雪崩れのようにおりていつた

それでは何を
どうすればよかつたのか？
おびただしい意味の鱗が追いたてられている
あなたの赤いまぶたのうらで
はげしく眠つている真昼を
瘠せた両腕をつたつて
流れおちる体液の暗闇を
（束の間のあなたの舞踏）

（それから長いリンチがはじまつた……）

じやばらのようにあえぐ胸をきしませあの凍りついた山のふ

「悼歌　一九七五」

「死後の歳月──立中潤日記のあとに」

ところへはいつていつたとき、おれははてしもなくつづく閉ざされたあなぐらにふみこんでゆくようにおもつた。炸裂する闇の門がさけんだような気がした、《永劫の呵嘖にあわんとする者は入れ！》瞬間おれの眼はひびわれ、ひろい白光に射ぬかれ、氷の山はだは砕かれた人骨の散乱する野と化し、ひきさかれた樹木はさかさづりの人体となつて身もだえた。

「海の砦　Ⅳ」

「わたしは死んでアラブの星になる」は、前詞に「――K・Oに」とあるように、テルアビブのロッド空港で乱射事件を起こした日本赤軍の岡本公三に対峙して書かれた作品である。標題にはイスラエル当局に拘束されたあと岡本自身が発したといわれる言葉がそのまま採られている。詩人は「わたしは死んでアラブの星になる」と吐言したその岡本の「わたし」にむかって、「ああおまえはなにをしてきたというのだ」と問いかける「わたし」として詩行を連ねていく。「悼歌　一九七五」と「死後の歳月」では、立中潤が「きみ」あるいは「あなた」と呼びかけられる。標題作の連作「海の砦」では、「おれ」が「おれたち」となり、たがいがリンチしたりされたりする相互反転の動揺のなかで主体を没し、やがて「死体」と化した「おまえ」が掘り起こされるまでのいくえもの錯綜が、濃密にうねる詩語によって描かれる。連作全体が連合赤軍の山岳ベースに内攻していく武力闘争、そのはての凄惨なリンチを暗喩した野心作となっている。

これらの詩篇で、築山は、遠くの、いや、遠くて近いあるいは近くて遠い他者を自己として、つまり、みずからの自己が他者の自己に憑くかたちで詩語を紡ぎ出しているといえる。わたしは、それらを読んだとき、先に「同時代の群像としての自己が織りなす劇」と書いたが、詩集全体が暗色に沈む不可視の舞台であり、そこでダイアローグたろうとしてモノローグでしかないおびただしい自己たちの言葉が交錯し、そして激しく交錯したあげく、ついにそれらの言葉たちはそれぞれ巨大な黙劇の一コマずつを演じる群像のように通り過ぎていく、といった印象を覚えた。舞台裏で「わたし」と「おまえ」、「きみ」あるいは「あなた」、そして「おれ」、「おれたち」と、めまぐるしく一人称と二人称をまさぐりつつ彼らを召喚し、かつ彼らをして語らしめる詩人のナラティヴはいかにも苦し気である。

『解剖図譜』では、こうした詩人の自己が憑くべき遠くの他者の自己との幻想を介した鋭い緊張関係は消えている。代わりに浮かび上がってくるのは、築山自身がいまそこにいる、具体物に囲繞された、肉感的ともいえる身近な環境とそこでの異和である。家庭や街、職場といった生活者の場所にほかならないが、そこはかつて立中潤が蹉跌した「関係的世界」に通底する環境でもあった。築山が『解剖図譜』で主戦場としたのはそこだった。

「漏刻」後期、おそらく築山には、「関係的世界」への異和の一義的な表現が、いまや「かれをとりまいた環境との無言の劇」として成り立たなくなっていることが気づかれていた。即自的な異和や「無言」は、放っておけばたえず「関係的世界」からの無尽蔵のおしゃべりや会話に浸蝕されて、風化していく。そのことを対象化することなくそれらを表現することは、詩をある種定型じみた悲傷と絶望の容器にしてしまう。築山がこの詩集で試みたのは、「関係的世界」において増殖する、対話やコミュニケーションを謳いながら無作為なすれちがいにしか現象しない、しかもどこまで採集しても断片でしかない饒舌の生態を取り込んだうえで、その地平でもう一度みずからの異和を生き、「無言の劇」を賦活させることだったのではないか。事実、この詩集で目立つのは大胆な話体の活用である。「街の底　ある団地の住人たちが夕ぐれに交した会話の一部」、「ある会合の記憶」、「エピソード」「インタビュー」などの作品に顕著だが、しかし、そのためにこれらの作品は部分を引用することがきわめて困難なように出来上がっている。そんなこの集の特質を垣間見せていると思える一節を引いておく。

あなたはなぜ、あとでなぐさめてくれるくらいなら、
あの時あの場処で、だれがどうみても不自然で理不尽な
ぼくの論敵の攻撃にさいして、ひとこともことばをはっすることなく
うつむいていたのですか？　あなたはなぜ、
ぼくがアジア的ということばを、閉鎖的なムラ意識の遺構として、
口をすっぱくして、みんなの無意識をしばっている
もたれあう共同性をのりこえようと云いたてていたのを、
あのひとはさかんにアジア的、アジア的と云っているから、
アジアが好きなんだ、と思いこんでしまったのか？

あの時のぼくの論敵が、総会屋の手口をつかいこなせるひとであることを
ぼくが知らなかったのはウカツだった!
(だが知っていたからといってどうしよう?)
そのあとおこなわれるはずだったぼくたちの劇はすべてお流れになり、
かれはみごとに勝利した。
(なんという不毛な勝利!)
そのことをあなたは知っておいたほうがいい。
ぼくたちがお流れになったということは、
あの男をぼくたちが排除しなかったということだ。
排除すればまたさらに閉鎖的な共同性が出現するのを
ぼくたちが拒否したということだ。
そのことはよかったのだということを
あなたは知っておいたほうがいい。(xii　策謀家とのたたかい)

「インタビュー」

「なだぐれあ」での詩的実験のほぼすべてを収めた『異教徒の書』は、詩の世界観を一挙に拡張している点できわめてラディカルな詩集である。おそらく五冊の詩集のうちでも築山がもっとも集中的に

詩作してなった一冊だと思うが、ここで世界観の拡張とは同時に劇の拡張でもある。また、『解剖図譜』で行った話体の取り込みを、世界と歴史という時空にわたって散乱する言葉の、アナーキーといえるほどの多彩な引用にまで拡張し、重層させる試みともなっている。

ボードレール、バタイユ、『ユング自伝』、スポーツ紙のピンク記事、そしてメディアや雑踏や風俗やらの地層から漏出してくる出所不明のノイズのたぐいまで、実際『異教徒の書』は、おびただしい他者（神をも含むところ）の言葉（音声）を、そのつなぎ目もわからないほど全身に象嵌している。それらと、それらを詩に受肉しようとする詩人とのあいだのスパークに読む者は目を奪われ、しかも読むたびにスパークを連鎖反応させていくようで、その世界＝劇は容易に読解を許さない。

表札にはCBとだけ書いてあつたわね、さうねCB、あなたはこのへやに入ると、まるで日傭人夫のやうに、校正刷りの一語一語をこねまはし、正確で絶対的な表現を探しださうとして、一行目の最初の単語から分析しはじめ、形容詞や名詞を一つ一つ検討してゆく。あらゆる辞書にあたり、語の特質を調べあげ、その語のもつ色彩や道徳的価値まで探りだし、《コトバがなければ創ればいい！　だがそのまへにあるかないか調べてみよう！》つて、ありとあらゆる国語辞典、外国語辞典ををはりもなく参照しつゞけてゐるんですって? なんて不毛な努力をつゞけているの、ムッシューCB、どうせだれも読みやしないのに、そのあひだにもあなたのエロスはいろあせてゆくのに! ふゝん、これがあなたの草稿? アーッハ、なんてすてきなタイトルばかりなんでせう、《世界の最後の動悸》《浴槽内での自殺》《処女との鶏姦》《籤引の賞品に出された男》《死刑執行人に恋した死刑囚》《海底の世界》アーッハ、どれもものになりさうにないテーマね、まだあるわ、《ジャンヌと自動人形》《熱愛されたあばずれ》《自殺防止装置》……アーッハッハハハ!

「書記機械と女　3(イリヤ、CBの自室に入る)」

スパークしているのは詩人の劇とボードレールの劇である。詩人自身の劇がボードレールの引き裂かれた劇を仮構し、仮構されたボードレールの劇が今度は詩人の劇を引き裂こうとしているかのようだ。

集中もっとも力が傾けられたであろう長篇詩「悪魔の詩《し》」では、さらに多重なスパークが仕掛けられている。ローリング・ストーンズの「悪魔を憐れむ歌」、サルマン・ラシュディの『悪魔の詩』、その作者並びに出版にかかわった者に対するイランの最高指導者ホメイニの死刑宣告、同作品の日本語版訳者で筑波大学の研究室で暗殺された五十嵐一の言葉、『クルアーン』の章句等々から「悪魔」が発火していき、それらを一篇に糾合する軋轢によって「悪魔の詩《し》」が奏でられるのだ。

あなたがたのひとり、
出版プロモーターのＰ氏は、記者会見の席上でかう云つた、
「わたくしは特定の〈真理〉を信仰する者ではない。出版の
自由、表現の自由を守るために、今回の出版にふみきつた」
もうひとり、翻訳者のＩ氏はかう云つた、
「わたくしは〈聖地〉に住んだことがあり、〈真理〉はつよい
　ものだと信じてゐる。
このていどの批判にたいして口を封じることが、〈真理〉を
　ミニマムなものにしてしまふ。
もつと国際的にひらかれた〈真理〉になつてゆくためにも、
　多くの人の目にふれるひつえうがある」
この噴飯物の〈真理〉を発音したあなたがたの口は、その特
　異な発声器のながい管は、

いつたい世界のどこにつながり、どこから電源をえてゐるのか？
特定の〈真理〉を信仰させられてゐるのはわたしたちなのか、
あなたがたなのか？
いふまでもない、
魂を他人の〈真理〉に売りわたし、それなりにこみいつた回
線を通して〈真理〉と密通し、
けたゝましく発声してゐるのは、あなたがたなのであり、
あなたがたのウツロにひゞく発声器にしかけられた
かぼそい導火線に点火する役目をおつたのがわたしなのだ！

「悪魔の詩　Ⅱ」

こうした「書記機械」を全篇にわたって駆動させたこの『異教徒の書』を読むにいたって思い当たったことがある。それは、築山が作品として完結性の高い詩を書くことを意図的に放棄しているのではないか、ということだ。完結した一個の詩作品は、ある限定された世界の現実性に触れ、そればかりか掬い取ることさえできるだろう。しかし、築山の詩の欲望はそこにとどまらない。詩人が欲するのは、世界がわたしたちに感受される断片性、他者性、流動性のままに詩を生きることだったのではないか。

『異教徒の書』は、その意味で、断片であり、他者であり、流動性であり、そのすべてでもある言葉たちに擦過される詩の体験であり、同時にそれ自体が、自他の言葉が織りなす世界＝劇への批評であり、その引きあい斥けあう関係の編集でもある、そんな言葉の運動だったのではないだろうか。

この困難な試みを終えて、築山は「悪魔の詩《し》」に註をほどこし、詩集全体にも他の詩集に比べて異例の「おひがき」を記している。そこでの築山自身の言葉によれば、『異教徒の書』とは「一刻の滞留もゆるされないラディカリズムの変容のなかで、それをひきうけながら、じぶんの詩を流動するラディクスとしていかに存在させるか、といふ課題への私なりの答へ方、その模索といふことにな」るという。きわめて自覚的に記されたこの言葉にわたしは深くうなずく。だが、この言葉が真にうなずけるとすれば、『異教徒の書』が、それを読み終えたわたしたちにさらなる「課題」を突きつけ「模索」へとうながす詩集にほかならないからなのである。その点で注意すべきは、先の言葉の二行あとに記された「そこに埋め込まれたプライベートなモチフは、作者にとつてそれなしには一行も書けなかつた、もつとも重要な事柄にぞくしてゐることは云ふをまたないでせう」という言葉であろう。ここにいう「もつとも重要な事柄にぞくしてゐる」「埋め込まれたプライベートなモチフ」こそが、次なる詩集『晩秋のゼームス坂』を書かしめるからである。

冒頭、標題作「晩秋のゼームス坂」がその「モチフ」をあますところなく開示する。

あゝこの晴れ間はなぜながく続かないのか、と

脳髄の霧をはらふかのやうに、あなたは書き、
これからおれはゼームス坂をくだつて、
はげしい媾合とかぎりない諍ひをくりかへした女に会ひに、と
金しばりの夢からさめた、もうひとりのあなたが書く。

マンションの九階の窓から翳る空を眺め、
ひとりの歯を磨き、洗面器のくろい水に顔を沈めて、
降りだした雨を聴いてゐるのは、数分前のあなたであり、
「この瞬間、剪刀《ハサミ》か何かで、
自分といふものを、一切の人と物から、
ぷつつりと切り放したやうな思ひがした」と
放心しながら引用してゐるのは、数時間前のべつのあなたである。

「晩秋のゼームス坂（晩秋のゼームス坂）」

詩人は、自身を「あなた」と呼び、「あなたが書く」と続け、寸断もあらわなその主体を「数分前のあなた」、「数時間前のべつのあなた」と執拗に名ざしつづけねばならない。そのようにしてでも「あなた」は書き継がれ、「女」に会うために「晩秋のゼームス坂」を降りていかねばならない。「女」に会う「あ

なた」は「男」と呼ばれ、今度は「女」の仮借ないまなざしに刺しつらぬかれる（「（共生）」）。こうして詩は次々と語りの人称を転位、交代させながら、ひとりの人間（詩人）にまつわるきわめて「プライベート」な」世界＝劇をあぶり出していく。だが、その詩法はみずからの「プライベート」を突きつめるだけではない。

このすさまじい行きちがひが、ひりつくやうな現在の詩だ。
男はそのシンポジウムのビラを壁に貼つて
しばらく眺めてゐた――《ランボー、お前はどこにいるのだ？》

行きちがひはなぜ生じるのか。
壮大な国家規模から、女とのちひさな誤解まで、
それが押しとゞめやうもなく積みかさなり、変化し、
おそろしい惨劇につらなつて行く、焦慮のはてで、
そのことが詩だ。

「晩秋のゼームス坂（ランボー）」

詩は他者を内在的に了解しようとしているのではない。むしろその不可能を、それを可能にする主体が存立しえないことを糧として、世界に遍在する「プライベート」にむけて、いわば世界大に砕け

散ろうとしているのである。そして、その詩法のはてで、詩はみずからの存在理由と化す。

〈詩がなければこの世界はどうしやうもなくなる
詩がわからなければまう生きてはいけない〉

〈そんな詩がどこかになければ
そんな詩をだれかが書いてゐなければ〉

「ある反歌」

これは『異教徒の書』にも逆流して貫かれずにはいない、簗山を詩作へと衝き動かす根本動因ではないだろうか。『晩秋のゼームス坂』は『異教徒の書』と一対で背中合わせに立っているのである。

＊第五詩集『悪い神』については、かつて詩人に往復書簡の相手に引っ張り出され、不十分ながら言及したことがあり、ここでは割愛する。評論集『詩的クロノス』巻末に収録されているので、参看いただければさいわいである。

## Ⅱ

詩のなかに仮構される主体があたかも舞台上に登場する人物であるかのごとく描かれる。わたしが築山の詩に劇を見たのは、何よりも最初の詩集『海の砦』のそうした側面に触発されたからだが、築山における劇としての詩とは、いうまでもなくそこにとどまるものではない。

築山自身は、自分は理論的な文体というものが苦手なんだと、しばしば洩らしていたが、じつは劇としての詩を理論的に自己規定してみせたことがあった。詩文集『無言歌』に収められている講演「抒情詩を超えて」がそれである。吉本隆明の『言語にとって美とはなにか』(以下『言語美』と略称)の第V章「構成論」を踏まえつつ、そこで提出された「劇的言語帯」を築山はみずからの詩の方法論のなかに果敢に文脈化している。わたし自身、その講演の場に居合わせたので、それを聴いたとき、あっと思ったのだが、活字になった講演録を読み直してみて、あらためてそのインパクトが感じられるのである。

そこで築山は『マス・イメージ論』で吉本が提出した「部分喩」と「全体喩」という概念を再定義しつつ、『言語美』の第Ⅲ章「韻律・撰択・転換・喩」から「喩のもんだいは作家が現実世界で、現に〈社会〉と動的な関係にある自己自身を外におかれた存在とみなし、本来的な自己を奪回しようとする無意識の欲求にかられていることにかかっている」という一節を引いたうえで、こう述べている。

これは私の印象では、先に引いた「物語的言語帯」の成立の経緯、根拠を説いた箇所とよく似てゐます。「現実社会での対他意識のさくそうした幻想を表現にまで抽出せずには、現実的な共同性をたもちえないという現状認識」ということと、「現に〈社会〉と動的な関係にある自己自身を外にお

> かれた存在とみなし、本来的な自己を奪回しようとする無意識の欲求」といふことが重なつてくるのです。
> 　つまり、「詩的言語帯から物語的言語帯への離陸」といふことと、抒情詩における「喩」の自覚的行使は照応してゐる、パラレルになつてゐるといふことだと思ひます。そこで「物語的言語帯」のなかでの詩がうまれることになつたといふことになります。詩における「喩」の自覚的行使は、もつとも狭い意味での抒情詩、つまり「詩的言語帯における抒情詩」からの離陸を意味してゐるといふことになります。

「抒情詩を超えて」というタイトルの根拠となる言葉が記されているが、さらに講演の後段では、「物語的言語帯」から「劇的言語帯」への超出に対応しうる詩的言語のありようが語られていく。ここで踏まえられるのが「構成論」における吉本の次の一節である。

> 　詩の表出としてもっとも高度な抒情詩では、人間の内的な世界の動きを描くことができるようになった。物語の表出では、複数の登場人物の関係と動きを語ることができるようになった。劇においては、登場人物の関係と動きは語られるのではなく、あたかも自ら語り、自ら関係することができるかのような言語の表出ができるようになったのである。

この一節を承けて、築山は、劇とは演劇のことではなく、「劇的言語帯」としての作品構成を持つ表現を指すのであり、したがって日本で「劇的言語帯」が成立した近世以降は、抒情詩といえども、詩の書き手は作者＝語り手という単相な構造から離陸していく宿命を負うのだと述べるのである。ここが吉本の「劇的言語帯」をみずからの詩の方法論に転轍する築山の理論的な肝なのだといえよう。

作者が括り出した語り手が作品を語る物語の段階から、語り手が括り出した複数の登場人物がみずから作品を語るようになる劇の段階への移行。この「作者―語り手―登場人物」という表現構造の移行をもたらした、吉本の言う表出史のダイナミズムから詩が無縁であるはずがない。築山はそう確信したはずだ。こうした観点は「物語的言語帯」の嫡子たる小説にも及んでいる。築山はこう言うのだ。

三島由紀夫や吉行淳之介や福永武彦などすぐれた作家は、抒情詩を書くことからスタートし、早々と小説に転じている。なぜ小説に転じたのか？　それは、自分を取り巻く複雑な現実の諸関係を自分を含めて表現の俎上に載せるためには抒情詩では不可能だと感じられたからだが、一見スムーズなその移行は、しかし、持続していくうえでけっして容易な道ではない。というのも、「詩的言語帯」から「物語的言語帯」へはスムーズに移行できるとしても、その段階に安住するかぎり、彼は物語作家にはなれても、小説家にはなれないからだ。彼が現代の小説家たりうるためには、物語への批判意識から発する「劇的言語帯」への飛躍を敢行しなければならない。これは、先に挙げた作家以上に、たとえば村上春樹のような作家が直面しつづけている問題にほかならない。

築山は、この小説家が直面する「劇的言語帯」への飛躍という命題を独自に詩の文脈に引き入れ、みずからの詩作において引き受けようとしたのだ、といえるだろう。築山における劇としての詩がこうして書き継がれる。

以上のことをわたしは、「抒情詩を超えて」を読んで、はじめて考えることになったわけだが、さかのぼって『詩的クロノス』に収められた古い文章を読んでいくと、すでに八〇年代から築山は劇としての詩の方法論を模索していたことがわかる。「コラムの思想I」のなかの「断章・詩の現在」、「劇的構成への問ひ」には、その萌芽となる言葉が読めるのである。つまり、わたしが築山の最初の詩集『海の砦』を読んで、「暗色に沈む不可視の舞台」に詩の言葉たちが「巨大な黙劇の一コマずつを演じる群像のように通り過ぎていく」と、まさに演劇的な比喩によって受け止めていたとき、築山は「劇的言語帯」への飛躍をこそ敢行しようとしていたのである。

「抒情詩を超えて」という講演がもうひとつわたしにとって示唆的だったのは、築山の吉本隆明の著作に対する実践的なスタンスが具体例として如実に表れていたことだった。

これも呑みながらではあったが、築山は、吉本の思想に共感するあまりその言葉をひたすら押し戴くという態度は生産的ではない、まして担ぎ上げて触れまわるというのはまったくいただけない、としばしば口にしていた。そのとおりだと思ったが、とりわけ『言語美』についてはより踏み込んだこんな話をした。

築山は、『言語美』における吉本の達成を真に認めるとは、いたずらに復誦することではなく、後発の人間がそれを使うことでなければならない、と言ったのである。「文学は言語でつくった芸術だ」(『言語美』「序」）という前提から出発し、打ち立てられた『言語美』の理論体系こそ、「文学」を「言語」で作る実作者が使いうるものであるはずだ。「本稿の特長は、何よりも誤謬があれば、どんな読者にも論理的にそれを指摘することができ、どんな読者も、本稿を土台にして、それを改作し、修正し、展開しうる対象的客観性をもっているという点にある」という同じく「序」の吉本の言葉も、『言語美』という理論体系そのものの開かれた可塑性ばかりでなく、同時に実作者が実作そのものによって、その「対象的客観性」を「改作し、修正し、展開しうる」可能性までも含意しているのではないか。

築山はおよそそんなことを考えていたようで、わたしたちはもっともっとこの著作を使いこなそうとすべきなんだと語った。「抒情詩を超えて」はその貴重な一歩だったにちがいない。築山がさらに眼前に見ていただろう未踏の道のりがどのようなものだったか、わたしはもう想像することはできないのだが――。

## 多重感応衝動

I

築山の劇としての詩の最後の成果は、「抒情詩を超えて」と同様『無言歌』にまとめられている。そこで築山は、〔ヴェルテップ＝二重芝居〕というまさに劇としての喩を梃子に詩作を展開している。

〈〔ヴェルテップ＝二重芝居〉とは何なのか
なぜ二重でなければならないのか
なぜ芝居なのか　その秘密を知るためには
あなたがたが《血と大地》から隔てられた
その時　その場処に遡らなければ　でもどうやって？〉

「〈ヴェルテップ＝二重芝居〉1」

このタイトル自体〈ヴェルテップ＝二重芝居〉という作品のエピグラフには、江川卓の『ドストエフスキー』からその由来を語る言葉が引かれている。それによれば、一九世紀末頃までウクライナでさかんだった人形芝居「ヴェルテップの最大の特色は、上段と下段、二層の舞台で演ぜられる芝居がそれぞれに独立していて、ある場合にはほとんど無関係であるのに、それでも二つの芝居が同時に進行する点にあった」という。築山が、二つの芝居がそれぞれ独立に、しかもある場合にはたがいに無関係なまま同時進行するという記述にインスパイアされたことは疑いない。そこに築山は、自身が面と向かっていたどんな現実の喩を見ていたのか。

〈ヴェルテップ＝二重芝居〉
あなたの発信は　きつと　見えない狼藉の織りこまれた空間に

縦横の傷を走らせることでせう
あなたの発信は　きつと　錯綜した私の糸を
解きほぐしてくれることでせう
「同2」

〔ヴェルテップ＝二重芝居〕
その視線　その声　私を損傷してきた　ゑぐれた時の炎
私のあさい過誤　その連続　私をみちびいてきた生のはづみ
その針が大きく振れて　測定不能の値が　私を立ち竦ませる
思ひどほりの生き方から　逸れるばかりだつたと
「同3」

まつさらな　グラウンド・ゼロが　いくつも
できる　浜に　遺体が　ゴロゴロ　あかぎれた
鉄骨が　ひしやげて　地面に　突きさゝつて
くづれた　灰の壁の　透き間から
濡れた　食器棚が　見える
そこにも　遺体が　蹲つてゐるの　だらうか

そんなことが　あつたと　泡だつ　ダイニングキッチンから
青空が　のぞく　あゝ　死んだ　人たち　その痕跡
欠けた　食器　汚れた　ティッシュペーパー
黒い　波に　攫はれて　死んだ　子供たち

「同4」

築山が見つめていたのは、東日本大震災の大津波に襲われた東北の「大地」、とりわけ原発事故による放射能汚染のために多くの住民がみずからの「《血と大地》から隔てられ」ることになったフクシマの海浜であった。最初に引いた連に〈ヴェルテップ＝二重芝居〉は「なぜ二重で」「なぜ芝居なのかその秘密を知るためには」と指向されながら、すぐ詩人自身によって到達不可能を宣せられる「その時　その場処」である。「4」の二つの連に叙景されるのは、事後の、つまり現在の「その場処」の、荒涼たる無人の風景である。じつはここがこの詩の出発点なのであり、〈ヴェルテップ＝二重芝居〉のいわば上段の舞台だったのだ。この詩は、その下段でひそかに「無関係なまま同時進行する」もうひとつの、無名の劇の断面への探索行として始まり、ついにその強いられた出発点、露出された無人の表舞台に戻ってくるのだといえよう。

しかし、「たとへ私があなたの分身だとしても／私はなにひとつあなたのことを知らないのです」、「あなたの発信は　きつと　錯綜した私の糸を／解きほぐしてくれることでせう」といった声を聴きとり、書きとめていく詩人は、それらの声が「同時進行する」ことによって、その索漠たる表舞台と「無関係」

ではありえないことを直覚している。「みえない関係が／みえはじめたとき／かれらは深く訣別している」というのは吉本隆明の詩だが、詩人はここで「二層の舞台」でばらばらに動いている「糸」をたぐり寄せ、それらを「解きほぐして」目に見える「関係」の「糸」に縒りなおし、結びなおそうとしているかのようだ。

ひょっとしたら詩人はそれらの声を、詩人自身を「分身」と呼ばい、その「発信」を懇願する声なき声のように聴いていたかもしれない。いやむしろ、それらの声は詩人自身の声であったかもしれない声として聴きとられていたのかもしれない。読みなおすほどに、わたしにはそれらの声を含む「2」と「3」の連が、たとえば『晩秋のゼームス坂』のなかに書きつけられていても何ら異和感がない詩句となってくるのが感じられるのである。

〔ヴェルテップ＝二重芝居〕の最後に描かれた「まつさらな　グラウンド・ゼロ」の光景。しかし、時計の針を進めずにはいない社会は、そしてマスコミのカメラは「あなたがたが《血と大地》から隔てられた／その時　その場処」から舞台を一転させる。「TV」の「画像」に上書きされていくその表舞台に登場するのは〔災厄の犬たち〕である。

「あの、三月十一日以降のことが、全部取り消せるんだつたら、まう、
あの、私は何を捨てても構ひません。三月十一日以降のことを、
全部無しにしていたゞきたい。ほんとにまう、あの、

三月十一日以降のことがなければなあと。まうそれに尽きます。」

おまへはその画像を眺めてＴＶのスウィッチを切る
〈私は何を捨てても構ひません〉と云ふが
あの男は何も捨ててゐないではないか
〈三月十一日〉以前も以降もなく　何ら行動も提言もなさなかつたではないか
〈さうすべき立場にあつたにもかゝはらず〉
〈全部無し〉にする方法は　あの男にとつて一つしかないはずなのだ
あの男とたゝかふ日は　いつか来るのだらうか

「〔災厄の犬たち〕」

「グラウンド・ゼロ」の光景は、それをもたらした原発事故の当事者たち、電力会社や原子力行政の上層部に居座る者らがテレビカメラの前で報道陣のフラッシュを浴びながら語る空語の羅列に取って代わられる。「その画像を眺めてＴＶのスウィッチを切る」「おまへ」とは、この詩の冒頭「放射能の海に浸かつて／私は泳ぐ／放射能の海に私は潜る」と語り出した「私」のことである。原発事故の最前線で作業に当たる「私」から見て、その当事者責任の頂点にいながら、最前線からもっとも遠い舞台でみずからの有責性を否認してみせる者らこそが〔災厄の犬たち〕である。しかも、メディアが群がることで、あるいはメディアとのなかば無意識の共犯関係によって彼らは〔ヴェルテップ＝二重芝居〕

上段の表舞台を独占してしまう。「さう〔災厄の犬たち〕はどこにでもゐる」のだ。そして、彼らの空語が表舞台で垂れ流されるほどに、「私」は、小暗く雲の垂れこめた、だれも知らない下段の舞台で無名の劇を生きていくほかない。

ひるさがりのくものきれまから
けどほくけどほくばくはつおんがきこえる
きこえるきこえるないてゐるひとたちのこゑが
あのひとたちはひなんしていつたばくはつおんをのがれて
ばくはつおんはどこまでもおひかけてきたはうしやなうをつれて
さやうならふるさとうまれたとち
あのひとたちがふるさとへうまれたとちへかへれるひはくるのだらうか
わたしはけどほくけどほくすべてをきいてゐるだけ
おとのないはなびがあがるくものきれまに

けふも放射線値が高い　しかし私はこの土地を離れるつもりはない
なぜなら私の言葉は　私の存在は　この土地と切つても切れない関係
にあり　この土地を離れてしまへば　私は嘘の言葉しか発せない虚偽

の存在になつてしまふから　とは云つても放射線値がもつと上がれば
私は強制的に退去させられるだらう　いな　まうすでに許容値を超え
てゐるといふ学者もゐる　子供たちが何も知らぬげに遊んでゐる　あ
の子たちの将来が心配だ　しかし私はこの土地を離れるつもりはない
けふも東京の知人から電話がかゝつてきた　なぜ逃げないのか　いつ
までそこにゐるつもりなのか　——あなたは何もわかつちやゐない
さう云いたかつたが　ながい無言をかへしただけだつた

「〈災厄の犬たち〉」

ヴェルテップとはどのような人形芝居なのかについて、わたしはつまびらかではない。ただ、作品のエピグラフに引かれた江川卓の言葉と、築山の重ねていく詩行を読みあわせて、ある明瞭なイメージを受け取ることになった。ウクライナの民衆に親炙された正教的な説話＝万人周知の物語を演じる上段の舞台と、そのアイロニーのようにひそかに既成事実化する隠された現実を暗喩する下段の舞台からなる同時進行の二重芝居。このイメージをさらに『無言歌』に収められた十五篇の詩、あるいは「詩人のかたみ　吉本隆明論抄」に重ねて読んでいくと、築山はひとつの〈ヴェルテップ＝二重芝居〉を見ていたのではない、同時多発するそれらをまなざしていたのではないか、と感じられてくるのである。

近代以降爆発的に進展したマスメディア〜情報化社会においては、ある表舞台で衆人環視の劇が演じられているとき、そのアンダーグラウンドで一対の黙劇が演じられているばかりではない。その〈ヴェルテップ＝二重芝居〕にリンクするさらなる〔ヴェルテップ＝二重芝居〕が張りめぐらされ、複合的に演じられているのだ。

築山のなかには、これらに鋭く感応せずにはいないセンサーがあったのだと思う。それは多重感応衝動ともいうべき核心的な欲求であり、おそらくそれが彼のなかに蟠踞するポテンシャルにおいて詩と批評とは別のものではなかった。この多重感応衝動こそ詩批評／批評詩として発動されてくるものの正体だったのではないか。とりわけ三・一一に始まる一連の事態の推移に直面して、築山は全身をセンサーにして詩批評／批評詩を発動させていった。

「グラウンド・ゼロ」。テレビのフレームのなかで語られる内閣府原子力委員長や東京電力経営幹部らの空語。被災地で避難と支援の動線が交錯するなか、そこにとどまり黙々と喪の作業に従う人たち。それすらままならない原発事故の起こったフクシマで、テレビカメラや報道の言葉が及ばない現場最深部の「放射能の海」のなかで事故処理に当たる人々――。

築山は、そのあと被災地に足を運び、諸々の光景を目にしてもいるが、そこで触発されたものを、逆にけっして目にしえない人々、光景を背後に感じつつ、詩に定着していた。いくつもの〔ヴェルテップ＝二重芝居〕のはざまで、可視不可視にかかわらず、それらに感応し、その多重な感受を集中した焦点でみずからの言葉を焼き付けようとしたのである。

つめたい雪の降るなか父のはたらいてゐる姿がちひさく視えました

父たちの仕事が日本を救つたのだ
父たちがゐなければ日本は破滅してゐたんだ
さう思へば思ふほど私はまはりの世界から遠ざかつてゆきます

スペインでの授賞式に父たちは招《よ》ばれませんでした
自衛隊と警察、消防の人たちだけでした
そのニュースは私をますます世界から隔離しました
フクシマ50、フクシマ50、父を守つて下さい

誰も知らない英雄の父を守つて下さい
「フクシマ50」

こゝは仮の町　きみはこゝで生まれた
きみのほんたうのふるさとはこゝから北へ六〇キロほどのところにある
わたしたちがふるさとに住めなくなつたのには理由がある
大きくなつたらきみはその理由を知ることになるだろう
潮騒のきこえない町からたちのぼる泡はじつにしづかだ

すべてのものを攫って行ったあの海の記憶
大地から剥がされていったあの細胞の渦から離れて
わたしたちは電力会社から出る月々の賠償金で暮した
「仮の町」

描かれているのは、〈ヴェルテップ＝二重芝居〉、〈災厄の犬たち〉と同時的かつ多重に演じられた無名かつ無数の劇の、孤立した、ひとつひとつの断面である。

## Ⅱ

こうした築山の多重感応衝動は批評においてもいかんなく発動されている。それが端的に読み取れるのが「Ⅱ詩人のかたみ」の諸篇であろう。ここで築山が〈ヴェルテップ＝二重芝居〉の上段の舞台＝万人周知の物語として標的に定めるのは、原発推進派と反原発派の対立という言論の構図である。吉本隆明への追悼文として書かれた「吉本隆明と原子力の時代」、吉本の『「反原発」異論』への書評として書かれた「最後の叡智の閃き」の二篇は、まさに周知の物語としてメディアで流布される二色に色分けされた対立図式の虚妄性を暴いていく。三・一一以降の情況をリアルタイムで追いかけた「微茫録二〇一一」もそこに加えるべきだろう。

未曽有の原発事故による放射能汚染の衝撃は甚大だった。それは社会を一気に反原発、脱原発の空気で覆わずにはいなかった。電力会社であるにもかかわらず、津波に襲われて全電源を喪失、原子炉のコントロールを失い、緊急停止ができなかったこと。結果、水素爆発を惹起し、周辺地域に放射能汚染というシビアアクシデントをもたらしたこと。事後の情報開示への怠慢。さかのぼって発覚した、想定された津波被害に対する電力会社の無策。たしかに多種多様な癒着にまみれて原発立地地域（自治体）を交付金漬けにし、安全神話を喧伝しつつ、なりふりかまわず原発を推進してきた原子力行政から電力業界に及ぶいわゆる「原子力ムラ」の実態は、築山が〈災厄の犬たち〉と呼んだように目を覆うばかりだった。

しかし、原発事故を機に噴き出した彼らへの大衆の強い不信が反原発、脱原発へと一気に針を振り切らせ、世論のモメンタムと化していくさまには、重大な盲点が潜んでいた。吉本が『「反原発」異論』において異を立てたのはその点に対してであった。

本質的な論点だけを取り出せば、吉本がそこで言おうとしたのは、原発の技術上の問題点はその技術を高度化することによってしか解決できないこと、したがっていかに深刻な原発事故が起こったからといって現時点で原発を放棄し、水力発電や火力発電に代替させることは科学技術にとって退行でしかない、ということだった。科学技術上の問題点は、その科学技術を高度化させるなかでしか克服できないという本質論を吉本は述べていたのだが、当時の言論情況は、そうした吉本の本質論すら、反原発・脱原発派を厳しく批判していたために、原発推進派に色分けしてしまうところがあった。

築山は、先に挙げた「吉本隆明論抄」の二篇でそうした俗論を排し、吉本の所論の意義を再確認したうえで、福島原発を誤らせた禍根としての「原子力ムラ」への批判と、科学技術の本質論としての原発評価とは別だとしたのである。

また被災地に密着した視点からは、「微茫録二〇一一」において、現地で計測される放射線量に過剰に反応するメディアに対して長崎大学教授の山下俊一が「健康不安なし」、「三十キロより外、避難不要」と述べたことを特筆している。長崎やチェルノブイリでの被曝調査の経験があり、急きょ福島県に招聘され、放射線リスク管理アドバイザーとして現地入りした山下は、原発事故から十日も経たないうちにそう明言したのである。

事故直後、ベントと呼ばれる原子炉内の圧を下げるための放射能を含む排気をするなか、福島原発は水素爆発を起こした。政府や東京電力の情報開示が不十分かつ後手後手だったこともあり、放射能汚染の範囲、線量の強さについて疑心暗鬼が広がっていた頃だった。当時東京に住んでいたので記憶に残っているのだが、わたし自身の周辺でも、もう一度水素爆発が起きれば首都圏にも避難指示が出ないともかぎらない、という声すら上がっていた。そんなときに発せられた山下俊一の件の発言だったのである。彼は批判にさらされ、実際福島原発は自衛隊による原子炉への注水作業で冷温化を図られつつも、予断を許さない情況下にあった。

「しかし」と築山は言う。

非難を覚悟で身を挺した氏は、数千人程度ゐると云はれる放射線科学者の多くがダンマリをきめこむなかで、あるいひは及び腰で確言もできない低線量被曝の危険を訴へるなかで、未曽有の危機にさいしてのはつきりとした提言を行なつたといふだけでも真の知識人・専門家の名にあたひする人だと、私は思ふ。

築山は、吉本隆明の本質論としての『「反原発」異論』と、この山下俊一のフクシマの地べたに立った専門家としての提言を、いわば原発推進派と反原発派との対立という虚妄の舞台に打ち込まれた一対の楔として見出していたのである。

そのように、原発推進派と目されるなかから〈災厄の犬たち〉と、「放射能の海に潜る」「私」や「フクシマ50」の「父」とを腑分けすることも含めて、いくえもの〈ヴェルテップ＝二重芝居〉の分裂や錯綜に感応し、多重に媒介してきた築山の詩と批評は、おのずと専門知の領域にも足を踏み入れていく。それが極まったのが、吉本の先の著書を論じた「最後の叡智の閃き」だろう。ここで築山は、吉本の原子力技術のたどるべき道を遠望する視線にうながされて、自身も何人かの原子力技術の専門家の意見を参照しつつ、「元素変換」による「放射能の無毒化」や、「核分裂炉」から「核融合炉」への転換といった、いまだ現実化していない原子力技術の可能性にまで言及している。わたしなどが生半可に論評できない領域まで築山は歩を進めてしまっていた。どこか焦慮に駆られたようなその歩みは、あるいは不可能性の淵が待ちかまえる危うい歩みだったかもしれない。しかし築山は、ここでも詩人としての核心的な欲求に賭けて、みずからの言論をまっとうしようとしたのである。

# 詩―情況―歴史

わたしが再上京してほぼ十年暮した東京を引き払ったのは二〇一二年の十月末だったが、その直近の一年ほどのあいだ、築山はよく「時間ができたら古典にじっくり取り組みたいんだ」と語っていた。わたしは漠然と彼が若年の頃から愛読してきた小林秀雄のように古典詩人を論じたいのだろうと思ったものだが、しかし、彼が亡くなって著書を読み返してみて、果たせなかった古典論は、小林秀雄のように、ではありえなかっただろうと思わざるをえなかった。

安田有が主宰していた「ｃｏｔｏ」11号に発表され、のちに『詩的クロノス』に収められた「義経、西行、芭蕉」を読み返して、とりわけそう思ったのである。この一文は、この主題を論じきるには一冊の本を書かねばならないだろうと思わせるほど歴史の長い射程において、そこに生きる詩人と情況との緊張関係をとらえようとしている。義経は詩人ではなく武人だが、築山は彼に詩魂に近い思想を感知していて、全体が詩人論であり、かつ歴史論でもある雄渾な一篇だといえるだろう。

詩人論、あるいは詩批評が作品批評であるばかりでなく詩―情況―歴史の関係性にまで及ぶのは、だが、築山において一貫していた。『詩的クロノス』冒頭のランボーをめぐる論考「白人の上陸」がまさにそうであり、そこで築山は、諸々の制約から小林秀雄が読みえなかったランボー書簡を読み抜くことで、詩を捨てたといわれるランボーのアフリカ行が詩人の情況への全面的投企というべき性格を帯びていたことを照射しているのである。

さらにいえば、この詩—情況—歴史という関係性への着目は、古典~近代を生きた詩人だけにとどまらない。すでにここまで触れてきた『無言歌』に収められた吉本隆明への論及の軸心にも同じまなざしが貫かれているのである。吉本こそはまさに詩—情況—歴史という関係のただなかを生きた詩人にほかならないからである。

ただ、本誌8号（二〇一五年九月）から築山が満を持して筆を起こした「高村光太郎とその時代」は、吉本の『高村光太郎』を読み込んだうえで看取された歴史的な限界を築山なりに乗り越えようとした評伝の試みだった。吉本よりもさらに長いスパンで高村光太郎を詩—情況—歴史の緊張関係のなかで読みなおそうとしているようにみえた。ちなみに本誌創刊の年に綴られた「微茫録二〇一二」には、わたし宛に発信されたこんなメールが読める。

吉本隆明の『高村光太郎』は影響力大の本なのに（あるひはそれゆゑに）、ほとんどまともに論じられてこなかつたのではないでせうか。いま読んでみると大きな異和感があり、世界史の構造転換といふことに、全く対応できてゐない「敗戦ショック」の産物といふしかないやうに思ひます。しかしそれをどう書けばい丶のか。

これに対してわたしはすぐにメールを返したことを覚えている。

言われている「世界史の構造転換」なるものがどういう文脈なのかによるが、それは現時点から振り返る遠近法によってこそ見えてくる問題なのではないか。だれもが「敗戦ショック」をまともに受け止めることなく、なし崩しにし、受け流すことによって戦後になだれ込むなかで、吉本隆明だけが「敗戦ショック」を徹底的に突きつめようとした。『高村光太郎』を書くことこそはその証左、吉本が、わたしたちが知る思想者吉本隆明になるためにどうしても潜り抜けねばならない不可避の隘路だったのではないか。

およそそんな内容を返信したと思うが、吉本の『高村光太郎』に対するわたし自身の読解は、「丸山真男論」へのそれとともに、その後本誌六号（二〇一四年七月）に載せた「吉本隆明、敗戦期の思想」で吉本の歩みに重ねて敷衍したつもりだ。そういう経緯もあったので、築山が「高村光太郎とその時代」の連載を始めたとき、光太郎の軌跡にどのような「世界史の構造転換」を映し出し、記述していくのか、注目していた。築山がよこしたメールにある「大きな異和感」がどのようなもので、それを築山がどのように対象化し、批判的に乗り越えようとするのか、わたしは大いに期待していたのだった。しかし、9号（二〇一六年三月）に第二回が書かれたあと連載は途絶える。

本人は古典にじっくり取り組む以上に、何よりもこの連載に本腰を入れたかったはずだが、想像するに築山自身がそのとき、詩―情況―歴史の緊張関係のただなかに身を乗り出そうとしていたのだった。築山は本誌に詩と批評を書き、編集を一手に担う一方、それにも増して情況に鋭く感応していったように思う。

ちょうど二〇一五年は安倍政権が閣議決定した安保法制を衆議院で強引に通過させたため、国会前で連日反対デモが沸騰していた。築山は、機会を見つけてはこの国会前のデモや新宿駅東口で行われた集会にも精力的に足を運んでいた。特に国会前でデモと集会をリードした大学生の有志シールズの活動に注目し、デモから帰ってきたばかりの臨場感を伝えるメールを再三送ってくれた。わたしもテレビ画面を通してではあるが、シールズにイデオロギーや党派から自由な人たちによる新しい運動の質を感じ、築山が彼らを評価する所以がわかった。そして同時に、相も変わらず共同の声明文というセレモニーによって彼らに同伴しようとする大学の先生たちをこき下ろす築山に同感した。

「三・一一以降」という言葉を築山はよく口にし、そこで露頭してきた情況に詩や批評がいかに向き合うかをつねに意識していて、本誌の創刊もまさにその一環だっただろうが、この頃にはさらに政治情況に密着した時評――〈情況への発言〉に注力している。佐藤幹夫が編集する「飢餓陣営」に載った「情勢論二〇一六――シールズと『戦後入門』」、「情勢論二〇一七――沖縄基地問題から安倍政権のリコールへ」は、そのまぎれもない成果である。この二篇を読むと、築山がきめ細かに情報を収集し、それらを緻密に批評の論理に編み込みつつ、思い切った発言をしていることがわかる。短いが、情況の指標となる論を立てるんだという気概が伝わってくるのである。

そのうえに、さらに築山が取り組んだ大仕事があった。『吉本隆明質疑応答集』全七巻の校訂と解説の執筆である。この仕事に築山は、プロの校閲者として、そして詩人、批評家として全力を傾けていた。というより、おそらくそれは築山に彼のすべてを要求するたぐいの仕事だったのだ。わたしは校訂、校閲という仕事について何かを言える人間ではないが、自分が書いてきた原稿をずっと校閲してもらってきた経験から、築山の校閲者としての力量を疑うことができない。あえていえば、校訂、校閲とはほとんど批評なのだと教えられた気がしている。

最初この仕事のことを築山から聞いたとき、本篇の講演抜きに質疑応答だけを取り上げても、切れ切れの論点を並べることになるのではないかと懸念したのだが、届いた本を読むと、浅はかな杞憂にすぎなかったと思い知らされることになった。吉本は、個々の質問に答えるかたちでその質問が出てくる根拠にまで肉迫し、問いを包括するような地平で応答を返そうとしていた。講演とはまたちがう、吉本の応答する語りのグルーヴがそこには読めるのである。

おそらく音源にも当たりながら、この文字原稿となった質疑を校訂していく作業は余人にできない仕事であったにちがいない。そうした校訂から発する築山の批評だからこそ、そもそも解説という位相が難しい質疑応答というテキストを鮮やかな切り口で解説しえたのだと思う。全七巻のこの質疑応答集の仕事を、しかし、三巻まで終えたところで築山は急逝してしまった。もし全七巻の解説を築山が書きおおせることができたなら、とわたしは思わざるをえない。そのあかつきには、だれも書いたことがない吉本隆明論が書き上がることになっただろう。

「高村光太郎とその時代」、『吉本隆明質疑応答集』ばかりでなく、情況への密着も含めて、築山は亡くなる前の二年ほど、このように詩―情況―歴史の緊張関係に身を置こうとし、詩人、批評家、そして校閲者として全面展開している感があった。その姿には、いま自分の眼前にある可能性のすべてにコミットするんだ、という気迫さえ感じられた。だが、それは同時にそれらの可能性に引き裂かれて在ることでもあり、「高村光太郎とその時代」を中断させた当のものでもあったのではないか。
　その突然の死によって、わたしたちの前にはそんな築山の仕事のいくつかの断面が残された。築山はすぐれた編集者でもあり、五冊の詩集と評論集と詩文集一冊ずつに選りすぐった自身の表現のほぼすべてを遺しているから、わたしたちはこれからも築山と対話することはできるだろう。しかし、築山登美夫という表現者の「最後の叡智の閃き」は、途絶した可能性の断面にこそ宿っている気がしてならない。その断面は、見つめるほどに、そう、詩文集『無言歌』の表紙を飾った矢野静明の絵画「男の肖像・1」のように、蒼白く底光りするオーラで問いかけてくることだろう。

（「LEIDEN――雷電」13号／二〇一九年一月）

# 天才的に無防備だった人——福田博道さんを悼む

福田博道さんの訃を届けてくれたのは、九月二十八日の夜にかかってきた、福田さんと同じ旧「漏刻」メンバーである阿部哲王さんからの電話だった。阿部さん自身、前日福田さんの奥さんからの電話で聞いたばかりだという。それによれば、福田さんは八月一日未明自宅で失火し、家屋の焼失を来たすなか逃げ遅れての焼死だったとのこと。奥さんも火傷を負い、治療や後始末や葬儀やらに精一杯で、ようやく阿部さんに連絡できたのが事後一か月ほども経ったこのタイミングになってしまったということらしい。

訃報というのはだいたい突然やってくるもので、それが親しかった人のものである場合、例外なく言葉を失うほかないのだが、詩人であった福田さんの焼死という無惨な死に方を伝えるそれは、すでに一か月前の奇禍という事実と相まって何とも言えない惑乱をわたしにもたらした。反射的に思い浮かべてしまったのが福田さんの詩集『ぼうぼう燃えている』だった。皮肉などという言葉は消し飛んでしまうほどの、詩と死の何たる暗合であることか。

そんな訃報を受け取って、出会いから三十年以上にわたり、けっして頻繁ではなかったもののさまざまな機会——そのすべてが酒席であったが——に接してきた福田さんの人となりを自分なりに振り返ってみると、他者に対して、世間に対してとことん無防備な人だったな、とあらためて思い起こされるのである。天才的に、と付け加えてもいいかもしれない。

とにかくわたしが覚えているかぎり、駆け引きとか、打算とか、強弁とか、説教とか、韜晦とかを動機とする言動を福田さんが弄したことは一度もなかった。それはつまり、どう転んでもそんな言動とは無縁に福田さんが生い立っていることを物語っているように思えた。裏返すとそれは、話題が文学や思想、さらには詩作に及んだ際も、およそ強い思いとか、主張とか、こだわりとかを打ち出すことがないという福田さんの無作為に表れていたように思う。

「こだわり」という言葉を使ったが、最近は「勝ちにこだわる」とか「味にこだわる」とかいつのまにか「こだわる」がすっかりポジティブな意味で使われるようになっている。しかし、「こだわる」とは元来拘泥することであり、むしろ「こだわり」のないこと、「こだわり」を捨てることが潔いこと、率直であることとしてポジティブな意味を担ってきたはずである。福田さんこそは、まさにその原義において「こだわり」のない人だった。

ところで、福田さんはどんな詩人だったと言えるだろうか？

福田さんの詩は本質的に抒情詩であったが、その抒情は、日本の近・現代詩が凝結させてきた日本語の定型的な表現に連なるものではなかったように思う。早稲田の文芸科で詩を学び、書いていた福田さんにこんなことを言うのは失礼かもしれないが、福田さんの詩には先達に学び、詩法を摂取していた形跡はほとんど感じられなかった。むしろ福田さんの抒情は、現在《いま》を生きる無防備の人の存在が発する抒情だった。それは現実に対して、他者に対して本質的に受け身であり、それらに対する感応、応答、場合によっては嘆声、悲鳴、つまりはそれらによる詩人への刻印として表現された。必然的に福田さんの詩の言葉は、構築的な詩語ではなく、話体であり、声、むしろ言葉になる以前の声、発語のくぐもり、言いよどみ、叫びにならない叫び、一回かぎりのオノマトペ……といった様相を呈していく。その傾向は『ぼうぼう燃えている』から『象男』にかけていっそう加速していった。

それはちょうど、故築山登美夫さんらとともに創刊した「漏刻」での詩作から、同誌終刊ののち築山さんが始めた個人誌「なだぐれあ」での詩作への転移において顕在化していったと言えるだろう。築山さんが打ち出した自己の内なる「存在の複数性」を開示するというモチーフに、あるいは福田さんは過剰に呼応していったのだろうか。『象男』では全篇女流詩人の話体を仮想して詩が書かれている。ほとんどがひらがなで、異形の、過激な愛を使嗾し、実践するおしゃべりを延々と書きなぐっていく文体。だが、福田さんはほんとうにこういう詩を書きたかったのだろうか。築山さんの『異教徒の書』は同様の志向をさらに徹底的に突きつめていった詩集だったが、そこでは詩の奔馬を駆るライダーとしての築山さんが批評の手綱をしっかと握っていた。『象男』の栞にも築山さんはこんな批評を寄せている。

作者が性の境界あるいは種の境界を逸脱し、また境界のさなかでたわむれ、いきつもどりつする〈おぞましさ〉のエロスの、ゆらぐ変態をくりかえすなかで追いもとめているのは、たえずニンゲンから遁走する運動そのものとなること、そのくりかえしによってニンゲンの世界を振動し、〈おぞましさ〉の美で被覆してしまうことであるように思える。（「〈おぞましきもの〉への振動」）

そのとおりだとしても、しかし、『象男』の詩篇に福田さん自身の批評が内包されている形跡はないのである。〈象〉にまたがりながらも、福田さんの手にはその〈象〉を御す批評の鞭はなく、行く手がわからなかった。そう、福田さんの無防備とは、およそ福田さんが批評というスタンスにおいて言葉を方向づけようとしたことがないという資質にも投影されていたのではないか（ここで間髪入れず、笑いとともに「こらっ！」とわたしに非議を唱える福田さんの声が聞こえるようだ）。

そう思いつつ、二冊の詩集のページを閉じ、今度は福田さんが書いてきた散文を読んでみた。なかでは「漏刻」終刊号で同誌の創刊以来の行く立てを振り返った「私的年譜もどき」が読ませるが、これも基本的に話体であり、やはりひらがなを多用したやわらかな言葉遣いが目立ち、エッセイではあっても、およそ批評という構えの文章ではない。しかし、強いて挙げれば二つだけ福田さんが珍しく批評的な思考をはたらかせている文章があった。それらはいずれも村瀬学の著作について書かれていた。

村瀬氏の「私自身と根本のところでどのように重なっているのか」という問いの立て方自体が、いわゆる「心身障碍児」と呼ばれる子どもたちとかかわる世界をいかに開かれたものとしたかということは、なんど確認されてもいいのだ。この子らをよそ者としてしか見られないなら、私たちもまたこの世界のなかでよそ者としてしかないであろう。

（「村瀬学の『理解のおくれの本質』を読んで」「漏刻」21号／八四年八月刊）

前著『新しいキルケゴール』で、〈弁証法とは一言で言えば《反転の自覚》あるいは《方法としての自覚》である〉と語って、村瀬はその理解をたすけるため、「ルービンの壺の絵」を引き合いに出していたっけ。そう、まるで『人間失格』は「ルービンの壺の絵」のようではないか。視点を変えるといままで見ていたものとはまったく違ったものが見えてくる。あの不思議さをはじめて知ったときの、新鮮なおどろきをもって、わたしたちに『人間失格』の新しい読み方があることを語っている。

（村瀬学「『人間失格』の発見」）「なだぐれあ」3号／八八年九月刊）

福田さんは必ずしも目覚ましいことを書いているわけではないかもしれない。ただ、わたしは再読しながら、なるほど村瀬学の存在論的思索を以てすれば、福田さんの無防備であることの存在論的な本質に肉迫できるのではないかと思ったのである。あるいは福田さん自身、右のようなパッセージを書きつつ、無意識のうちにそれを求めていたのではないだろうか。

「なだぐれあ」が築山さんの事情で事実上廃刊となってから、福田さんの詩はわたしの前からふっつりと消息を絶ってしまう。結局、わたしは「漏刻」、「なだぐれあ」以外の誌面で福田さんの詩を読むことはなかった。

そのあとだいぶ経ってから、突然福田さんから一冊の本が届いた。『名犬のりれきしょ』という福田さん自身の著書だった。当時わたしはライター稼業に足を踏み入れていて、しかももっぱら無署名の（かついくぶんか無責任な）原稿を書き散らしている身だったので、この福田さんの著書を興味深く読んだ。歴史上名だたる名犬の生い立ち、感動的なエピソードなどを網羅的に紹介した読み物で、とてもリーダブルで、構成もよく練られていた。聞くところでは、相当の部数が出たという。わたしは、詩を書かなくなった福田さんが同業者としてクリーンヒットを放ったことを喜んだ。

それからさらに時を経て、二〇一一年、粘り強く詩と批評を書きつづけてきた築山さんが、満を持して〈詩批評／批評詩〉を標榜した同人誌「LEIDEN——雷電」を創刊、わたしも小樽の詩人高橋秀明さんとともに同人に加わった。創刊準備中、折しも東日本大震災が起こり、わたしたちはいやでも三・一一以後というモチーフを抱え込まざるをえなくなった。

たまたま、原発事故後、住民に避難指示が出て無人と化した福島県のある町村を映し出したテレビニュースを観ていたときだった。カメラは置き去りにされた牛や、飼い犬や、野生のイノシシやらが荒れ果てつつある街や田畑をうごめいているさまをとらえていた。そのときわたしはとっさに思ったのだった。もしこの牛や犬やイノシシが言葉を発するとすれば、どのような言葉がありうるだろう？　彼らないし彼女たちはわたしたちに何を言いたいだろう？　わたしは直感的に福田さんの詩を思い浮かべていた。そういう詩を書けるのは福田さんだけだ、と。擬人法的に牛や犬やイノシシの言葉を操るのではない。築山さんが評したように「種の境界を逸脱し、また境界のさなかでたわむれ、いきつもどりつする」詩法を果敢に試みた福田さんならば、無人と化したフクシマを「いきつもどりつする」牛や犬やイノシシの言葉を、そんな放射能に汚染された大地を現出させてしまったわたしたちにむかって投げかけられるのではないか、と思ったのである。

わたしはすぐに福田さんに「LEIDEN——雷電」への寄稿を依頼する手紙をしたためた。しかし、しばらくして福田さんから届いたのはにべもない断りの葉書だった。それは拒絶というより、もうとっくに自分のなかで詩は断ち切られてしまったという断念あるいは諦念がにじむ返信だった。福田さんのなかで詩の死はいつ訪れたのだろうか。

わたしはいまも、自分が福田さんに書いてもらおうと考えた詩の着想はまだ脈があるのではないかと思っている。

さようなら、福田博道さん。

あなたが「LEIDEN——雷電」を送るたびにくれた礼状に躍る大ぶりな破格の筆跡を忘れません。

あんな字を書く人はあなた以外にいなかった。

最後に、『ぼうぼう燃えている』のなかからわたしの好きな一篇を掲げ、追悼の詞といたします。

瞼を閉じると

どうおもう
スクリーンにへたばっている蠅が
ぼくらしいのだ
生家から名なし駅までの道すじでは
燕に啄まれることもなかった
逃水に騙されることもなかった
しかしそれもどこかちぐはぐな話
ぼくの栖の厠はどこだ

●

夜を走りぬけようとしているのか

昼をひん剝こうとしているのか
車窓にはもうろうとした靄がひろがり
ぼくは列車にゆられているらしいのだ
吊革のカタカタいう音が生きていたときの
骨と骨との愛撫のように響いている
瞼を閉じると
視神経の谷あいにうかむ
断雲の裂け目からのぞく
青空に吸い込まれてしまいそうだ

学校帰りの少年たちよ
雨があがったら
つぼめた傘はすてっきに老人にくれてやれ
線香と黄菊が戯れ合っている火事場
瘡蓋を病んだ友がどんよりとした声をあげる
首相官邸に蟬が鳴く

いちまいの坂道を
ずり落ちていく夢を追いかける
ふりむくと
だんだらの夕暮れを通りすぎてゆく列車
目をみひらいたままの魚の小さな顔に
冷ややかな汗が滲む
すすけた木のうろに息をひそめている
初恋のひとよ
もう恋をすることもないのか
蠅の見下ろすくすんだ世界でぼくは
目も手も足も性器もすべて胴から切り離され
宙空に這いあがろうとする
しな垂れた根となって
白茶けた土地に抛げだされている

［二〇一九年一〇月二六日記］

（二〇一九年一一月三日、東京での有志による「偲ぶ会」に悼詞として提出）

# Ⅳ

# ウィズ・コロナをめぐる九つの走り書き

## 一

　新型コロナウィルスの感染拡大に際して、政府により自粛要請が出され、その波紋が連日メディアで報じられた頃、人口七〜八万の、それもじわじわ逓減中の地方都市に独居するわたしは、新聞を開き、テレビのニュースを観ながら、ふだんの自分の暮らしがほぼ自粛状態と変わらなかったことを苦笑まじりに覚ったものだ。市内のどこを歩いても、人や車の往来こそあるが、よほどのことがないかぎり三密状態に出くわすことがない。また個人的にも不要不急の外出をするということがない。

　マスクを着けて出かけるのは、クリーニング店、ファーストフード店、ATMが併設された近くの大型スーパーで買い物するときか、坂の上の郵便局まで行くときくらいだ。玄関を出て、数メートル歩きだしてから、しまった、マスクを忘れたと家に引き返すようなこともしばしばだった。実際、マスクは自分のなかでその程度のモノだった。それでもテレビを点けるとさかんにマスク不足が叫ばれているので、念のため予備も購入しておこうと、スーパーに隣接するドラッグストアに行ってみたところ、何とマスクは品切れで当分入荷の見込みはないという。こんな田舎まで払底してしまったのか、と驚きつつ、このときはじめて、自分の巧まざる呑気な自粛生活と、コロナ禍に翻弄されつつある日本社会に発出された自粛要請とがつながった気がした。

そんなわけで緊急事態宣言下の東京、大阪など大都市圏での自粛ぶりを注視することになったのだが、マスコミ報道に接するにつけしだいに切実さが増してきたのは、自分自身の大阪～東京で都合四〇年弱暮らした経験が呼び起されずにはいなかったからだ。

三密を避ける、不要不急の外出を避けるといっても、そんなことができるのか。人々が群集となり、ときに集合したり、離散したりして自由に流動しうること。それが都市が都市たる所以なのだとすれば、自粛とは都市自身の自己否定になりかねないのではないか。このストレスは相当のものにちがいない。もし自分であれば、と、東京で最後に暮らした十年を思い出しつつ、そのストレスに耐えかねるのではないかと思わざるをえなかった。

二

そんななか、自分自身の変わりばえのない、巧まざる自粛生活のなかで唯一変わったといえば、コロナ感染者数の推移が気になって、めったに観なかったテレビの地上波の二時間枠の報道番組にチャンネルを合わせるようになったことだった。

　感染症の専門家をスタジオに呼び、ＭＣが質問しつつ、適宜コメンテーターに話を振りつつ、リポーターの取材を交えつつ感染拡大の現状が伝えられる。これが定番で、中国の惨状が報じられている頃は、まだ日本の医療体制の水準の高さを前提に、水際対策を万全にすれば過度に恐れることはないといったトーンが支配していた。しかし、ダイヤモンド・プリンセス号横浜寄港を機に様相は変わった。同船内での感染拡大と、厚労省対策チームによる後手後手に回る乗客への検査〜下船〜隔離入院までの措置の一部始終は、わたしたちにこの感染症の手ごわさと、高水準であるはずのわが国の感染症対策を指揮する厚労省官僚〜医療部門の思いのほか脆弱な一端を垣間見せた。やがて都市部で散発的なクラスター感染が起きはじめると、ＭＣの顔色や声調はさらに緊迫してくる。登場する専門家も厚労省が招集した専門家会議のメンバーたるクラスター対策の第一人者といった人物になり、その渋面からは、いったん感染経路が追えなくなると、市中感染〜感染爆発につながりかねないのだ、と懸念が語られる。ただ、番組的には視聴者の感じる不安をやわらげたいと考えるのだろう、ＭＣは、症状は風邪に似たもので重症化する例はまれであり、インフルエンザほど恐るるに足りない、とにかく外出時にはマスクを、出先では三密を避けて社会的距離《ソーシャルディスタンス》を、帰宅時には消毒液での手洗いを、と強調して締めくくる。

　ひたひたと迫りくる未知の感染症。その未知であるがゆえに不安な情報を時々刻々更新して報じねばならない。そのなかで視聴者には前向きのメッセージも伝えたい。そんなジレンマのなかで、毎日生放送で不特定多数の視聴者にむかってともかく最新の情報を、当然にも話し言葉で伝えつづけねばならない。

連日、そんな報道番組の画面につきあいながら、これはこれで因果な商売だな、とやや同情的な思いで観ていたのだが、あるとき、ＭＣは夜の歓楽街でのクラスター感染のニュースを伝えたあと、例によって、不要不急の外出を避け、やむをえず出かけるときは社会的距離を、と念を押し、こう言ったのである。

「わたしたちは被害者になる恐れがありますが、同時に加害者にもなってしまうんです」

彼としては、感染者からウィルスを移される恐れと、自分が感染者となって身近な人にウィルスを移してしまう恐れとに同等に注意を喚起したかったのだろうが、わたしは聴いた瞬間に違和感を感じた。被害者・加害者という言葉は、犯罪という事実に基づき、その当事者に対して用いられるものだ。ウィルスに感染した当人は、感染という事実をあるいは被害と受け止めてしまうかもしれないが、感染者が図らずも他人にウィルスを感染させることになったとしても、それは犯罪ではないはずだ。彼は言葉をオーバーランさせている。それが、そのときわたしが感じた違和感だった。

## 三

ひとりこのＭＣだけではなく、人々の言葉や言動がさらに広範に失調してしまっているのではないかと感じたのは、四月に始まった緊急事態宣言下で外出自粛、営業自粛等さまざまな自粛要請のなかで都市生活がシュリンクしていった頃だった。これもやはり同様のテレビ番組のなかのニュースで知ったのだが、東京都下で要請された時短営業を守っていた飲食店や、オンラインライブを細々と営んでいたライブハウスなどが「ただちに営業を止めよ。警察に通報するぞ」といった貼り紙で威嚇されたということだった。貼り紙を貼った連中が睨《ね》めまわすように街をパトロールし、夜な夜なその行為に及んだ光景を想像すると、ゾッとする。ほとんど呪術的なふるまいではないか。似たような威嚇はSNSでも流布されていて、「自粛ポリス」というハッシュタグが付けられているという。わたしは反射的に昔本で読んだ「自警団」のことを思い起こしていた。姿が見えない匿名の陰湿な「自警団」が街頭にもネット上にも徘徊していたわけである。彼らは先のMCがおそらく無意識のうちに新型コロナウィルス感染に対して言表してしまった被害者 - 加害者という分断を意識化してしまったのだろう。自分と家族、あるいは身近な地域の人は潜在的な被害者であり、そういう意識にとって感染の危険性があるのに休業しない飲食店やライブハウスは潜在的な加害者となる。彼らのなかでは貼り紙は当然の自衛的な行動であり、正義なのだ。この点では、被害者にも加害者にもなりうると洩らしたかのMCはまだしもバランス感覚を失っていなかったことになる。

# 四

社会的距離《ソーシャルディスタンス》を恣意的にどこまでも拡大解釈していくようなこの正義は、しかし大事なことを見逃している。感染を防ぐために社会的距離を取らなければならないのはやむをえないとしても、ただ社会的距離を取っているだけなら、人はモノと同じになってしまう。人が人たるには、社会的距離を保ちつつ同時にその距離をつめる〈表現的な接近〉を行わねばならないはずだ。そして、事実そのことは感染拡大とともに世界中で行われたのである。武漢やミラノでマンションの住人がこぞってベランダに出て励ましあう言葉を叫んだり、歌を合唱したりする映像はたびたびニュースで流された。また、日本でもリモート飲み会、リモート結婚式、リモート帰省などＩＴ環境が可能にするさまざまな〈接近〉が試みられた。なかにはうまく〈接近〉できなかったものもあったにせよ、それらは現在にあって不可避的な試みだったのだと思う。

わたし自身の心に残ったのは、これもテレビを観ていてのことだが、日本のいくつかのオーケストラのソリストたちが、自宅に居ながら、たしかある管弦楽曲のそれぞれのパートを演奏しつつ、各自の自撮り映像をひとつの画面に合成して放映されたリモート・コンサートだった。

ちょうどエッセンシャルワーカーを支援しようという声がマスコミで流れはじめていた頃だった。自粛要請下でも、食料品など生活必需品の販売やトラック運転手など物流に携わる労働者、何より医療従事者など、要するに「在宅勤務」が不可能で、あくまでも生《なま》の現場でわたしたちの社会生活を支えてくれる労働者をそう呼んだわけだが、わたしはその呼称と趣旨は了解しつつも、エッセンシャルの反対語に例の「不要不急」が含意されているように思えてならなかった。だが、「不要不急」とはいったい何だろうか。

わたしは、このリモート・コンサートを鑑賞しつつ、音楽はけっして「不要不急」などではない、むしろエッセンシャルそのものだと実感することになった。演奏会の休止が相次ぐなかこのリモート・コンサートに臨むソリストたちの淡々とした言葉は、彼らにとってエッセンシャルでない音楽などありえないことをおのずと伝えていたし、彼らのリモートで届けられる演奏を聴きながら、わたしは音楽を聴くこともまたエッセンシャルな経験であることをあらためて感じ取っていた。そこには、音質や演奏の達成度以前の、音楽を演奏する者とそれを聴く者とのあいだにしかありえない〈表現的な接近〉がはたされていた。

## 五

ベランダに出て、社会的距離《ソーシャルディスタンス》を置きながらも声をかけあったり、いっしょに歌を歌ったりするだけで、そのかぎられた空間での〈表現的な接近〉は相互確認できる。しかし、武漢やミラノで、そしてパリやニューヨークで行われたのはそれだけではなかった。周知のようにその光景は声とともに映像化されてSNSで拡散されることによってわたしたちの耳目に届いた。つまり彼らの〈接近〉は、彼ら自身が意識するとしないにかかわらず、世界中に映像と音声としてシェアされることではじめてはたされたのだといえるだろう。

こうした〈接近〉〜拡散の試みが世界同時的に行われたのは、新型コロナ感染拡大によって殺到する感染者の治療に昼夜を問わず全力で当たっている医療従事者に対してのエールとしての映像情報においてであった。

ただ、それらの光景と別に、わたしはそこに奇妙な酷似が現象していることも感じざるをえなかった。感染症とSNSとの。あるいは、もっと端的に新型コロナウィルスと〈映像 - 情報〉との。両者は感染＝拡散という現象において酷似しているのである。

〈映像 - 情報〉の過剰流動性。そう呼びたくなる現象がSNSにはしばしば起こりうる。ある〈映像 - 情報〉は先に触れた「自粛ポリス」のようにも拡散するし、別の〈映像 - 情報〉は医療従事者へのエールの大合唱のようにも拡散する。どちらもアンチ・ウィルスという動機に発しているのだが、SNSにおける「自粛ポリス」のほうは、ウィルスを撃退しそこねて肺炎などへの重症化の原因となるサイトカインストーム（免疫の過剰反応）のごときものだといえるかもしれない。

緊急事態宣言下とはいえ、日本では中国や欧米のような外出禁止ではなく自粛要請にとどめられているため、潜在的な感染者と接触する恐れのある非日常のなかで、あくまでも日常を自己防衛したい人々がいつも以上に発信するのか。それとも、本来大衆として、あるいは都市における群集として存在する人々が、自粛生活のなかでばらばらな一人ひとりの時間にとどめ置かれ、過剰な投稿を誘発されてしまうのか。

いずれにせよ、現象としての酷似はあくまでも比喩である。しかし、すぐに比喩ではない現実として、医療従事者への〈接近〉あるいは距離の問題が立ち現れてきたのである。

## 六

SNSではあれだけ医療従事者へのエールが世界中に拡散されていたのに、日本では新型コロナ感染患者を受け入れていた病院の医師・看護師の家族が美容院に行くとやんわり断られたり、また子弟が幼稚園から通園を控えるよう要請されたりしたという。感染を恐れるあまり、というのはわかる。しかし、ここではあの被害‐加害の分断線がふたたび現れてしまっている。遠く隔たっているときは彼らにエールを送るのだが、彼らが至近距離、つまり隣人になったときは、その分断線によってこれを排除しようとするという心的傾斜は避けがたいものなのだろうか。

こうした動きを報じるテレビの報道番組は、判で押したように、わたしたちは新型コロナ感染患者を救うために闘っている医療従事者を支えないといけないのに、彼らへのこうした〈差別〉が生まれるのはじつに嘆かわしいといったコメントで締めくくる。そのとおりだとしても、しかし、とわたしは引っかかった。これははたして〈差別〉なのだろうか。コロナ禍への恐怖としての過剰な被害者意識、その表出としての排除衝動なのではないか。

こんなことを思ったのは、いま時系列をあまり確かめないまま書くのだが、アメリカのミネアポリスで黒人のジョージ・フロイドが警官によって圧殺されるという事件の〈映像‐情報〉が拡散され、人種差別というまぎれもない〈差別〉がアメリカという国の底辺に現存していることをあらためて思い知らせたからである。ここでは〈差別〉する白人と〈差別〉される黒人という布置は固定されている。両者の立ち位置が入れ替わることはない。

しかし、新型コロナ感染患者の治療に当たる医師・看護師の家族と、彼らを被害‐加害の分断線でかりに〈差別〉しようとしている人々とはあきらかにちがう。両者は、いつどこで新型コロナウィルスに感染するかもしれないという点では、じつは同じ場所にいるのである。後者の人々は、感染させる加害者と感染させられる被害者がいて、そこに分断線を引き、自分たちは被害者予備軍だと思っている。しかし、感染者とはすべて被感染者なのである。彼らが前者の人々を遠ざけ、排除しようとすることは、自分たちもまた同じことをされてもよいと言っているのに等しいのだ。

ここには微妙な論点が伏在している。そのありかがよくわからぬまま、毎日とにかく最新の情報として何かを生放送でしゃべらなくてはならない報道の言葉が通り過ぎてしまい、反射的に既存の〈差別〉というレッテルを貼ってしまった、そんな論点が。

この論点を掘り下げるのは困難である。だが、さらに困難なのは、その通過されてしまった言動は、放置しておけば無意識の多数派となり、やはり〈差別〉的にある言論の地歩を形成してしまうのではないかということだ。それは、非感染者の側からつねに感染者を分断しておきたいという欲求と背中合わせに起こりうるのではないだろうか。わたしたちは心して、よくよく彼と非のあわいを見つめねばならない。

## 七

ＳＮＳで世界中に拡散された警官によるジョージ・フロイド圧殺の動画は衝撃的だった。地元のミネアポリスではただちに抗議運動が起こり、さらに連鎖反応的に広範なブラック・ライブズ・マター運動となって全米を席捲していった。それは、黒人であるか否かを問わず、すべての人種を巻き込んだ人種差別への反対運動となっていった。そして、それらの映像もまたＳＮＳでシェアされることで世界各国にまたたくまに拡散していったのである。

ＮＨＫ、ＢＳ放送の番組「コロナ危機と未来」のリモートによるインタビューのなかで、このブラック・ライブズ・マター運動の世界的な広がりについて聞かれたフランシス・フクヤマは「連帯のパンデミック」だと答えていたが、たしかに中国発の新型コロナウィルスのパンデミックに見舞われ、いつのまにか世界最大の感染者数を数えるようになり、その対策に疲弊し、経済的な落ち込みにあえいでいるアメリカから世界にむけて放たれたそれは、まさに「連帯のパンデミック」というべき現象だったかもしれない。

人から人を介して起こるウィルスのパンデミックと、ＳＮＳ上の〈映像・情報〉を介して世界各国の人々を実際にデモ行進等の抗議活動に駆り立てることになった「連帯のパンデミック」。

この二つのパンデミックのコントラストは、逆説的だが、それらに対するトランプ大統領のある共通した出方によっていっそう強調されることになった。それは徹底的な〈敵視〉である。

前者に対しては、嵩をくくって初期対策を怠ったくせに、手に負えなくなるとそれを押し隠して発症の地＝中国の責任ばかりを言いつのり、その後もＣＤＣなど感染症対策の専門家の実践的な助言にまったく耳を貸さなかった。あまつさえ、抜本的な対策を打つためには国内にあっては人種間の融和と団結、国際的にはＷＨＯはもとより各国との情報共有など協調が必須であるにもかかわらず、みずからの支援者のみにむけた中国〈敵視〉と国内の分断を煽る再選キャンペーンに狂奔している。

また後者の発端となった警官によるジョージ・フロイド圧殺に対しては警察組織の過剰な暴力体質を黙認し、さらにブラック・ライブズ・マター運動に対しては、その根本にある人種間対立という火に油を注ぐかのように軍を派遣してさえも抑え込もうとする挙に出た。中国政府による香港基本法条文の空隙への国家安全維持法の捻じ込みと、それを後ろ盾とする香港政府の民主化を求めるデモへの弾圧を非難した舌の根も乾かぬうちに、何とかの一つ覚えである「法と秩序」を連呼しつつ、中国～香港政府と変わらぬ蛮行をあからさまに使嗾しているのである。そして、上記運動の周辺から破壊活動や略奪行為に逸脱していく分子をとらえて運動の全体を暴動と名ざし、それが民主党知事の州で頻発していると民主党の大統領候補バイデン非難に強引に持っていく。

みずからの再選のためにはなりふりかまわない。アホらしいほどわかりやすいこの目的のために手段を択ばない。トランプはこのふたつの〈敵視〉を加速させることで、あまたの感染者や黒人たちのありえたはずの生、結ばれるべき人間関係を破壊しながら、大統領執務室を〈蝿の王〉のクソの玉座に変えようとしている。

## 八

それにしても、と何度も思い返してしまうのは、やはりあのジョージ・フロイド圧殺の動画の異様さである。あれはいったい何なのだろうか。彼は後ろ手に手錠をはめられ、うつ伏せに地面に組み伏せられている。もし彼が軽犯罪を犯した疑いがあったというなら、さっさと警察署に連行すればいいではないか。しかし、彼を押さえつけている警官は、もう世界中の人々の目に焼き付いてしまっただろうが、片膝を彼の首筋に押し付けて微動だにしない。おそらくその異様さに、近くにいた人が反射的にスマホか何かのカメラを向けたのだろう。テレビのニュースで何度も映し出されたその動画では、くだんの警官はその行為を隠そうとするどころか、むしろ誇示しているとさえわたしには見えた。〈圧殺ポリス〉——この異様な男はいったい何をしているのだ。トランプのようなアホらしいほどわかりやすい目的もない。まるでゴリラ以下の存在がただいたぶるためだけに、野卑で醜悪なマウンティングを見せびらかしているようではないか。

しかし、まったく無抵抗のジョージ・フロイドを死に至らしめたこの男のマウンティングのほんとうの異様さは、その姿勢がブラック・ライブズ・マター運動に連なる黒人たちが地面に片膝をついて行う抗議のポーズと酷似しているという事実にあるのではないだろうか。

このポーズが、アメリカの歴史のなかでどれほどの時代を経て培われ、受け継がれてきた抗議の象徴であるのか、たとえばマーチン・ルーサー・キングが公民権運動の先頭に立っていた頃までさかのぼれるのか、もっと歴史は浅いのか、さらにもっと古い起源があるのか、わたしはつまびらかではない。わたしがこのポーズをリアルタイムでテレビ画面で目にしたのは、二〇一六年、サンフランシスコ４９ｅｒｓ《フォーティーナイナーズ》のＱＢ《クォーターバック》コリン・キャパニックが試合前の国歌斉唱時に、黒人差別が疑われる警察による暴力に抗議して起立を拒否して示したそれであった。チーム内には彼に連帯してフィールドに片膝をつく同じポーズをとった選手もおり、またＭＬＢやＮＢＡにも試合前に同じポーズをとる連帯の動きがあったが、キャパニックはＮＦＬきってのＱＢであったにもかかわらず、結局シーズン終了後には自由契約となる。

　こうした一連の動きを見つつ、わたしには思い出されるひとつの映像があった。それは一九六八年、中二のときテレビで見たメキシコオリンピックの陸上競技の表彰台での光景だった。短距離走でメダルを獲得したアメリカ代表の二人の黒人アスリートが、国歌演奏、星条旗掲揚の際、ともに国旗から目をそらし、下を向いたまま、黒手袋をはめた拳を突き上げたのである。当時のわたしは、この行為に込められた抗議の意味を感じてはいたが、後年、この時代の公民権運動の進展やベトナム反戦運動を起爆剤とした学園闘争、ヒッピームーブメントなどの表立った波乱を知るにつけ、その映像は後景に退いていったようだ。

　しかし、いまキャパニックのフィールドに片膝をつくポーズに喚起されて、二人の突き上げた拳がキャパニックのポーズにつながっていく意味をはらんでいたことをあらためて考えさせられるのである。

　国歌とか国旗というみずからが帰属する国家の最上位の表象に敬意を表さねばならない場面でこそ、黒人や有色人種への差別がまかり通っている合衆国には敬意を払うつもりはないと抗議の意思表示をすること。ポーズはちがえど、彼らのふるまいが共通して担っていたのはそのことだった。そして、キャパニックの片膝つくポーズは、ブラック・ライブズ・マター運動に引き継がれ、街頭という空間を占めていく。そこではデモ行進を規制しにきた警官隊のなかからも同じポーズをとって連帯の意を示すいくたりかの警官の姿があったようだが、わたしは、このポーズがブラック・ライブズ・マター運動をとおして街頭で集団的に提示されたもうひとつの意味があると思う。デモ行進という運動をいったん静止して提示されるそれは、差別がまかり通っている国家のみならず、自分たちは破壊活動や略奪行為もまた拒否するという意思表示なのではないだろうか。

　しかし、ここまで書いたところで、ふたたびあのジョージ・フロイドを組み伏せたゴリラ以下の警察官の片膝ついた姿がよみがえってくる。わたしは一瞬、猜疑に苛まれる。この男はひょっとして、キャパニック～ブラック・ライブズ・マター運動におけるこのポーズの連帯の意味がわかったうえで、わざと同じポーズでジョージ・フロイドを圧殺したのではないか？　もしそうなのだとすれば、もはやこの男には世界の悪意が憑依しているとしか言いようがない気がする。

　コリン・キャパニックは何か発信していないだろうか。彼のことだから、もうどこかのタイミングで発信しているだろうが、ＳＮＳを使ったことがなく、これからも使うつもりのないわたしにはわからない。だが、ぜひともキャパニックの発言が聞いてみたい。できれば、生《ライブ》で。

## 九

フランシス・フクヤマの言う「連帯のパンデミック」を引き起こすことなどおそらく思いもよらずに、至近距離での目撃者がみずからの眼《まなこ》と化したスマホのカメラで撮ってしまったジョージ・フロイド圧殺の動画。

それに対して新型コロナウィルス感染者の死は完全に隔離されたままである。死者の姿はまったく見えないまま、死者数だけが感染者数、重症者数とともに毎日その更新されていく数値としてアナウンスされる。中国からイタリア、スペイン、やがてアメリカ、ブラジル、そしてインドとパンデミックは広がり、感染者数、死者数のピークもその順に推移していった。そんななか、いちはやく感染を抑え込んだと自己宣伝した中国、ＩＴを駆使して徹底した検査体制を取った韓国や台湾など、日本も含めてアジア各国が他の地域に比べて感染者数、とくに死者数において大幅に少ないという事実が注目されるようになった。それはそれで、いわば比較医学的・防疫学的には興味深い視点なのだろうが、わたしは、欧米とアジア、その人種的あるいは国民国家的な公衆衛生のちがいといった問題以前に引っかかっていることがあった。

それは、見えなくなってしまった死者のことであり、わが国で起こってしまったことだった。

テレビが志村けんの新型コロナウィルス感染と入院を伝えてきたのはいつ頃だっただろうか。そのあとすぐに重症化するなか治療中である続報が届けられたと記憶する。そして突然――としかわたしには感じられなかったが――その訃が報じられたのである。しかし、わたしがほんとうの意味で志村けんの死に衝迫されたのは、その兄なる人が遺骨の納められた箱を抱えてテレビのレポーターのインタビューに答えているのを観たときだった。彼は志村けんを看取ることも、葬ることも、そして骨を拾うこともできず、ただ遺骨だけを受け取ったと語ったのである。

それからしばらくして女優の岡江久美子がやはり新型コロナウィルスに感染し、治療もむなしく亡くなり、同様の経緯を夫である大和田獏がテレビのレポーターに言葉少なく伝えるということがあった。

わたしは、これはあんまりではないか、と絶句するほかなかった。新型コロナウィルスに感染して重症化した患者が隔離して治療されるのはやむをえないとしても、彼あるいは彼女は死者となったのちも隔離されなければならないのか？　死者は隔離を解かれて家族的な至近距離のうちに還されることはないのか？

通常の看取り、埋葬のプロセスが遺族、参列者への感染の危険をはらんでいることはわかる。しかし、たとえば志村けんの兄のもとに還される遺骨がじじつあり、少なくとも志村けんの遺体は火葬されているのだから、せめてそこに兄なる人を立ち会わせることはできなかったのか？　そして、この疑問はさかのぼってさらなる疑問をうながす。たとえば防護服をまとい、マスクとゴーグルをつけ、つまりは医療従事者と同じいでたちを一式彼にまとわせ、志村けんの死に目に立ち会わせることはできなかったのか、と。献身的に治療する彼らにひとつの影のように寄り添わせ、志村けんを看取ることはかなわなかったのか、と。

じつはわたしは、こうした疑問を現実に病院関係者に問いただしている。すぐ近くに市内では二、三番目ぐらいの規模の病院に勤める理学療法士が住んでいて、たまたま公民館での町内会の集まりで隣席となり、帰る道々話がコロナ禍に及んだこともあり、わたしはその疑問を彼にぶつけてみたのである。

彼は、これは推測の域を出ないが、と断ったうえでその理由をこう答えてくれた。

ひとつは、防護服その他医療装備が決定的に不足していて――なぜならすべては使い捨てにしなくてはならないから――医師、看護師以外に提供する余裕など皆無であること。

二つ目は、公平性《フェアネス》の問題。いわゆるセレブと呼ばれるような芸能人はもちろん、ある人物を特別扱いしてその関係者を患者の病室に入れることはできない。もしそれをすれば、新型コロナウィルスに感染して重症化して危篤になった患者全員の家族にそれをしなければ不公平になる。しかし、それは現実的に不可能だ。病院はただでさえコロナ患者受け入れでスタッフが疲弊しているのに、治療以外のそんな応対にまで労力を割かねばならないとすれば、医療現場として逼迫どころか破綻してしまう――。

なるほどと、この答えに頷きながらも、わたしはふたたび絶句していた。

ここには何か本質的な欠落が巣食っているのではないか。わたしに答えてくれた理学療法士の彼にも、ましてや日夜新型コロナウィルス感染者の治療に当たっている医療従事者にもその責を帰することのできない本質的な欠落——死にゆく家族を看取り、その死を弔い、遺体を葬るというふるまいすら遺族のために担保できないというわたしたちの社会の欠落が。そして、コロナ禍の現実を否応なく流れていくあわただしい時間のなかで、それも仕方がないとなしくずしのうちに受忍してしまうとすれば、わたしたちの社会は、ある深刻な精神の貧しさに蝕まれつつあるのではないだろうか。

［二〇二〇年八月二十五日記］

（「放題」二二号／二〇二〇年一一月）

# 震災をめぐる断章

## 1

「かれらの怒《いかり》のわれらにむかひておこりし時《とき》、われらを生《いけ》るまゝにて呑《のみ》しならん。また水《みづ》はわれらをおほひ流《ながれ》はわれらの霊魂《たましひ》をうちこえ、高《たか》ぶる水《みづ》はわれらの霊魂《たましひ》をうちこえしならん」(「詩篇」第一二四篇)

泥炭さながら黒光りした波の隆々たる連なりが、まるで意思を持つ巨大な粘体が匍匐前進するように浜辺の松林や、それに続く一面の畑やビニールハウスやら、嘱目の地上のいっさいを黒く塗りつぶしながら呑み込んでいく。入り組んだ海岸線の奥まった入り江の漁港では、やすやすと防潮堤を乗り越えた波涛が、漁船や車をおもちゃのように運び去り、家々とその瓦礫を押し流す濁流となって、街衢の奥深く侵入し、水没させていく。

ヘリによる空撮や高台からの撮影によってとらえられ、テレビで何度も流されたこれら津波の映像には、同時に奇妙にちぐはぐな罹災の時間が映し出されていた。

津波というものは、俯瞰したり、遠望したりすると、どこかゆっくりとやってくるように見える。だが、おそらく同じ地平で津波の実速を感じたときは、身の危険が迫っているのだ。

宮城県沖の海底を震源とするマグニチュード九・〇の地震が起き、それにともなう大津波が東北の太平洋沿岸に押し寄せるまで三十分から一時間。この時差を正確に統覚し、即応できた人はほとんどいなかったのではないか。

いちはやく高台やビルの上階に避難した人が回しているカメラが、姿を見せはじめた津波の舌先を路上で眺めている人、わが家のほうを後ろ髪を引かれるように振り返りながら歩いてくる人、あるいはなすすべもなく立ちつくしている人をとらえる。カメラのかたわらから「早く」とか「急げ」とか、悲鳴、怒号に近い声が飛ぶなか、それでも彼らは妙にゆっくり歩いているように感じられる。

ここには津波の到達時間、速度と、それをはじめて受け止める人々の生活の時間とのどうしようもないちぐはぐさがかいま見える。このちぐはぐさのなかで、生死を分けたいくたの決断がなされたり、不作為のまま、助かる可能性が潰えたりした。

家族を探しに、貴重品を取りに、従業員を助けようと、あるいは持病の薬を取りに、多くの人が引き返し、津波の犠牲になった。ごく当たり前の生への愛着、人を思いやる心がとっさに取らせた行動が結果的に彼らの生を閉ざしてしまうことになった。

このとき彼らのなかで、引き返し、助けることと、逃げることとは二者択一の問題ではなかった。

津波の切迫はすでに両者を引き裂いているのに、彼らにとってそれらは生きるというひとつの同じ行為だったのだ。

しかし、ここにはある逆説的な盲点があったことを事後の報道は教えている。それは、のちに東日本大震災と呼ばれることになるこの大地震の被害を錯綜させつつあるこの国の、いわば共同主観としての盲点に発するものだ。

地震警報、続いて津波警報が発せられたとき、三陸海岸に面したある漁港の街では、過去に何度も発せられては避難するほどの津波が来なかった経験や、津波対策として建設された防潮堤の存在を恃んで、少なくない住民がすぐには避難行動を取らなかったという。生活知が積み上げた経験のむこう側で突然立ち騒ぎはじめた時に佇んで、彼らはなすすべを知らなかった。

「わが愛《あい》する者《もの》よ、請《こ》ふ、急《いそ》ぎはしれ。香《かぐ》はしき山々《やまやま》の上《うへ》にありて獐《しか》のごとく小鹿《こじか》のごとくあれ」(「雅歌」第八章)

## 2

「最初の一撃は神の振ったサイコロであった。多くの死は最初の五秒間で起こった圧死だという」と、精神科医の中井久夫は、自身も罹災した阪神・淡路大震災の体験記を書き起こしている(「災害がほんとうに襲った時」『1995年1月・神戸』所収)。

天災としての阪神・淡路大震災は秒単位でほぼ終息した。そして、そこからはいっせいに、瓦礫が一面に広がる地べたからではあったが、一歩一歩、災害との戦いを始めることができた――と、このように言うことは、当時の罹災者にとって軽率と受け止められるだろうか。しかし東日本大震災の、いまも飴のように引き延ばされ、ねじれ、重層化しつつ進行している罹災の時間のなかでは、彼我のあいだに決定的なちがいを見ないわけにはいかない。

中井久夫も述懐しているところだが、阪神・淡路大震災発生当時、京阪神では、住民の意識は地震に対してまったく無防備だった。阪神・淡路大震災はほぼ一〇〇パーセント想定外の出来事だったのである。だからこそ、そこには大都市圏での直下型大地震の爪あとがもろに刻み込まれた。

その甚大な被害の実態は、むしろ関東大震災の記憶を語りつぎ、頭の隅で直下型地震を恐れつつ暮らしてきた首都圏の住民に、あるいは前世紀末から今世紀にかけて地震の活性期に入ったとされる日本列島のなかで、地震の巣とも言える活断層の存在や、太平洋の海底深く潜在する巨大プレートの断層におびやかされる地域住民にいやおうもなく巨大地震を想定させるトリガーとなった。

東日本大震災に襲われた東北、北関東の太平洋沿岸地域も例外ではない。宮城県沖を震源とする地震はいますぐ起きてもおかしくない、との予測はこの十年来流れていたはずだし、それ以前に三陸海岸には歴史のなかでリアルに語りつがれた遠い大津波被害の共同体的な記憶が残っていた。

そんななか、専門家集団はそうした想定をシュミレート、数値化し、それを基に発生確率、耐震や避難の方法論をインデックスとして散布していった。地震、それに続く津波によって惹起されたこのたびの原発事故についても、それを防ぐためにマグニチュードの大きさや津波の高さを想定内に織り込んだ安全基準が決められていた。こうして地震と津波に耐えうる堤防、原発施設が作られたはずだった。

だが、いまとなっては、しかるべき地震〜津波の想定値のもとに原発の安全基準がつくられたというより、逆に原発をつくるために、地震〜津波の想定値と安全基準を定めたのではないかと疑われるような奇妙な様相を、事態は呈している。また、原発事故の現場を実見した見地からは、現実に起こってしまった想定外のマグニチュードの地震と、押し寄せた未曾有の大津波に際しても、初動対応を遅滞なくおこなっていれば、メルトダウンという深刻な事故は回避できたという議論が持ち上がっている。より本質的なレベルで、そして事後的な対応のレベルでも、原発事故は人災にほかならないという結論にわたしたちを急がせる契機には事欠かない。いずれにせよ、現在もなお事故が進行しているなか、事態の真相を見きわめるためには相当の検証の時間を要するだろう。

しかし、そもそも地震〜津波は天災であり、原発事故は人災であるとする二分法は、はたして自明なのだろうか。それは災害が想定内だったか、想定外だったかという思考と相似形なのだが、地震〜津波と原発事故が一度に連動して出来したという事実そのものに、じつはそうした二分法的な思考ではとらえきれない複合災害というものの未知の質が露出しているように思える。

阪神・淡路大震災が一〇〇パーセント想定外であったように、それらは想定外であったわけではない。いわば想定内を整合・精緻化し、閾値を高めていき、何よりもそれを信憑した結果、そこから追放しつつ産み落としてしまった想定外から、それらは起こったのである。両者に共通するのは、天災と人災とを量る秤を持つのはわたしたちではなく、むしろ天災のほうがわたしたちの災いの重さを量り、生死を裁く秤となってしまうという事実だったのではないだろうか。

## 3

「自然はつねに同一であるというポピュラーな信念（註省略）とは反対に、人間が時には単純な、時には複雑な歴史的原因に対応して、その技術的用具・社会的組織・世界観を根本的に変化されるときにはいつでも、自然も根本的に変化しているのである」（カール・A・ウィットフォーゲル『オリエンタル・ディスポティズム』）

地震、そして津波により惹起された原発事故によって、東日本大震災は、「根本的に変化」したところの「自然」を顕現させた。「自然」とはこの場合、より限定的に地球、あるいは地球内部の生理と言い換えるべきかもしれない。

それをもたらしたのは、人間が地上において営々と「根本的に変化」させてきた「技術的用具・社会的組織・世界観」にわたる文明の蓄積そのものである。それ自身が、そのポテンシャルのまま、まるごとカタストロフに反転させられてしまう力の源泉を地球の内部に与えたのだ。そのことをこのたびの大震災はまざまざとわたしたちに見せつけた。そして、地球の生理をそうした力の源泉として「根本的に変化」させた地上の最前景たる「技術的用具・社会的組織・世界観」の化身こそ、福島第一原発であることはいうまでもないだろう。

その意味で、人為的なミスによって惹起されたというスリーマイル島原発事故やチェルノブイリ原発事故とはことなる次元で、それは世界史的な突端に出現した天災なのだ。むろんそのとき、天災とは、拡張された人災という概念とたがいに包摂しあう動的な意味合いを帯びてくるのだが——。

地上においてわたしたちが営みつづけ、地球に「根本的に」刻みつづける「変化」に終わりはない一方で、その内奥の力の源泉には不動の、不変の構造が存在する。海側プレートによって不断に嵌入される陸側プレート。わが列島が乗っかっている地盤の、さらなる地底につらなるこの断層構造は不変である。海側プレートは陸側プレートの下に沈み込みつづけ、その負荷をこらえられなくなった瞬間に陸側プレートが反撥する。この断層相互の運動を仕組むところの構造自体が不変なのである。

「人間の普遍性は、実践的にはまさに、自然が（1）直接的な生活手段である限りにおいて、また自然が（2）人間の生命活動の素材と対象と道具であるその範囲において、全自然を彼の非有機的肉体とするという普遍性のなかに現われる。自然、すなわち、それ自体が人間の肉体でない限りでの自然は、人間の非有機的身体である。人間が自然によって生きるということは、すなわち、自然は、人間が死なないためには、それとの不断の［交流］過程のなかにとどまらねばならないところの、人間の身体であるということなのである」（マルクス『経済学・哲学草稿』「疎外された労働」）

このあまりにも有名な一節を錘鉛として、被災地を起点に原発事故〜津波〜地震を遡るように太平洋沿岸から海中へと降ろしていくとき、海底に横たわる不変の断層構造こそは、わたしたちの目に「直接的な生活手段」、「人間の生命活動の素材と対象と道具であるその範囲」の境界を画する「非有機的身体」たる「自然」のデッド・エンドとして見えてくるのではないだろうか。

そこは「人間の普遍性」が「自然」の不変性の地層に没入していく場所だ。不変性とは、わたしたちにとってただ知りうるだけで、一指も触れえないということであり、そこにおいて「自然」の「非有機的身体」性は消失する。「非有機的身体」とは主体たるわたしたちが客体化しうる「自然」ということだが、それはここで消失するばかりでなく、逆にわたしたちを「有機的」な客体としかえす主体としての「自然」となって身を起こしてくるのである。

この「根本的に変化」した「自然」——地球の生理が現前するのは、「人間の普遍性」が「全自然を」営々と「非有機的身体」としてきた主体化のはて、その臨界においてである。わたしたちはいま、その最前景に位置する福島第一原発の事故をとおして、そのことを触知しつつある。これが「世界史的な突端に出現した天災」ということの意味にほかならない。

ここからふたたび地上に引き返したわたしたちには、きわめてダブルバインディングな命題が待ち受けている。わたしたちの地震に対する知の更新が、その発生確率などの知見やもろもろの地震対策、原発の安全基準やらをもたらすことと引き換えに、わたしたちに地震を忘却する時間を許さなくなってしまったからである。これから先、〈いつ起きるかわからないが、いつか必ず起きる大地震〉という命題がわたしたちの脳裡から去る時が来るとは思えない。好むと好まざるとにかかわらず、わたししたちは、みずからが身を横たえて眠るべき地上が突然揺れ動き出す瞬間の、その戦慄にむけて「不断の「交流」過程のなかにとどまらねばならない」だろう。

## 4

「私のみるところ、人々がメルトダウンしなかったわけではない。ただ『液状化現象』は起こらなかった。起こったとしたら温かいメルトダウン、逆方向の液状化現象であった。多くの人はかるく退行していた。私もまた。しかし、エルンスト・クリスのことばをかりれば『自我に奉仕する退行（註省略）』であってわれわれの心の奥底にある無記名の怖るべき『エス（イド）に奉仕する退行（註省略）』ではなかったといえば海外の多くの人にもわかっていただけよう」（中井久夫前掲文）

おそらく中井久夫自身がメルトダウンという言葉を使ってしまったことにいくぶんか狼狽しているかもしれない。阪神・淡路大震災のときは、いまは〈炉心溶融〉以外ではないこの言葉をいかなる文脈で用いても、それを意味することだけはありえなかった。だが、中井の言う人々の「温かいメルトダウン」、「自我に奉仕する退行」といった心的な志向が、阪神・淡路大震災のとき以上に東日本大震災の被災地に対して差し向けられたことはたしかだ。

中井は後段の文章では「共同体感情」という言葉も使っているが、このたびの被災地にも国内外からおびただしい支援の「共同体感情」が寄せられた。支援は、実際に被災地に行って何をするか、どんな物資を送り届けるか、いくら義援金を寄付するかといった行動の次元もさることながら、それ以上に被災地との、あるいは日本との一義的な「共同体感情」を表現する言葉——「ひとつになろう、日本」「がんばろう、東北」「わたしたちは日本とともに在る」——となってあふれかえった。

中井は、阪神・淡路大震災時の人々の私欲や利己心が他者との共生感へと〈溶融〉していくような個々の言動に密着することで、「温かいメルトダウン」や「共同体感情」を活写する。同時に、しだいに日常が復旧し、「貨幣経済の復活」と「売り手と買い手との立場の分離」が始まるとともに、それらもまた自然解消していくさまを必然的な過程として冷静に記述する。

グローバルなスケールにおいて澎湃として湧き起こった東日本大震災の被災地への支援の「共同体感情」は、罹災から三カ月経とうとするいまも、まだその規模とボリュームにふさわしい必然的な過程をまっとうできていない。広大な被災地への支援がこれから始まろうというそのときに、原子炉建屋の水素爆発以降、大気中ないし海水中への放射能漏れの実態が明らかになるに及んで、その「共同体感情」の基盤に亀裂が走ったからだ。

ちょうど海側のプレートに不断に嵌入されつづけることで、その負荷に耐えられなくなった陸側のプレートが弾けて破壊されるように、それは損傷をこうむったのではなかったか。わたしたちのなかの被災者を支援したいという精神のプレートは、その下層に放射能を恐れる身体感覚のプレートによって嵌入されていたことを、わたしたちはいやおうなく思い知らされる。

そのとき、支援の「共同体感情」からわたしたちは一歩、いや数歩、避難、あるいは退避のヴェクトルへと引き返さざるをえない。そして被災地からより遠隔した地域では、情報という名でまたたく間に伝播された風評に過剰反応していった。放射能への恐れはいつでも観念の感染症になりうることをわたしたち自身が証明したのだ。先に挙げたような支援の「共同体感情」に訴える言葉も、しだいに演技的な声に変質していくように感じたのは思いすごしだろうか。

大震災直後から日本政府への全面的な支援を表明していた米仏両国も、原発事故発生以降は支援と国外退避のカードを使い分けつつ、事故が深刻化していくなかで、収拾への道をつけるために救いの手を差し伸べてきた。それは、日本政府が手詰まりになり、その申し出を拒めなくなった状況を見計らってなされたようにみえた。そこに両国の思惑――原発推進にむけて逆風化しつつある国内世論を懐柔し、世界市場での原子力事業のイニシアティブを打ち立てようとする原発戦略がめぐらされていることはいうまでもない。

こうしたなかで、福島第一原発を中心に行政によって避難~警戒区域、自宅待機~計画避難区域と名前を変えられながら、同心円状に囲い込まれた地域は実質的に支援の真空地帯と化した。ほとんどの住民が住み慣れた家や田畑や家畜や職場を諦め、着の身着のまま、近隣や交友の人間関係も分断された状態で県内の他の町村や他県へと避難を余儀なくされた。地震~津波による罹災に加えて、彼らが原発事故によって負荷され、これからも加重されていくだろうダメージは計り知れない。それは、復旧~復興という言葉を使えるようになる時がはたしていつ来るのか、気が遠くなるほどの時間を彼らに課すにちがいない。

放射能汚染の恐れが現実のものになると、先の同心円状に囲い込まれた地域、その後、その同心円を突き破るように大気中を漂っていった放射能に汚染されていたことが明らかになった地域では、にわかに被害の真相を、それをもたらした加害者に問い詰める言葉が飛び交うようになった。メディアがその当事者たる東電はじめ政府の原発関係者を叩きはじめるなか、だれもが固唾を呑んで彼らの発する言葉に耳をそばだてたはずだ。

にもかかわらず、この間、東電の幹部や広報担当者、政府関係機関の原子力専門家が記者会見などの場で語りつづけた言葉ほど、奇怪なものはなかった。時々刻々と推移する現実に追いつけず、追いすがろうとする意志も亡くした言葉たちが、ただそのことを糊塗、韜晦するためだけに周回遅れで走りつづけている。見せつけられたのはそんな茶番だった。

対照的にいかなる言葉を発する機会もなく、いまも原発事故現場で危険な復旧に当たっている東電の社員や下請け企業の作業員たちほど、このたびの大震災への支援の「共同体感情」から疎外されてしまった存在はない。みずからも罹災していながら、加害者としての東電に内属しつつ、泥沼化した作業に携わる彼らの負け戦に、だからこそ、わたしたちは糧を惜しんではならないのだと思う。

## 5

じつは、わたしたちにとっての「共同体感情」はいまだ生まれていない、あるいはこれから生まれようとしているのだと言うべきかもしれない。このたびの大震災前の日本の社会の現状について思い起こすと、その思いはいっそう強まる。

時代閉塞を打開すると期待された政権交代は、逆に、その後ますます社会に停滞と混迷をもたらし、いまとなっては政権交代劇そのものが手の込んだ茶番であったかのように日本の政治をそれこそ「液状化」していった。長びく不況と、いっこうに減らない失業者と自殺者。そんな社会の基層では、世界の歴史上類を見ないスピードで少子高齢化が進んでいる。わたしたちが生きているのは、ウソにならない希望、言葉だけではない希望を語ることがほとんど不可能に思える国だったのではないか。

東日本大震災が襲ってきたのはそんなときだった。東北から北関東にわたる太平洋岸はいちじるしく損壊され、一万五千人以上の人が亡くなり、数兆円、場合によっては数十兆円にも上るであろう経済損失がもたらされた。これが、政治がほとんど機能していない、激しく老いつつある国にとって深傷にならないはずがない。

わたしたちの眼前に現れたのは、津波に押し流されたあとの瓦礫の曠野と、放射能にさらされた無人の国土だった。そこには、それまで生活や仕事をともにしたり、個々ばらばらに暮らしていたりした人々が期せずして営み、作り上げていたひとつの生の共同体が根こそぎにされたあとの、むきだしの大地があった。

しかしそのとき、わたしたちは、震災前にはこの国のどこにも見出しようのない、個々の命とその共同性というものが立ち上がる、わたしたちにとっての原初の母地の姿を突きつけられたのではないか。この母地から目をそむけることはだれにも許されない。それを鏡として、そこからの照り返しとしてしか、わたしたち一人ひとりの新たな「共同体感情」も生まれないのだと思う。社会の上澄みに屋形船を浮かべていられる景気がいいだけの場所から、被災地にむかって投網を打つように、スローガンめいた支援の歌を唄ったり、うるわしい復興の物語を紡いだりするのは止めたほうがいい。

中井久夫の一文からは「将軍たちはいつも一つ前の戦争を闘っている」という警句も教えられた。その意味は「第一次大戦を日露戦争をモデルとして戦い、第二次大戦を第一次大戦の方式で戦ったという事実をふまえて」いるという（前掲文）。

わたしたちはむろん「将軍」ではないが、このたびの大震災の重層化した被害と戦うには、阪神・淡路大震災の罹災から学んだ経験知だけでは不十分であることを痛感したはずだ。関東大震災や敗戦など国民的な罹災、戦災の経験が脈々とわたしたちの集合意識や危機対応の遺伝子に受け継がれていることは疑いないだろう。しかし、同時に歴史の経験とその認識のなかには「いつも一つ前の」という、これまた「不変」の構造があるのではないか。過去の事蹟や歴史を参照するよりも、未知の、日々新たに生成していく現実に、いかに全身で開かれた経験をなしうるか。東日本大震災は、何よりもそのことの困難と可能性をわたしたちに教えつづけている。

（「LEIDEN――雷電」創刊0号／二〇一一年七月）

# 死者にことばはあてがわれたか——辺見庸の二冊の詩集『生首』、『眼の海』を通読する

辺見庸の詩集『眼の海』は百八十余頁、四十四篇の詩からなる。そのすべては東日本大震災後の数ヶ月のあいだに書かれており、詩作がいかに集中的に、一気になされたかがわかる。ただ、そのことだけに驚くのは早計である。その前の詩文集『生首』もまた、全四十六篇が二〇〇九年の六月〜二〇一〇年二月というあいだに矢継ぎ早に発表されていて、この『生首』刊行のほぼ一年後に起こった東日本大震災に衝迫されるように、『眼の海』の詩篇は『生首』以上の集中力で、より短期間に書き上げられているからである。

むしろ驚くべきは、『生首』には、すでに世界を覆いつくしている不吉、暗澹、狡猾、放埓、残忍を探知、幻視し、それゆえの破局を予知、あるいは宣告しようとするまなざしが透徹していることだろう。『眼の海』は、ある意味でその予知、宣告に呼応するように、だが実際は裏切るかたちで出来した大震災に際して、そのまなざしがいかに出来事と惨禍の本質を結像させうるかを自問した詩集となっている。二冊の詩集のあいだには東日本大震災という楔が打ち込まれているのだが、その打ち込まれた楔によっ

てこそ、両者は暴力的なまでに緊密に結び合わされたと言えるだろう。『生首』において、世界が発散するさまざまなニュアンスの不吉さの先駆けとなっているのがタイトルに採られる「生首」の登場だ。

一個の首が蒼天を西の方に
ビュービューと飛んでいった
ただそのことのみを想像せよ

首が天翔《あまが》けた

秋立つ宵
私はじっとそれを見あげていたのだ
私の生首を

「秋宵」

ここには、かつてジャーナリストとして身体を賭して世界を駆けめぐっていた詩人が病に倒れ、「眼」だけを武器に世界を見すえ、より言葉に賭けなければならなくなった情熱と受苦がおそらく瞥見されている。不自由な肢体を置いて世界を飛翔する「私の生首」、そのようにしてでも持続されようとする

「眼」の探索。そんな非望を「見あげていた」詩人は、しかし同時に「首のない屍体」をも見すえている。

海から入江に、
入江から葦の群落をぬって、
わたしの腰に流れよる
首のない屍体。

「夏至」

ずいぶんおくれて、
首なし馬が
わが首を追って、
私のなかの
霧深い
青い夜を、どこまでも
横倒しに流れてくるのを、
ゆめ忘れるな。

「青い夜の川」

こんなにも暗いのに、夕

ールみたいな水面が葉影を映している。畔になにかが膨れて浮いていた。人か。水にうつ伏せている。やっ、首がない。S・Sか。だが、大きすぎるし、体型がちがう。あれはS・Sではなく、たぶん私だ。閾の闇にとろり輪郭を溶かした私は、水にうつ伏せた首なしの者に、私の外形を感じ、その事実につき暗中ひそかに緘黙を誓う。背筋を快感がはう。十中八九、私であろう池の首なし屍体をXとして私から外在化したばあい、思念の宿主は、見られる屍体Xか、それとも闇の〝だま〟にひとしい見る私か——おもえばフツフツ笑える。

「閾の葉」

『生首』が不吉に発色しつづけるのはこうしたイメージの連鎖においてである。さらに縊死（「入江」）、刑死（「忍冬」）、絞殺（「地蔵背負い」）によって断ち切られるイメージとも重畳されていく「生首」と「首のない屍体」は、世界そのものが病んでいる断裂の喩となる。だが、そのことを描出しうるのは、自身の不如意な身体と、逆行するように昂ぶる明視、そして研ぎ澄まされていく言葉にほかならないことも詩人は知りすぎている。

こうして自己回帰する「生首」と「首なし屍体」のイメージの先に、『生首』は、自らの屍体の入った棺を乗せたリヤカーを引く自分自身が加わる野辺送りの列をさらに眺めているもう一人の自分の視覚を重ねていく（「酸漿」「箱」「葬列」「幟」「破瓜」「黄身」）。それは「闇の〝だま〟にひとしい見る私」の道行なのだが、そのように開かれる視野にはしだいに自身の出自である「入江」や「海」が迫り出してくる。そこは詩人にとって、無垢な郷愁を許さない、少年期のエロスと悪意を育んだアンビヴァレントな濫觴の地だ。そして『生首』が際立つのは、まるで自らの死に場所を求めているかにおもむくそんな「入江」や「海」に対しても、「終わり」と「死」を宣告しようとする衝動がはたらいていることだ。

ズズーン　ズズーン　ズズーン
いまみなぎる　すべての気配からして
世界はとても払暁までは　もたないであろうから
私としては　闇に乗じ
この街から
歩いてひとりぬけでる気でいる

松林をめぐり
砂原を這い
ついにあの

影の海へ　「倒木」

海市。わたしは終わった。あなたも終わっている。わたしたちはもう終わっているのだ。とうに尽きはてている。なのに、いじましく引きのばされている。果てない谺のように。いつまでも引きのばされる谺に、善も悪もありはしない。あるとすれば虚だけだ。すべての事後に、わたしたちは虚数として生かされている。もう終わった声（谺）を聞かされ、もう終わった光景（海市）を見せられて。　「善魔論」

極めつけは詩集の棹尾に置かれた「世界消滅五分前」の「いまさらけっして詫びるな。／告解を求めるな。／じきに終わることを、ただ／てみじかに言祝げ。／消失を泣くな。／悼むな。／賛美歌をうたうな。／すべての声を消せ。／最期の夕焼けを黙って一瞥せよ。」という最終的な自戒の一節だ。これは「もう終わっている」「わたしたち」の世界が、というより、その世界から自身が「消滅」する宣言のように発せられる。

ところが、『眼の海』全篇が震災後、きわめて短時日のうちに書き継がれたのは、この『生首』の「入江」と「海」こそが、まさに大震災と津波によって蹂躙されることになる「入江」と「海」だったからにほかならない。自身が「消滅」する前に、「もう終わっている」はずの「わたしたち」の「入江」と「海」のほうを一挙に「消滅」させんばかりに到来した大破局。その事実への戦きから『眼の海』の詩篇は始まっているのである。

戦きは『生首』に記した自身の詩句からも逆流してきたはずだ。たとえば先に引いた「善魔論」の一節に続く「すべての事後に、神が死んだのではない。すべての事後の虚／に、悪魔がついに死にたえたのだ。」という二行。あるいは「おい、おとこよ、影よ、おれはな／あ、おれはもう世界を措定していない。世界なんか、ないの／だ。世界なんかなかったのだ。いかなる「系」も存在しない。／数えきれない書きそんじの細部が現前しているだけだ。」（「挨拶」）という一節。これらは『眼の海』中にあっても違和感を感じないどころか、そちらのほうがふさわしい。なぜなら、大震災の「事後の虚」を先に覗き込んでしまった、それらが詩句だからである。

かくて『眼の海』は、『生首』末尾の「悼むな。」（「世界消滅五分前」）の一語をまったく別の声で語りなおすことから始めざるをえない。

わたしの死者ひとりびとりの肺に
ことなる　それだけの歌をあてがえ
死者の唇ひとつひとつに
他とことなる　それだけしかないことばを吸わせよ

類化しない　統べない　かれやかのじょだけのことばを
百年かけて
海とその影から掬《すく》え
砂いっぱいの死者にどうかことばをあてがえ
水いっぱいの死者はそれまでどうか眠りにおちるな
石いっぱいの死者はそれまでどうか語れ
夜ふけの浜辺にあおむいて
わたしの死者よ
どうかひとりでうたえ
浜菊はまだ咲くな
畔唐菜《アゼトウナ》はまだ悼むな
わたしの死者ひとりびとりの肺に
ことなる　それだけのふさわしいことばが
あてがわれるまで

「死者にことばをあてがえ」

この声は、海中ひそかに呟かれるくぐもった声であるほかない。そこで、詩人の「眼」はもはや客体としての海を統覚することはしない。それは奔騰した海に喫水していく眼球であり、潮に浸されていく眼窩であり（「眼球」）、いまや海のただなかで見開かれ、海に拉し去られた死者を訪ねる「眼」であるからだ（「水のなかから水のなかへ」「ナイフ探して海の底へ」「水—声—反照」「水の階段」「こうして水中都市はできた」「水のなかのひとの森」）。それは、同じく海に遺棄された存在として、あのウサマ・ビン・ラディンのデスマスクさえ幻視するのである（「アラビア海から流れついたウサーマ・ビン・ラーディンことウサーマ・ビン・ムハンマド・ビン・アワド・ビン・ラーディンの美しい顔」）。『眼の海』の主旋律のもっとも高いパートを担う「眼のおくの海——きたるべきことば」では、「このたびは／いきなりわたしの眼からふきでて／こんなにも海となった／あなた　眼のおくの海」と、「眼」と「海」は反転され、「わたしはずっと暮れていくだろう／繋辞のない／切れた数珠のような／きたるべきことばを／ぽろぽろともちい／わたしの死者たちが棲まう／あなた　眼のおくの海にむかって／とぎれなく／終わっていくだろう」と詩の消失点までが見すえられる。

だが、ほかならぬ詩人の「死者にことばをあてがおう」とする営みは、「わたしの眼からふきでで」た「海」が「眼のおく／化野は水の底にしずまり／渚にしずまり／内陸にしずまり／（中略）わたしの死者たちの洞に／ことばは　ついに　あてがわれなかった」（「眼の化野」）ことを見とどけてしまう。そして「海」が「眼」からふたたび客体に復していくとき、そのなかから瓦礫の曠野が浮かび上がるとき、「大地はまだ揺れている／あなたの左の小指はどこだろう／あなたの左の小指はどこだろう／わたしはなぜあなたの左の小指をさがしているのだろう」（「わたしはあなたの左の小指をさがしている」）という歩みに変わる。

だれのものとも知れず散乱するおびただしい瓦礫を蹌踉と踏みしだき、死者の痕跡を捜し求め、ひとつひとつ拾い集めること。そのように名辞の欠片を拾い、眼前の光景に「きたるべきことば」を与えていくこと。それは「死者ひとりびとりの肺に／ことなる　それだけの歌」をあてがおうとすることと一対の行為なのだ。

詩集を読み進むにつれ、「繋辞のない／切れた数珠のような／きたるべきことば」をめざした詩のなかに、しかし「繋辞」に牽引された断言が露岩しはじめる。それは、「眼の海」を経めぐったはてに、あらためてあの『生首』の「世界なんか、ないの／だ。世界なんかなかったのだ。」（「挨拶」）という宣告をまっとうしようとする詩人の意志に貫かれる。

世界にはもう現在がない
世界にはもはや思惟する主体はない
世界はなにも包摂しない
世界はなにも内包せず
なにものにも包摂されていない
主体はもうない
ことばは徒労の管足系として
無為全般を司る

世界はしたがって　ない　　　「フィズィマリウラ」

『眼の海』最後の一篇のなかのこの詩句には、もう『生首』で聞こえた肉声は消されている。そのぶん読む者は、畳みかけられる「〜はない」という断言に吹きさらされることになる。読む者にできるのは、それがほんとうに「きたるべきことば」なのか、と留保することだけかもしれない。だが、「主体はもうない」と断言した「主体」があるように、自身に拮抗する未知の言葉のありうることを、この詩句はじつは強く挑発しているのではないだろうか。

（「LEIDEN——雷電」1号／二〇一二年一月）

# 『台風クラブ』論——十六年ののち、追悼として

## 〈0〉

相米慎二の訃報に接したのは、テレビのニュースを見ているときだった。会社を辞めて家にいることが多く、特にメジャーリーグの中継が始まってからは、日課のようにマリナーズのゲームを見ていた。その日もいつものようにゲームを見終わり、畳の上にごろんと横になったまま同じ衛星放送のチャンネルで何気なくニュースを見ていた。オープニングすぐの画面に打たれた何本かのヘッドラインのなかに「相米慎二」の名があった。目を凝らすと、「映画監督相米慎二さん死去」とある。「えっ」と思わず声を発して起き上がると、テレビ画面のアナウンサーの言葉に耳をそばだてた。享年五十三歳、癌死だという。思いもよらない訃報にわたしはしたたか痛撃された。

その痛撃の質には、わたしが「映画監督相米慎二」を忘却していた時間が加重されていたにちがいない、といま思う。

〈1〉

「相米慎二の時代」と呼んでいい一時代がかつて確実に存在した。八〇年の『翔んだカップル』で監督デビューした相米慎二は、つづいて『セーラー服と機関銃』（八一年）、『ションベン・ライダー』『魚影の群れ』（以上八三年）、『ラブホテル』『台風クラブ』『雪の断章─情熱─』（以上八五年）、『光る女』（八七年）、『東京上空いらっしゃいませ』（九〇年）と八〇年代、その才能を余すところなく賭けた作品を矢継ぎ早に世に問うていく。この十年間を相米慎二は映画作家としての才をめざましいまでに集中的かつ多彩に開花させて走り抜けたのであり、八〇年代こそまさに「相米慎二の時代」にほかならなかった。

わたしがはじめて見たのは『ションベン・ライダー』で、以来、相米のフィルムは小屋にかかるたびに見てきた。もちろん薬師丸ひろ子を主役に起用した最初の二作も機会を見つけて見にいった。『ションベン・ライダー』の斬新さはすぐに感知できたが、七〇年代中葉の学生時代にすでに無効になりつつあったラディカリズムの残滓を多少なりとも浴びた後遺症として当時のわたしを拘束していた生硬で幼稚な思考の文体では、その躍動する映像の肉体にふさわしい言葉を与えることはできないのだった。わたしはスクリーンに目を奪われながら、昂奮とともに同じぐらいのもどかしさも感じていた。

ところが、二年後に『台風クラブ』を見たとき、突然「わかった！」と思ったのだ。ある種熱烈にそう思ったのである。それは、それまでに感じたことのない感触に輝いていた。しかし、わたしはやはりその「わかった！」になかなか自前の言葉を与えることができないできた。

じつはいままでも何度か『台風クラブ』論の筆を起こしながら、書きはじめては止し、また書きはじめては止し、ということを繰り返している。比較的最近では九五年の阪神淡路大震災のとき、神戸の惨状をテレビ画像でいやというほど見せられて、その前の年に公開された『夏の庭』に物語の舞台として映し出されていた優しい起伏に充ちた神戸の街の何でもない夕景（湊川界隈とおぼしき夏の陽に暮れなずむ坂に連なる家並みや、そのむこうにそびえる団地群のシルエット）をまざまざと思い出し、あらためて『台風クラブ』について、そして相米のフィルムの来歴について考えてみる時間もあった。だがそのとき皮肉にもわたしは、あの「わかった！」に言葉を与えようとするモチーフそのものが自分のなかでとうに過去のものになってしまっていることにいまさらのように気づいたのだった。

たとえば薬師丸ひろ子や河合美智子や工藤夕貴や斎藤由貴やらの柔弱と思えるほどに撓んでは弾むように運動していく、そんな可塑性そのものとして息づいている身体。そしてそれらが、ある酷薄な関係性として提示されていく世界のなかで不定きわまりない運動に駆り立てられ、翻弄され、受難したあげく、（死者となることも含めて）まったく新しい自分となって帰還するといった相米のフィルムにおいて繰り返される光景。端的に言えば、そのように世界を経験しうる身体性に感応するための時間が自分のなかで底をついてしまったと痛感されたのだと思う。つまり、身も蓋もない言い方だが、「青春」は完全に滅び去り、「人生」が固着して取って代わったのだ。

もうひとつ。彼女たち（彼ら）が体現していた無意識の原形質的なヒロイズム。言いかえれば、「子ども」が「子ども」たることをまっとうしつつ「子ども」たることから脱自しようとするとき、外界からこうむる抵抗を撥ねのけようと対象に向かう身体の力としてのヒロイズム（「台風」とはまさにその群れとして運動するものの表象にほかならなかった）。それを信ずるに足る根拠として言葉を発することがとてもなく困難であるような「子ども」たちの現実が、眼前ににわかに浮上してきたように思えたということである。さまざまな「事件」の名のもとに、「青少年の異常犯罪」として取り沙汰されたそうした現象を列挙することは控えるが、要するにわたしの「わかった！」という感受は、そうした現実の前で言葉へと脱自することに萎えてしまっていたのだ。つまりは、ヒロイズムと名ざしてしまうわたしの言葉が、みずからとそうした現実を媒介する理路、もしくはそこに生まれてしまっている乖離を堪え切るモチーフを見出せなかった、ということになるのだろう。

こうして『台風クラブ』の記憶は、わたしのなかでいわば退蔵されてきた。わたしは、それに言葉を与える時機がふたたびめぐってくることはあるまいと思った。しかし、作者たる相米慎二の突然の死に促迫され、いまささやかな追悼の言葉を綴ろうとして、それに触れることなしに自分にどんな言葉も綴ることはできないこともまたいたく思い知らされるのである。

とりあえず手元に残っている草稿の切れ端をかき集め、およそ映画について語ることをせず、かたくななまでに映画によってのみ語ろうとしたその姿勢によって、現存する日本の映画監督のなかでもっとも瞠目すべき存在でありつづけたこのシネアストへの愛惜の念を種火に、いま一度自分の言葉に火をつけてみようと思う。

〈2〉


「『台風クラブ』という闘い」とタイトルした草稿にかつてわたしは次のように書いた。

《「子ども」が「子ども」であることから何者かへと生成しつつ、しかし「大人」になりすますこともできず、むろん「子ども」にも戻れないまま、ひたすら何者かとして生成すべく無償の運動をつづける。およそこのような存在のバリエーションとして、相米慎二は「思春期」から「青春」と呼ばれる時期にかけての男女の動態を活写してみせた。『翔んだカップル』『セーラー服と機関銃』『ションベン・ライダー』『台風クラブ』『雪の断章―情熱―』などは、まさにこの定義に適うフィルムであろう。その他のフィルムも、それぞれに固有な文脈から「子ども」と「大人」にある変換をほどこせば、やはり個体間の運動とその生成の帰趨を問うドラマであるとみなすことができる。

少年・少女たちの身体を相米のような仕方で運動させたフィルムはかつてなかった。その映像文体として何度となく言及されてきたワンシーン・ワンショットの長回しのカメラも、これらの身体が他者の身体や事物とのあいだで牽引したり排斥されたりという力学的ともいうべき運動の軌跡のすべてを描き切るためにこそ要請されてきたのだ。

そうした運動～カメラワークは、『ションベン・ライダー』における貯木場での目まぐるしいまでの追跡＝逃走劇や、『雪の断章―情熱―』におけるオールセットで時間と空間を一息で描きつくそうとするようなオープニングなど、周知の顕在的なシーンにばかり認められるのではない。先の定義に照らすなら、たとえば『翔んだカップル』で薬師丸ひろ子が部屋に閉じこもり鏡に向きあいながら執拗に口紅を塗りたくっていくシーンも、生々しい運動の描写なのである。時間の仮死としての濃密な無為に人知れず没入することによってはじめて彼女は、みずから身体を運動させうる体感をまさぐり、それを解放しうる空間へと潜り抜けていく。あの家の近くの長い坂道を自転車で一気に駆け下りたあげく転倒してしまう彼女の運動のポテンシャルを、おそらくこの無為の時間こそが蓄えていたにちがいないのだ。

そして、長回しやロングショットや移動撮影を駆使しつつ少年・少女たちの運動を描いていくフィルム群のなかから、やがて相米慎二は、彼らをそうした運動に駆り立てていくものを「子ども」の「大人」への対峙という構図において根源的に問い切ったフィルムを突出させる。『台風クラブ』。そこで少年・少女たちが生きるのは、「子ども」は「子ども」としての不断の死を引き受けることなしには「大人」へとなり変わることはできない、というパラドックスである。》

いささか強引な手つきで相米慎二の諸作におけるテーマと映像文体としての「運動」を結びつけたうえで、『台風クラブ』に「子ども」という運動性が生まれ、行きつくところに対するある「根源的」な問いの姿を見ようとしたまま稿は投げ出されている。それが誤りでないなら、わたしに課されるのは、映画の具体に即してその問い、その「闘い」の形姿を読み解いてみせること以外ではないだろう。

## 〈3〉

『台風クラブ』の舞台は、東京近郊の田園風景のなかに建つとある中学校である。季節は台風が迫りくる九月、おそらく二学期が始まって間もない頃だ。主たる登場人物は、三年生のあるクラスの男女八人の生徒と担任である数学教師。前者と後者が、わたしが草稿で対峙するとした「こども」と「大人」とに対応している。そして、スクリーンの大気のなかにしだいに立ち込めてくる台風の気配は、教室の内外で群れとしての動態において粒立って表出されてくる生徒たち個々の荒ぶる気配と正確に呼応しているのだ。

主人公と呼んでいい三上（三上祐一）とガールフレンドの理恵（工藤夕貴）は、そんな気配にそれぞれの仕方で敏感に感応する存在である。

たとえば放課後の教室での二人のシーン。受験勉強に余念のない三上のかたわらで、理恵は窓からあおむけに顔だけをガラス戸に挟むようにして突き出し、風が立ち騒ぐ気配の虚空にむかって何やらわけのわからないことを叫んでいる。そして三上のほうに向きなおり、「ねえ、台風来ると思う？　台風来たらいいのにね」などと口走る。そんな理恵に三上は「おまえ、最近ちょっとヘンだな」と洩らしたりもするのだが、机に腹ばいなった理恵が顔を三上のほうに向けながら「いー」という声を発しはじめると、三上自身もまた「いー」という声でそれに応えつつ、彼女の「ヘン」さとたちまちのうちに交感してしまう。

理恵は、登場人物たちのなかでもっとも早く台風の接近に感応することで、自分のなかの「ヘン」な衝動に駆り立てられていく存在であり、三上はまたそうした衝動に呼応しながら、そんな理恵の言動や、ほかの同級生たちが無意識に表出していく衝動に対してただ一人自覚的なまなざしを注ぐ存在としても登場しているのである。ほかの七人が名前で呼び合うなかで、彼だけが名字で呼ばれるのも、そうした三上の位置の二重性を暗示しているといえるかもしれない。

そして三上の特異な位置は、その日の夜、彼に自宅で帰省中の大学生の兄（鶴見辰吾）にむかってきわめて唐突にこんな問いを投げかけさせる。

「兄さん、個は死を超越できるんだろうか？　死は種の個に対する勝利だって聞いたけど」

この台詞が、さながら中学生たちの荒ぶる衝動が迫りくる台風に呼応するように、マルクスの『経済学・哲学草稿』のなかの次の有名な一節に呼応した脚本家によって書きつけられたことは明らかだと思える。

死は（特定の）個人にたいする類の冷酷な勝利のようにみえ、そして両者の統一に矛盾するようにみえる。しかし特定の個人はたんに一つの特定の類的存在であるにすぎず、そのようなものとして死をまぬがれないものなのである。

（「第三草稿　二　私有財産と共産主義」）

すると兄は、「おまえ、いつもそういうこと考えてるの？」と受けて、考え考え答えようとする。

個と種の関係はにわとりと卵の関係だな。個というのがにわとりで、種というのが卵だろ。個としてのにわとりが種としての卵を超えるというのは、にわとりの経験が次に産んだ卵を新しく作り変えるときだろうから……。とにかくにわとりが飛べなくなったのは、卵のときじゃなくて、にわとりのときたせろうから……バカなにわとりが努力して飛べるようになって、その子どもが……

こうして回答は尻切れトンボに終わるわけだが、映画（脚本）は兄に答えさせるかたちでその答えの消え入ってしまう空白に、言葉によっては回答不可能である問いの位相を浮かび上がらせているようにみえる。ここでの三上と兄とのやりとりそのものが、この映画（脚本）のモチーフを賭けた問いかけを敷衍しているのであり、なんらかの答えがあるとすれば、おそらくそれは映画の全体によって答えられねばならない性質の問いなのである。

〈4〉

『台風クラブ』は、足かけ五日間にわたる出来事を時系列に沿って描いた映画である。

木曜日の夜、中学校のプールサイドから物語は始まる。水着姿の理恵、美智子（大西結花）、泰子（会沢朋子）、由美（天童龍子）、みどり（渕崎ゆり子）の五人は、ラジカセから大音響で流れるロックのリズムにあわせて踊り狂っている。ところが、プールのなかからその様子を見守っていた先客の明（松永敏行）の姿を見つけると、彼女たちはおもしろ半分に明の体のコースロープを巻きつけ、水中に沈めてふざけているうちに明は溺れて気を失ってしまう。ところへユニホーム姿でランニングをしていた野球部の三上と健（紅林茂）が戻ってきて、三上のほどこした人工呼吸で明はかろうじて息を吹き返す。みどりからの電話で駆けつけた担任の梅宮（三浦友和）は一部始終を知り、苦笑まじりに「ろくでもねえな、おまえらは！」と一喝するのだが、彼らのなかの荒ぶる衝動は、はじめに女生徒たちにおいて夜陰の学校のプールに立ち込める闇に蠱惑されたかのような愚行として表出される。

あくる金曜日は、梅宮の受難の日である。かねて同棲中らしい順子（小林かおり）の母（石井富子）と伯父（佐藤允）が授業中の教室に押しかけ、娘とちゃんと所帯を持つ気があるかどうかを梅宮に問いつめる。じつは順子は、別れた男に手切れ金がわりの百万円を渡していたのだが、使途を明かせず、母と伯父にはつい梅宮に貢いだことにしてしまっていたのだ。ひとりグラウンドで日傘を差してサッカーボールを蹴る順子をロングでとらえた印象的なショットが挿入され、このとき台風はまだ気配すらないが、先の三上と理恵の奇妙なやりとりはこの日の放課後のことだし、この闖入劇は優等生で生真面目な美智子や、梅宮を慕っているみどり、泰子や由美の三人組にもしだいに波紋を広げていく。

そして土曜日。朝、いつものように理恵を誘いに行った三上は、いくら待っても出てこない理恵にしびれを切らし、ひとり学校へ向かう。寝過ごしてしまった理恵は、制服に着替えていったんは校門の近くまで走りながら、しかしそこにしゃがみ込み、まるで迫りくる台風の予感に促されるように意を決して東京へと出奔してしまう。そして台風の風雨が吹きつのりはじめたさなか、教室でも梅宮に対する美智子の授業ボイコット発言をきっかけに生徒たちが入り乱れる大騒ぎになってしまう。台風の襲来が、どうして彼ら自身の荒ぶる心身を同調せしめてこれを解き放たずにいられるだろうか。あたかも作者はそう言いたげである。

そんな騒ぎを醒めた眼で見守りながら理恵の行方を気遣う三上。三上に思いを寄せる美智子。春の新学期の頃、理科室で荒々しい思慕を伝えようのないまま発作的に美智子の背中にアルコールランプの芯を入れて火傷を負わせたトラウマに苛まれる健。そして授業をさぼって演劇部の部室にしけこんでいた泰子、由美、みどりの三人組。この六人が、それぞれの関係意識のこだわりから偶然校内に閉じ込められてしまうのである。

そのことに気づかないまま帰宅した梅宮は、和解したらしい順子の母や伯父と鍋をつついて酒を酌み交わし、カラオケまで歌いはじめる。酔いしれて戸を開け放ち、風雨を部屋のなかに呼び入れるふるまいにかろうじて梅宮の台風への呼応を看て取れるかもしれない。

そしてそのとき、ほとんど間を置かずに学校の校長室に入り込んだ三上から梅宮に電話がかかる。理恵の家に電話してすでに彼女の家出を知らされ、いっしょにいる五人のだれひとり帰ろうとしないなかで三上は「帰ろうと思っても足が動かないんです。どうしたらいいですか?」と訴える。それは生徒としての三上が教師梅宮にむかって発したぎりぎりの訴えだったかもしれない。対して、酔いの回った声で「なに言ってんだかさっぱりわかんねえ。おまえ、いったいだれだ」と応じる梅宮は、三上の仕掛けた対位からこのとき降りようとしているのである。だからつづいて二人のあいだに交わされる次のような応酬は、教師と生徒という関係を一瞬にして切り裂き、決定的な緊迫をスクリーンに露呈させずにはいない。


三上…先生、ぼくは一度あなたと真剣に話してみたかった。あなたは悪い人じゃないけど、でももう終わりだと思います。

梅宮…何言ってやがんだ、馬鹿野郎！　おれは酔っぱらっちゃいるけど、よく聞こえてるんだぞ。

三上…一方的すぎるかもしれないけど、ぼくはあなたを認めません！

梅宮…なんだって！　おい、若造、よく聞け。おまえはいまどんなにエラいか知らんがな、十五年も経ちゃ、いまのおれになるんだよ。いいか、あと十五年の命なんだよ、おまえ。覚悟しとけよ！

三上…ぼくは絶対にあなたにはならない！　絶対に！


マルクスの言葉を借りれば、ここで三上はひとりの「類的存在」として「個」としての梅宮のありようを否定することによって梅宮との「類的存在」としての連続性をも否定しようとしていることになる。一方梅宮は、「卵」から雛を経て「類的存在」たる「にわとり」となって飛び立とうとする三上にむかって、十五年経てば自分のように飛べない「にわとり」という「個」としての現実につながれてあるほかないことを思い知るぞと宣告しているのである。三上の否認の言葉に、梅宮は思わず対生徒（子ども）という非対称な対位を保証するためにこそ留保しなければならない「大人」の力学を対等に三上にむけて表出してしまったのだ。その言葉はかぎりなく暴力に近い。

　この映画をはじめて観たとき、あたかも作中の梅宮とほぼ同じ年齢に差しかかっていたわたしが激しく動かされたのは、三上の言葉に込められたパトスのほうだった。ありていにいえば、そのときわたしは三上の梅宮を否認する言葉を全面的に肯定したい欲求に駆られたと思う。しかしながら反面、やや冷静に考えると、三上の梅宮への否認の言葉には、両者のねじれた対位に由来するといっていい死角があることに思い当たったのだ。それは、梅宮が内縁の妻である順子に少なからぬ金品を貢がせたという濡れ衣をあえて彼女の母や伯父に釈明せず、順子との黙契のうちに引き受けているという事実にほかならない。その事実を三上は知りようがないし、むしろ濡れ衣に見合った人品を梅宮の言動に断定したうえで先の激しい否認の言葉を吐いてしまったのである。

　そして梅宮の、三上の彼に対する否認よりもいっそう酷薄だといえる三上に対する十五年後の「死」の宣告もまた、この三上にとっての死角に立脚してこそ投げつけられている。土曜日の夜の台風の吹き荒れるさなかの梅宮による「あと十五年の命だ」というそれは、こうして金曜日の夜、自宅で三上が兄にむけて発した「個は死を超越できるのか?」という問いかけに期せずして突きつけられた〈ノン〉になってしまったのである。ここから三上は、十五年後の「死」を座して待つのではなく、その夜のうちにそれこそ死角を跳躍台として飛び立とうとするかのように性急にアンチ・テーゼとしての「死」を追求していく。

　同じ頃、東京に出奔した理恵は、原宿でナンパされた大学生（尾美としのり）の下宿に転がり込むが、問われるまま自分のことを話しているうちに矢も楯も堪らず三上や級友たちのいる郷里に帰りたくなり、降りしきる雨のなかへと飛び出していく。上野駅で電車の不通を知らされた理恵が「もしも明日が晴れならば、愛する人よ、そばにいて」と泣きながら歌い、人気の消えた夜の街をずぶ濡れになってさまようとき、学校では、つかのま上がった雨の間隙をついて体育館から外へ飛び出した六人もまた期せずして同じ歌を歌いはじめる。

教室で二人きりになった美智子を自分でも制御できない情動に駆られるまま追いかけ、おいつめた職員室でブラウスを引きちぎって、かつて自分が負わせた背中の火傷が癒えているのを目の当たりにした健。死の床に臥せっている祖母のことを思いながら、その思いから逃れるように泰子との同性愛めいた行為に耽る由美。そんな彼らが全員で校庭に繰り出し、ふたたび降り出した豪雨のなかで理恵に呼応するように口々に「もしも明日が雨ならば、愛する人よ、そばにいて」と歌いながら、次々に服を脱ぎ捨てて乱舞するとき、それは、台風と彼らのなかに育まれた荒ぶる魂や懐疑やら悲しみやら背徳やらが完全にシンクロして解き放たれた一回きりの祝祭の光景なのである。相米慎二のフィルモグラフィのなかで、それはもっとも美しいショットのひとつであるといっていいだろう。

しかしながら、この歌はひとり三上にはアイロニーとして響いている。映画冒頭のプールサイドや降り込められた夜の教室にラジカセから再三流れてくるバービーボーイズの歌う「こんど翔んでみせろ」という歌詞のリフレインこそが彼にとっての主旋律なのである。

台風一過の日曜日の朝。ほかの五人が踊り疲れて眠りこけている二階の教室でまんじりともせず夜を明かした三上は、ある悟達にたどりつき、それが促す決定的な行為をなすべく机と椅子を積み上げて天窓のほうへと上がっていく。彼はいまこそ跳ぼうとしているのだ。それは「にわとり」として飛び立つことであり、十五年後の「死」、つまり梅宮になることを拒否するために、さらには自分に対する梅宮の「死」の宣告をこっぱみじんに粉砕するために、いまここで果たされるアンチ・テーゼとしての「死」へのダイビングにほかならない。口のなかに入れたり出したりしていたピンポン球を床に落としたのは、その「死」にむかってダイブする前に、足下で雑魚寝している五人に飛び立つことのできる「類」としての「卵」を産み落とすメタフォリックな身ぶりなのだといえよう。そして、三上は次の言葉を五人に遺して、窓から地面にむかってまっさかさまに身を躍らせる。

みんな、いまからいいものを見せてやるから起き上がってよく見てくれ。おれ、わかったんだ。なぜ理恵がヘンになったか。なぜみんながこうなってしまったか。おれ、わかった。つまり、死は生に先行するんだ。死は生きることの前提なんだ。おれたちには厳粛に生きるための厳粛な死が与えられていない。だから、おれが死んでみせてやる。みんなが生きるために。いいか、よく見てろよ。

これが、死だ！

十六年前に『台風クラブ』をはじめて見たとき、わたしが感受した「わかった！」は、まさにここで三上によって発せられた「おれ、わかったんだ」に呼応していたことがいまさらのように痛感される。けれど、わたしはそのとき三上の発した「わかったんだ」の内実、いわば「生」と「死」の性急な弁証にだけ同調したのではなかった。三上に体現されるヒロイックなまでに潔癖な「生」への意志というもの――わたしが先に使った言葉でいえば、「子ども」が「子ども」たることをまっとうしつつ「子ども」たることから脱自しようとする意志ということになろうが――が貫徹されるとき、取り返しのつかない性急さや未熟さや過剰さとして結果してしまうということ、つまり「おれ、わかったんだ」とは「生」の垂直軸としての時間への渇望によって水平軸としての空間を裁断する過誤として明滅するしかないのであり、したがって「おれ、わかったんだ」という感受は必ず死角を抱え込むほかなく、それをつきとめるには必ずしも厳粛ではありえない「生」の反復に耐えるほかないのだということ。いまならそういうふうに統覚できなくもないことがらにわたしの「わかった！」の振幅は呼応していたように思うのだ（そしていま、「子ども」たちのなかには「わかる」ことそのものを無化してしまおうとするかのような、言い換えれば「類的存在」たること自体を拒絶しようとするかのような「生」の衝動に貫かれた、生まれるところもついえるところも不定の、微塵に砕け散った「台風」が吹きすさんでいるように思える）。

とはいえ、結局、垂直軸としての時間の彼方には「死」の淵が口を開けており、三上はそこに仮想した「厳粛な死」にむかってダイブしていった。おそらく三上にとって「厳粛な死」に先行された「厳粛な生」の対極には梅宮的な〈いい加減で妥協的な生〉があるばかりだったのだろう。それは「死」が前提されていないゆえに、十五年も経てば〈いい加減で妥協的な死にざま〉と選ぶところがなくなる〈生きざま〉でしかない。しかしながら、相当額の金品を貢がせたという濡れ衣をあえて黙契のうちに受容することは、梅宮にとってある種の心的な「死」を受容することにも等しかったはずだ。ここで梅宮は人知れず「厳粛な死」を撚り糸のように〈いい加減で妥協的な生〉のうちにあざなっているのだといえないだろうか。

順子の母と伯父による教室への闖入劇のあと、アパートで梅宮と順子が二人きりになるシーンがある。虚脱感の固まりになったように畳の上に横たわる梅宮は、夕餉の支度にいそしむ順子が食卓の鍋の火を点けようと身をかがめたとき、ふいに足を絡ませて横たえ、抱き寄せて彼女に学校に押しかけたことをなじる。本当のことを――別れた男に手切れ金代わりに渡したのだと――言ってくれてもよかったと言う順子に、横たわったまま「いまさらそんなこと言ったってしょうがねえだろうが」とつぶやいて梅宮は彼女を見つめる。別室からは赤ん坊のむずかる声がかすかに聞こえている。

ここには三上が「厳粛」ではない「生」の時間を一気に超えようと跳び込んだ「厳粛な死」がけっして超越しえないある〈生きざま＝死にざま〉が選び取られているはずだ。その〈生きざま＝死にざま〉において梅宮は必然的に「生」の水平軸として広がる「個」と「個」のあいだ＝関係を選ばざるをえなかった。そこから産み落とされた「卵」に受肉せる関係性の自分はすでに一部なのだから、と言わんばかりに。

だが、梅宮と順子、この二人きりの情景が三上にとってまぎれもなく死角であったように、まさにそのことと無意識に吊り合おうとするかのような三上の「厳粛な死」へのダイビングは、梅宮の沈潜しようとするこの情景の背面に梅宮にとっての死角をもまた産みつけるのだ。こうして映画は、三上の「死」へのダイビングと梅宮が寝そべったまま順子と抱きあう仕種とのたがいに疎外しあう関係を完結する。「闘い」はそのように三上と梅宮のあいだで闘われた。そして、この「闘い」にたぶん決着（ジン・テーゼ）はない。

## 〈5〉

ここまでで、はじめてこのフィルムを観た十六年前まで遡ったところのわたしのモチーフはほぼ尽くされる。

相米慎二のフィルムのなかでも、おそらく『台風クラブ』ほど言葉によるモチーフ展開によって牽引されているフィルムはないだろう。コンペで選ばれたという加藤祐司脚本の観念として練り上げられた台詞の強度とせめぎあうように相米慎二はそれらの言葉に運動する映像の肉体を与えている。そのさまを目の当たりにして、当時のわたしは、自分のなかのいまだ硬直した観念のリアリティをその強度を減じないまま外界へと解き放てる可能性を夢見られたのかもしれない。三上の「死」と梅宮の〈生きざま〉とのねじれとしてあるほかない関係を受け止めえたこと、そして三上の「死」へのダイビングを見届けたことで逆にその「死」に表出された観念としての強度を肯定していいような気がしたのである。

今度あらためてビデオで見直してみて、自分のまなざしがまとわるように滞留していくのも、やはり三上のダイビングのシーンと、理恵が台風一過の朝、学校に戻ってくるラストシーンである。

明け方教室の窓からまっさかさまにダイブしていった三上は、泥濘と化した校庭の土中深く突き刺さるように着地している。見えているのは地上から突き出された両の脚のみである。だが、そこであらためて、そして思わずわたしが洩らしてしまうのは、映画は三上の「死」を明証する映像を留保しているのではないか?というひとりごとのような問いだ。映画はほんとうに三上に「死」を与えたのだろうか。三上はただ「死」を示現したのであり、まだ死んではいないのだ、といえない理由があるだろうか。

月曜日の朝、東京から戻って来た理恵とたまたま出くわした明が何も知らないまま、一面池のようになって校舎を映しているグラウンドの泥濘に足を踏み入れていくラストシーンは奇蹟のように美しい。いつまでも耳に残る「うわあ、きれい。金閣寺みたい！」という理恵の明るく弾ける声。いま二人が一歩一歩足を踏み入れつつ、その両の脚に泥の抵抗を感じているグラウンドの泥濘は、日曜日の早朝、頭から突っ込んだ三上の上半身を受け止めた校庭の泥濘にまちがいなく通底している。たしかなのはそのことだけなのではないか。この泥濘、そしてそれをもたらした雨とは、だから三上の「死」と二人の帰還をもろともに抱きとめる、いわば「生」と「死」の双方が発祥し回帰していく母胎としての台風なのである。この泥濘こそが木曜日の夜に学校のプールサイドで始まった彼ら「台風クラブ」の収斂点にほかならない。

〈番外〉

相米慎二についてのいちばん新しい草稿の切れ端にわたしは次のように書きつけている。
《相米慎二の映画がスクリーンから消えて、ずいぶん時が経ったような気がする。九四年公開の『夏の庭』以来、彼は映画を撮っていないのだから、四年という歳月がその不在の時の長さに相当するわけだが、少なくともわたしにはもう十年もそれが続いているように思えてならない。

消え失せたのは映像ばかりではない。映画ジャーナリズムがいかに衰退しつつあるとはいえ、まるである種の健忘症にかかってしまったかのように、相米慎二というその名前すらついぞ目にすることがなくなってしまった。彼のこの間のまったき不在は、さながらスクリーンからの失踪のようにわたしたちの目に映っているといっても過言ではない。

相米慎二はいまどこにいるのか。その映像の不在は、もしかしたら映画作家としての死をひそかに招き寄せつつあるのだろうか。》

なんの益体もない言葉だったくせに、相米その人の死という決定的な事実を前に読み返すと、不吉な影だけが立ち昇ってきて、気が滅入ってくる。これを書いて間もなく『あ、春』が公開され、わたしはだれにもバレない恥ずかしさを胸にしまい、やくざな書きかけの言葉をうっちゃってすぐ映画館に走った。しかしどうしたことか、いま『あ、春』という映画を思い出そうとして、映画というものがわたしのなかで記憶されるときのあの肉感に刷り込まれたような映像のマテリアルが断片的にしか復元されてこないのである。

黒猫。その歩行する視点での地面を這うような導入部の息の長い移動撮影。最近は映画やドラマよりもテレビＣＭで頻繁に目にする山崎努と佐藤浩市。二人を父子とする〈父帰る〉の物語。両者の相似を含意したような動きの少ない立ち姿。『雪の断章―情熱―』で奇跡的な少女として登場した斉藤由貴の妻、母となっての相米映画への静かなる帰還。夜の路上。公園の桜。そして、あえて『台風クラブ』と付会すれば、同作では発語されるのみで映像化されなかったにわとり（チャボ）の飛翔と雛の登場。さらに決定的なのは、父たる山崎努の死とともにその死の床で孵化する卵。何かを生まれ変わらしめ、伝承しようという映画の身ぶりだけは伝わってくると言えばいいだろうか。

しかしそれよりずっと以前、相米慎二の映画を観ることにおいて、たぶんわたしのなかに変質が兆していた。

たとえばディレカン（註／ディレクターズ・カンパニー。相米のほか長谷川和彦、根岸吉太郎、高橋伴明、池田敏春、石井聰亙、井筒和幸、大森一樹、黒沢清ら映画監督の参画によって八二年に設立された映画の自主制作会社。九二年に倒産）がつぶれたあと、その経緯について脚本家の荒井晴彦が代表だった長谷川和彦にインタビューした記事「一本も撮らなかったけれど、『自分も一緒に映画を撮れているような錯覚』はあった。」（「特集・ディレカンの一〇年」『映画芸術』九二年冬号所載）を読んだときの生々しい印象が、以降の相米慎二のフィルムを見るとき、わたしのなかに知らず知らず影を落としてもいたようだ。

そこには「『冒険』だった『台風クラブ』、本格的な自転車操業の始まり」「『光る女』で二億の赤、誰もこれをとめることは出来なかった」「致命傷『東京上空いらっしゃいませ』」といった週刊誌っぽい中見出しが打たれていて、ディレカン時代の相米作品が評価とうらはらに作れば作るほど会社を赤字の泥沼に沈めていくさまが長谷川の修羅場をくぐり抜けたあとを思わせる率直すぎるほどの口ぶりで語られている。同じ誌面に当時『お引越し』撮影中だった相米自身もコメントを求められて「……俺が悪いんだろうな」とつぶやくように答えている。

ちなみに長谷川はこんなことまでぶっちゃけている。

うーん、監督という仕事が多少異常じゃなきゃ出来ないとすれば、あいつが一番映画監督なんだろう。そうとしか言えんよ。普通、首吊るぜ。『光る女』で吊らないとしても、この『東京上空（いらっしゃいませ）』で吊るわな。この時はさすがに皆、唖然としたからな。この映画が（撮影に）入る経緯は皆、それなりに分かってるじゃないか。ここまで苦しくなって、ついに宮坂（プロデューサー）と相米で、ゴメンナサイ大会をするんだと。一億五、六千の予算で一億で撮ると。そこでまず浮かせてと。そんな器用な事は出来なくても、少なくとも志はそれくらいの事で始めてるわけだろう。それが、これも一億の赤を出してるんだぜ。一億五千の映画で一億赤出してどうするんだ。

（前掲誌 P107〜108／括弧内補足は引用者）

ここで明示されている金額について、いうまでもなくわたしはその多寡をうんぬんできるような業界通ではない。ただ皮肉なことに、『ラブホテル』『台風クラブ』（いずれも八五年）、『光る女』（八七年）、『東京上空いらっしゃいませ』（九〇年）というわたしが「相米慎二の時代」と呼んだ時期に重なる相米がもっとも精力的に映画を撮っていた六、七年がじつはディレカン沈没までの一本道だったのかと嘆息するばかりである。このディレカン時代のフィルムにそれに先立つ『ションベン・ライダー』『魚影の群れ』（いずれも八三年）や同時期の『雪の断章―情熱―』（八五年）を加えれば、独自の映像のシンタックスを模索しつつ、貪欲に被写体（物語）のパラダイムをも渉猟していく、まさにシネアスト相米慎二が自己形成していったラインナップがあますところなく浮かび上がるだろう。

ディレカン以降のフィルムを挙げると、『お引越し』（九三年）、『夏の庭』（九四年）の関西シリーズ、そして先述した『あ、春』（九八年）、遺作となった『風花』（〇一年）となる。八〇年代、九〇年代といった時代区分にこだわるつもりはないが、相米のフィルモグラフィを振り返ると、ディレカン時代、ディレカン以降という区分は避けられず、それがちょうど八〇年代と九〇年代の分かれ目に重なってくるのをいかんともしがたい。八〇年代の相米の映画における「闘い」がそこを潮目に更新された、あるいは「闘い」のベクトルが「死」から「生」へと折り返していったということになるだろう。わたしは『お引越し』や『夏の庭』を観たあともそのことに気づかないまま、先に引いた草稿を書いたあげく、ようやく『あ、春』を観てその一端に触れえたのだといえる。

さかのぼって観ると、京都を舞台とした関西シリーズの第一作『お引越し』はそうした転換点を画した作品だったことがわかる。主人公レンコ（田畑智子）は、離婚の危機にある父母のあいだで「子ども」としてあることの怒りと悲しみ、そしてその輝きを体現しえていた。レンコは『台風クラブ』の三上のように凛々しく、三上よりも猛々しく優しい分、三上のヒロイズムを超えていたように思う。逆に言えばレンコがそのように引き裂かれることに抗ったからこそ、中井貴一と桜田淳子とは別れつつある夫婦－父母をみごとに演じえたのではなかったか。この映画には『台風クラブ』のように明示的な「死」の映像化はないが、レンコが父母とやってきた琵琶湖畔で、思いがけず当地の祭礼にひとり紛れ込み、神輿を担ぐ人々にいざなわれるように湖水に入っていく場面がある。そこでの水のなかでの一連のふるまいは、彼女にとってそれまでの自分にいったん「死」を与える擬態だったのであり、それによって彼女は新しい自分へと再生をはたしたのではないだろうか。ラストシーン、レンコが「未来へ！」と快活な声を響かせて画面の奥へと歩み去っていく後ろ姿は、相米作品ではめずらしく向日的な余韻を残す。

続く神戸を舞台とした『夏の庭』では、ふたたび「死」が描かれるが、それは「死」へのベクトルとしてではない。「子ども」たちがふとしたことで団地街の片隅の忘れ去られたような陋屋に独居する老人（三國連太郎）と交流するようになり、彼に孤独死が訪れるまでを「子ども」なりに見つめる姿が淡々と描かれる。老人の死後、人知れず彼の家の草生した庭の古井戸の亀裂からじわじわと水が滲み出てくるシーンは、見届けるべき表出としての「死」を象徴しているように思える。ただ、それは「子ども」たちにはまだ見えないのだ。

その四年後に公開された『あ、春』は、その「死」のモチーフを、一度は家を捨てながら帰って来た老父を看取る息子とその家族という構図において、見届ける者の側から描いた作品だといえるだろう。先に触れたように『台風クラブ』においてその「闘い」としてある関係が言葉としてのみ直截的に問われた「にわとり」と「卵」とが、ここではともにひとつの画面のなかに映像化されることで見届けらるべき「死」とそれを見届ける者との関係として変奏されていた。

わたしは、この作品を観たとき、いまたどってきたようなディレカン以降の相米慎二の歩みがどのようなものであったかにまで想像が及んでいなかった。だからこそ、あんな益体もない草稿を書きつけていたわけだが、それでもこの作品の「何かを生まれ変わらしめ、伝承しようという映画の身ぶりだけは」感じ取っていた。このとき相米は、ディレカン末期の修羅場から這い出し、シネアストとして粘り強く後退戦を「闘って」いたのである。もっと言えば、わたしが「不在」とか「忘却」とかしゃらくさい言葉を呈していた、『夏の庭』から『あ、春』までの四年という相米のフィルモグラフィでもっとも長いインターバルにあってこそ、おそらく彼は金策も含めて次の映画を仕込むために必死に「闘って」いたのである。

そして、『あ、春』を観た前後の頃だったと思う。テレビの日本酒のCMに高嶋忠夫の次男坊といっしょに相米その人が出ているのを目にするようになった。驚きつつも、そのときの相米のはにかんだような笑顔がわたしはきらいではなかった。映画監督としての知名度をもっともっとシノギに使えばいい、そして何としてでも生き延びて映画を撮ってくれと思ったものだ。

しかるに映像の「不在」だの、映画ジャーナリズムの「忘却」だのとあげつらっていたわたしこそが、相米慎二の存在を忘却しつつあったのだった。

じつは遺作となった『風花』をわたしは見逃している。春先からずっとありあまる時間があり、『BROTHER』を観、『EUREKA』を観、『ハンニバル』を観、『千と千尋の神隠し』を観にいったにもかかわらず、である。何という不覚であり撞着であることか。じつにわたしこそが「映画監督相米慎二」を見失っていたのである。その最後の作品が公開されてわずか半年後に作家は逝ってしまったのだと思うと、胸がつまる。

テレビで訃報を聞いた日、おりしも日本列島には大型台風が迫っていた。その日の夕刊を開くと死亡記事が出ていて、ディレカンの盟友根岸吉太郎が「台風が近づく時に逝くなんて彼らしい」とコメントしていたが、相米慎二のフィルムを愛した者ならだれしもそう思ったことだろう。台風はそのあと、はたしてあやまたず東京に上陸し、列島を通り過ぎていった。まるで『台風クラブ』と『東京上空いらっしゃいませ』とそろって韻を踏むかのように。最後の最後まで映画の業をまっとうした相米慎二の霊がきっとそいつを呼び寄せたにちがいないのだ。

〔二〇〇一年一〇月〕

＊引用以外の参考文

『相米慎二　映画の断章』（古東久人編／八九年芳賀書店刊）

（「BIDS LIGHT」5号／二〇〇二年二月）

# さらば映画の友よ——米津景太氏の思い出に

きわめて個人的な事情ながら、わたしにとって一昨年、二〇〇七年ははからずも格別な断絶を画した年となってしまった。ネタを明かしたとたん「断絶」などと大仰な言葉を使うなとツッコまれそうな気がするが、言ってしまおう。すなわち、一度も映画館に足を運ばなかったこと、一度も球場に野球を観にいかなかったことがそれである。前者についてはかれこれ三十五年、後者についてはもう四十年以上続いていたという事実にあとから気づいたのである。

気がついてから、自分のなかでいいようのない欠落感がぶすぶすと燻りはじめた。

翌二〇〇八年の夏、わたしは待ちかねていた宮崎駿の新作を観にひさびさに映画館に足を運んだ。そして風の強い晩秋の一日、神宮球場の内野席にハーフコートの襟を立てて明治神宮記念野球大会の試合を観ていた。しかし結局、映画も野球も観にいったのはこの両日だけに終わった。

何かが終わってしまった、過ぎ去ってしまった、しきりとそんな感じがした。とりわけ映画について、燻りつづける欠落感のむこうに横たわるひとつの死がわたしにそのことを告げていた。

米津景太氏とはじめて会ったのは一九八三年の暮れだったと思う。以来、二十年にわたって、その間短からぬ中断も挟みながら、米津さんはわたしにとって心ゆくまで映画を語りあえる無二の友であった。その米津さんが二〇〇六年の夏に亡くなったのである。享年六十四歳だった。

米津さんの具合がかなり悪いらしいと聞いたのは、いつごろだっただろうか。わたしが関西での生活を切り上げ、再上京したのが二〇〇三年の春。それまで米津さんとはほぼ毎月、大阪のとある映画の上映会で顔を合わせていたはずだから、おそらく上京後、その年の後半から翌年にかけてだったのではないか。肝臓をやられて医者に酒も止められ、元気をなくしているといった話だった。さだかでない記憶をたよりに話を進めるほかないが、それからまたしばらくして米津さんがとうとう入院したと聞いた。いちばん聞きたくない名の病に米津さんは侵されていて、腹水がたまり、重篤であるとのことだった。その報を聞いたのがおそらく二〇〇五年、亡くなる一年ほど前だったのではないか。

こんなあやふやな記憶であれ、そのもとになる報せがともかくもわたしのもとに届いていたのは、ほかでもないこの月に一度の映画会のおかげだった。折にふれてというタイミングではあったが、報せをもたらしてくれたのは映画会の主宰者であるIさんの奥さんや、他の常連のメンバーであったはずだ。

はじめて会ったのが八三年の暮れだと覚えているのは、その場所、大阪は梅田、阪急東通り商店街の一角にあったショットバーの記憶にかかわる。以来、そこが米津さんともっとも長きにわたって語りあう場となったからである。そのショットバーへ、わたしは当時勤めはじめたばかりの雑誌社の同僚Mに連れていかれた。Mはわたしよりも六つ七つ年下だったが、会社の先輩にしてショットバーの常連でもあった。

ぼんやり記憶しているのは、Mが「米津画伯です」と紹介するや、米津さんが即座に機転の利いたジョークでいかにも大仰なその呼称をちゃかしたことだ。そのユーモアのセンスはわたしの人見知りを瞬時のうちにほぐしてくれた。米津さんはそのとき、すでに百戦錬磨のフリーランスのイラストレイターであり、同時にコンセプチュアルな作風の絵を描く画家でもあった。

そのあとは、グラスを傾けつつ映画談義に花を咲かせる顔なじみとなるのに時間はかからなかった。おたがいいささか自虐的な阪神ファンでもあったので、談しばしばプロ野球のペナントレースにおよび、〝ぼやき漫才〟と化すこともあった。なにしろカウンター席だけのそのバーに米津さんはほぼ皆勤で、主のごとく鎮座していたから、わたしが顔を出すときは必ずといっていいほど出会えた。のちにI邸での映画会にわたしが出られるようになったのも、同じくバーの古くからの常連であったIさんに米津さんが紹介してくれたことがきっかけだった。

結局、米津さんとわたしのつきあいは、このふたつの場所、梅田のショットバーと月に一度の映画会があるI邸とにほぼ尽くされていた。

このバーでの語らい、I邸での歓談の場で、わたしたちはときに映画をめぐるしかつめらしい議論に深入りしたこともある。しかし、振り返って蘇ってくるのは、映画を論じるよりも、追体験としてより深く映画に魅惑されようとする米津さんのよく通る声、笑い、幸福な身ぶりである。

若輩のわたしとわたしの百倍ほど映画を観ている米津さんの評価が一致して好んで話題にしたのは、まずアルトマンであり、キューブリックであり、ブニュエルであり、もちろんヒッチコックであり、小津であり、黒澤であり、溝口健二であり、川島雄三であり、ずっと下って相米慎二であり、北野武であり、といったラインナップだった。さらにI邸で上映された稲垣浩の『無法松の一生』、成瀬巳喜男の『晩菊』『乱れる』、ジョン・カサベテスの『チャイニーズ・ブッキーを殺した男』、コーエン兄弟の『ファーゴ』などについても、のちのちまでよく語りあったものだ。とりわけヒッチコックと小津の諸作、溝口健二の『雨月物語』、川島雄三の『幕末太陽傳』『貸間あり』『雁の寺』の三作は〝鉄板ネタ〟といってよく、何回話題にしても飽きることがなかった。

一方で、米津さんが高く評価しているにもかかわらず、わたしがさほどとも思わなかった作家に今村昌平、深作欣二、伊丹十三があり、逆にわたしの評価とうらはらに米津さんが意外なほど冷淡だったのがテオ・アンゲロプロスやビクトル・エリセ、そして吉田喜重である。この点についてとことん意見を戦わせることをしなかったのがいまとなっては残念だが、ここには好みと同時に、映画にかけるそれぞれの期待の偏差のようなものが映し出されているのだと思う。

「画伯」という呼称をするりとかわした米津さんだが、絵や美術全般、映像表現の話になると、言葉の端々に「前衛」というニュアンスが顔を出すことがあった。米津さんの絵がコンセプチュアルであるというのもそこにかかわっていた。一度だけ足を運んだ京都のギャラリーでの個展（ではなかったかもしれない？）で観たその絵は、素人目には精緻なほどリアルなタッチに見えながら、描かれたものの切り取り方を通して絵のフレームそのものを観る者に意識させるモチーフに貫かれていた。

いわゆる「絵になる」画像が成立しているのは、その画像を切りとって構図を成立させるフレームがあるからで、それはまた、同じ画像を「絵にならない」構図にも変えてみせる。そうした構図の成否として浮かび上がるフレームの存在が訴えかけてくるものの正体は何なのか？　記憶に残っている絵のイメージから米津さんが作品に託した問いをわたしなりに忖度すればそうなるだろうか。

それから何年かあと、わたしが転職して東京にいた九〇年代のはじめごろ、米津さんから一通のパンフレットが送られてきた。目黒のとある美術館での実験映画の上映会の案内で、そのなかには米津さんのフィルムも含まれていた。仕事の都合で行けなかったのだが、わたしはパンフレットに掲載されたスチール写真を見て、すぐに米津さんからショットバーで聞いたことのあったそのフィルムのことを思い出した。

画面の中央に一枚の皿がある。その皿をハンマーで叩き割り、こなごなになるまで打ち砕く。そしてそれらの砕片は箒で塵取りに掃きとられ、皿は跡形もなくなる。ふたたび同じ画面、中央に一枚の皿がある。しかし今度は皿以外のものは登場しない。ただカメラがパンして、皿はまたたく間にフレームアウトして画面から見えなくなる。どちらも、皿がなくなる、というのは同じというわけだ。

これらはわたしが知りえた米津さんの表現のほんの一端であり、そもそもフィルム自体は観ていないのだから、それだけをもって米津さんの「前衛」意識をうんぬんするつもりはない。ただ、絵と映画の双方に通底するモチーフとして着眼されたフレーミングが、米津さんの「前衛」を志向する重要な切り口だったことはまちがいないと思う。

たとえばショットバーでのある夕べ、米津さんはこんな映画の実験についても語った。

あるシーンの映像が次のシーンに切り替わるとき、前のシーンは消えてしまうのではなく、引き続きそこで起きている物事やドラマを新たなシーンと並行してスクリーンに映写していく映画である。物事やドラマが多元的に進行していくリアリティをできるだけ映像で再現しようというこころみで、メインストーリーがあり、それに必須のサブストーリーがあれば、場合によってはスクリーンを必要なだけ分割してそれらを同時に映写するのだという。そして、たとえばそれらのシーンで別々に動いていた登場人物たちがメインストーリーに合流するとき、ふたたびスクリーンはひとつに戻るのだというのである。ここでも米津さんが揺さぶりをかけようとしているのは、いわば映画におけるフレームの唯一性なのである。

こういう話題を仕掛けるときの米津さんはいたずらっぽい笑みを浮かべて、こちらの反応を楽しんでいるようなところがあったから、どこまで本気なのかと思わせないでもなかった。しかし、たぶんそういう表情──「どや、おもろいやろ」という企みをにんまりと湛えた笑みこそは、きっと米津さん自身が表現上のこころみに挑んでいくときの表情でもあったのだろう。

米津さんが買っていた先述の映画監督たちの作品に接したときも、「おっ、やってるやないか」と、同様の笑みを浮かべてスクリーンに見入っていたのではないか。その出来はともかく、なにか未知の企てをこころみようとする者の息吹に米津さんは強く感応するところがあった。だから一方で、米津さんがヒッチコックや小津など、巨匠たちの個々のフィルム、その細部の表情を絶賛するときも、彼らがこころみにこころみたはてにある揺るぎないフォルムを獲得するという地点に到達しているさまを感得したうえで、ひとりの表現者として共感していたのにちがいなかった。

逆に米津さんのなかで「前衛」と正反対の位置にある言葉をあえて探せば、「文芸物」ということになるかもしれない。たとえば『夫婦善哉』を撮った豊田四郎など、そのジャンルできわだった仕事をした才人たちは評価しながらも、小説の原作があり、その商品価値に依存するかたちで、言葉の世界をなぞるように物語の映像をつくっている映画を米津さんは「文芸物」と呼んで一段下に見た（わたしはその説に同調しつつも、具体的にどんな作品をそうみなすかという点で米津さんとは見解を異にすることがあった）。

もちろん「一、筋、二、抜け、三、動作」というあのマキノ省三の言葉をしょっちゅう引き合いに出していた米津さんだから、「筋」つまりシナリオとしての言葉の水準はなによりも重視していた。プロットがいかに展開されていくか、そのなかでセリフがどんなふうに利いているか。そうした手際を測る米津さんなりの尺度がおびただしい数の映画を観てきた経験値として自分のなかにあり、そこからつねに「抜け」つまり映像（カメラ）や、「動作」つまり役者の芝居が生きているかどうかを凝視していたような気がする。

わたしはそんな米津さんとの語らいをとおして、映画において映像が物語るとはどういうことか、そのなかで言葉がはたすべき役割とはなにかについてあらためて考えてみることになった。もっとも考えてみるだけで、なにか結論めいた思考に結実するところまでいかなかったのだが、昔読んでずっと気になっていた吉本隆明の「映画的表現について」という論考や、一度読んだきりでご無沙汰していた『言語にとって美とはなにか』のページをふたたび繰ったりもしたのである。けだし映画における言葉と映像の関係、その表現における内在的な構造の原理を探求し、闡明しえた（来るべき）書物こそは「映画にとって美とはなにか」と冠されてしかるべきだろう。

いま米津さんとの思い出でもっとも鮮明に蘇ってくるのはやはりショットバーでのひとときである。わたしたちはあれこれの映画の気に入っているセリフについて蘊蓄を傾けあっていた。おのずとヒッチコックや小津や川島雄三やおなじみの映画作家のおなじみのフィルムがネタになるのだが、たがいに披露しあっているうちにいつのまにか声色を使うようになる。すると、なぜかふたりとも三島雅夫、山茶花究、藤原釜足、高橋とよといった日本映画の名脇役たちのセリフばかり競うように口にしているのである。『晩春』で三島雅夫が訪ねていった北鎌倉の家で旧友の笠智衆相手に見当はずれの方角ばかり口走るくだりや、『雁の寺』で新しがり屋の住職に扮した山茶花究が怪しげな東京弁を関西弁のイントネーションで操るくだりを、声色を使って再現してみせる米津さんはまさにハマっていた。居合わせたやはり映画好きの常連であるFさんやEくん、そしてカウンター越しに柔らかなまなざしを寄こすマスターも含めて、その場はおだやかだが至福の笑いのオーラに包まれていた。

この場面を、映画そのものの場面とともにわたしは生涯忘れることはないだろう。それはもはや映画の一部になってしまったような気さえする。

　何よりも米津さんはもういないという事実、そしてそれに先立つ数年前にこのショットバーが四十有余年の歴史に幕を閉じ、惜しまれながら閉店してしまったという事実が、二度とその場面を取り戻すことはできないという喪失感とともにその思いをいや増すのである。


　二〇〇五年の七月初めに、わたしは帰省がてら一度だけ、病床の米津さんを見舞っている。半年ほど続いたほとんど休みなしの仕事がやっと一段落したのを機に、思いきって夏休みを前倒しにして取ることにしたわたしは、米津さんが入院したと聞いたばかりだったこともあり、この際、お見舞いに行こうと思い立ったのだった。

　Iさんの奥さんから聞いた米津家の電話番号に電話をかけ、入院先の病院名や所在地を聞き、適切な日時を設定してもらった。そして、どんな経緯だったか忘れたが、そのころは年に一、二度電話で話す程度のつきあいしかなかったMを誘ってふたりでお見舞いに行くことにした。

　いざ見舞いの日程を決めてみると、さて病床の米津さんにどんな言葉をかけるのか、とまどっている自分に気づいた。ひょっとして見る影もなく衰弱している米津さんを前にしたら、なにも言えなくなってしまうのではないか。

　当日、Mと京阪電鉄の伏見桃山駅で落ち合い、米津さんの入院先である病院まで歩いていく道々でも、ひさしぶりに会うのだから四方山話をしようなどと話しあっていたほどだった。ところが、病院に着いて受付で案内された二階の病室を覗いてみると、ベッドはもぬけのから。どうしたものかと廊下を戻りかけると、どこからかすたすたといった歩調で米津さんは現れ、「ちょっとその辺うろうろしてたんや」とよく通る懐かしい声をかけてきた。そこには拍子抜けするほどいつもの米津さんがいる。そしてベッドに戻るそぶりすら見せず、そのまま廊下の突き当り、窓のある壁際のソファにわたしたちを導くと、ほんとうに四方山話を始めてくれたのである。人気のない昼下がりの病院の一隅で米津さんの話に耳を傾けながら、ほんとうに米津さんはわたしたちが聞かされている病に侵されているのかとさえ思った。

米津さんがひときわ目を輝かせ、いつもの笑みとともにわたしたちに語ったのがいま映画のシナリオを書いているということだった。唯一の退屈しのぎだと言いながら、書きあがったら一目置く映画監督たちに送ってみるつもりだという。本職は絵描きなのに、こんな病床にあっても映画を欲し、シナリオの筆を執る米津さんは根っからの「映画人」だとつくづく感じ入った。

結局、わたしとMはほとんど聞き役で、どんな言葉をかけようかという心配は杞憂に終わった。お見舞いらしい言葉といえば、帰り際にかけた「お大事に」だけだったのではないか。わたしたちは妙にほっとした雰囲気のなか、言葉少なに帰途についた。

ただ、わたしたちは米津さんからひとつの宿題を与えられることになる。

帰京してから二週間ぐらい経ったころだったろうか、米津さんから手紙が届いた。いったん退院することになったという知らせにつづいて、シナリオが書けたので、見舞いのときにわたしが助言したオフィシャルな連絡先をつきとめるためのインターネットによる検索をやってはくれまいかと、何人かの映画監督の名前が記されていた。すっかりそのことを忘れていたわたしは狼狽した。というのも、当時中途半端に修理を済ましたせいで、パソコンはインターネットがつながらないままになっていたからだ。わたしはMをたよって、なんとか米津さんの意をかなえるために一肌脱いでくれないかとしたためた。

あるいはわたしの文面は十分に言葉を尽くしていなかったのかもしれない。折り返しMから、やってみたが名前の挙がっている映画監督の自宅住所はわからなかった旨を米津さんに伝えたと連絡があった。「いや、自宅住所ではないのに」と隔靴掻痒の感を覚えながらも、Mに再度そのことを書き送ったかどうかはもう記憶にない。わたしはこの件を忙しさに取り紛れてしだいにうっちゃってしまったのだと思う。このちぐはぐさ、そしてそれを時の経過になしくずしにしてしまったのには、どこかで「米津さんは大丈夫だ、あんな快活な様子で迎えてくれたのだから」という思い込みがあずかっていたのだろう。その後、米津さんからの便りもなかった。

直接、間接を問わず、米津さんの消息はそれ以降長らくとぎれた。わたし自身、暮らしに追われ、日々の塵労のなかに埋もれていった。ふと米津さんのことを思い出すときも、音信のないことが異状がないことのように思いなしてしまうところがあった。

ところが、そんなふうに時が往き、年があらたまり春が来て夏が過ぎ、ようやく秋の気配が濃くなった九月下旬のある日、Mから突然——としかわたしには受け取れなかった——電話がかかってきた。

米津さんがなんと七月の終わりに亡くなったという。

わたしは文字通り絶句した。ほかならぬ米津さんという存在が、訃報というかたちで忘却ひさしいわたしの耳朶を打ちに現れたかのようだった。わたしたちが見舞ってから、一年以上ものあいだ米津さんが病魔と闘っていたという事実が、あらためて時間の空白を逆流するようにわたしに迫ってきた。

わたしは米津さんの手紙を読みなおしてみた。そこには「ご高説も伺いたい」とシナリオを送る旨まで記されてある。わたしはいったい手紙のどこを読んでいたのだろう。なぜ米津さんからなんの音信もないことを怪しまなかったのだろう。わたしたちには笑みを浮かべながら、米津さんは死と刺しちがえるつもりでシナリオを書いていたかもしれないではないか。だが、すべてはもう遅い。わたしは米津さんのシナリオのためになにひとつできなかった。


米津さんが逝ってしまったという事実がはっきりとした輪郭を取るにつれ、自分が米津さんが去っていく後姿を現に見送っているある情景がしきりに思い出されてならなかった。

それはI邸での映画会が終わって迎えたある夏の早朝のことだ。普段は終電の時刻にはおいとまするのに、その日はよほど話がはずんだのだろう。料理やお酒をいただきながら談笑するうちに払暁に至り、そろそろ始発が出るのでと、わたしはI邸を辞去して最寄りのJR鴫野駅にむかって今里筋を歩いていた。すっかり明らんだ空の下、寝屋川にかかる鴫野大橋にさしかかったとき、遅れてI邸を出てきた米津さんの乗る自転車が歩道を歩くわたしを追い越していった。米津さんはI邸にもショットバーにも、天満橋近くの仕事場からずっと自転車で通っていた。わたしを追い越すと、米津さんは車道側から左手を挙げ、チリンチリンとベルを鳴らして、心もちアーチ状になっている橋上をゆっくりとペダルを漕いで走り去っていった。こちらを振りむくでもなく、言葉もかけずに……。わたしも無言のまま、ただ米津さんの後姿を見送っていた。

じつにそんなふうにして、米津さんはわたしたちに別れを告げて逝ってしまったのではないだろうか。それは、セリフはないが、なんと「抜け」のいい米津さん一流の別れであることか。病魔のふるうハンマーが自身の肉体を砕いているさまを見せずに、米津さんは静かにフレームアウトしていった。わたしにはそう思えてならない。

いや、これも身勝手な感傷にすぎないだろうか。

この二〇年ものあいだ、着かず離れずのつきあいを通じて、とりわけ最後の一年以上の空白によって、わたしが米津さんから教えられたもの――それはやはり「映画への愛」というほかないように思われる。その筋金入りの「愛」のすべてを受け止めるに、たぶんわたしの器は小さすぎたのだ。

米津さんが亡くなって三年目の夏がもうすぐやってくる。

（「ｃｏｔｏ」18号／二〇〇九年八月）

# V

# イチローという軌跡／奇跡

## 1

高橋源一郎が故鶴見俊輔とのかつての対談のなかでこんなことを言っているのが気になっていた。

僕がデビューしたのは三十歳になってからですけれども、十八、九歳ぐらいに書いたものが残っていて、それを読んでみると、よくいえば変わっていないし、悪くいえば進歩がない。やはり十四歳から十七歳にかけて読んだ本で僕というものの中身ができているんじゃないかという気がして、ぞっとすると同時に、ホッともしたのです。

（「『死霊』の新しさ」）

このわたしよりも三歳年長の作家は、続けて「どんな本かというと、恐ろしいことに、数人の名前で足りてしまうかもしれない」と言い、吉本隆明、谷川雁、埴谷雄高、鶴見俊輔の名を挙げている。当時の時代情況を考えれば、高橋や同世代の人々にとって十代なかばの読書経験としては取り立てて早熟というほどのこともないのかもしれないが、しかし逆照されるように自分を振り返ると、本など目もくれずに野球小僧~高校球児として明け暮れていた「十四歳から十七歳にかけて」の坊主頭、汗臭いユニホーム姿の自分が浮かび上がる。

もし高橋が言うように「十四歳から十七歳にかけて読んだ本で」人の発語や表現ができあがるのだとすれば、わたしはほぼ未明のままにこの時期を通過してしまったことになる。なるほどなあ、と妙に納得しながら苦笑を浮かべたものだが、昨年二〇一六年は、別の意味でこの時期がわたしにとってとうてい未明などではなかったとつくづく思いなおす一年となった。

二〇一六年シーズン、日米通算でピート・ローズの四二五六安打を抜いたと思いきや、メジャー通算三千本安打達成……。イチローが記録を打ち立てたというよりは、マスコミが先回りして大々的に標識を立て、駅伝ランナーの伴走車よろしく一日も早くそこを通過しろとひっきりなしに彼を追い立てる……。そんな狂騒が続いた数か月だった。だれもがイチローの〈偉業〉を称え、〈感動〉している。しかし、だれもがイチローがヒットを打つことを当たり前だと思っている。彼がヒットを放ち、塁間を駆け抜けることを待望しながらも、その一本一本に刻み込まれたパフォーマンスに驚かない。そこにいたる一本一本のヒットに、走塁に無感動なまま、四二五七本目のヒットと三千本目のヒットだけを恋い焦がれる。それ以外のヒットはもう何度も見てきたとでもいうように……。

だが、ちがうのだ——。

そうわたしを口走らせたのは、自分のなかに眠っていた野球人としての本能だったろうか。それはまさに「十四歳から十七歳にかけて」来る日も来る日もボールを投げ、捕り、そして打ち返していた経験が発する声だった。脳で言えば、それは言語中枢ではなく運動中枢で疼いている原感覚だったかもしれない。そして、そんな感覚からさらにわたしが想起したのは、その時期、一心に捕り、投げ、打ち返していたボールとは、じつは自分にとって言葉に匹敵するもの、いや、それ以上のものでさえあったのではないかということだった。

痛烈なゴロを横っ飛びに捕り、起き上がって投げたボールが一塁手の差し出すファーストミットに届くかどうか。相手投手の投げ込んだボールを打ち返し、弧を描いた打球が外野手の差し出したグラブの先を抜けていくかどうか。そんな一コマ一コマ、念じるようにその行方を見送るボールこそは、まぎれもなく言葉よりも質量を、そして何よりも官能的な運動性をそなえていた。

高橋が吉本隆明、谷川雁、埴谷雄高、鶴見俊輔の名を挙げたように、わたしもまた当時テレビ画面の前で、球場の観客席でそのプレーに目を奪われていた綺羅星のようなプロ野球選手の名を挙げることができる。だが、この「十四歳から十七歳にかけて」培われたボールの原感覚を自分のなかに掻き立てていくとき、それ以上に鮮明によみがえってくるのは、自分もそこに名を連ねていた中学、高校それぞれのチームの先発メンバーのオーダー、当時試合を重ねた相手チームのそれが記されたスコアボードである。そして、グラウンド上でまなざし、対峙しつつ、彼らとやりとりしたあまたのボールたちの感触である。

イチローという野球選手の軌跡について考えることは、すっかりテレビ画面でしか野球にまみえなくなったわたしを、ゆくりなくもこの濫觴としてのグラウンドの土の上、飛び交っていたボールたちへの追想にいざなっていく――。


鈴木一朗／イチローという野球選手の軌跡を考えるとき、たんに日本人野球選手のなかのとびきりの逸材の球歴というだけではなく、わたしには彼が、明治時代にアメリカから野球というスポーツがもたらされて以来の、いわば種としての日本野球が、まず学生野球として生まれ、やがてプロ野球として普及し大衆にもてはやされ、戦争による断絶を経て再生し、さらに興行的に淘汰されつつ、あたかも生物の系統発生の歴史をたどるようにプロスポーツとして進化したその尖端に、突然変異によって出現したとびきりの個体であるかのように思えてしまう。

イチローについて何から語ればいいだろう。どこからでも語れるのだが、時系列で見ていくなら、やはり鈴木一朗のイチローへの変身というのが〈いちばん初めの出来事〉だといえるだろう。

愛工大名電の投手兼四番打者として春の甲子園の土を踏んだ彼の姿はあまり印象に残らなかった。鈴木一朗という名前があらためてわたしの意識に刻みつけられたのは、プロ入りし、オリックス・ブルーウェーブのユニホーム姿でジュニア・オールスター戦に出場し、決勝ホームランを放ってMVPになったときだった。好球を一振りで仕留めた目の覚めるようなホームランを見て、わたしは予感したものだ。オリックスはいい選手を取ったな、線は細いが、いずれはリードオフマンとしてレギュラーを張り、首位打者争いの常連になるようなアベレージヒッターに育つにちがいない、と。そしてその予感は、翌々年からわたしの予想を大きく上回る結果となって現実化していった。それはまさに、鈴木一朗がイチローへと変身し、進化していく過程そのものだった。

変身は、何よりもそのバッティングフォームの斬新な変化となって現れた。言わずと知れたイチローの代名詞ともなった「振り子打法」である。わたしの目は釘づけになった。それは、わたしの目を惹いたホームランを放った鈴木一朗のスイングからさらに一皮むけたまったく別人のバッティングへと変身を遂げていたからである。

イチローがその年から七年連続パ・リーグ首位打者のタイトルを獲得したこと、日本プロ野球史上はじめて二〇〇本を越えるヒット数を記録するなど、打率とともにシーズン安打数もまた日本球界の九〇年代を貫く彼の独壇場となったことは、まさにこの「振り子打法」の革命性を物語っているだろう。

## 2

「振り子打法」の革命性——それを編み出し、やってのけるイチローの革命性とは何か?

ひとことで言えば、それはいわゆるバッティングの〈理にかなっていない〉打法であること、にもかかわらずイチロー固有の身体技術によって異次元の〈理〉へと脱自させられているという点に求められる。

ありとあらゆるスポーツに認められるところだろうが、それを実践するプレイヤーの身体技術には、その競技が歴史的に積み重ねられてきたなかで生み出され、淘汰されることでおのずとできあがった体系的な型《フォーム》や戦法《セオリー》が織り込まれている。野球のバッティングも例外ではない。

バッターボックスに両足を肩幅程度に広げたスタンスで立ち、グリップを肩の高さのあたりに持ってきてバットを構える。ピッチャーがモーションを起こすと同時に重心を軸足（後ろの足）に移しつつ、それにともなって前の足を軸足に摺り寄せ、あるいは宙に浮かせて軸足だけで立ち、バットをグリップの下の手・腕（リード）がいっぱいに伸びるところまで引く（ちなみにリードに対して、グリップの上の手・腕をフォローと言う。ボールをとらえ、バットを振り切るまでのこの上の手・腕の動きがフォロースルーである）。構えてからここまでの動作をテイクバック（始動）、この位置をトップと呼ぶ。バットをボールにコンタクトさせるための力を最大限に溜める位置である。

よくテレビの野球中継で解説者が弓を引くときの譬えで説明しているが、矢をつがえ、弓を持った左手を的に向けて伸ばし、弦にあてがった矢筈を持った右手を後方にいっぱいに引いた状態である。それが、あとは矢を放つばかりの満を持した状態であるのは、バッティングにおけるトップが、まさにそこから打たんとするボールを待ち構えた状態であるのと同じである。

もちろんこの間、目はピッチャーを見据え、そのモーションのなかから彼が振り下ろす腕〜手からリリースされ、ホームプレートに向かってくるボールに注がれていなければならず、バッターにとってトップの位置とは、その球筋を見極め、コンマ何秒かのあいだで打つか、打たないかを決断する視座でもある。

したがって実際に打ちにいくときも、視座である頭をなるべく動かさず、軸足に重心を置いたまま、腰を回転させてバットをボールにコンタクトさせるのが望ましい。マウンドのピッチャーズプレートからホームプレートまでは一八・四四メートル。正確にボールをミートするには、そんなわずかな距離においてもできるだけ長くボールを見、手元まで引きつけて打つことが必要であり、そのためには目(視座)を動かさないまま軸回転によってバットを振る上記のフォームが〈理にかなっている〉からである。これがバッティングの基本型だといっていいだろう。

そのうえで自分の体験も交えて感覚的に言うと、トップの位置から〈打てる〉と判断してバットを振り出し、ボールをとらえるまでのコンマ何秒間の視野には、ピッチャーの手(正確には指)を離れたそれがあるスピード感をともなった一本の線(球筋)となって見える。バッターはその速度のある線分を弾き返すようにスイングするのだといえる。実際には、バットがボールをとらえるのは点においてであるほかないのだが、バッターはその点(ミートポイント)を見ることはできない。ジャストミートしたとしても、彼が見ていたのはその点にいたる速度の線分(球筋)なのである。テイクバックからトップ、トップからスイング、ミートまでがうまくいけば、ライナー性のいい打球が飛ぶ。弾き返したボールもまた速度を帯びた一本の線を引いて飛んでいくわけである。

小学校五年生から少年野球を始め、中学で軟式野球、高校で硬式野球をやっていた都合八年のほどのあいだ、わたしはほぼ毎日バットの素振りをしていた（半分はやらされていたのだが）。バットを振り込む、と言ったりもするが、たとえば監督やキャプテンに課された〈素振り三百本〉といったノルマにむけて素振りをしながら、やがてわたしが気づいたのは、ただ本数をこなすためにするそれは掌に余計なマメを作るのがオチで、足腰・腕力・握力を鍛えはするだろうが、バッティングの技術向上には無益だろうということだった。素振りは本数のノルマをこなすためにやるべきではない。それは、一本一本がピッチャーの投げ込んでくるボールをミートするポイントをイメージしつつ、バッターボックスでバットを構え、テイクバック～トップ～スイングという実際のバッティングのイメージトレーニングになっていなければならない。素振りでやっているバットスイングが、実際の打席でできなければ何の意味もないのだから。そういう実のある素振りが〈百本〉できれば、それは〈三百本〉のノルマにゆうに勝るのである。当然といえば当然のことなのだが、わたしがそのことに体感として気づいたのは、高校に入って硬式野球を始めてからだった。

先に述べたバッティングの基本型はむろん軟式、硬式を問わずあてはまるものである。ただ、わたしの身体感覚に即して言うと、それがより追求され、フォームとして固められていったのは硬式野球でこそ、であったと確信される。というのも、ゴムでできた内部が空洞の軟式球の場合、バットの芯を〈当て〉さえすれば、ある程度ボールを飛ばせるが、コルクの周りに糸を幾重にも巻きつけたより質量の大きい硬式球は、〈当てる〉だけでなく〈振り〉切らないとボールをかっ飛ばすことはできないからである。ましてテイクバック（始動）が遅れ、十分にトップが取れず（力を溜めることができず）

にスイングに入れば、バッターは投球に差し込まれ、バットはボールの質量に負けてしまう。ボールを弾き返す前に、ボールに押し込まれてしまうのである。

いまでこそ高校野球といえば金属バットが当たり前だが、わたしが高校球児だった七〇～七二年はまだ木のバットを使っていたから（金属バットの使用は七四年以降）、インコースの厳しいところに投げ込まれたボールを下手に打ちにいって、根っこに当たると、バットが折れることもあった。折しも野球界はシュートピッチャー全盛の時代。カミソリシュートの異名を取った平松政次（大洋）を筆頭に、外木場義郎（広島）、木樽正明（ロッテ）などチームのエース級にシュートを決め球にするピッチャーが必ずいたものだ。そして、そういうプロ野球のトレンドがアマチュア野球にもほとんど同時に浸透していくのは、いまも昔も変わらない。いまとちがうのは、まだラインナップ中に圧倒的に右打者の比率が高かったという点が挙げられるが、それだけになおさら高校野球でもシュートを投げる右ピッチャーが山ほどいた（というのも左打者にはシュートは右打者に対するほど効果的ではないから）。プロ野球のようにそうそう決め球として投げられるピッチャーにはお目にかからなかったものの、インハイにシュートを投げて打者の体をのけぞらせ、次にアウトローの真っすぐ、あるいはカーブで打ち取るという、いわゆる対角線の攻めをしてくるパターンは多かった。持ち球にシュートがあると思わせるだけで、ピッチャーは優位に立てたのである。それだけにバッターはストライクゾーンを絞り込み、自分のミートポイントを持っていなければならなかった。そこに来たら確実に芯に当てられるというスイングができるポイントである。極端にいえば、それ以外のボールは見逃すぐらいの割り切りが必要だった。わたしの貧しい経験から言えるにすぎないが、インハイに来るシュートという球種は見逃せばほとんどボールなのである。いずれにせよ――シュートを捨てるにせよ、打ちにいくにせよ、頭を動かさずに軸足に体重を乗せたまま、下半身中心の回転からスイングするというバッティングの基本型《フォーム》はいよいよ追求すべき〈理にかなった〉打法となっていったのだった。

ピッチャーが投げたボールをトップの位置で待ち受け、球筋を見ているとき、通常バッターは自分の視野のなかにその球筋が入ってくるヒッティングゾーンを描いている。それはアンパイヤが判定するストライクゾーンよりさらに狭く、自分のポイントに球筋を呼び込む網のような役割をするといえるだろう。そしてテイクバックとトップのタイミングがうまく合えば、その球筋が網がすぼまるように飛び込んでき、目もそのポイントにフォーカスしてバットを過たずボールにコンタクトできるのである。

ここで強調したいのは――何をいまさら、と受け止められるかもしれないが――いずれにせよバッターがワンスイングで実際にボールをミートできるポイントはたったひとつしかない、という当たり前のことがらである。だから、バッターがつねに教え込まれ、また実践的に刷り込まれるのは、その一球、たったひとつのストライクを待ち構え、過たずとらえるという経験則である。〈狙い球を絞る〉、〈ボール球に手を出さない〉、〈ボールを迎えに行かずに、できるだけ引きつけて打つ〉といった言い方で指南されるのがそれである。なかには〈高めのボールは全部捨てて、ベルト付近の高さのボールだけに目をつけろ〉といった、より具体的な言い方もある。つまり、バッターはバッターボックスでピッチャーの投じるすべてのボールを追いかけるべきではない、ということである。打てないボール――自分のヒッティングゾーン外のボールは見ない、というのが言い過ぎなら、できるだけ早く見切りをつけて見逃す。打てるボールだけを見ること――バッターにとってボールを見きわめるとはそういうことであり、選球眼とは裏返せば、打てないボールからいかに早く目を切れるかということなのだ、ともいえるのである。

## 3

長々と前置きを書き連ねてしまったが、イチローの「振り子打法」がいかに〈理にかなっていない〉打法であるかを言うために、野球の歴史において蓄積され、わたし自身も教え込まれ、及ばずながら実践してもきた〈理にかなった〉打法の基本型《フォーム》をいささかくだくだしく、内実はまだ粗いものだが、叙述してみた。

イチローの「振り子打法」は、端的に言えば、ここまで叙述してきたその要諦にほぼ逆らって遂行される打法にほかならない。

まずそれは、軸足に重心を残すのではなく、最初軸足に乗せていた重心を「振り子」となってから大きく踏み出された前足に移しつつスイングするという打ち方にもっとも顕著に表れる。

なぜ重心を軸足に置いてのスイングが〈理にかなっている〉のか。おさらいをしておくと、それは、頭（視座）を動かさずにピッチャーの投げ込んだボールをできるだけ長く見きわめ、そのまま軸回転することで両足から腰へと連動する捻転の力をバットスイングに伝えやすいからである。それに対してイチローは、踏み出した前足のほうへ頭（視座）を動かしながらボールを打ちにいくため、眼をボールのほうへ近づけながらバットをコンタクトさせなければならないわけで、時間と空間、二重の不利を負うことになる。

ではスイングに伝わる力はどうなるか、というと、こちらは、そもそもの「振り子打法」最大のメリットと言うべきで、前足を「振り子」として軸足よりもさらに後方まで振り戻すことで力が蓄えられるので、その前足を大きく踏み込んでボールをコンタクトできたときは、通常のテイクバック〜トップからのスイングよりもはるかに強い力をボールに伝えることができる。だが要は、そんな強くて、速いスイングができる身体技術を持ち合わせたバッターはおいそれといない、ということなのである。

イチローはなぜそれができるのか。あるいは、どのようにそれをしているのか。ひとついえるのは、筋力が主導するパワーがそれを可能にしているのではないということである。イチローの場合、多くのスラッガーと呼ばれる打者がそうであるようにパワーがスイングのスピードを生み出すのではなく、むしろ身体運動のスピードがボールをコンタクトするスイングのパワーを生み出しているのである。

ここまで軸足と前足という言い方をしてきたが、最初後ろ足（左足）に置いていた軸を踏み込んだ前足（右足）に移動させる「振り子打法」の場合、両者は後ろ軸足、前軸足として機能しているというべきだろう。ここでもっとも重要な役割を担うのが前軸足である。それはまず「振り子」として始動（テイクバック）したあと、トップの位置で後ろ軸足に溜められた重心を、今度は大きく踏み出したみずからの位置で支えると同時に平行移動された軸となって回転することで蓄えられた力を最終的にバットスイングに伝えねばならない。始動からの動きもさることながら、ボールをコンタクトするときにそこ——前軸足の全体と、特にその付け根の股関節——にかかる負荷は、通常の〈理にかなった〉打法における軸足におけるそれの比ではないはずである。

ここでそうした軸の移動と、それにともなうスイングの負荷を支える場こそ、前軸足（右足）の股関節であり、それを受ける膝関節であり、決め手となるのがそれらの関節の柔軟性と強靭さなのである。イチローが試合前のルーティンとして念入りに行っているある柔軟体操を思い浮かべてみればいい。両足を大きく広げ、腰を割り、両手はそれぞれの膝に置いて、相撲の四股のような恰好をキープする。そのまま左右の肩を交互に前向きに捻りながら、股関節、膝関節、両肩関節を動かすのである。それぞれの関節を柔軟に、できるだけ可動域を大きくしようとするこの準備運動は、イチローのスイングスピードの源泉である関節の柔軟性と強靭さをチューンナップしているのである。

だが、ここまではまだ、イチローのバッティングがいかに〈理にかなっていない〉打法であるか、その半分しか言ったことにならない。

じつはこの〈理にかなっていない〉打法を可能にしているイチローの真骨頂は、スイングを始める前——テイクバック～トップというまたたくほどの間にピッチャーの投じたボールを見きわめる並はずれたバッティングアイにある。それは、〈理にかなった〉打法の要諦にあるように〈ボールを迎えに行かずに、できるだけ引きつけて打つ〉のではなく、それどころか逆に、先述した時間と空間、二重の不利を負いながら、いわば〈ボールを迎え撃つ〉打法を実現しているのである。〈狙い球を絞って〉待ち構えるのではなく、〈打てるかぎりの球を狩りに行く〉貪婪な視力なのである（念のために付記するが、それは眼に特化した機能にとどまらず、身体そのものの感応力と一体化した動体視力であることはいうまでもない）。

こうしたイチローの視野のなかでは、そのヒッティングゾーンは、しばしばアンパイヤのストライクゾーンをはみ出しもする。見逃せば完全にボールだったり、ときにはワンバウンドしたりする投球をイチローがものの見ごとに弾き返すシーンを見たことのある人は少なくないはずだ。こうした一見アクロバティックなバッティングに、日本では実況アナウンサーや解説者は判で押したように〈神業的なバットコントロール〉などと言うわけだが、バットのハンドリングというのはボールを見る動体視力と相即しているわけで、その意味ではMLBの実況でアナウンサーが言うfantastic hand-eye coordination」といった言葉のほうがより的確だといえるだろう。

ついでに付け加えておくと、〈ボールを引きつけて打て〉と言われて、ただ〈引きつける〉だけでは打てない。ボールをより〈引きつけて打つ〉、つまりミートポイントを近くするためには、その分スイングスピードが速くなければならない。バッターがどれだけ〈ボールを引きつけて打て〉るかは、トップの位置からボールをミートするまでのスイングスピードとつねに相即的なのである。まさにhand-eye coordination（手と眼の同調）がモノを言うのである。

一体全体、イチローの眼にピッチャーが投じたボールが一筋の動線として近づいてくるさまはどのように映じているのか。それを想像していると、一度でいいからその映像をわが眼がなりかわって見てみたい、などと埒もない空想に誘われかねないのだが、しかし、イチローといえども、先に述べた「バッターがワンスイングで実際にボールをミートできるポイントはたったひとつしかない」という現実から逃れられるわけではない。

イチローと〈理にかなった〉並みのバッターとの動体視力のちがいは、あるいはカメラのシャッタースピードの比喩によってある程度言い当てられるかもしれない。おそらくイチローのバッティングアイのシャッターは、後者のそれに比べ、百五十キロ超の速球からブレーキングボールやチェンジアップなどの変化球まで緩急に応じてシャッタースピードを変えられる、その幅が格段に大きいのではないだろうか。

マウンド上のピッチャーの後ろ姿とミットを構えるキャッチャー、そしてバッターボックスでピッチャーに対峙してバットを構えるバッター――テレビの野球中継における、このセンター方向からバッテリーとバッターの姿をとらえた定番の画面に慣らされてしまうと、ストライクゾーンとは左右×高低の二次元平面だと思い込みがちだが、じつはホームプレート分の奥行きがあり、さらに実際のバッターのヒッティングゾーンは、そこに球速や球種によるたえず微妙に変動する奥行きを加えた三次元空間なのである。

シャッタースピードを変えられる幅、という比喩はまさにこの奥行きにかかわっている。それを球道上で目測すると、〈理にかなった〉並みのバッターが大きく見積もってボール二、三個分、イチローの場合はその倍近くあると思われる。この観客席からはほとんど目視できないわずかな差――ヒッティング・ゾーンの奥行きこそが、イチローの「振り子打法」――後ろ足（左足）から前足（右足）へと軸（重心）を移しつつ、完全に前足（右足）に軸（重心）を乗せたところでボールをミートする打法を可能にしているものにほかならない。

## 4

ここまでわたしはエラそうに「〈理にかなった〉並みのバッター」などと括っているのだが、それはイチローの〈理にかなっていない〉打法の特質を際立たせるための方便としてそう言っているだけで、あちら側に目を移せば、イチローと同じ左打者にかぎっても、「並み」どころか〈理にかなった〉打法を徹底的に磨き上げてきた偉大なバットマンの列伝が描けるはずである。

たとえば史上初の四割打者テッド・ウィリアムス、〝打撃の神様〟川上哲治、イチローに抜かれるまで日本プロ野球の通算最多安打記録保持者であった〝安打製造機〟張本勲、通算本塁打八四八本の〝世界の王〟王貞治、昨シーズンまでイチローの所属するマイアミ・マーリンズのバッティングコーチでもあったメジャーリーグのシーズン本塁打記録保持者バリー・ボンズ、そして記憶に新しいところでは〝ゴジラ〟松井秀喜などなど――。わたし自身が映像によって、またじかにそのバッティングをこの目で見たことがある際立ったバッターからランダムに挙げてみたが、あと一人イチローとほぼ同世代で、わたしが高校~大学~プロと長期間にわたってそのバッティングをナマで見る機会に恵まれた左打者を加えたい。現巨人監督の高橋由伸である。

　横浜スタジアムでの横浜高校との夏の神奈川県大会決勝戦ではじめて見た、一年生で桐蔭学園の三番を張っていた高橋由伸は、すでに自分の型《フォーム》を持っているバッターだった。グリップの位置は高め、やや担ぎ気味にバットを寝かせた構えから、テイクバックで右足を上げると同時にバットをほぼ垂直に立ててトップの位置を取り、そこからきれいな軸回転のレベルスイングで右に左に快打を連発していた姿には、これがほんとうに一年生の打撃かと目を見張らせる完成型のイメージがあった。そのあと神宮で、かつて田淵幸一が法大時代にマークして長く破られなかった東京六大学の本塁打記録を超える二十三本の本塁打を放つほどに打棒を振るった慶大時代。あの長嶋監督をして〝天才〟と言わしめたシュアで、かつ長打力も秘めた打撃で、東京ドームところ狭しと左中間、右中間に糸を引くようなライナーを放っていた巨人入団以降。そのバッティングを目の当たりにするたびにわたしが唸ったのは、何よりも横浜スタジアムではじめて見た桐蔭学園一年のときのそれと寸分変わらない型《フォーム》を維持しえていることだった。高橋は、大学野球ばかりかプロ野球でも通用するバッティングの基本型《フォーム》を十五、六歳のときにすでに自分のものにしていたのである。

　わたしが高橋由伸にイチロー以上の早熟を感知し、驚嘆するのはこの点である。イチローはおそらく同じ時期、まだまだ、もっともっと暗中模索していたと思う。そのバッティングは、「振り子打法」

へと脱皮するずっと手前の蛹のなかで日に日に生成変化していたのではないだろうか。その意味で、早くに体得した型《フォーム》を一度も崩すことなく練り上げ、ヒットを打ちつづけた高橋由伸こそは、〈理にかなった〉打法の伝統を集約しつつ代表するバッターとして、〈理にかなっていない〉異次元の打法へと越境していったイチローと同時代における双璧だともいえるだろう。

ここで高橋が連なっている先述した〈理にかなった〉打法の列伝は、野球の打法の歴史における系統発生のもっとも太い幹を形成しているはずだ。もちろんイチローもそこで生を享けたのだが、その打法の尖鋭化のはてでこの幹から分枝して「振り子打法」を生み出し、異種の花を咲かせ、異種の実を結ぶことになった。

かりに先に挙げた名前——テッド・ウィリアムス、川上哲治、張本勲、王貞治、バリー・ボンズ、松井秀喜に高橋由伸を加えて、それぞれのボールをミートした瞬間の型《フォーム》——左足に重心を乗せたまま、その膝から上の線と体幹が一本の軸となった状態でバットがボールをコンタクトしている姿を真横の三塁側から撮ったストップモーション画像として重ね合わせるなら、この七人の型《フォーム》はほぼぴたりと重なるはずである。構えやトップの形、さらにはフォロースルーの軌道がどんなにちがっていても、ボールをミートする位置での形は重なり合う。つまり、これが〈理にかなっている〉ということの意味でもあるのだが、一方でイチローの同じ画像を先の七人のそれに重ねても、その姿は彼らの画像の重なりから一人前向きにズレているはずである。ここまで本稿を読んでもらったなら、その理由は言わずもがなだと思うが、イチローのボールをミートするポイントは、左足から重心を移して軸となった右足のさらに前にあるからである。踏み込んだ右足と体幹が一本の軸となってスイングされたバットのスピードが極大となるそこが、他のバッターには追随できないイチローの〈狩場〉なのである。

〈理にかなった〉というときの〈理〉とは、一言でいえば歴史的に共有された経験則ということである。それが〈理〉であるのは、したがってマネをし、学ぶことによって体得しうる身体技術としての再現性をそなえているということでもある。

わたし自身覚えがあるのだが、野球小僧というのは必ずだれか先達にアイドルを探し出し、そのマネをするものである。いまも毎年欠かさず甲子園の高校野球をテレビ観戦していて発見するのは、そうしたいわば「〈模倣〉の学校」(吉本隆明)の一面である。高橋由伸が巨人に入団して以降、あきらかに彼の型《フォーム》をマネていると思える左打者が頻繁に甲子園のバッターボックスに立った。それはひとつのトレンドと言えるほど顕在的な現象だった。それから少し時を隔てて、同じようなトレンドを感じたのは、ヤクルト~日ハムで活躍した稲葉篤紀の構えとそっくりな左打者が目立ったときだった。オープンスタンスで構え、ピッチャーの投球と同時に上げた右足を大きく踏み込む打ち方である。

これも自分自身の貧しい経験に照らして言うなら、たぶん野球小僧たちは当初はカッコいいから、といった契機からそうしたアイドルの〈模倣〉に入ると思うのだが、実際にバッターボックスでやってみると、できないものはやはりできない。そのことは自分の能力に閲して実践的にすぐに確かめられる。だから、それでもやりつづけているとすれば、それが彼自身にとっても〈理にかなっている〉

からなのである。わたしにトレンドとして見えていたのは、高橋の型《フォーム》がタイミングを取るのに狂いが少ないテイクバック〜トップを可能にすること、稲葉のオープンスタンスが投球を見る広い視野を確保する構えであり、特に内角のボールを打ちにいくときにスクエアスタンスの窮屈さがないことを彼らが実践的に学びとった結果なのである。

マネをして、自分の型《フォーム》にしようとしてもまずできない〈理にかなった〉打法の代表的な例は王貞治の一本足打法だと言えるかもしれない。よく知られているように、この打法は、先年亡くなった巨人の打撃コーチだった荒川博が若く粗削りだった王をマンツーマンで徹底的に〈型にはめる〉ところから生まれた。バットのグリップをほぼ動かさずにテイクバックで右足を大きく上げて長いトップを取り、左の軸足に溜めた力を踏み出した右足に伝えると同時にバットを振り下ろす。一本足打法の特長は、ぎりぎりまで溜め込んだ力を一気にスイングに伝えることで生まれる爆発力、そしてバットをボールに振り下ろす、いわゆるダウンスイングによって打球に強烈なバックスピンをかけ、大きな飛距離を生む点にある。王はまさにこの打法を自分の型《フォーム》にすることで本塁打を量産しえた。

しかし、そのあと一本足打法の型《フォーム》を継承するバッターは出現していない。わたしが知るかぎり唯一それを受け継いでいると認められたのは、南海〜西武〜大洋で活躍した片平晋作だけである。その片平は大阪の上宮高校時代にアイドルとしての王の一本足を〈模倣〉することから始め、東京農大時代を通じて自分なりにその打法を身につけた。彼は勝負強いバッターとして長い選手生命をまっとうしたが、ただし、その一本足打法は本塁打を量産するための一本足打法とはならなかった。つまり王貞治の一本足打法ではなかったのである。

　ここには一本足打法の難しさ、オリジナルと〈模倣〉のあいだの〈千里の径庭〉が垣間見えるが、じつは王が巨人の監督となってのち、この〈型にはめる〉一本足打法伝授の劇《ドラマ》はある選手を標的にふたたび繰り返された。当時、頭角を現しはじめた駒田徳広を見込んで王は一本足打法への挑戦を勧め、旧師である荒川に彼を託したのである。荒川は、王をマンツーマンで鍛え上げたのと同様、駒田を「荒川道場」に缶詰めにして一から一本足打法の〈型にはめよう〉と猛練習を課すのだが、駒田はどうしてもそれが体得できない。そして、ついに耐えきれなくなって荒川の許を去ってしまう。こうして〈型にはめる〉一本足打法の試みは、一回目は成功、二回目は失敗として帰結する。しかしながら、結果的に駒田の選択は正しかった。彼はそのあと巨人～横浜を通じて、持ち前の柔軟な〈バットコントロール〉を活かした、長打も打てるアベレージヒッターとして自分の型《フォーム》を作っていくことになったからである。

　コーチの荒川を介した王と駒田のケースには〈型にはめる〉ことの成否がこれ以上ないコントラストで露呈している。荒川は王を〈型にはめる〉ことに成功した。しかしそれは、王がその〈はめられた型〉を消化するだけでなく、それ以上に自分の型《フォーム》として昇華し、身体化をつきつめたということを物語っているように思える。

5

わたし自身右打ちであるにもかかわらず、まったく右打者の列伝――たとえば藤村富美男（阪神）、ジョー・ディマジオ（ヤンキース）、中西太（西鉄）長嶋茂雄（巨人）、落合博満（ロッテ〜中日〜巨人〜日本ハム）のバッティングに触れないのは心残りなのだが、ここはイチローの打法について考えを進めるために先を急ごう。

繰り返せば、〈理にかなった〉打法というときの〈理〉の所以は、それがマネでき、学べるという点にあった。とはいうものの、王の一本足打法にみられるようにその〈理〉が極限までつきつめられ身体化されると、それは〈模倣〉することはできても、自分のものにまですることはできない。

では、イチローの「振り子打法」はどうか。

イチローが七年連続首位打者となって日本球界を席捲しているさなか、あるいはメジャーリーグデビューして全米をアッと言わせているとき、日米を問わず野球小僧たちはそのマネをしようとした。イチローはベンチを出て、バッターボックスに入るまで、先述したウォームアップもそうだが、ほぼ完全に同じルーティンを順番どおりにこなす。バッターボックスに入って、アドレスし、ピッチャーに向けて伸ばした右手に持ったバットを垂直に立て、左手でユニホームの右の袖を心持ちたくしあげてから、ゆっくり構えに入る。野球小僧たちはこぞってその仕草をマネた。そして、ピッチャーが投げると同時に右足を「振り子」のように大きく後ろに振りあげるところまでもマネしようとした。だが、マネができるのはそこまで、である。そこから先のスイングだけはマネができないのである。なぜならそのスイングは〈理にかなっていない〉からである。

「振り子打法」以前のイチロー——つまりは鈴木一朗がどんな先達をアイドルとしてマネし、学ぼうとしたのかはさだかではないが、わたしがテレビではじめて見たジュニアオールスター戦でのバッティングは、まだ〈理にかなっている〉打法だった。それは、私見では、たとえば若松勉（ヤクルト）、藤田平（阪神）、谷沢健一（中日）、田尾安志（中日〜西武〜阪神）、篠塚和典（巨人）、そしてオリックス時代イチローを見守ってきたバッティングコーチでもあった新井宏昌（南海〜近鉄）といった巧打で広角にヒットを打てる左のアベレージヒッターの系譜に連なるものだった。メジャーリーグで三千本以上の安打記録を持つバッターのなかから同タイプを探せば、ロッド・カルー（ツインズ〜エンゼルス）やトニー・グウィン（パドレス）の名が挙げられるだろう。それぞれのバッティングを思い起こすと、彼らがヒットを量産し、高打率を残せたのは、〈バットコントロール〉——hand-eye coordination によってボールをとらえられる、イチローに一脈通じるヒッティングゾーンの奥行きを持ち合わせていたからという共通点が浮かび上がる。だが、イチローは彼らの系譜から、さらに彼らのだれもが思いもかけなかっただろう「振り子打法」を敢行することで未知のバッティングの領域へと越境していった。鈴木一朗／イチローがいつどのようにしてそれを思い立ち、試みることになったのか。彼自身がすべてを語りつくすのはまだ先のことだろうが、おおげさにいえば、それは日本野球の進化と突然変異のある決定的な場面として記憶されるべきだろう。

ここで、わたしがたった一度球場でイチローのバッティングを目の当たりにした経験を呼び起こしてみたい。そのとき、知らず知らずのうちにわたしはいましがた述べた「進化と突然変異」の場面を目撃していたかもしれないからだ。

折しも阪神淡路大震災の起きた年の初夏だった。当時東京に住んでいたわたしは休暇を利用して、被災した神戸に住む旧友を訪ねるために三ノ宮駅頭に降り立った。あたりは倒壊したビルや店舗などの瓦礫の撤去作業がたけなわで、規制線が張られたなかを重機が行きかい、通りには粉塵が舞っていた。就寝中に倒れてきたタンスが寝室の壁、頭上数十センチのところで止まった、教員住宅の部屋が狭くて助かったよ、と苦笑いして垂水で迎えてくれた旧友とその家族の無事な姿を見届け、そこを辞去したあと、わたしは神戸市総合運動公園まで足を延ばして、オリックス・ブルーウェーブの本拠地グリーンスタジアム神戸に駆けつけた。ユニホームの袖に「がんばろうＫＯＢＥ」の文字が縫いつけられたシーズンである。

相手はダイエー・ホークス。現在のソフトバンクだが、当時の監督が王、先発ピッチャーがイチローの高校の先輩であり、のちの二百勝投手、現ソフトバンク監督である工藤公康であったことが興味深く思い起こされる。先に結果を言ってしまうと、両者の対決は、イチローが工藤からライトスタンドに飛び込む決勝のスリーランホームランを放ち、オリックスが快勝した。イチローは五打数三安打の活躍で、たしかホームラン以外のヒットも長打で、凡退した打席も含め五打席すべてでことごとくボールを芯でとらえてみせるバッティングを披露してくれたと記憶する。

野球小僧の頃から三塁手だったこともあり、わたしは球場で観戦するときは、たいてい内野手のフィールディングがよく見えるバックネットからやや一塁側に寄った観客席に陣取っていたのだが、この日はたまたま反対の三塁側、それもバックネットから遠い席から観戦することになった。ちょうどマウンド上の工藤と、そこから一八・四四メートルを隔てて対峙するバッターボックスのイチローとが、ほぼ等距離に真横から見える席だった（ちなみに、このピッチャーとバッターの対決を真横から観る席は、ピッチャーの投げる球がどれくらい速いかを体感するのに恰好の視角《アングル》を保証する。スピードガンで表示された数字を見て驚くのではなく、生身の球速を目の当たりにして驚くには、この席にまさる視角はないだろう）。イチローがバッターボックスでアドレスし、バットを構え、右足を「振り子」として大きく後ろに振り上げ……という一連のボディアクションがはっきりと見える席だったのは幸運だった。

聞きしに勝るイチローの「振り子打法」を目の当たりにして、わたしは声を挙げていた。

――何という大胆不敵なタイミングの取り方だろう！

二十年あまり前、暇を見てバッティングセンターに通ったりしていた自分のなかにまだ残っていたバッターとしての感覚をとおして見たイチローの「振り子打法」をいま思い出しながら再現してみると、どうみても工藤の投球モーションに対してイチローの「振り子」の振り出し、つまりバッターとしての始動は早すぎると思えた。真っすぐ一本にヤマを張ればできるかもしれないが、と思うわたしの常識を、しかし、打席を重ねるイチローはやすやすと裏切り、工藤の投げ込む真っ直ぐ、カーブをことごとくバットの真っ芯で痛打してみせる。マウンド上で、もう投げる球がない、という表情の工藤にゆっくりと王監督が歩み寄り、降板を告げる。三塁側ダグアウトに戻る途中帽子をとった工藤は、文字通り脱帽したように見えた。

そのときは思いおよばなかったのだが、ここで、いまこの稿を書きながら思いついた、イチローの「振り子」の「大胆不敵な」、あまりに「早すぎる始動」の、対ピッチャーの作動原理とでも言うべきものについて試みに書いてみよう。

わたしがあらためて思い起こしたのは、KOされて途中降板した工藤の投球フォームである。大きく振りかぶるワインドアップモーション、右足もやはり大きく上げ、十分に左の軸足にタメを作り、大きなバックスイングで腕を振る。そのとき、上げた右足はホームプレートめがけて目いっぱい大きく踏み出されている。こんなふうに左投げのピッチャーの場合、下半身の動きだけをたどると、右足を上げたまま左の軸足一本で立ち、右足を踏み出して着地するやいなや今度は左足でマウンドを蹴り、最後は右足一本で立った状態で投球を終える（いうまでもなく右ピッチャーの場合は、左右の順序は逆になる）。イチローの「振り子打法」における――先に「後ろ軸足から前軸足への」重心移動として指摘した――左足から「振り子」となった右足への軸の移動は、このピッチャーの左足から右足に軸足を移動する動きにそっくり対応しようとして編み出されたのではないか（もちろんピッチャーのように最終的に右足一本になることはないのだが）。ピッチャーのワインドアップモーションから腕を振って投げるまでの一連の動きに合わせて、大きな「振り子」によるボディアクションから溜めた力を重心移動によってスイングに集中するバッティングは、それができるなら、まさに異次元の〈理にかなった〉打法だと言えよう。

その際、指摘すべきは、まさに工藤がそうであったように、大きなワインドアップモーションで、上げた右足を長く保ち、軸足に十分に重心を乗せてタメを作ったうえで、やはり大きなバックスイングから腕を振る、ようなタイプ——つまり、投球モーションを起こしてからボールをリリースするまでの時間が長いピッチャーほど、「振り子打法」はその投球にアジャストしやすいということにほかならない。工藤は——高橋由伸のバッティングフォーム同様、高校時代から変わらぬ——ゆったりした、流れるような美しい投球フォームの持ち主だったが、それはイチローの「振り子打法」にとっては恰好の餌食だったのである。

## 6

イチローのバッティングをずっと注視してきた人なら、わたしがこれほど「振り子打法」にこだわるのは奇異に思えるかもしれない。イチローが「振り子打法」をやっていたのはオリックス時代であり、メジャー移籍後はやっていないではないか、と。たしかに現象的にみればそのとおりで、メジャー移籍後のイチローは右足を「振り子」然と大きく後ろに振り上げるタイミングの取り方はしていない。むしろできなくなったと言うほうが正確だし、その理由はいくつか考えられるのだが、それを言う前に、あらためて確認したくなるのが、野球というゲームは、攻撃と守備が画然と分かたれているようにみえて、個々のプレーを見ていくと、その分割はそれほど自明ではないということである。というのも、攻める側ではなく、守る側がボールを手にして始まる球技だからで、たとえば攻撃といってもバッターは自分からそれを仕掛けることはできない。ピッチャーがまずボールを投げ込むことでバッターを攻める。それがあって、はじめてバッターの攻撃は始まる。つまりバッティングというのは、あくまでもピッチャーの投球モーションに合わせて始動(テイクバック)するほかなく、仕掛けるのはつねにピッチャーのほうなのだということである。

イチローが、メジャー移籍後「振り子打法」を封印せざるをえなかったのも、まさにこの点にかかわっている。

日本のピッチャーの投球フォームとちがうメジャーリーグのピッチャーの特徴は何か。まずワインドアップで投げるピッチャーが少ないということ、また、ワインドアップのピッチャーでも比較的速くて小さいモーションで投げるということ、そして、それ以上にノーワインドアップで投げるピッチャーが多いこと、さらにはランナーがいなくてもセットポジションで投げるピッチャーも少なくないということなどがすぐに挙げられる。体型に根ざした基本型《フォーム》の特徴もある。長身で手足の長いピッチャーが多く、軸足に長くタメを作り、上げた足を大きく踏み込んで重心を沈めて投げることの多い日本のピッチャーと反対に、比較的ステップを短く、突っ立ったような状態で上半身の力を使って投げおろすという基本型《フォーム》である。

以上を総じて言えば、日本のピッチャーに比べて、メジャーリーグのピッチャーは、投球モーションの始動からボールのリリースまでの時間があきらかに短いのである。かてて加えて、ストレートは日本のピッチャーよりも時速にして十キロは速く、しかもブレーキングボールなど緩急を使った変化球のほかに、ムービングファーストボールなど手元で微妙に変化する速球系のボールも多投する。つまりイチローは、バッターボックスで、「振り子」の時間を与えない投球モーションで投げてくるピッチャーのより速いストレートとより手元で変化するボールを打たなければならなくなったのである。

これがイチローが「振り子打法」を封印した理由なのだが、しかし、それを「振り子打法」を捨てたとみなすのは早計である。「振り子」は封印したのだが、その「打法」の真髄は捨てていないのである。むしろこう言うべきだろう。その真髄＝〈理にかなっていない〉打法をメジャーリーグでも追求するためにこそ、イチローは「振り子」を捨てたのだ、と。

その真髄とは、すでに述べた言葉を繰り返せば、「後ろ足（左足）から前足（右足）へと軸（重心）を移しつつ、完全に前足（右足）に軸（重心）を乗せたところでボールをミートする」ということであり、そのとき「踏み込んだ右足と体幹が一本の軸となってスイングされたバットのスピードが極大となる」ことである。まさにこの瞬間を追求するために、メジャー移籍後のイチローは、バットを立てたり心持ち寝かせたり、背筋を伸ばしたりかがめたりして構えを、そして何といっても「振り子」に代わる右足の上げ方を柔軟に変えながら、この〈理にかなっていない〉打法に磨きをかけていった。

昨シーズン、イチローがメジャー通算三千本安打を達成したあと、ＮＨＫのＢＳで放送されていた

「3000本！見せます　イチロー全安打」という——イチローがマリナーズでのデビュー戦で放ったセンター前にゴロで抜けていく初安打に始まる三千本のヒットを打つ場面のVTRを数珠つなぎにつないだだけのシンプルきわまる——番組をたまたま観る機会があったのだが、そこに連続して映し出されるイチローの三千回のバッティングフォームは、右に述べたメジャー移籍後のイチローの模索と変化の跡を如実に証し立てていた。じつのところわたしは、VTR映像を何度も見せる最近のテレビのスポーツ実況の傾向にいささか辟易していたのだが、この番組には思いがけず教えられるところがあった。たとえばイチローの右足ひとつ見るだけでも、摺り足に近い動かし方にしたり、足を上げた場合でも、上げ具合、あるいは上げたときの足首の角度から、踏み込んだときの位置まで、シーズンごとに微妙に変えながらチューニングしているのがわかるのである。

イチローはつねに生成変化していて、とどまることがない。永遠に、というのが大げさなら、少なくともユニホームを脱ぐまで〈型にはまる〉ことはないだろう。しかし、つねに生成変化しているのは、「踏み込んだ右足と体幹が一本の軸となってスイングされたバットのスピードが極大となる」ミートポイントを不動とするためにほかならないということが、イチローの連続するバッティングのVTR映像を見ながら、確信されてくるのである。わたしは、読みさしの生物学者福岡伸一の本のタイトル「動的平衡」という言葉を反射的に思い浮かべていた。

ただ、そうだとすれば、やはりイチローの打法は、めざましく革新的ではあるけれど、異端的であるがゆえに孤独で繊細な一筋の分枝でありつづけるのだろうか。だれのマネもせずに身につけられたその打法は、やはりだれにもマネのできない打法にとどまったまま、イチローの引退とともについえてしまうのだろうか。そうかもしれない。だが、そのことについていま予断を語るのは傲慢だろう。何よりも日本野球の未来に対して――。

## 7

ところで、「3000本!見せます　イチロー全安打」という番組を観ていて、もうひとつ再認識することになったのは、内野安打がきわめて多いということである（調べたわけではないが、オリックス時代はおそらくこれほど多くはないはずである）。そのことでイチローを過小評価する、見た目の派手さで野球を判断する素人っぽい向きもあることは知っているが、イチローの内野安打はやはりイチローならでは、なのである。たぐいまれな〈バットコントロール〉――hand-eye coordination によるボールに当ててしまえるセンス。打者走者としてスプリントの利いた、しかも絶対に手を抜かないベースランニング。この二つがイチローの内野安打量産の原動力にほかならない。

イチローの内野安打の他の追随を許さない特質をひとつ挙げると、それは、並みのバッターなら空振りやファウルになる打ち損じがそうならずに、しばしばフェアグラウンドに転がる打球になるということだろう。あきらかに投球に差し込まれたり、逆にタイミングを崩されたりしても、つまり、スイングの力が極小に近くなっても、瞬時の、それこそ〈バットコントロール〉でボールをフェアグラウンドに飛ばすことができる。そして、スイングのあと連続的な動作で一瞬の隙もなく一塁へむけて全力疾走するのである。それは、あの精妙きわまりないセーフティバントの技術とも一体化されている。このあたりのイチローのパフォーマンスをVTRでまとめて見ていると、松岡正剛がかつて「イチローには『芯とバネのあるフラジリティ』という言葉を贈りたい」（『フラジャイル』「あとがき」）と書いていたことが思い出される。たしかに並み居るメジャーリーガーのパワープレーのなかでは、イチローのプレーの端々に〈あえか〉とか〈かそけき〉といった言葉で形容したくなる表情が閃くのである。

通常、バッターというものは、どんなに俊足を謳われるリードオフマンであれ、バッティングとベースランニングとを別々の課目として身体化しているものである。つまり、ボールを打ち終わってから一塁ベースにむかって走り出すまでのあいだに多かれ少なかれ間を置いてしまうのである。タイミングよくボールをとらえ、百パーセントのフォロースルーができたときはまだしも、打ち損じたときほどそれが顕著である。「しまった！」という気持ちが体を止めてしまううえに、その気持ちを引きずりつつ走りだすので、なかなか加速できない。それでいて下手な打者走者の場合、一塁ベース間際でセーフになるかもしれないと気づき、無理して最後のストライドを大きく踏み込んだあげくベースで足を挫いたりするのである。

イチローの打者走者としての徹底性は、こういう人間的な逡巡をベースランニングへの瞬発力が完全に克服してしまっている点にも現れている。どんなに詰まった当たりそこねのボテボテのゴロでも、いや、むしろそういう打ち損じのときほど、イチローは一瞬のゆるみもなく、連続的に打者から走者へと移行し、トップスピードで一塁にむかう。おそらく何歩目でベースに達するかもわかっているのではないだろうか。その姿は、打者走者とは、打者のち走者ではなく、打者＝走者にほかならないことを身を以て教えているようだ。

全力疾走について考えていると、わたしには苦く思い出されることがある。中学生のとき、野球部の顧問で鬼監督だった技術家庭科の教師に、試合での攻守交替は言うに及ばず、練習中も全力疾走の励行を課されたことがあった。高知県の文武両道で鳴る名門私学が甲子園でこれみよがしにやっていたことの猿真似だった。まったく精神‐形式主義的に妄信された猿真似ほど愚かなものはない。走るたびに全力疾走しているつもりだったわたしたちは、しだいに走りにめりはりを失い、自分のトップスピードがわからなくなっていった。わたしたちはただ疲れはてただけだった。

もしいまわたしが指導者であったなら、かつての中学生の自分にこう言うだろう。ベーラン（ベースランニングの略）や五十メートルダッシュ以外に全力疾走はしなくていい。その代わり、いったんバッターボックスに立ったら、打者走者、あるいは走者として、そしていったん守りについたら、打球を追いかけ、落下点に達するまでは、どんなときも必ず全力疾走しろ、と。イチローの走塁と守備を見ていて、いまさらのように教えられるのはそのことである。

もっぱらバッティングについて見てきた行論が、内野安打に触れることをとおしておのずとその走塁や守備にも言及する運びとなったのは、走・攻・守すべてにおいて身体技術が高度に統合されたイチローという選手のしからしむるところなのだろう。走については、スチール（盗塁）もまたイチローの逸することのできない武器であり、その技術だけでも一家をなすものである。守では〝レーザービーム〟を発する強肩が強調されるが、それがめざましい捕殺を可能にし、またフェンスをよじ登る〝スパイダーマンキャッチ〟に象徴される守備範囲の広さを可能にしているのは、打球に対する判断とスタートの速さ、そして脚力であることはいうまでもない。

ただ、ここではそれら個々について深入りするのではなく、走と守に共通するイチローの高度な方法論として、ひとつの象徴的なプレースタイルにフォーカスしたい。それは、イチローは絶対にヘッドスライディングをしない、ということである（ランナーとして塁上にあるとき、牽制球に対して手から帰塁したり、本塁上のクロスプレーの際、キャッチャーのタッチをかいくぐって手でベースタッチを試みたりすることを除いて）。守に特化して言えば、スライディングキャッチを試みるときもダイビングキャッチは絶対しない、ということである。いうまでもないことだが、それはできないからではない。あえて、しないのである。

通常、ヘッドスライディングをするのは足から滑るより早くベースに達するためであり、ダイビングキャッチをするのは足からのスライディングで捕りにいっては打球に間に合わないからである。つまり、ヘッドスライディング、ダイビングキャッチが走・守それぞれにおいて、それをしないよりもさらに大きな限界値を可能にするからである。イチローのプレースタイルは、しかし、自身のなかでこの付加的な限界値を無化している。打球判断、スタート、最短路でのチャージと相まって、スピードを落とさない足からのスライディング技術が、ヘッドスライディングとダイビングキャッチを無用にしているのである。

そしてこのプレースタイルは、みずからのプレーそのものによって絶対にケガをしない、という、もうひとつのイチローの重要な命題の実践でもある。

じつはこのヘッドスライディング、ダイビングキャッチについても、わたしには相応の言葉を費やしてみたい実体験があって、それは及ばずながら、イチローのプレースタイルの隔絶を反照することになるとも思うので、ここで少しく迂回してみたい。


中学三年の夏休み。公式戦が終わって、部活を引退したわたしは、同級生のチームメイト数人と恒例の夏の高校野球観戦のため甲子園に馳せ参じた。第五十一回全国高等学校野球選手権大会準々決勝。その二日後の決勝で松山商業と三沢高校が延長十八回を戦って引き分け、再試合のすえ松山商業が三沢を下して優勝した大会である。青森代表の三沢高校のエースは、前年夏、その年の春に続いて三季連続チームを甲子園に導いた本格派の太田幸司（のち近鉄〜巨人〜阪神）。最後は力尽きて準優勝に終わったが、県予選から決勝再試合まで一人で投げ抜き、そのけれんみのない力投が全国に熱狂を呼び起こした年である。

だが、わたしがその日、甲子園で度肝を抜かれたのは太田のピッチングではなかった。たしか第二試合だったと思うが、わたしたちのいちばんの目当ては松山商業と優勝候補の一角であった静岡商業の試合だった。わたしたちは全員高校でも野球を続けるつもりで、これから洗礼を受けることになる硬式野球の甲子園レベルのプレーを目に焼きつけようと身を乗り出していた。例によってバックネットから一塁側寄りのダイヤモンドがよく見える席に陣取っていたわたしの度肝を抜いたのは、しかし試合以上に、試合前の松山商業のシートノックだった。

いまもありありと思い浮かべることができるが、小太りの一色監督が左利きで振るうノックバットからは信じられないような痛烈なゴロが内野陣に浴びせられていった。サード谷岡（のち大洋に入団。ちなみに漫画家の谷岡ヤスジは従兄）、ショート樋野（のち明大～日本鋼管）、セカンド福永、ファースト西本（兄、弟は松山商業で投手。兄は四十八回大会で甲子園準優勝ののち広島入団、弟は、甲子園出場はならなかったものの、巨人で江川卓と並ぶ二枚看板のエースだった西本聖）の内野陣が次々とその痛烈なゴロに横っ飛びに飛びついていく。普通、試合前のシートノックというのは、グラウンドの状態やバウンドの具合を確かめるのと、フィールディングを通して体を慣らすために行うものだが、わたしがそこに目撃したのは〈千本ノック〉の様相だった。後にも先にもあんな凄まじいシートノックを見たことはない。そんな猛ノックをこともなげにさばいてみせる松山商業の圧倒的な守備力が、わたしたち以上にベンチの静岡商業ナインの目を釘づけにしたことは疑いない。そしてその守備力こそが、二十七イニングにわたる三沢高校との決勝戦の激闘を戦い抜いて、覇者たりえた松山商業の原動力にほかならなかった。

このシートノックに震撼させられて高校の野球部に入ったわたしは、サードでノックを受けるようになり、また、シートバッティングで実際の打球をさばくようになって、そこが〝ホットコーナー〟

と呼ばれる所以を体で思い知ることになる。軟式野球では経験したことのない重く、速い打球。松山商業の谷岡が、三塁線ぎりぎりに、あるいは三遊間へ、一色監督の振るうノックバットから放たれる痛烈なゴロを横っ飛びに過たず捕っていた残像は、つねにわたしのなかにあった。

二年生になって、そういう打球に体が反応するようになり、試合でも横っ飛びで打球を捕り、起き上がりざま一塁に送球して刺せるようにもなった。そして、そういうプレーをひとつ決めると、それはヒット一本打ったのと同じ達成感があった。そうなると、体に感覚が染みついてきて、わたしは走塁でも自然にヘッドスライディングをするようになっていった。どこかに独特の高揚感《ノリ》を——もっと言えば陶酔感すら——感じていたのだと思う。

ところが、ある練習試合でのことである。二塁走者だったわたしは、バッターの放ったゴロが三遊間を抜けるのを見て、三塁ベースを回った。三塁コーチャーも手を回していたが、タイミングは微妙だった。わたしは、捕球態勢に入ったキャッチャーの両足のあいだに見えるホームベースめがけて猛然とヘッドスライディングを試みた。が、その直前、ブロックにきたキャッチャーにベースを遮られ、顔をしたたかに彼のレガースにぶつけてしまった。はずみでヘルメットが脱げて転がり、伸ばした手はベースに届かず、あえなくタッチアウトとなった。ベンチに戻ると、先輩が「ナイスファイト!」と声をかけてくれたが、わたしは口のなかが切れて血の味が舌に広がるのを感じていた。

試合が終わって、監督から言われたことはいまも覚えている。

——キャッチャーはわざと足を開いて、そこでブロックしてタッチしようと待ち構えているんだ。

そこへ注文どおりヘッドスライディングをしてどうする。あのタイミングでは、絶対に足から滑らないといけない。何のためにスパイクを履いているんだ。あそこはレガースを蹴飛ばすつもりでスライディングしないとダメだろ。

わたしがいま語りうる野球の戦法《セオリー》の骨格は、主将としてチームを率い夏の県大会でベスト8まで勝ち進み、その後進学した関西六大学に所属する私立大学でも野球部に籍を置いていた、この六年先輩の監督から学んだものだといってよい。このときわたしが彼の言葉から得た教訓は、状況判断を怠ってひとりよがりな高揚感《ノリ》だけで野球をやっていたら大怪我をするぞ、ということだったろうか。以上、わたし自身の卑小な経験を引き合いに出すのはおこがましいかぎりなのだが、つまりイチローとは、絶対にこういうケガをしない選手なのである。

昔話を持ち出したついでに、もうひとつヘッドスライディングについて考えてみたい論点がある。

当時、粋がってダイビングキャッチやヘッドスライディングをやたらに乱発していたわたしだが、内野ゴロを打って、それがアウトかセーフかきわどいときは全力で一塁を走り抜けていた。二塁や三塁はオン・ザ・ベースをキープしないといけないので、スライディングすべきだが、そうでない一塁は前傾姿勢で走り抜けるほうが絶対に速い。これは、むろんわたしだけではなく、それこそ戦法《セオリー》として周知され、繰り返しベースランニングで練習させられることで全員に刷り込まれていた経験則だった。

ところが長い時を経て、いつの頃からか高校野球どころかプロ野球でも、一塁にむかってヘッドスライディングをする打者走者が現れるようになった。しかも、テレビ中継の解説者のなかには、「ナイスファイト！」とばかり称賛する向きもあるのである。この春のＷＢＣまで「侍ジャパン」監督を務めた小久保裕紀（ダイエー〜巨人〜ソフトバンク）がテレビ中継の解説で、あるときそんな場面に触れて次のように語ったことがあった。たとえば野手の一塁送球がそれたとき、打者走者が普通に走り抜けようとすると、ベースを離れて送球を捕りにいった一塁手にタッチされてしまうこともあるので、そういう場合はタッチを避けるためヘッドスライディングをしたほうがいいのだ、と。なるほどそれはそれで高度な「状況判断」だと納得したのだが、しかし、やはり小久保の解説は例外的で、わたしが近年テレビの野球中継などで耳にする主たるトーンは、そういう「状況判断」型ではなく、どうやら「ナイスファイト！」型の肯定論なのである。いったいいつから一塁ヘッドスライディング肯定論が擡頭してきたのか。

たとえばわたしが高揚感《ノリ》でやってしまうことが多かったヘッドスライディングも、「ナイスファイト！」の声で迎えられたように、高校野球では、得てして「ファイト」＝士気を鼓舞する象徴的なプレーとして受け取られ、チーム内に刷り込まれる。まさかそんな傾向が高校野球から逆流したわけではないだろうが、どうも日本のプロ野球を観ていると――とりわけそのテレビの実況中継を視聴していると、ヘッドスライディング（やダイビングキャッチ）が高校野球さながらチームに活を入れる献身的なプレーとして礼賛されるきらいがあるようだ。ここには、根深い日本野球の精神風土の問題があるのかもしれない。

先に〈理にかなった〉バッターを代表する一人としてイチローと対比した高橋由伸に、ここでもう一度登場してもらおう。高橋が外野手としてもずば抜けた守備力を持っていたことは、だれしもが認めるだろう。打球判断、スタート、強肩、どれを取っても一級品だったが、ダイビングキャッチやフェンスに激突しながらのジャンピングキャッチもしばしば決めて、わたしは舌を巻いていた。一か八かのぎりぎりのプレーだなといつも唸っていたのだが、一方で、天然芝に比べてはるかに弾力性に乏しい人工芝を敷いた東京ドームの外野で相当無理をしているのではないかとも感じていた。同じような懸念は、わたしが熱烈なファンである阪神タイガースの〝スピードスター〟赤星憲広のプレーにも覚えた。それだけに高橋が選手生活の後半、腰痛やケガで出場機会が減り、とりわけ守備につくことがほとんどなくなってしまったとき、また走塁でヘッドスライディングを、守備でダイビングキャッチを連発していた赤星が、たびかさなる椎間板ヘルニアや頸椎捻挫が治りきらず三十三歳で卒然と引退してしまったとき、自分の懸念が現実になったかと思わざるをえなかった（巨人ファンには顰蹙を買うかもしれないが、もし高橋が巨人以外のチームに入団していたら、彼はいまもまちがいなく現役を張っていたとわたしは思う）。彼らのヘッドスライディングやダイビングキャッチがすばらしければすばらしいほど、わたしには、日本野球の精神風土としてのベンチからの「ナイスファイト！」を強請する声なき声に彼らが過剰に呼応しているように思えてならなかったのである。

イチローが絶対にヘッドスライディングをしない、というのは、イチローが絶対にそういう無理なプレーをしない、ということでもあり、つまりは、日本野球の精神風土に強いられたようなプレーにはけっして走らないということにほかならない。繰り返せば、できないのではなく、あえてしないのである。それをしなくてもいい身体技術――傑出した足からのスライディングやスライディングキャッチによって、イチローはチームに貢献しているのである（こうした日本野球の精神風土から突出した個性ゆえに、チームに強いられることなく、しかしまちがいなくチームに貢献してきた異端的な選手たちの列伝というのも心惹かれるテーマである。たとえば落合博満というバッターはまぎれもなくそういう選手だった。ところが、落合は監督になるやいなや、かつてのみずからのような選手が生まれる余地のない勝利至上主義のチームづくりを徹底することで勝者となった。そしてGMとしては敗者となった。このパラドックスは、わたしにとって野球人落合博満の最大の謎である。ところで、ロッテ時代の落合が右中間スタンドに測ったように放り込んだ、見た目は地味なホームランを何本かわたしは川崎球場で目撃しているが、イチローとの対比で言えば、ボディアクションをほとんど極小にまで切りつめたまま腰を割るテイクバックから振り出される落合の独特のスイングは、「振り子打法」の対極にあるという意味で「居合い抜き打法」とも呼ぶべきだろう。この打法は、イチローとは対照的に打席での動きを極小化することによってバッティングの〈理〉を突きつめた結果、イチローのそれと同様だれにもマネのできない異端的な打法となった）。

8

ところが、イチローがもう十六年間プレーしているメジャーリーグに目を転じると、わたしの目には、日本のプロ野球以上にヘッドスライディングをする選手が多いのである。しかも彼らのヘッドスライディングには、日本の選手に感じるようなチームに強いられているような影はみじんもない。あえていえば、それは、高校時代のわたしを駆動していたのと同じ高揚感《ノリ》によってみずからのうちに「ナイスファイト!」の声を呼び起こしているようなプレーに見えるのである。さらにいえば、そうしたプレーは、チームという以上に、何よりも観客席にむかってアピールしているように感じられた。

イチローにことよせて言えば、そもそも条件がちがうのに彼の日米通算安打数で再三引き合いに出され、日本のスポーツジャーナリズムの狂騒に苦言を洩らしていたメジャーリーグ通算安打数記録保持者ピート・ローズのスライディングを思い浮かべてみるのがいいだろう。わたしの記憶のなかのローズは、必ずヘッドスライディングをする選手だった。それも普通のヘッドスライディングではなく、ヘルメットが飛ぶほど体を宙に躍らせるダイビングヘッドスライディングと呼ぶべきそれである。それは彼のトレードマークであり、ファンから熱狂的に支持されるハッスルプレーのスタイルにほかならなかった。その点でも、足からのスライディング技術を磨き抜いてみずからのプレーを統御するイチローとの対照が際立っているとはいえる。

ここで、日本のプロ野球の精神風土を越境して飛び込んだメジャーリーグにおいて、イチローが必ずしもその精神風土に同化するのではなく、独自のプレースタイルを貫きつつ、新しい境位を開いていったことの意味を考えねばならない。先述したようにイチローはメジャーリーグのピッチャーの傾向に順応するべく「振り子打法」を封印した。しかし、走・攻・守にわたるプレースタイル、そこに貫かれる方法論は変えなかったのである。

そんなイチローがアメリカン・リーグのマリナーズでデビューした二十一世紀幕開けの年――世界的にはあのニューヨークでの九・一一テロで記憶される年となったが――メジャーリーグは、前世紀ラストディケイドのどのようなトレンドのうえにその年を迎えようとしていたのか。

日本の野球ファンには、すぐに思い浮かべられる人は少ないかもしれないが、同じシーズン、ナショナル・リーグではジャイアンツのバリー・ボンズがメジャー記録となる七十三本のホームランを放っているのである。ボンズは、通算でもハンク・アーロン（ブレーブス）の持つ記録を更新する七六二本の記録を打ち立て、シーズン・通算の両方でホームラン記録に名を残す偉業をなしとげるわけだが、じつは彼はもともとホームラン狙いのバッターではなかった。メジャーのキャリアをスタートしたパイレーツ時代から移籍したジャイアンツ時代を通じて、むしろ打って走れ、なおかつ守備にもすぐれたオールラウンドのプレーヤーとして名を馳せていたのだった。その意味でボンズは、イチローがみずからのアイドルとして名を挙げているケン・グリフィー・ジュニア（マリナーズ～レッズ）やバーニー・ウィリアムス（ヤンキース）と同様のプレースタイルを本領とする選手だったのである。

ところが、九八年にマーク・マグワイヤ（カージナルス）とサミー・ソーサ（カブス）が空前のホームラン王争いを演じ、全米注目のなか、両者ともに三十年以上破られていなかったロジャー・マリス（ヤンキース）のシーズン記録六十一本を超え、最終的に前者が七十本のホームランを放って、ホームラン王となったあたりから、ボンズは彼らと同じ土俵に上がろうと、いわゆる肉体改造に乗り出すのである。

こうしたホームラン競争への熱狂、そこに名乗りを上げるパワーヒッターたらんとするための肉体改造というトレンドは、さらに時間を遡ることができる。その兆しは、おそらくマリスのシーズン本塁打記録を破ったマグワイヤがアスレチックスに入団した八七年頃にはすでにあったのではないか。その象徴的な選手が、この年、ルーキーながら四十九本塁打を放って新人王となったマグワイヤと〝バッシュブラザーズ〟と並び称されることになる中軸の一角を担ったホセ・カンセコだった。このキューバ出身の魁偉なスラッガーこそは、九〇年代のこうしたトレンドの台風の眼ともいえる選手だった。

わたしがテレビでカンセコのバッティングを見たとき、彼はすでに〝超人ハルク〟のごとき〝キン肉マン〟だった。バットが棒切れのように細く軽々と見える。その打球の飛距離もさることながら、わたしが驚倒したのは、ファウルだったか空振りだったかフルスイングしたとき、振り切ったバットのヘッドが隆々たる背筋に当たった拍子に真っ二つに折れてしまったことだった。投球によってではなく、みずからの怪力でバットを背中に打ちつけることによってへし折ってしまったのである。平然とバットを取り換えにベンチに戻るカンセコを見て、これはもうフリークスの域だと思ったものだ。

彼が台風の眼だというのは、のちに自身が筋肉増強剤など薬物常習者だったことを認め、そればかりかチームメイトだったマグワイヤはじめメジャーリーグの錚々たる強打者たちが同様の薬物に依存している実態を暴露したからでもある。たしかにマグワイヤもボンズも、最終的なマッチョな姿から見れば、若い頃はとてもスリムな体型をしていた。二人とも上半身の厚みが倍近くになっている。彼らの肉体改造のトレンドは、そのまま九〇年代後半に一気にエスカレートするホームラン熱へと収斂していった。想像するに九四〜九五年のストライキのあと、待ちかねたファンの側のふたたび野球の醍醐味を求める熱狂に、再開したメジャーリーグ側のあらためてファンにアピールしたいという欲求が合体してある種の化学反応を起こし、スポーツジャーナリズムの煽りも手伝って、そうしたホームラン熱が沸騰していったのだろう。だが、それは薬物汚染がメジャーリーグに広がり、スラッガーたちをフリークス競争へと駆り立てていく契機ともなったのである。

イチローがメジャーリーグに挑戦した二〇〇一年シーズンは、期せずして、そうしたホームランを追い求めるトレンドのあたかも最後の仕上げのように、バリー・ボンズが三年前にマグワイヤが塗り替えたばかりのシーズン記録を更新する七十三本のホームランを放ったシーズンだった。おそらくこの記録は二度と破られることのない金字塔であるだろう。しかし、その輝きは、薬物汚染の投げかける翳を拭い去ることもまたできないだろう。

一方、イチローがメジャーリーグでアピールしたのは、まったく正反対のプレースタイルだった。パワーではなくスピード。松岡正剛の洒脱な言葉でいえば「芯とバネのあるフラジリティ」。わたしなどがなじんできた言葉で換言すれば「柔よく剛を制す」というところだろうか。走・攻・守にわたるイチローのスピード感にあふれた溌剌たるプレーがメジャーリーグに清新な風を吹き込んだことは、ファンがいちばんよく知っているはずだ。

ここで押さえておくべきは、日本のプロ野球において斬新で異端的でさえあったイチローのプレーは、メジャーリーグにおいてもやはりそうでありつづけているということである。イチローはメジャーリーグに同化したから成功したのではない。みずからのプレースタイルを貫きつつ、メジャーリーグに適応したからこそ成功したのである。そのひとつの指標として、イチローは絶対にヘッドスライディングをしないことをすでに見てきたが、次にこの指標を挙げねばならないだろう。すなわち、イチローは絶対に肉体改造をしない、ということである。

ここでいう肉体改造は、むろん右に見てきたメジャーリーグを汚染した違法薬物によるそれにとどまらない。まっとうなウェイトトレーニング、いわゆる筋トレによって全身の筋肉を鍛え、そのパワーを増強することをも含んでいる。こうした筋トレは、日米を問わず、あるいは野球以外のプロスポーツの世界でも広く普及していて、いまやそれをやっていないアスリートのほうが珍しいぐらいである。もともとは体力強化、ケガ防止のための基礎トレーニングという位置づけだったが、競技によっては、それに付加して現にある肉体のうえに筋肉の鎧を着込むためのトレーニングと化している感がある。肉体改造といわれる所以である。

いうまでもないことだが、イチローもまた筋トレを欠かしたことはない。だが、それは右のような筋トレとはまったくちがう、イチローならではの自覚的な方法に貫かれている。イチローがデビュー以来変わらない体型を維持しているところに、それは端的に現れている。ある民放のスポーツ番組で稲葉篤紀のインタビューに答えてイチロー自身が語った言葉は、その方法論を余すところなく語っていた（ちなみに同じ愛知県出身の稲葉はイチローより一学年上で、高校時代、イチローが四番を打っていた愛工大名電のライバル校中京高校の四番を打っていた）。それによると、イチローが取り入れている筋トレは初動負荷トレーニングといい、筋肉の反射力、瞬発力を鍛えるもので、筋肉そのものを増強するためのトレーニングではない。パワーアップのためではなく、あくまでもスピードを維持、加速するためのトレーニングなのである。

なぜ筋肉を増強するトレーニングをしないか。イチローが語る言葉は身体というものの機序を穿った、じつに含蓄のあるものだった。

いわく――筋肉そのものを鍛え、増強すれば、たしかにパワーは増す。しかし、同時に増強され、厚みの増した筋肉はその分重くなるはずだ。ところが、その重くなった筋肉を支える腱や関節のほうは同じように鍛えることはできない。つまりパワーを増すだけでは、相対的にスピードは落ちてしまうのだ。

スピードこそがパワーを生み出す、イチローならではのトレーニングの方法論が簡潔に語られていた。

こうして絶対に肉体改造のほうに向かわないイチローのトレーニングの方法論の根柢にあるのは、むずかしくいえばホメオスタシス（生体恒常性）志向、平たくいえば身体能力におけるあくなき持続志向性の追求ではないだろうか。イチローがシーズン中、必ず同じルーティンをこなして試合に入るというのもその一環だろう。イチローは、体幹、関節、筋肉などをつねに同じ運動ができる状態に保つために準備している。ただ、誤解してはならないのは、それは単にいまのバッティングの型《フォーム》の持続志向性のためなのではない。それ以上に、いまのバッティングをさらに生成変化させていく身体技術の持続志向性のためなのである。

肉体改造によるめざましいパワーアップが可能になったとして、おそらくそのポテンシャルを維持できるのは長くて十年を超えることはないだろう。そして、たとえそれがパフォーマンスの飛躍的な向上をうながし、一定期間、高揚状態で持続しえたとしても、いったん減衰しはじめるや、それは一気に下降線をたどることになるのではないだろうか。ここで名を挙げるのはいささか気が引けるが、わたしの脳裏に浮かんでくるのは、現阪神監督の金本知憲の現役最晩年の姿である。徹底的に鍛え上げた強靭な肉体によって、驚異的な連続フルイニング出場の世界記録を打ち立てたあの〝鉄人〟金本が、燃え尽きたように、突然キャッチボールさえできなくなってしまったのである。

熱く燃え上がるエネルギーは筋肉を盛り上がらせ、躍動させ、めざましい力を発揮する。しかし、それはいつか燃え尽きてしまう。イチローのプレーは熱く燃え上がることはない。メジャーリーグのファンには〝クール〟と受け止められているようだが、しかし、イチローはけっして燃えていないのではない。冷たく燃えているのである。内部に冷たく蒼白い焔を揺らめかせつつ燃えているのである。そして、冷たく燃えている者だけが燃えつづけることができる——。

冷たく燃えている——イチローについて書きながら、もう三十年以上前にある年長の知人が熱っぽく口にしたこの言葉をわたしは突然思い出してしまったようだ。彼が熱っぽく語っていたのは、批評を書くという行為の内面について、であった。批評というものは熱く燃えているのではなく、冷たく燃えている内面においてはじめて書きうるのだ、と。してみるとわたしは、イチローのプレーに批評の内面性を見、両者の本質が冷たく燃えつづける持続志向性にあると直感したことになるのだろうか。あるいは批評を書くこともまた、個に還元される身体技術にほかならない、と観念したことになるのだろうか――。

思わず余談に入り込んでしまったが、いずれにせよ、イチローの目している持続志向性、その射程が、選手寿命についてのわたしたちの先入観をはるかに超えるものであることはまちがいない（ちなみにいえば、十六年にわたるメジャー経験のなかで故障者リストに入ったのはただ一度のみという事実はもっと注目されていい）。イチロー自身は五十歳まで現役を続けたいと語っているらしいが、それは本気だと思う。おそらく日米通算安打数でピート・ローズの四二五六安打に張り合うつもりなどさらさらなかったのに、日本のマスコミが大騒ぎにしてしまい、かえってローズ自身のかたくななコメントを呼び起こすことになった。むしろイチロー自身は、メジャーでの正味の通算安打数でひそかにローズの記録を視野に収めていたのではないだろうか。そのために走・攻・守すべての面でしなければならないトレーニングを、イチローは変わらず淡々と続けていくことだろう。これからはシーズンを重ねるごとに、チーム編成上の理由から途中出場、代打、代走、守備固めなどの出場が増え、打席に立つ機会は減っていくかもしれないが、イチローは走・攻・守すべての面でパフォーマンスを維持していくだろう。ケガがちになり、まず走れなくなり、次に守れなくなり、代打でしか試合に出られなくなるといった、手足がもがれるようにパフォーマンスが低下していく退路とイチローは無縁であると、わたしは確信する。

これまでの軌跡に刻み込まれ、これから未踏の行く手を切り開いていくだろうイチローの持続志向性への強度は、その始まりのときからいまにいたるまでまったく変わっていないのかもしれない。それはプロ入りのときどころか、愛工大名電野球部に入部したときよりももっと以前にまで時を遡るべきなのだろう。わたしは、イチローがメジャー通算三千本安打を達成したあとのインタビューに答えるなかで洩らした野球少年時代のエピソードに、たとえばその始まりを見出す。鈴木一朗少年はチームの練習が終わったあとも一人バッティングセンターに通い、打ち込んでいた。そんなとき近所の陰口が聞こえる。

——あいつ、勉強もしないで野球ばっかりやってて、プロ野球選手にでもなるつもりなのか。

自分はいつも人から笑われていたような目標を立てては達成してきた、とイチローは振り返るのだが、夢を抱き、その実現にむかって努力を続けることの大切さを謳う——イチロー自身、ファンの子どもたちと触れ合う場面ではそのように語ってもみせる——いまふうの物語《おはなし》に回収されそうなこのエピソードは、内実は微妙にちがうのではないかとわたしは思うのである。たぶん鈴木一朗少年に、自分はプロ野球選手になるんだ、なれるんだ、という確信はまだなかったのではないか。それ以前に、はるかに強く、あと一本、あと一本とピッチングマシーンから投じられるボールを打ち返す、ひたすら冷たく燃えつづける彼の内面があったのではないか。

この持続志向性への強度が、いまも変わらずイチローのプレーを貫いているのである。それは限界まで突きつめられ、ほとんど目標そのものを無償化する地点まで達しているようにすら思える。そして、イチローがひたすら打ち返していたおびただしいボールの飛跡が、ここでわたしには、ひたすら言葉を書き連ねていくある途方もない持続志向性の姿と思いがけず交錯するように思える。贔屓の引き倒しになるかもしれないが、高橋源一郎が現在の自分の中身をつくっている本の著者の一人として挙げた吉本隆明がどこかで洩らしていた――人は十年間、毎日詩を書きつづければ誰でも詩人になれる、という言葉の示唆する持続志向性と、である。

書くという行為の手前にあるあまたの問いを併呑してしまうまでに書きつづけた若き吉本の詩作への持続志向性。だが、ここでの「十年間」を文字通りの「十年間」という物理的な時間と受け取ってはならない。吉本が言う「十年間」とは、書くことの反復、その持続がやがて自己生成する内的な時間性を切り開くまで、というふうに読み換えられるべきだと思う。おそらくこのことを吉本は少年の日に読んだファーブルの『昆虫記』の世界に感得していた。一匹、一匹虫を観察しては記述していくファーブルの手の反復、その持続があの気の遠くなるような網羅性を実現してしまうという不思議。ファーブルがそれを目標として観察と記述を行ったのではないように吉本も「十年間」を目標として詩作を持続したのではない。ただその反復、持続の強度がいつしか「十年間」に匹敵する内的な時間性を切り開いていたのである。わたしたちもまた、まれにそういう時間を経験することがある。あとから振り返って、よくこんな短期間でこれだけの仕事ができたなと思うとき、とりわけいかなる強制も命令もなしに、それがなしとげられたときがそうである。そこで自己生成している内的な時間性こそ、おそらく「自己表出」と呼ばれるべきなのだ。

イチローが体現しているのも、まさに来る日も来る日もボールを打ちつづけ、その反復がいつしか自己を探求する尽きない時間を生み出す、そうした持続志向性の姿なのではないだろうか。もし、それが五十歳のイチローをして変わらずグラウンドに立たしめることがあるとすれば、そのとき彼がまみえることになる未知の光景は、彼自身にとってのみならず、種としての日本野球にとっても未知の光景であることをわたしは疑わない。

## 9

久方のアメリカ人のはじめにしベースボールは見れど飽かぬかも
若人のすなる遊びはさはにあれどベースボールに如く者もあらじ
九つの人九つのあらそひにベースボールの今日も暮れけり

明治期にアメリカからもたらされた「ベースボール」を目の当たりにした正岡子規が、短歌的修辞が間に合わないほど浮き立つ気持ちで歌ったこの原初の高揚感《ノリ》は、以降どんな変遷をたどることになるのか。「ベースボールの歌」から任意に引いたこれらの歌のなかに、子規は「ベースボール」における重要な二つの要素――「遊び」と「あらそひ」を期せずして詠み込んでいる。期せずして、というのは、わたしがよく知っている野球小僧の最初の葛藤も、この二つの言葉によってもっともよく言い表すことができるからである。

彼はまず、投げ、打ち、走ることがおもしろく、楽しくて仕方がないというように野球にのめり込んでいく。すべての「遊び」がはらんでいる要素でもある。そして、すべての球技に共通することだろうが、その「遊び」の要素は、勝ち負けを決める「あらそひ」であるゲームのなかで発揮されうるからこそ、おもしろく、楽しいのだと無意識のうちにわかっている。観る者にとっても同断であることは、子規の歌があますところなく伝えている。三角ベースであれ、草野球であれ、勝ち負けがなければ、それは「遊び」以前の暇つぶしでしかない。ピッチャーとバッターが勝負し、野手もまたバッターが放った打球とフィールディングによって、さらに打者走者や走者と送球によって勝負する。そうした、まさに「九つの人九つのあらそひ」がさまざまに織りなされることでチームとチームとの勝負が決していくことが野球の醍醐味だと、彼はだんだん気づいていく。

ところが、任意に集まった員数のなかから任意にチームを分けて興じていた草野球から、チームとして囲い込んだメンバーで別のチームと試合をする少年野球、あるいは学校の部活動としての野球になると、彼にとって野球そのものが微妙に変質していく。「あらそひ」＝勝負が前面に出て、「遊び」が後退していくのである。とりわけトーナメント方式で対外試合を戦う段になると、野球は「あらそひ」一色になる。試合に勝つという至上命題が、チーム内にも試合に出るための「あらそひ」を課し、元来「遊び」友だちであったはずのチームメイトとも日々「あらそは」なくてはならなくなる。このとき、はじめて彼のなかに「こんなはずではなかったのに」という違和感が生まれる。あんなにおもしろくて楽しくて、好きだった野球がそうではなくなっているからだ。試合に出ても、グラウンド上の一投一打が重苦しい使役のようだ。だがしかし、ここをブレイクスルーできなければ、彼は野球人にはなれない。

そして、こうした過程において彼を賦活させるのも、やはり彼のなかの投げ、打ち、走ることを「遊ぶ」という野球小僧としての原初の高揚感《ノリ》である。かりに彼のような葛藤に悩まされることなく、「遊び」と「あらそひ」をふたつながら実現しうるとすれば、それは、並みはずれた強度の高揚感《ノリ》で「あらそひ」うる資質に恵まれたプレーヤーであるからである。たとえば藤村富美男や中西太や長嶋茂雄は、「あらそひ」としての一つひとつのプレーにも「遊び」が噴きこぼれて、それが観客に伝播せずにはいない選手だった。そんなふうに考えていると、阪神大震災の年にグリーンスタジアム神戸で見たイチローの「振り子打法」――あの大胆不敵に後方に振り上げられた右足の動きは、まさに「遊び」の極致であったように思えてくる。「振り子打法」を封印したあとも、イチローが守備練習のときに「背面キャッチ」を欠かさないのは、つねにこの「遊び」＝原初の高揚感《ノリ》を身体の最深部に呼び覚ましているからではないだろうか。

子規が導入時の野球に感知した「遊び」は、日本のプロ野球のなかで、こうして粒だった個としての野球人のなかで例外的に担保されていったのだが、種としての日本野球が生成していく過程を顧みると、ちがう様相が見えてくる。ひとことでいえば、平凡な一人の野球小僧が見舞われた「遊び」と「あらそひ」との葛藤すらなく、試合に勝つという至上命題がグラウンドを支配していったのである。「九つの人九つのあらそひ」と詠んだとき、子規はグラウンド上に散ったナインの一投一打における「あらそひ」の個々の様相を愉しんでいたはずだが、その「あらそひ」がチームによる試合の勝ち負けに一元化されてしまったのである。ここには明治期に学生野球として発足し、大学〜旧制高校〜旧制中学と、少なからずミリタリズムの風潮を随伴しつつ学校スポーツとして普及、浸透していった日本野球固有の歴史性を見るべきだろう。それは、戦時体制になり学校スポーツが軍事教練に取って代わられ、職業野球も含めて野球そのものが敵性スポーツとして禁じられるところでいったん幕を下ろす。

だが、戦後になり、野球が再開され、プロ野球が復興したのちも、学生スポーツとしての野球の現場では相変わらず軍隊的な勝ち負けの論理が追求されるという現実があった。

わたしの中学の野球部の監督だった教師は、戦後の新制高校で野球に打ち込み、あと一歩で甲子園というところまで行った人物だったが、戦争帰りの監督に軍隊式にしごかれた経験を、何かといえばわたしたちに誇示したものだ。二列に並ばされて、向かい合い、おたがいに往復ビンタを浴びせて気合を入れる。おまえたちにもさせたいが、それをやれば何を言われるかわからんのでしない、と言い、代わりに、上半身裸でグラウンドをざっと二十周ほど走らされたりした。

これは六〇年代後半の話であり、グラウンドには怒声が響き、けつバットという体罰があった。戦後の野球指導者のひとつの典型ともいえるこの監督は、軍隊の負の連鎖の一端に野球をとおしてわたしたちを繋ごうとした、ともいえるのだが、厄介なのは、こういうアナクロなリゴリズムを措いても、当時のグラウンド上の共同幻想には、いまから考えると迷信としかいえない蒙昧な戒律が浸潤していたということだ。いわく練習中に水を飲むとバテる。夏泳ぎに行くと、肩が冷える。肩を強くするには、徹底的に投げ込んで肩を作るしかない――等々。要するに、わたしたちをグラウンドでの練習に拘束して、できるだけグラウンド外へ目を逸らせないための方便だったわけだが、いうまでもなく現在では、ことごとく正反対のことが奨励されている。熱中症（脱水）にならないよう適度に水分補給しなさい。スイミングは全身運動で、関節を柔軟にし、可動範囲を広げるのに有効だ。肩は消耗品だから、投げ込みの球数は制限すべきだ――。

ちなみにわたしも中学時代、チームメイトとトイレに行くふりをして隠しておいた水を飲んでいるところをくだんの監督に見つかり、炎天下のグラウンドで一時間ほど正座させられて説教を喰らい消耗させられたことがある。炎熱、土の上にじかに正座した足のしびれ、スパイクが尻に喰い込む痛さ――。さいわい高校では開明的な指導者に出会い、こうした消耗からは解放されたが、別の高校に進学したチームメイトにはしごきに耐えられず退部したり、連日二、三百球もの投げ込みをさせられて肩を壊したりした者がいた。これは七〇年代前半の話だが、ことほどさように野球する身体は、しばしば従順な兵士のごとく酷使され、淘汰されてきたのだといえる。かりにこうした酷使に耐え、淘汰を凌ぎ、いくたの「あらそひ」に勝ち抜いて、たとえば甲子園で勝者になったとしても、同じこと、いやむしろ余計にその消耗は甚だしいというべきだろう。当時、スポーツ紙などでは、甲子園の優勝投手はプロでは大成しない、などとしたり顔で語られることがあったが、ある意味当然なのである。

規律・訓練の歴史的契機は、人間の身体にかんする一つの技術、つまり、単に人体の能力の拡大を目ざすのみならず、また人体の拘束の強化を目ざすのみならず、同一の機制《メカニズム》のなかで、人体が有用であればなおさら人体を服従的にする、しかもその逆も成り立つ、そうした関係の形成をも目ざす人体の一つの技術が生まれる契機である。そのさい形成されるのが、身体への働きかけたる、つまり身体の構成要素・動作・行為にたいする計算された操作たる強制権《コエルシション》による政治である。人体は権力装置のなかに含みこまれ、その装置は人体を検査し分解し再構成するわけである。一つの《権力の力学》でもある《政治解剖学》が誕生しつつあるのであって、その《解剖学》は、単に他の人々にこちらの欲する事柄をさせるためばかりでなく、こちらの望みどおりに、技術にのっとって、しかもこちらが定める速度および効用性にもとづいて他の人々を行動させるためには、いかにしてこちらは彼らの身体を掌握できるか、そうした方法を定義するのである。こうして規律・訓練《ディシプリーヌ》は、服従させられ訓練される身体を、《従順な》身体を造り出す。規律・訓練は（効用という経済的関係での）身体の力《フォルス》を増加し、（服従という政治的関係での）この同じ力を減少する。一言でいうならば、規律・訓練は身体の　力《プーヴォワール》を解離させるのであって、一面では、その力を《素質《アプティテュード》》、《能力《カパシテ》》に化して、それらを増大しようと努める、が他方では、《体力《エネルジー》》ならびにそれから結果しうる《強さ《ピュイサンス》》を反転させて、それらを厳しい服従関係に化すのである。

（ミシェル・フーコー『監獄の誕生』「第三部　規律・訓練　第一章　従順な身体」）

農奴制や封建的な主従関係を生み出した旧来の権力機構が衰退していくとともに、十七世紀から十八世紀にわたって新たな「規律・訓練《ディシプリーヌ》」の権力空間が私立学校や施療院や軍隊組織においていかに確立され、普及し、浸透していったかをたどったあと、フーコーの記述は、それが「監視」、「試験」といった制度的な結節を経て、周知のように、「服従させられ訓練される身体」が「監視」され（「試験」され）ることそのものを内面化する究極のシステムとしてベンサムの考案した「一望監視方式《パノプティコン》」に及ぶ。

ここで、歴史の底知れぬ厚みを背負ったフーコーの稠密きわまる言葉を持ち出すことは場違いかもしれない。本稿の膂力を以てはその上澄みしか掬えないかもしれない。しかし、そう懼れつつ、彼の「規律・訓練」、「従順な身体」、あるいは「服従」、「効用」といった言葉は、種としての日本野球の歴史――わたしたちが野球を受容し、実践してきた空間のダイナミクスを一気に貫通してしまう射程を持っているように思えるのである。

たとえばわたしが野球小僧～高校球児だった六〇年代から七〇年代にかけてグラウンドを覆っていた迷信めいた戒律が、いつのまにか解除され、むしろ反転されて「規律・訓練」のなかに取り込まれるという事態には、まさしく「服従という政治的関係」から「効用という経済的関係」への重心移動があったのではないか。また、「規律・訓練は身体の力《プーヴォワール》を解離させる」という言い方は、グラウンド上で「遊び」と「あらそひ」に分裂させられていくかつての野球小僧のわたしの姿を彷彿とさせずにはいない。もちろんフーコーの「規律・訓練」という概念は徹底して非妥協的だから、その内部にわたしが子規の歌から思い出すことになった「遊び」の生成する余地を与えないだろう。「遊び」と見える身体も、「服従」から「効用」へと移行するあわいに、あるいは「効用」の余剰として生ずる仮象にすぎないと断ぜられるかもしれない。ただ、いずれにせよ、その「規律・訓練」の論理的射程は、わたしたちの野球する身体を無慈悲に「従順な身体」として刺し貫かずにはいない、そのことにわたしはなかば呆然と打たれてしまうのである——。

そう、わたしたちは「規律・訓練」に対して何と性懲りもなく「従順な身体」でありつづけてきたことか。試合でエラーをしてけつバットを喰らったり、連日投げ込みをしすぎて肩を壊したり、炎天下で水を飲まずに何時間も練習してぶっ倒れたりした身体だけが「従順」なのではない。ベンチの気勢に染まって、むやみに一塁にヘッドスライディングをしたり、筋力トレーニングに励み、そればかりか薬物に依存してまで肉体改造を遂げようとする身体もまた、かぎりなく「従順」なのだ。グラウンドには、じつは死屍累々と「従順な身体」が連なっているのではないか——。

イチローという野球選手の軌跡がひときわ精彩を放つのは、こうした「規律・訓練」の力学がわたしたちを「従順な身体」に成型しようする、その合間を縫って、しなやかで、したたかで、聡明な身体としていまも走り抜けているからである。イチローが絶対にヘッドスライディングをしないこと、絶対に肉体改造をしないことは、その不可欠のプロセスとして理解されねばならない。

最後にふたたびおこがましいことを付け加えれば、わたし自身が日本野球の「規律・訓練」の初歩的な空間を通過したほぼ二十年のちにイチローはそこに足を踏み入れた。そのとき、そこでは「服従」よりもすでに「効用」が強く機能していたとしても、イチローもまた一度は高校球児として「従順な身体」へと馴化されたはずだ。イチローがあの連綿と続く「規律・訓練」の空間を出自としつつ、そこから「従順な身体」を突き抜け、しなやかで、したたかで、聡明な身体——何よりもそのように在ることを自己決定しつづける身体——へと脱自していったこと、それを日本野球の奇跡と呼ぶことをわたしはためらわない。

※本稿を、いまは消息の知れないわが野球小僧たち——夏休みになっても泳ぎにも行かず、一声かければ炎天下のグラウンドに集まり、ボールを投げ、捕り、打ち返し、走っていたカドミ、マト君、シゲちゃん、ケイちゃん、ノムラおかか、ワタナベ大の字、キヨハラ兄弟、マサヒロ君——の思い出に捧げる。

（「LEIDEN——雷電」11号／二〇一七年六月）

# 死者たちからの触発に応える——あとがきに代えて

## 1

言論やジャーナリズムの世界において当たり前のように通用してきたディケイド＝十年をひとくくりに時代をとらえるという遠近法は、もはや無効なのかもしれない。だが一方で、わたし自身が生きてきた時代、とりわけ前世紀の、呼吸し、身をさらしてきた空気の皮膚感覚のようなものに照らすと、たとえば六〇年代、七〇年代、八〇年代というそれぞれのディケイドがくっきりと時の輪郭を描いてわたしに現（幻？）前してくるのを否むことはできない。そしてそれはまた、その皮膚感覚とともにいったん世紀末にむけてなしくずしのうちに溶解していったようにも見えた。

もはやディケイドという単位では悠長すぎる。もっと短く促迫するような息遣いで世界は未知の変貌を遂げつつある。ＩＴ化とグローバリゼーションの相乗的な進展により、わたしたちはいまではほんの数年のうちにかつてのディケイドがもたらしていたほどの社会インフラ的な激変にさらされている。それにより無意識のうちにわたしたちは〈いま・ここ〉で人間関係をも激しく変貌させつつあるのだが、にもかかわらず、それがわたしたちをどこへ導こうとしているかを触知することはできない。しかも、科学と情報技術がもたらす知見は、地球温暖化による気候変動や、巨大地震の発生確率といった一人の人間の生涯的な時間感覚ではとらええないような遠大なレンジで環界の時間が脈打っていることを教えている。――そのときわたしが新たに覚えていたのは、そんな〈いま・ここ〉の感受と、いわば地球歴史的な時間への触感とのあいだで引き裂かれていく感覚でもあった。

しかし、今世紀以降のこの二十年あまりを顧みると、わたしたちの歴史はやはりあのディケイドの罠を逃れえなかったのではないかという思いも禁じえない。わが国のジャーナリズムで〝ゼロ年代〟や〝ロスジェネ〟といった見出しでいっとき論議された問題のことではない。九・一一同時多発テロ、三・一一東日本大震災、そして新型コロナウィルス・パンデミック。わたしたちの視野の死角から打ち込まれ、その視野そのものをも一変させるような未知の楔をわたしたちは二〇〇一年、二〇一一年、そして二〇二〇年とほぼ十年ごとに喫してきたといえるからである。

ただ、それらはまったき未知であったのではない。その未知は、前記の二重の歴史感覚に引き裂かれているという事態とそのままパラレルな意味での二重性を帯びているのである。

たとえば九・一一同時多発テロのニュース映像を見たときのわたし自身の衝撃は、ニューヨークのWTCツインタワーに突っ込んだ二機のジェット旅客機は、自分が直面していた〈いま・ここ〉にとって完全な死角から飛来してきたという感受と一体化していた。しかし、しばらくして〈論壇〉といった界隈からそれに対して差し向けられる論評を読んでいるうちに、アメリカの石油利権をめぐる中近東への政治的介入の歴史を考えれば、イスラム過激派による反米テロは起こるべくして起きたのだ、ツインタワー崩壊に驚くあまり、あわてふためくのはおかしい、といった言葉に出会った。わたしがたまたま触れたのは、名前を出せば浅田彰の発言だったが、こうしたテロは起こるべくして起きたのだという論理は、むろん論理としては了解できる。しかし、論理を了解することと、その現実をみずからの〈いま・ここ〉において受け止めることとは異なる経験なのではないか。この二重性の裂け目から九・一一同時多発テロの衝撃は毒液のように世界に流出していったのではないか。

ところで巨大地震と津波、パンデミックに対しては、それよりもはるかに客観性のある予測を科学的知見が可能にしている。たとえば前者については、列島の太平洋側近海に海底地震計などの観測網を張りめぐらして震源となるプレート境界の動きを探査し、首都直下地震や南海トラフ地震の今後三十年における発生確率、さらにはマグニチュード、死者数、建物の全壊・焼失棟数、経済被害金額等の被害想定を具体的な数値として予測してきた。また後者についても、今世紀になって以降のSARSや鳥インフルエンザのアジアにおける蔓延、とりわけヒト〜ヒト感染をもたらす変異ウィルスの発生に及んで、感染症学や疫学による追跡調査は、どんな未開の地の風土病的な感染症もグローバルな交通によってあっという間に世界大の感染爆発＝パンデミックとなりうることを明らかにした。

今世紀になって以降のこうした二十年余りの歳月において、わたしたちはいったいどのような経験知を強いられてきたといえるのだろうか。

デジタルテクノロジーの進展と、それにより加速される生活様式のたえざる更新にさらされて〈いま・ここ〉しか見えなくなったわたしたちは、一方でこう予言を告げられていたのだ。大地震やパンデミックはいつどこで起きてもおかしくない。いや、それらは必ず起きる。しかし、いつどこで起きるかはだれにもわからない、と。まるで〈亀〉＝予知を追いかける〈アキレス〉＝予測は、どれだけ差を詰めたところでけっして追いつき、追い抜くことはできないと断言しているようなこの予言を、はたしてわたしたちは持ちこたえられるのだろうか。

たとえば福島原発事故のあと、東京電力や原子力安全委員会など当事者側から〈想定外〉という言葉がしばしば口にされた。彼らの使うその言葉の文脈からは方便と逃げ口上以外のニュアンスを受け取ることはむずかしかったが、しかし、今世紀を生きるわたしたちは経験知を積み重ねれば重ねるほど、じつは本質的な意味で〈想定外〉から逃れられないのではないだろうか。〈いつどこで起きるかはわからない〉テロや巨大地震やパンデミックが実際に起きるとき、それらは必ずわたしたちの〈想定外〉からわたしたちに襲いかかるのではないだろうか。

中国武漢発の新型コロナウィルスの感染があっという間に世界じゅうに拡大していったのは昨年の年初からだったが、わたしがよく憶えているのはその直前にＮＨＫが首都直下大地震＝メガクエイクの危険性を訴える半分ドラマ仕立ての二時間枠の番組を放映したことだ。そこで防災～減災の観点から喫緊の課題として強調されていたのは、都市政策的にきわめて困難でありながら首都圏一極集中をいかに緩和、解消する都市づくりをしていくか、であった。そのため、まず現下のメガロポリス首都圏で直下型地震が起きたとき、どのような被害が起こりうるか、その全貌をシュミレーションしたうえで映像化することに主眼が置かれていた。それに対する事前のそなえとして、地上のわたしたちはいま何をなしうるかが問われたのである。

ところが、その直後のことだった。メガクエイクは起きなかったが、パンデミックがやって来たのである。大都市圏での一極集中という〈魔〉は〈三密回避〉に言葉を変換され、わたしたちを苛んだ。メガクエイクの死角からパンデミックはやって来たのだ、とわたしは思わざるをえなかった。ドメスティックに一極集中してしまうわたしたちの危機意識の死角から地球規模の人為的リスクのチップを上乗せして……。

もうひとつ新型コロナウィルスによるパンデミックがわたしに考えさせたことがある。正確には、言葉にまつわるある思考停止に気づかせてくれたというべきか。何のことはない、おそらく多くの人々と同様わたしも、わたし自身ではなく、わたしのパソコンのほうがウィルスに感染しないようにその予防対策に気を遣ってきた。ウィルスという言葉も感染という言葉も、日常的にはもう長いあいだその意味でしか使っていなかったといってもよい。新型コロナウィルスは、そんな薄っぺらな〈喩〉で机上に侵入してくる〈脅威〉を名指し、対策ソフトとやらで手なずけようとしていたわたしたちにしっぺ返しをするかのように、まぎれもない〈実体〉としてわたしたちの細胞に食い込み、未知の〈脅威〉を感染させはじめたのではないか。そんなあられもない想いが生まれてきたのである。

わたしたちは、ワクチン接種をしだいに行きわたらせることで、変異株による執拗なブレイクスルー感染や、経済格差ゆえのワクチン偏在という問題に出会いつつも、パンデミックの収束点を見いだそうとするだろう。しかし、それが見えはじめたとき、今度はその死角から別の災害が襲いかかってくるかもしれない。いや、それはもはや災害ではないかもしれない。

延命治療など今日的な医療技術の進歩がわたしたちからしだいに個体の自然死を奪いつつあるように、地球温暖化による地球規模の気候変動は、遠からず自然災害というカテゴリーを無効化していくだろう。いまや災害は、人為が歴史的かつ世界的に累積してきた地上の営み、その構築物（とうらはらな廃棄物）がいつカタストロフィに反転するかわからないという未知性と一体化している。災害が必ず〈想定外〉から襲いかかるとはそういうことなのではないか。

あるいは襲いかかってくる〈脅威〉は、情報化の〈魔〉と覇権国家の〈魔〉が累乗された、確信犯的に人為的リスクのチップを積み上げて爆発させるサイバーテロのごときものかもしれない。そうなると、もうわたしには想像もつかないのだが、わたしたちの至近距離に出来するのは犯罪もしくは戦争であり、被災者は、〈喩〉か〈実体〉かと問うこと自体が無意味と化したまま、やはり性懲りもなくウィルス、感染という語彙を使うことになるのかもしれない。ひとつだけはっきりしているのは、そこにもはやワクチンは存在せず、集団免疫はありえないということなのではないだろうか。

## 2

本書には、今世紀になって書いてきた批評、エッセイのたぐいから比較的まとまったものを収録した。時系列ではなく、モチーフの連続性に沿った構成とし、各篇の末尾には発表媒体と年月を註記した。二〇一一年に創刊した同人誌「LEIDEN――雷電」に書いたものが中心となったが、創刊同人の築山登美夫、高橋秀明両氏と準備作業を進めているとき、折しも東日本大震災〜福島原発事故が起こり、直接触れる触れないにかかわらず誌面の言葉はそれらとの緊張関係のなかで生成していったと思う。それは、あるいは自分たちの言葉が無名のおびただしい人々の不慮の死に対して無力化していく時間を噛みしめる作業だったかもしれない。しかし同時に、わたしにとって書くことは、二十一世紀のいくたりかの死者たちからの触発に応え、それにかたちを与えるためにどうしても必要な作業でもあった。

二〇〇一年、相米慎二。二〇一二年、吉本隆明。二〇一七年、築山登美夫。そのほか個人的に縁があり、必ずしも濃いつきあいではなかったが、その死にざまとともにわたしに忘れえぬ言葉を刻印した死者たち。本書に収めた文章の大部分は、何よりもそれらの死者たちへの追悼として書き起こされている。

二〇〇一年、九・一一同時多発テロの映像がわたしにとって衝撃だったのは、じつは前日の夕刊で映画監督相米慎二の訃報に接していたという事情があずかっていた。その訃に驚き、言葉を失っていたわたしの、つかのま停止したような時間の死角から九・一一同時多発テロの映像はわたしの視野に射し込んできたのである。

相米慎二。それは、七〇年代に始まり八〇年代になっても続いた映画館通いのなかでわたしの見つめるスクリーンに日本映画の系譜における突然変異のようなフィルムを立て続けに投げかけてきたシネアストの名だった。サラリーマン生活のなかでしだいに映画館からは足が遠のきながらも、わたしは八〇年代に立ち現れ、その時代を全力で駆け抜けていった彼の映画についていつか論じなければならないと思いつめてきた。それらは、冒頭で懐疑したディケイド＝十年という枠組みにとらわれた物言いになるが、六〇年代から七〇年代にかけて青春を生き、挫折した精神が〈大人〉になるのではなく、八〇年代に新たな〈子ども〉としていかに再生しうるかを実験しているような映画としてわたしの目に映った。だからこそ、それらのフィルムは八〇年代に変哲もないサラリーマンとして時を費消していたわたしに渇望を掻き立てたのだが、しかし、歳月はそんなわたしのほうをなしくずしうちに〈大人〉へと歪形し摩耗してしまっていた。二〇〇一年に相米慎二の訃に接したとき、わたしがいまさらのように思い知らされたのは、かつての渇望はむろんのこと、彼の映画を論ずべき時機もまた自分のなかで完膚なきまでに過ぎ去ってしまったという事実であった。後悔するにも遅すぎ、わたしは追悼の言葉を手向けるほかなかった。

「現在において批評が可能であるとすれば、それは追悼行為としてではないか」

市村弘正は「物への弔辞」（『「名づけ」の精神史』所収）の冒頭近くでこう書いているが、そこでの文脈を度返ししてこの言葉をまざまざと思い出すことになったのは、二〇一二年の吉本隆明の訃に接したのちのことだった。吉本隆明死後の時間はわたしに一種不可思議で、かつ決定的な作用を及ぼしたからである。

まず、わたしは夢を見た。居酒屋のような場所でわたしは呑み仲間相手に吉本の本について弁じている。そして、それが自分の生き方にどんな影響を及ぼしたかについて熱っぽく語っている。しかし、じつはわたし自身はそのように語っている自分から体外離脱し、そんな自分を上方から見つめる眼になっている。まさに吉本が「映像の終りから」(『ハイ・イメージ論I』)において探りを入れた臨死体験に相似して、わたしは吉本の死を受け止める体験を夢でなぞっていたのだった。〈もうそれまでのようには吉本について語れない〉、なぜかわたしはそう痛覚していた。その思いがこんな夢を見させたのか、あるいはそんな夢を見たからこそそう思ったのか。

一方で言論ジャーナリズムの慣習は、吉本の死後、吉本のなしとげた仕事について、それが日本の思想風土にどんな足跡を残したか等について振り返る言説を簇生させていった。しかし、それらの多くがわたしには、まさに〈それまでのようには語れない〉とわたし自身が見なしたような語り口に依拠しているように思えた。そんななかで、〈それまでのようには語れない〉という感覚と通じあう言葉によって語り出されていると思える本とも出会った。瀬尾育生の『吉本隆明の言葉と「望みなきとき」のわたしたち』である。そこには吉本の死という決定的な〈終わり〉の時をまず受け止めようとする言葉から「追悼行為」としての批評が語りだされていた。それはまさに〈吉本隆明亡きあとのわたしたちの言葉〉として読めたのである。

それに先立って、わたしが拠っていた「LEIDEN——雷電」ではただちに「吉本隆明追悼」という特集が組まれた（2号／二〇一二年七月刊）。「組まれた」と受動態で言うのは、それが他の二人の同人、築山登美夫と高橋秀明による発案だったからだ。わたし自身は、そのタイミングでは〈それまでのような〉語り口ではない吉本を追悼する言葉をまだ見出しえない、というのが正直なところだったのである。

吉本隆明が健在であるとき、わたしはその著作を読み継ぎながらも、自分が吉本について論じるときのあることを思い描くことすらなかった。それはたとえて言えば、上高地の河童橋のあたりから穂高連峰の山稜をずっと仰ぎ見ているような感覚だったかもしれない。仰ぎ見るようにその語るところを聞き、著作を読むことにおいて、わたしは吉本から多くを受け取っていた。しかし、その訃に接し、なぜかあんな夢を見、吉本の死という決定的な〈終わり〉の時の訪れを反芻しているうちに、〈それまでのように〉仰ぎ見るだけでは吉本隆明という屹立する山稜、ましてやその山頂を知ることはけっしてできないのだと、はたと思い当たったのである。河童橋から山頂を仰ぎ見ることと、そこを出発して実際に山稜に取りつき、登攀し、ジャンダルムを越え、ついに穂高連峰の山頂を踏みしめること、そして山頂からの眺めをわがものとすることとは、むしろまったくちがう経験であるはずだと思いはじめたのである。それは、あえて吉本の著作になぞらえていえば、『ハイ・イメージ論Ⅰ』の一連の論考で導出された普遍視線→逆世界視線→世界視線という重・反転の運動を反復しようとした無意識のわたしの欲求だったのかもしれないが……。普遍視線とは地上に生きるわたしたちにとって所与であり、不可避である。しかしそれは、地上から逆世界視線を媒介して世界視線にたどりついた認識だけがはじめて遡及的に見出しうる視線なのではないだろうか。

とはいえ、こうした吉本の死を契機としたわたしのなかの反転も、「LEIDEN——雷電」という同人誌に参加していなければ、具体的なかたちで動きはじめることはなかっただろう。わたしは実際に登攀しはじめることをずるずるとうっちゃっていたかもしれない。吉本の死後ただちに「吉本隆明追悼」を掲げた同誌2号こそはわたしに単独の登攀ルートへの扉を開けてくれたのだった。その意味で、迷路を踏むようにおぼつかない足取りのその登攀の試みに紆余曲折しつつ長々と言葉をあてがった、本書のタイトルにも取った一文は、わたしにとってまぎれもない〈はじまり〉であった。その〈はじまり〉を演出してくれた一人、築山登美夫は二〇一七年師走に故人となった。死者となった築山からの触発については、Ⅲのパートに収めた文章に書いているので、ここでは繰り返さないが、「LEIDEN——雷電」のエディターシップを主導してきた築山は、その意味でも本書全体のベクトルを触発してくれたと言って過言ではない。

# 3

二〇〇一年、相米慎二。二〇一二年、吉本隆明。二〇一七年、築山登美夫。この三人の死者を中心に、いくたりかの二十一世紀以降の死者たちからの触発に応えるかたちでわたしは本書に収めた文章の大部分を書いてきた。しかし、いまだその触発について書いていないもう一人の死者の名を挙げねばならない。二〇一九年に急逝した加藤典洋である。その肉声に触れたのは前年のことだった。

吉本隆明の命日である「横超忌」を期して毎年札幌で開催されていた講演会で二〇一八年の講師を務めたのが加藤典洋であった。「LEIDEN――雷電」同人の高橋秀明が講演を主催する「北海道横超会」の事務局にいたこともあり、わたしは二〇一六年から三年連続で講演会を聴講するべく札幌に赴いていたが、その年はそこに築山登美夫がいないという欠落感を覚えつつも、はじめて肉声で聴く加藤の吉本隆明を語る講演に『アメリカの影』以来の加藤の著作や吉本との対談の印象を重ねて、尽きせぬ興味を掻き立てられていった。さらには講演が跳ねたあとの懇親会や酒席で加藤その人と三時間ほども語らうことができたのは、じつに貴重で愉しい経験だった。講演が吉本隆明の戦中と戦後をつなぐ思想と表現の命脈を探るといった内容だったので、おのずと話はそちらのほうに傾いたが、強く印象に残っているのは徹底的な対話者という加藤の姿勢である。みずから語るだけでなく、何よりもわたしたちの話を聞くことにおいてそうであった。わたしは、加藤の批評が他者の言葉を繰り込みつつ息の長い文体として展開されていく秘密を垣間見たような気がしていた。

そのうち会もお開きになり、ホテルまで戻るタクシーに加藤と同乗させてもらうことになった。わたしの投宿先のほうに先に着いたので、わたしは加藤に礼を言い、別れを告げてタクシーを降りた。しかし、去っていくタクシーを見送ってから、ひとつの悔いが残った。二〇一六年、無類の手応えとともに読み終えていた『戦後入門』について加藤に何も告げられなかったという悔いであった。新書としては異例のボリュームのこの本を読んで、わたしはいたるところに都合三十枚ほどのポストイットをつけていた。『戦後入門』と言いながら、じつはこの本は〈戦後〉にもう一度〈入門〉しなおし、〈戦後〉史の大道を正々堂々と踏破したうえで〈戦後〉の〈門〉から今世紀の世界史の未知の現実へと出ていくための言論の地歩を踏み固めようとした本なのであった。加藤にその感想を伝えたかったし、訊いてみたいことも山ほどあった。もし当夜この本の話を持ち出していたら、あと三時間は必要だっただろう。またいつか、と思い、わたしは札幌をあとにしたが、そんな出会いがあったゆえに、翌二〇一九年加藤の突然の訃に接したときは言葉を失うほどの衝撃であった。五月のその日、何気なく朝刊を開いてその死を知ったわたしは相当の時間、茫然自失たらざるをえなかったが、その日は亡父の命日でもあり、そんな奇遇も手伝ってその朝のことはいまも忘れがたい。

『戦後入門』の冒頭で加藤はこう述べている。

この本では、だいぶ思い切ったことを書いています。

数年前、アイルランドのタラの丘という聖地を訪れたことがあります。そこの丘の中央に立つと、三六〇度、全方位的に草原が続いています。全方位的な眺望がえられるのです。この本では、日本の戦後について、それがどこからはじまり、どういう問題をはらみ、この戦後という空間から脱するのにどうすることが必要なのかについて、全方位的に考え抜き、論じています。

戦後について、タラの丘からの眺望のようなものを作ろうと考えました。

「全方位的な眺望がえられる」「丘」とはまた、「全方位」から環視される「丘」でもあるだろう。「全方位的な眺望」を得た言論とは、同時に「全方位」から砲火を浴びうる言論でもあるはずだ。さらに同時に、そこはだれもが歩いて上がっていける開かれたアゴラのような場所たりえていなければならないだろう。そのように『戦後入門』における加藤の筆致は、「タラの丘」のような「全方位的な眺望がえられる」言論の場所を描き出してみせた。しかし、そこにいたるまでの加藤の『アメリカの影』『敗戦後論』以降の批評の道程をたどってみるなら、だれもが歩いていけるような道のりでなかったことはすぐにわかる。だれもが歩いていけるような見晴らしのいい言論の場所を作ろうとした加藤は、じつは文学という、批評という、塹壕戦のような道程を切り拓くことによってそこにたどりついていたのである。

札幌での夜、わたしは、談たまたま加藤にかつて座談会の場で吉本隆明に「文学的発想ではダメだよ」と言われた前後の話の文脈について問いなおしていた。懐かしむような表情とともに加藤は一段強い声で「いやあ、あれは堪えたねえ」と言った。目の前には苦笑になりそうでならない笑顔があった。そのときわたしは確信した。加藤の真骨頂は、その自身の「文学的発想」を捨てずに突きつめ、しかもそれを味方を求めて潜り込むトーチカのような場とせず、敵味方に開かれた言論の場所へとたどりつくための不可避の通路としたということにある、と。そのことは何度強調されてもいいだろう。

わたしもいつか、書くことをとおして「タラの丘」のような場所をつかのまであれ望見する時があるだろうか。おぼつかないかぎりだが、いずれにせよ加藤典洋という死者からの触発に応えるにはまだまだ長い道のりが残されていると思わざるをえない。

二〇一八年の加藤典洋の「北海道横超会」での講演が、前年の瀬尾育生の講演からの批評的なリレーともいうべきモチーフで行われたことは、その講演録「戦中と戦後をつなぐもの――戦後、吉本隆明に「自己表出」のモチーフはどのようにやってくるのか」にも詳しく述べられている。しかし講演が終わったあと、加藤の事情から、この講演録の決定稿を仕上げるための作業を瀬尾が引き継ぐことになったとわたしは高橋秀明から聞いたのである。折り返し加藤から瀬尾へのリレーが人知れずなされていたのだった。それだけに翌二〇一九年の二月に印刷・製本された講演録を手にして一読したとき、瀬尾との共同作業の色合いが濃くにじんでいるのを感じざるをえなかった。それからわずか三か月後に加藤急逝の報に接することになったのであった。

この二〇一九年という一年がわたしにとってどのような時間であったかを振り返ってみると、あらためて死者たちからの触発という言葉を噛みしめざるをえない。

全誌面を築山登美夫の追悼に費やした「LEIDEN――雷電」終刊号をようやくのことで送り出せたのがこの年の一月。翌月、前述のように加藤典洋の講演録を受け取った。そして三か月後の加藤の訃報。しかし、それらを踏まえたうえで、わたしのなかに死者たちからの触発という言葉をはっきりと浮かび上がらせたのは、その年の夏に受け取った瀬尾育生の『吉本隆明からはじまる』を一読したときだった。

ほぼ三十年にわたって吉本隆明のさまざまな言葉と対話するように書き継がれてきた論考を収めたこの本は、個々には吉本の思想、表現の多面的な相にフォーカスしつつ、全体としては吉本隆明だけがなしえたさまざまな意味での〈はじまり〉を照射する論集として、そしてまさにそのことにより、わたしが読みえたなかではもっとも〈遠くまで行った〉吉本隆明論として読めた。〈遠くまで〉とは、吉本の思考が及ぶ時間と空間の双方をくまなく掬いとろうとする射程を描きえていたというほどの意味である。わたしなどがせいぜいマルクス〜ヘーゲルまでしか遡れない吉本の思考の根源をライプニッツやスピノザの思想にまで掘り下げて遡ることで、『吉本隆明からはじまる』は、たとえば『ハイ・イメージ論』が志向する世界認識の未来像をはるかに〈遠くまで〉射影しようとしていた。わたしは、その試みが「わたしがじぶんの認識の段階を、現在よりももっと開いていこうとしている文化と文明のさまざまな姿は、段階からの上方への離脱が同時に下方への離脱と同一になっている方法でなくてはならないということだ」（『母型論』「序」）という吉本自身の言葉とはからずも呼応しているように思えてならなかった。

以上は、わたし自身の理解がいまだ及びがたいという思いのまま読み進んだ文脈でもあるのだが、逆に吉本の思想について、そして吉本の思想を受け取ろうとするわたしたちの姿勢について、わたし自身直感しながらずっと言葉にできなかったことを射抜くように瀬尾が断言している次のような一節に出会い、わたしは思わずうなってしまうことにもなった。

　言論の世界を見わたすと、吉本隆明の発言にはいつも、他には決して見られない、ある際立った特徴があることがわかる。それは彼の議論が、何かを光源としてある対象を論ずるのではなく、つねに自らが光源となることによってある対象を論ずる、という構造を持っていることだ。このような思考を前にして、読者はその光源のなかに入って、ともにその光によってものを見るか、あるいはその光源によって照らし出された領域からすっかり立ち去ってしまうか、という選択を迫られる。私たちはくりかえし、このことに躓いてきたというべきかもしれない。それ自身が光源である吉本の位置を見ることができるのは、唯一、自ら光源たりえている読者だけなのだが、そのような読者は極めて稀なのである。

（「至上なものの複数性について」）

決定的なことがらがこれ以上は動かしようがないという言葉で言い当てられている。まさに瀬尾のこの本が吉本隆明における〈はじまり〉として照射しようとしたのも「それ自身が光源である吉本の位置」なのではなかったか。

　わたしが吉本の言葉を読みつつ、そして吉本について何かを書こうとして「躓いて」いたのは、自分の思考や言葉が知らず知らず就いてしまう〈子曰《しのたま》わく〉という話法であった。おそらく吉本の熱心な「読者」であればあるほど、多くはそのことに気づかないはずだ。ところが、吉本自身は、宮沢賢治や高村光太郎、さらにはマルクスや親鸞について論じるとき、一見〈子曰わく〉という話法に就くようでありながら、けっしてそこには留まらない。むしろ必ずそうした話法を――これも瀬尾の用いていた言葉でいえば――「内破」していく思考を立ち上げていくのである。そもそも吉本自身の言葉のありようが〈子曰わく〉という語り口と相容れない、いわば自噴する強度につらぬかれているからである。そんな吉本隆明の言葉に衝撃を受け、その衝撃の感化力に言葉を与えようとするとき、にもかかわらず――いや、それゆえに、というべきか――わたしたちは、反射的にといってもいい仕方で〈子曰わく〉という話法に就いてしまう。このパラドックスにわたしは「躓いて」いたといってよい。「それ自身が光源である吉本の位置を見ることができるのは、唯一、自ら光源たりえている読者だけなのだ」――瀬尾のこの言葉は、そのことをそれこそ光源のように照らし出しているといえるだろう。

こうして『吉本隆明からはじまる』を読み進み、「あとがき」にいたって瀬尾が、二〇一七年の「北海道横超会」での自身の講演「吉本隆明の詩と〈罪〉の問題――思想が啓蒙を超えるところ」と、この本に収めた諸篇の内容について加藤典洋を含む友人たちの意見を聞く機会があったと「追記」したうえで、謝辞とともに「感謝が届けられるべき一人、加藤典洋がこの世にいない」と書いているのを読んだとき、よみがえってきたのは札幌の夜に語らった加藤の面影であった。わたしは、加藤の講演を聴くために札幌に飛ぶ直前に読み終えていた『対談　戦後・文学・現在』のなかで出会った加藤のさりげないひとことを思い出していた。この対談集には、例の「文学的発想ではダメだよ」と言われた座談会を含めて、吉本隆明との二つの対談も収められていたが、わたしが思い出していたのは見田宗介との対談「吉本隆明を未来につなぐ」のなかのひとことであった。それは吉本没後に行われた比較的短い対談であったが、そこで加藤はさりげなくこう語っていたのである。

「僕は強力な人、思想の前では、独立することが、大事なことだと思っています」

これはまさに、加藤が「自ら光源」たろうとしている「読者」として吉本と対座していたことを物語る言葉ではないだろうか。わたしはこの一行にマーカーを引いていたが、そのときは『吉本隆明からはじまる』の先の一節はまだ読んでいなかったのだから、遅ればせながら、吉本隆明を読むことにおいて加藤と瀬尾とのあいだに起こっていた呼応をはからずも発見した思いだった。

「つねに自らが光源となること」——瀬尾のこの言葉を介して、吉本隆明、加藤典洋という二人の死者たちからの触発が自分のなかではっきりと形を取って動きはじめた気がしている。

# 4

最後にいささかこじつけめくが、もうこういう文章は二度と書くことはないだろうという思いとともに本書の最後に収めた「イチローという軌跡／奇跡」をめぐる経緯についても触れておきたい。

イチローが引退したのも、やはり二〇一九年のことだった。この一文は、イチローが二〇一六年シーズン、日米通算安打数での世界新記録、メジャー通算三千本安打など立て続けに大記録を打ち立てたところからさかのぼって、彼の野球選手、とりわけだれにもマネのできない特異な打撃術を磨きながら刻んできた打者としての足跡をたどってみたものだが、二〇一九年、東京ドームでの開幕戦後のイチローの引退表明に接して、野球人イチローへの惜別の辞のように読み返してみる機会があった。

ただ、この「あとがき」もどきを書いていて強くよみがえってきたのはイチローがメジャーデビューした二〇〇一年のことである。とはいえ、その目覚ましい活躍の場面ではない。九・一一テロのあと、犠牲者を追悼するため本拠地シアトルのセーフコ・フィールドのマウンドの周りに集まり、グラウンドに片膝をついていたマリナーズナインの輪のなかにあったイチローの姿であった。九・一一の前日に映画監督相米慎二の訃に接したことはすでに触れたが、わたしにとって二〇〇一年とは、イチローがメジャーリーグのグラウンドを駆け巡る姿と、相米慎二の訃報と、直後の九・一一同時多発テロの映像とが立て続けにテレビの画面から押し寄せてきた年なのだった。

さらにいえば、「イチローという軌跡／奇跡」に書いたように、そもそもこの一文を草することになるトリガーは、一九九五年の初夏、グリーンスタジアム神戸で最初で最後となったイチローの振り子打法をこの目で目撃した体験だった。そして、それは一月に当地を襲った阪神・淡路大震災で被災した友人を見舞うということがなければ実現していなかった。わたしがイチローのバッティングの〈像〉を眼に焼き付けた時と場所は、大震災の傷跡も生々しい時と場所と背中合わせでもあった。同じように——といえるかどうかは迷うところだが——彼のメジャーリーグでの目覚ましい〈はじまり〉をテレビで追いかけてきた一年は、同じテレビでニューヨークのＷＴＣツインタワーが崩壊する映像が何度も映し出されることでその〈終わり〉の姿を眼に焼きつけられた年でもあった（ちなみにいえば、さらに十年前の夏、わたしは地上四二〇メートルのWTC南タワー屋上の展望デッキからマンハッタンを一望して息を呑んでいた一人の観光客でもあった）。それらのことどもが立て続けによみがえってきたのである。

こうして二〇一九年はさかのぼって、わたしのなかに二〇〇一年（あるいは一九九一年夏）、一九九五年という年のオブセッションをも喚起することとなった。わたしはやはりこじつけに固執する愚をおかしているだろうか。そうかもしれない。

しかし、二〇〇一年の相米慎二、二〇一二年の吉本隆明、二〇一七年の簗山登美夫、それぞれの死に対して「追悼行為として」試みた批評を振り返りつつ、そしてそれをなしえなかった二〇一九年の加藤典洋の死にこの文章で触れながら、二〇一九年という年があらためて彼らの〈終わり〉の時をわたしのうちに喚起しただけでなく、彼ら死者たちからの触発もまたわたしのなかで時を刻んでいることを感じさせたのである。それは、もはや追悼＝鎮魂という時を停止させる静謐を破るノイズを起てはじめている。世界にあまねき無名の死者たちと隣り合わせに生きつつ、生き残った者たちの起てているあまたの〈はじまり〉へのざわめきを聴きとり、書きとめよと示唆している気がするのである。及ばずながら、この死者たちからの触発に応えていきたいと思う。

二〇二一年九月二〇日

日下部正哉（くさかべまさや）

一九五四年、兵庫県生まれ
一九七三年、大阪府立大学経済学部経済学科入学
一九七七年、同中退
一九九六〜二〇〇六年、「BIDS」〜「BIDS LIGHT」同人
二〇〇八年、『宮崎駿という運動』（弓立社）上梓
二〇一一〜二〇一九年、「LEIDEN ——雷電」同人
二〇一九年、『虚の栖——試みの家族誌』（七月堂）上梓
二〇二〇年、個人誌「放題」創刊

# そして、像は転移する

二〇二二年三月三一日　発行

著　者　日下部正哉
発行者　知念　明子
発行所　七　月　堂
〒一五四―〇〇二一　東京都世田谷区豪徳寺一―二―七
電話　〇三―六八〇四―四七八八
FAX　〇三―六八〇四―四七八七
印刷・製本　渋谷文泉閣

乱丁本・落丁本はお取り替えいたします。


ISBN 978-4-87944-482-0 C0095